LES DERNIERS JOURS DE RABBIT HAYES

Anna MCPARTLIN

LES DERNIERS JOURS DE RABBIT HAYES

Traduit de l'anglais (Irlande)
par Valérie Le Plouhinec

Vous aimez la littérature étrangère ? Inscrivez-vous à notre newsletter pour suivre en avant-première toutes nos actualités :
www.cherche-midi.com

Ouvrage publié sous la direction d'Arnaud Hofmarcher
et de Marie Misandeau
avec la participation de Tania Capron

© **Anna McPartlin, 2014**
Titre original : *The Last Days of Rabbit Hayes*
Éditeur original : Transworld (Penguin Random House)

© **le cherche midi, 2016**, pour la traduction française
23, rue du Cherche-Midi
75006 Paris

Blog de Rabbit Hayes

1ᴱᴿ SEPTEMBRE 2009
ALERTE ROUGE

Le diagnostic est tombé aujourd'hui : cancer du sein. Je devrais être terrifiée mais, au contraire, je me sens étrangement exaltée. Bien sûr, ça ne me fait pas plaisir d'avoir un cancer, ni de savoir qu'on va m'ôter un sein, mais cela me rappelle la chance que j'ai. J'aime ma vie. J'aime ma famille, mes amis, mon travail et, plus que tout au monde, j'aime ma petite fille. La vie n'est facile pour personne, mais je fais partie des privilégiés. Je vaincrai.

En ce moment, je court-circuite la peur, la colère et la peine pour mieux consacrer toute mon énergie à ce combat. Je vais suivre le traitement à la lettre. Je vais surveiller mon alimentation. Je vais lire, écouter et apprendre tout ce que je pourrai sur le sujet. Je vais faire le nécessaire. Je vaincrai.

Je suis la mère d'une enfant qui est forte, drôle et tendre. Mon boulot, c'est d'être là pour ma fille. Je veillerai sur elle tant qu'elle grandira. Je l'aiderai à traverser les affres de l'adolescence. Je serai à ses côtés à chaque égratignure, à chaque prise de bec. Je serai là pour l'aider à faire ses devoirs, pour encourager ses rêves. Si un jour elle se marie, elle rejoindra l'autel à mon bras. Si elle a des enfants, je ferai la baby-sitter. Pas question que je la laisse tomber. Je compte bien me battre, me battre, me battre, et puis je me battrai encore.

Je suis une Hayes, et je jure, de toutes mes forces et avec tout l'amour que j'ai en moi, que je vaincrai.

PREMIER JOUR

1

Rabbit

Dehors, on entendait de la musique pop, un enfant poussa un cri de joie strident, et un barbu équipé d'une pancarte « Marchez avec Jésus » sautillait sur place. Le cuir du siège était chaud contre la cuisse de Rabbit. La voiture avançait lentement, engluée dans le flot dense et régulier de la circulation qui serpentait à travers la ville. *Il fait beau aujourd'hui*, pensa-t-elle avant de sombrer dans un demi-sommeil.

Molly, la mère de Rabbit, détourna les yeux de la route pour regarder sa fille, et retira une main du volant pour remonter la couverture qui couvrait le corps frêle. Puis elle caressa le crâne rasé. « Ça va aller, Rabbit, murmura-t-elle. Maman va tout arranger. »

C'était une radieuse journée d'avril, et Mia « Rabbit » Hayes, quarante ans, fille bien-aimée de Molly et Jack, sœur de Grace et de Davey, mère de Juliet, douze ans, meilleure amie de Marjorie Shaw et grand amour de Johnny Faye, était en route vers une maison de soins palliatifs pour y finir ses jours.

Une fois leur destination atteinte, Molly arrêta doucement la voiture. Elle coupa le moteur, tira sur le frein à main, puis resta assise un petit moment, concentrée sur la porte qui menait à l'indésirable et à l'inconnu. Rabbit dormait encore, et Molly ne voulait pas la réveiller, car, aussitôt qu'elle le ferait, leur futur terriblement proche deviendrait le présent. Elle envisagea de reprendre la route, mais il n'y avait nulle part où aller. Elle était coincée. « Putain de merde, souffla-t-elle en serrant les mains sur le volant. Putain de bordel de saloperie de pompe à merde. Oh, saloperie de merde en briques. » Il était clair que son cœur était déjà brisé en mille morceaux, mais les fragments s'éparpillaient un peu plus à chaque « merde » qu'elle proférait.

« Tu veux continuer de rouler ? demanda Rabbit – mais, en se tournant vers elle, sa mère vit qu'elle n'avait pas rouvert les yeux.

– Bah, non, j'avais juste besoin de jurer un bon coup.

– C'est réussi.

– Merci.

– J'ai particulièrement aimé "pompe à merde" et "merde en briques".

– C'est venu tout seul.

– C'est à retenir.

– Ah oui, tu crois ? »

Molly fit semblant d'y réfléchir tout en posant une main sur la tête de sa fille pour une nouvelle caresse. Rabbit ouvrit les yeux, lentement. « Tu es obsédée par mon crâne.

– C'est doux, marmonna Molly.

– Allez, va, caresse-le encore une fois : ça porte bonheur. »

Rabbit se tourna vers la double porte. *Cette fois, ça y est*, songea-t-elle. Molly effleura encore une fois la tête de sa fille, puis celle-ci prit sa main et la retint. Elles contemplèrent leurs droits entrelacés. Les mains de Rabbit paraissaient plus vieilles que celles de sa mère : la peau était fine et fragile comme du papier de soie, sillonnée de veines enflées et crevées, et ses longs doigts naguère si beaux étaient tellement amaigris qu'ils semblaient presque noueux. Les mains de Molly, en revanche, étaient rebondies, douces et soignées, avec leurs ongles taillés court au vernis impeccable.

« Rien ne vaut le présent, dit Rabbit.
– Je vais te chercher un fauteuil roulant.
– Pas question.
– Je ne veux rien entendre.
– Maman.
– Arrête.
– Maman, j'entrerai sur mes deux jambes.
– Rabbit Hayes, bon sang de bonsoir, tu as une jambe cassée ! Tu ne vas quand même pas marcher !
– J'ai une canne et je t'ai, toi. J'entrerai sur mes deux pieds. »

Molly poussa un gros soupir. « D'accord, d'accord, bon Dieu. Mais si tu tombes, je te jure que…
– Que tu me tues ? fit Rabbit avec un grand sourire.
– C'est pas drôle.
– Un peu drôle quand même ?
– Zob ! C'est pas drôle », s'entêta Molly, et Rabbit eut un petit rire. Le langage de charretier de sa mère choquait beaucoup de gens, mais pas elle. Elle le trouvait au contraire amusant, familier et réconfortant. Molly était une femme généreuse, pleine de bonté, drôle, enjouée,

sage, forte, imposante. Elle aurait encaissé une balle de revolver pour protéger un innocent, et personne, pas même les plus grands, les plus forts ou les plus courageux, ne lui cherchait noise. Elle ne supportait pas la bêtise et se fichait éperdument de plaire. Soit on aimait Molly Hayes, soit on pouvait aller se faire voir. Elle descendit de voiture, et, après avoir pris la canne sur la banquette arrière, ouvrit la portière côté passager pour aider sa fille à se lever. Rabbit regarda bien en face la double porte, puis avança à petits pas, entre sa canne et sa mère, tout droit vers l'accueil. *Si j'entre sur mes deux pieds, je pourrai ressortir. Enfin, peut-être...* pensa-t-elle.

Une fois à l'intérieur, elles observèrent la moquette épaisse, les boiseries sombres, les lampes Tiffany, le mobilier aux courbes douces et les étagères couvertes de livres et de magazines.

« Pas mal, commenta Molly.

– On se croirait plus à l'hôtel que dans un hôpital, renchérit Rabbit.

– Oui », souffla sa mère en hochant la tête. *Garde ton calme, Molly.*

« Il n'y a même pas l'odeur d'hôpital.

– Dieu merci.

– Tu l'as dit, convint Rabbit. Voilà une chose qui ne me manquera pas. »

Elles s'approchèrent lentement d'une femme blonde aux cheveux courts, dotée d'un sourire carnassier à la Tom Cruise. « Vous devez être Mia Hayes, dit-elle.

– Tout le monde m'appelle Rabbit. »

Le sourire s'élargit et la blonde hocha la tête. « Ça me plaît. Je m'appelle Fiona. Je vous accompagne jusqu'à votre chambre, et ensuite j'appellerai une infirmière pour qu'elle vous aide à vous installer.

— Merci, Fiona.

— C'est un plaisir, Rabbit. »

Molly garda le silence. Elle faisait de son mieux pour ne pas craquer. *C'est bon, Molls. Ne pleure pas, fini les larmes, fais semblant, imite-les : elles font comme si tout allait bien. Allez, espèce de vieille folle, tiens le coup pour Rabbit. Ça va s'arranger. On trouvera une solution. Fais-le pour ta gosse.*

La chambre était claire et confortable, meublée d'un lit impeccable, d'un canapé moelleux et d'un gros fauteuil relax. La vaste fenêtre donnait sur un jardin luxuriant. Fiona aida Rabbit à monter sur le lit, et Molly, qui préférait fuir cet instant, fit mine d'examiner la salle de bains. Elle ferma derrière elle et respira à fond plusieurs fois. Elle se maudissait d'avoir tenu à emmener elle-même Rabbit de l'hôpital à la maison de soins. Jack n'avait pas desserré les dents depuis qu'il avait appris la nouvelle de la mort imminente de sa fille. Il allait falloir qu'il apprenne à se préparer. Il n'en avait pas encore la force, et Rabbit n'avait pas besoin de cela : elle ne devait se préoccuper que d'elle-même. Grace avait voulu aider, mais Molly s'était montrée catégorique. « Pas d'histoires, elle est simplement en convalescence », avait-elle affirmé, se répétant le mensonge à elle-même, et à quiconque voulait l'entendre. *Vieille imbécile*, se dit-elle. *Ils devraient être ici en ce moment.*

« Ça va, maman ? lui demanda Rabbit à travers la porte.

— Très bien, ma chérie. Bon Dieu, ta baignoire est plus grande que la vieille cuisine de la mémé Mulvey. Tu t'en souviens ? » Elle entendit que sa voix tremblait, et espéra que Rabbit était trop épuisée pour s'en rendre compte.

« Ça fait longtemps qu'elle n'est plus là, m'man.

— C'est vrai, et elle a passé plus de temps dans la nôtre, de cuisine, que dans la sienne.

— Mais elle est bien, alors, cette baignoire ? »

Molly comprit que sa fille percevait son malaise, et cela lui donna le coup de pied aux fesses dont elle avait besoin pour se ressaisir. « Ça oui, elle est bien ! lança-t-elle, émergeant de sa torpeur. On pourrait s'y noyer.

— Merci, je m'en souviendrai si ça tourne vraiment mal ! » s'esclaffa Rabbit.

Elle avait accepté cela depuis longtemps : sa mère ne ratait jamais une occasion de faire la pire des gaffes au pire moment. Elle l'avait déjà prouvé un nombre incalculable de fois, mais un des exemples préférés de Rabbit s'était produit des années plus tôt : une vieille voisine qui avait une main artificielle lui avait demandé comment elle se remettait de la mort de sa mère ; Molly avait répondu : « Pour être franche, Jean, c'est comme perdre un bras. »

Une fois Rabbit installée, Fiona les laissa entre elles. Rabbit avait fait le trajet en pyjama et robe de chambre, bien qu'elle ait eu au départ l'intention de s'habiller. Molly lui avait apporté à l'hôpital un pantalon ample en jersey hors de prix et un pull en coton à col en V, mais le temps de voir le médecin, d'attendre que ses médicaments arrivent de la pharmacie et de remplir les papiers de sortie, elle était trop fatiguée pour se changer. « De toute manière, je ne fais que passer d'un lit à l'autre, maman, avait-elle dit.

— Oui, c'est plus logique que tu restes comme ça », avait convenu Molly, mais, pour elle, il n'y avait rien de logique là-dedans. Dans rien de tout cela. Ce qu'elle aurait voulu, c'était hurler, crier et tempêter contre le monde entier. C'était casser des choses, retourner une voiture, mettre le feu à une église, déchaîner les furies de l'enfer. *Si seulement j'étais juste cinq pour cent plus folle*, se disait-elle. Molly Hayes n'avait plus les idées très claires.

La veille, un oncologue les avait fait asseoir, son mari Jack et elle, dans une petite pièce jaune qui sentait le savon antibactérien. Une fois qu'ils avaient été bien calés dans leurs sièges, il les avait anéantis d'une seule phrase. « Il faut s'attendre à de courtes semaines plutôt qu'à de longs mois. »

Un silence total s'était abattu sur la pièce. Molly avait observé attentivement le visage de l'homme, attendant la chute, qui n'était jamais venue. Jack était resté parfaitement immobile. Comme si la vie venait de le quitter et qu'il se pétrifiait lentement. Elle n'avait pas discuté. Le seul mot qu'elle avait prononcé avait été « merci », quand l'oncologue avait réservé une place pour Rabbit dans cette maison. Elle avait senti le regard fixe de Jack peser sur elle. Comme si elle était en train de disparaître sous ses yeux et qu'il se demandait comment il allait faire sans sa femme pour s'orienter dans la réalité nouvelle. *Laisse-moi le temps de réfléchir, le vieux.* Ils n'avaient pas de questions – ou du moins aucune à laquelle l'homme assis en face d'eux pût répondre.

Le silence avait permis à Molly de réfléchir de son côté. Il était temps qu'elle se retire dans son coin : il fallait qu'elle s'arme de plus d'informations et elle avait besoin d'élaborer un plan, de passer à une nouvelle étape. Elle n'était pas près de renoncer, ça non. Rabbit Hayes était peut-être mourante, mais elle n'allait pas mourir, car Molly trouverait un moyen de la sauver. Elle n'en parlerait pas : elle agirait. En attendant, elle jouerait le jeu. C'était une course contre la montre : Rabbit s'éloignait déjà. L'heure n'était pas aux palabres.

Garder le silence était nouveau pour Molly, qui aimait parler et batailler même quand elle était certaine que rien ne serait réglé et que nul ne lui donnerait la solution. Dans les tout premiers jours qui avaient suivi le diagnostic de Rabbit, elle s'était fréquemment traînée à l'église pour aller dire son fait au bon Dieu. Préparée à ne recevoir aucune réponse, elle avait posé beaucoup de questions en brandissant le poing vers l'autel. Une fois, elle avait même fait un doigt d'honneur à une statue de l'Enfant Jésus.

« Alors, Dieu, tu nous prépares quoi, maintenant ? avait-elle hurlé dans l'église vide de son quartier, l'année précédente, le jour où le cancer de Rabbit était revenu dans son sein gauche et où des métastases avaient envahi son foie. Tu veux son deuxième nichon ? Eh bien prends-le, vieux dégueulasse, mais je te préviens, ne me prends pas ma fille. Tu m'entends, espèce de…

– Ah, vous voilà, Molly. »

Le père Frank était apparu comme par magie et s'était glissé à côté d'elle sur le banc. Il avait massé son genou douloureux et porté une main à ses cheveux gris, puis s'était agenouillé. Elle, en revanche, était restée assise. Il regardait devant lui sans un mot.

« Pas maintenant, avait-elle dit.

– J'ai appris.

– Et…

– Et vous êtes en colère, et vous avez adressé un geste obscène au petit Jésus. » Il avait secoué la tête.

« Comment le savez-vous ? avait demandé Molly, étonnée et un peu gênée.

– Sœur Veronica polissait le tabernacle.

– Je ne l'avais pas vue.
– C'est un vrai ninja, celle-là. » Il se massait à présent le crâne. Elle s'était demandé s'il avait une migraine – elles le faisaient beaucoup souffrir. « Molly, avait-il repris sur un ton plus sérieux, je comprends.
– Non, Frank, vous ne comprenez pas.
– Ma mère est morte d'un cancer.
– Votre mère avait quatre-vingt-douze ans.
– L'amour est toujours l'amour, Molly.
– Non, ce n'est pas vrai, et si vous aviez eu une vie remplie d'amour au lieu de vous contenter de le prêcher, vous le comprendriez. Vous n'avez jamais été un époux ni un père, et c'est pourquoi, Frank, que Dieu vous garde, mais de tous les gens qui essaient de me réconforter, vous êtes bien le plus largué.
– Si c'est ce que vous pensez, Molly.
– Oui, c'est ce que je pense, je regrette. » Sur ce, elle s'était levée, laissant le père Frank sans voix. Depuis, elle n'avait plus remis les pieds à l'église. Mais Molly avait continué de prier : elle avait toujours la foi.

Cela dit, cette urgence appelait quelque chose de plus rationnel que la prière. Il y avait quatre ans qu'elle étudiait la maladie de Rabbit. Elle avait consulté toutes les études, les nouvelles molécules, les expérimentations diverses, et connaissait la cartographie génique mieux qu'un étudiant en deuxième année de médecine. *Il y a forcément une chose à laquelle on n'a pas pensé, on a dû passer à côté. Je l'ai sur le bout de la langue. Il faut juste que je me concentre, que j'analyse le problème. On va trouver une solution.*

« À quoi tu penses ? lui demanda Rabbit.
– À ce que je vais faire à dîner à ton père. »
Molly se laissa aller dans le fauteuil relax.

« Tu n'as qu'à acheter un curry chez l'Indien.
– Il prend du bide, tu sais.
– Bon Dieu, maman, il a soixante-dix-sept ans ! Fous-lui un peu la paix !
– Je suppose que je pourrais lui donner un curry au poulet avec du riz sauté aux œufs, du moment que je l'oblige à faire quatre tours de parc après.
– Ou tu pourrais lui lâcher la grappe.
– D'accord, deux tours de parc. »

Pendant qu'elle parlait, une infirmière brune au bronzage suspect, avec un joli chignon bien net, entra dans la chambre, un diagramme à la main. « Bonjour, Rabbit, je m'appelle Michelle. Je venais juste voir si l'installation se passait bien et si on pourrait parler de vos médicaments une bonne fois pour toutes. Ensuite, je vous promets de vous laisser tranquille.
– Pas de problème.
– Super. Jusqu'ici, tout va bien ? s'enquit-elle.
– Eh bien, je suis encore en vie, donc c'est déjà un point positif.
– En général, les gens arrivent à passer la porte, répliqua Michelle avec un grand sourire.
– Elle me plaît, elle, dit Rabbit à sa mère.
– Ah oui, elle a vraiment un humour pourri, approuva Molly.
– Je dois comprendre que c'est une bonne chose ? voulut savoir Michelle.
– Chez nous, oui, la rassura Rabbit.
– Sensass, comme disent les vieux schnocks. »

Michelle s'assit sur le canapé. Rabbit et sa mère échangèrent un regard et sourirent. *C'est clair, elle est bien siphonnée.*

« Des questions ?
– Non.
– C'est sûr ?
– Oui, oui.
– Bon, je serai là si vous avez besoin de moi. On peut parler médocs ?
– Je suis sous fentanyl en patch, OxyNorm liquide, Lyrica et Valium.
– Des laxatifs ?
– Bien sûr ! Où avais-je la tête ? »

Michelle indiqua du menton la jambe de Rabbit. « Comment ça va, depuis l'intervention ?
– Bien. Aucun signe d'infection.
– Tant mieux. Donc, cette fracture a été la première indication que les os étaient atteints ?
– On m'avait détecté un taux de calcium élevé la semaine précédente.
– Et où en est la douleur, en ce moment ?
– Ça va.
– Tenez-moi au courant.
– D'accord. »

Michelle consulta sa montre. « Vous avez faim ?
– Non.
– Il y a des patates au lard au menu dans une heure.
– Pas très appétissant.
– Qu'est-ce que vous racontez ? Nous avons les meilleurs cuisiniers de ce côté-ci de la Liffey ! fit semblant de s'offusquer Michelle avant de sourire. Si vous avez besoin de quoi que ce soit – un massage du dos, des pieds, une manucure, une séance de kiné pour cette jambe... vous me sonnez.
– Merci.

– De rien. » Elle ouvrit la fenêtre puis s'éclipsa, laissant Molly remettre les couvertures en place. Celle-ci regagna ensuite le fauteuil relax et observa Rabbit, dont les paupières battaient et se fermaient peu à peu.

« Davey est en route pour la maison, chérie. Il passera te voir tout à l'heure si tu es en état.

– C'est bien. »

Rabbit eut à peine le temps de prononcer ces mots que, déjà, elle dormait.

Johnny

Le passé et Johnny attendaient souvent Rabbit dans son sommeil. Cet après-midi-là, dans son rêve, il avait seize ans, grand et beau, avec ses doux cheveux châtains ondulés qui lui arrivaient aux épaules. Elle-même était la Rabbit d'autrefois, et la Rabbit âgée de douze ans n'avait rien à voir avec le spectre de papier qui gisait dans ce lit. Elle était grande pour son âge, mais si maigre que sa mère craignait que l'espace entre ses cuisses n'affecte sa démarche. « Marche devant moi, Rabbit », disait-elle, après quoi elle ajoutait pour son amie Pauline : « Tu vois ce que je veux dire, Pauline ? Un gamin de dix-huit mois pourrait passer entre ses cannes de serin.

– Bah, t'en fais pas, Molly. Elle finira par se remplumer », disait Pauline, et elle avait raison. Rabbit s'était bien remplumée, mais cela avait pris trois ans de plus, en dépit de tout ce que Molly cuisinait, rôtissait et fricassait dans la graisse de canard pour donner un peu de poids à sa petite dernière. À l'époque, le leitmotiv de Molly était simple : « Rabbit, mange. Grace, arrête de manger. Davey, ne mets pas tes doigts dans ton nez. »

Grace se plaignait et parlait d'injustice, mais Molly n'en avait cure. « Que veux-tu, t'as de gros os, comme ta mère. Qui dit gros os dit petites portions dans l'assiette, alors si tu veux être belle, il va falloir t'y faire. »

Grace rouspétait à tout-va, mais Rabbit ne la plaignait pas, car à ce moment-là, alors que Rabbit était encore si godiche, sa grande sœur était une vraie beauté. Elle avait des hanches, des seins, des lèvres pulpeuses. C'était une brune piquante aux yeux vert émeraude et, du haut de ses dix-huit ans, elle était une vraie femme tandis que Rabbit était encore une enfant. Elle la contemplait souvent en rêvant : *Si seulement j'avais pas ce cache-œil, si seulement j'avais des formes, des cheveux plus noirs, des lèvres plus pulpeuses... Si seulement je ressemblais à ma sœur...*

On lui avait enlevé le cache-œil dès ses treize ans mais Rabbit, quoique très jolie dans son genre, ne ressemblerait jamais à Grace. Sa vue basse n'arrangeait rien : ses lunettes à grosses montures en écaille sombre écrasaient son visage menu. Comme elles étaient lourdes et glissaient sur son nez, la fillette passait une bonne partie de son temps à les remonter. Parfois, quand elle pensait fort à quelque chose, elle les retenait d'un doigt, les pressait contre sa figure et plissait le nez. Johnny avait été le premier à appeler Mia « Rabbit ». Elle tenait absolument à attacher ses longs cheveux châtain terne en deux gros chignons de chaque côté de sa tête. Pour lui, ces chignons évoquaient des oreilles de lapin, et, avec ses lunettes, elle lui faisait penser à Bugs Bunny quand il se travestit.

Sans le vouloir, Johnny Faye était un arbitre des modes. S'il décidait que les coudières étaient cool, dans les jours qui suivaient tout le monde en portait à des kilomètres à la ronde. S'il aimait les manteaux longs jusqu'aux chevilles et portés ouverts, ou les petits blousons gris métallisé, ou les bonnets à losanges, ceux-ci devenaient aussitôt tendance. C'était très simple : Johnny était cool, donc tout ce qu'il disait ou faisait était cool. Et du jour où Johnny avait trouvé le surnom de Rabbit, et où Mia Hayes l'avait joyeusement accueilli, tout le monde l'avait adopté dans la semaine, y compris ses parents.

Dans le rêve de Rabbit, Grace était sur son trente et un, en robe noire moulante et talons hauts, la bouche très rouge. Elle sortait avec un homme rencontré en boîte de nuit, et c'était excitant de la regarder se préparer. Rabbit aimait rester dans sa chambre pendant qu'elle se maquillait devant la glace. Cela ne dérangeait pas Grace, du moment qu'elle se taisait. Grace montait le son du magnétophone posé sur sa coiffeuse et chantait sur « The River » de Springsteen, puis « Brand New Friend » de Lloyd Cole and the Commotions. Elle les passait en boucle et, plutôt que perdre son temps à tenir le bouton « rewind » enfoncé, elle faisait exécuter cette tâche par Rabbit. « Stop. Avance. Non. Rembobine. OK, stop. Non, rembobine encore. Trop loin. Avance », disait-elle en s'ombrant les paupières. Rabbit se faisait une joie d'obéir et de presser les boutons pendant que sa sœur se transformait et, de belle, devenait sublime. Ensuite, elle la suivait jusqu'à la cuisine, où leur frère Davey prenait son dîner, ses écouteurs sur les oreilles. Davey préférait manger seul. Il attendait que tout le monde ait terminé, après quoi sa mère lui réchauffait son assiette ; il mettait alors ses écouteurs et engloutissait son repas le temps d'écouter deux chansons. Grace disait bonsoir à sa mère et criait la même chose à son père qui regardait les infos dans la pièce du fond. Elle ne prenait pas la peine de s'adresser à Davey, car il n'aurait pas répondu.

Davey, à seize ans, était grand et maigre, comme Rabbit. Lui aussi avait de longs cheveux châtain terne, qui lui descendaient plus bas que les épaules. Malgré les protestations incessantes de la bande, il s'entêtait à porter une veste en jean avec son jean.

Il était donc assis à mastiquer, et accompagnait la musique qu'il avait dans les oreilles en tambourinant de son couteau sur la table. Molly appela Grace : « Invite-le à dîner dimanche.

– Pas question, m'man.

– Je veux que tu me le présentes.

– C'est trop tôt ! » Grace prit son manteau.

Molly apparut, les mains dans ses gants de ménage roses. « Ne m'oblige pas à aller le chercher !

– Bon Dieu, maman, laisse-moi vivre un peu ! »

Grace sortit et s'engagea d'un pas léger dans l'allée pour rejoindre le petit portail en fer. Molly soupira et rentra dans sa cuisine, mais Rabbit suivit sa sœur au-dehors pour retrouver Johnny, qui était assis sur le muret, à gratter sa guitare en attendant que Davey ait fini de manger. Grace lui lança un salut et il lui sourit, mais, contrairement aux autres garçons, il ne la suivit pas des yeux tandis qu'elle s'éloignait dans la rue.

« Rabbit », dit-il. Elle vint s'asseoir à côté de lui.

« Johnny.

– Tu as l'air triste.

– Mais non.

– Si, tu es triste.

– Non.

– Qu'est-ce qu'il y a ?

– Rien.
– Dis-moi. »

Les yeux de Rabbit commencèrent à s'emplir de grosses larmes idiotes, sans qu'elle comprenne pourquoi. Honnêtement, elle ne s'était pas rendu compte qu'elle était triste avant que Johnny ne le dise, et cela la stupéfiait quelque peu.

« Vas-y, accouche.
– Je voudrais être comme Grace, souffla-t-elle, gênée.
– Mais non.
– Mais si.
– Mais non.
– Si ! » Rabbit avait un peu envie de bouder, mais là, Johnny lui sourit, et quand il souriait sa peau se plissait légèrement autour de ses grands yeux marron, et Rabbit se sentait toute chaude. Elle rougit un peu, l'estomac noué.

« Quand tu auras l'âge de Grace, tu seras la plus belle fille de Dublin, Rabbit Hayes, lui dit-il. Personne ne t'arrivera à la cheville.
– Menteur ! répliqua-t-elle, en se mordant la lèvre pour dissimuler le grand sourire bêta qu'elle sentait monter.
– Non, c'est la vérité. »

Comme elle ne trouvait rien à répondre, elle lui donna un petit coup de poing dans le bras, puis remonta ses lunettes sur son nez et les retint là tandis qu'il reprenait sa guitare pour lui chanter une chanson drôle et tendre.

Jay, Francie et Louis arrivèrent au moment où Davey sortait de la maison. Jay et Francie, les jumeaux, étaient les voisins de Johnny et l'âme de son groupe. Jay était le bassiste et Francie le guitariste. C'était Jay qui s'était battu pour que Davey soit engagé comme batteur après son audition ratée : ce jour-là, victime d'une diarrhée aiguë, il s'était fait dessus au milieu de la deuxième chanson. Jay était blond, Francie brun, et tous deux étaient beaux garçons : cheveux courts, mâchoire carrée, bien baraqués. Ils avaient aussi du bagout : s'ils n'avaient pas choisi la musique, ils auraient pu faire une bonne paire de comiques – du moins, c'était ce que disait toujours la mère de Rabbit. Quant à Louis, il était plus petit et plus sérieux. Il jouait du clavier et se voyait volontiers en leader du groupe, même si personne ne l'écoutait vraiment quand il menaçait de partir, ce qu'il faisait au moins une fois par semaine. Une fois, Rabbit l'avait vu piquer une vraie crise dans le garage. « On tiendrait peut-être quelque chose si vous arrêtiez un peu de déconner, là ! avait-il crié.

– Oh, tu vas pas chialer, Gras-Double », avait répliqué Jay.

Louis n'était pas gros, juste petit et râblé. Francie avait fait observer un jour qu'il avait l'air d'un type mince qui aurait avalé un gros lard – et depuis, la bande l'appelait Gras-Double. C'était rude, mais pas aussi rude que le surnom de Davey. À l'époque, celui-ci était si maigre que son nez busqué paraissait trop grand pour son visage. Après son audition, alors qu'il passait la porte en se dandinant dans son pantalon souillé, fuyant ces quatre types qui pleuraient de rire, Jay l'avait hélé : « Eh, Casimir, reviens quand tu te seras nettoyé !

– Casimir ? Pas très frais, le Casimir... À l'odeur, je dirais plutôt qu'il est quasi mort », avait renchéri Francie – et, depuis, les jumeaux ne l'appelaient plus que Quasimort.

Davey n'aimait pas que Rabbit traîne avec le groupe, et il ne tardait jamais à l'envoyer bouler. Les garçons avaient coutume de s'asseoir sur le muret pour discuter, échanger les dernières nouvelles et regarder passer les filles avant d'entrer dans le garage de chez Davey pour répéter pendant des heures. Les parents de Davey soutenaient le groupe à fond. Son père était un grand fan de musique, et sa mère était fan de tout ce qui pouvait éviter à son fils de finir plongeur dans un restaurant. Il avait été renvoyé du collège à treize ans, pour avoir donné au prof de géo un coup de poing dans la figure alors que celui-ci tentait de lui mettre une main dans le pantalon pendant une heure de colle. À l'époque, Davey n'avait pas voulu révéler ce qui l'avait poussé à une telle extrémité, et on avait raconté dans tous les collèges des environs qu'il avait frappé sans raison. Alors qu'aucun établissement ne voulait de lui, il s'était découvert une passion pour la musique. Sa première batterie avait été un annuaire téléphonique sur lequel il s'entraînait du matin au soir, et ses aptitudes avaient tout de suite été évidentes. Pour son quatorzième anniversaire, son père était rentré à la maison avec une superbe batterie rouge, et Davey avait fondu en larmes de joie. Quand il avait joué ce soir-là, ses parents avaient conclu d'un commun accord qu'ils feraient tout et n'importe quoi pour le mener là où il voulait arriver.

Lorsqu'il avait rejoint le groupe, ses parents avaient bien vu que celui-ci avait des atouts : de bonnes chansons, une bonne musicalité, une bonne éthique de travail, mais surtout, surtout, Johnny Faye. Si jamais un jour une étoile était née, c'était bien Johnny. Il avait l'étoffe d'une star. Jack avait repéré son potentiel dès le premier bœuf acoustique du groupe auquel il avait assisté dans une salle de quartier, un samedi après-midi. Le soir même, ils avaient déblayé le garage, installé des radiateurs, puis couvert les murs de boîtes à œufs et de lourds rideaux pour l'insonoriser. Deux semaines plus tard, Davey était le nouveau batteur de Kitchen Sink ; le garage familial était désormais la salle de répétition officielle du groupe, et Molly et Jack Hayes, ses plus grands supporters.

Dès le départ, Rabbit avait adoré se trouver dans le garage, avec son manteau et ses gants, pour regarder les gars jouer et écouter la voix de Johnny. Elle pouvait rester des heures assise dans un coin sans rien dire, tellement discrète, cachée derrière le rideau, les amplis et une banquette renversée, qu'ils oubliaient souvent sa présence. Parfois elle lisait un livre, le reste du temps elle s'allongeait simplement par terre pour les écouter jouer, déconner et rigoler entre eux. Rabbit aurait pu écouter Johnny chanter toute la journée. Il avait une voix terriblement séduisante, claire, douce, déchirante, et en plus, quand Davey essayait de se débarrasser d'elle, il la défendait toujours.

« On reprend au pont. Un, deux, trois… » Rabbit adorait ce moment où son frère comptait la mesure avant d'attaquer à la batterie. Elle adorait quand la basse et les guitares entraient en jeu, suivies de la voix de Johnny, qui lui donnait la chair de poule et des picotements dans l'échine.

Rabbit avait passé la moitié de son enfance dans ce garage, à écouter son frère et son groupe répéter et rêver. Un jour, ils seraient célèbres. Après tout, l'un des membres de U2 avait grandi au bout de la rue, et à présent il jouait dans des stades aux États-Unis. C'était un signe, et, comme ils le disaient souvent, Kitchen Sink ferait passer U2 pour une bande d'amateurs, putain ! Et Rabbit était là depuis le début, allongée sur son duffel-coat sur le sol dur et froid pendant que Johnny Faye chantait rien que pour elle.

Le passé devenait si réel qu'il l'était parfois plus que le présent. C'était peut-être un effet des opiacés, ou peut-être Rabbit était-elle tellement fatiguée quand elle était éveillée que son esprit ne retrouvait de l'énergie qu'une fois qu'elle dormait. Et puis, quand elle ne dormait pas, elle devait affronter la réalité de sa situation. Deux semaines plus tôt, elle vivait encore avec le cancer ; aujourd'hui, on lui disait qu'elle était en train d'en mourir et qu'elle laisserait derrière elle sa fille de douze ans. *Mais non… c'est juste un peu de fatigue. Quelques jours de repos et je me sentirai mieux. Je ne vais pas abandonner Juliet. Aucun risque. C'est hors de question.* Elle ne pouvait pas faire face à une chose pareille. Ne pouvait en parler. Ne pouvait l'accepter. Au lieu de se forcer à rester éveillée dans le présent, elle s'attardait dans le passé, et écoutait Johnny Faye chanter à cœur perdu.

Davey

Cela faisait au moins vingt ans que Davey n'avait pas dormi plus de quatre heures d'affilée. Par conséquent, il lui était facile d'échanger avec la famille, par téléphone ou par Skype, quel que soit le fuseau horaire dans lequel il se trouvait. Il était en train de jouer au poker dans le bus de tournée au moment où sa mère l'avait appelé, quatre ans plus tôt, pour lui annoncer que sa sœur avait un cancer du sein. Il était rentré à Dublin juste après sa mastectomie, alors qu'elle avait bon espoir que tout soit parti. Après la chimio et les rayons, c'était *vraiment* parti, mais seulement jusqu'au deuxième coup de téléphone, deux ans plus tard. Il était sur le point de monter sur scène lorsque sa mère lui avait annoncé en pleurant que c'était revenu dans l'autre sein et dans le foie. Il avait alors sauté dans le premier avion. La perspective était plus sombre, mais Rabbit était une combattante dans l'âme. Elle guérirait, et, dans le cas contraire, les traitements l'aideraient à vivre avec la maladie. Cette fois-là, il était resté trois semaines, jusqu'à ce que Rabbit exige qu'il retourne travailler. « Je ne vais pas bouger d'ici », lui avait-elle promis. Et de toute manière, il ne pouvait pas laisser son remplaçant jouer pour lui *ad vitam æternam*. « Et s'ils finissent par se rendre compte qu'il est meilleur que toi ? avait-elle demandé en riant.

– Très drôle.

– Retourne dans ton bus », avait-elle insisté, et il l'avait prise dans ses bras. Elle avait dissimulé ses larmes, mais il avait l'épaule mouillée lorsqu'ils s'étaient écartés l'un de l'autre.

Le troisième coup de fil, quatre mois plus tôt, lui avait coupé le souffle. Les poumons étaient atteints, mais il y avait encore de l'espoir. Ils s'étaient vus à Noël. Il ne fallait pas s'inquiéter. Elle avait encore des années devant elle. Le dernier appel était tombé alors qu'il était dans une chambre d'hôtel de Boston. Il allait entrer dans la douche quand il avait vu le nom de sa mère apparaître sur l'écran de son téléphone, réglé sur vibreur. Il avait envisagé de ne pas décrocher, mais alors il s'était souvenu... Rabbit.

« Salut, m'man », avait-il dit, mais elle avait gardé le silence. Incapable de prononcer une phrase. Il n'avait rien entendu d'autre que ses sanglots étouffés, et il avait su. Il était resté assis sur son lit sans rien dire, à écouter sa mère pleurer. Il n'avait pas bougé d'un centimètre. N'avait pas soufflé mot.

« Les os sont atteints, avait fini par dire Molly. Elle est tombée dans la cuisine – c'est Juliet qui l'a trouvée. Cette fois, c'est très grave, tu sais.

– J'arrive, maman. »

Alors sa mère avait dit la chose la plus terrifiante qu'il ait jamais entendue : « Fais vite. »

Depuis dix ans, Davey était batteur pour une chanteuse de country à succès. Il partageait son temps entre Nashville, New York et le bus de tournée. Casey était une artiste couronnée par un Grammy, et mère de deux garçons. Quand elle enregistrait, Davey vivait à Nashville ; quand elle était en tournée, lui aussi ; quand elle prenait un peu de temps pour elle, il retournait chez lui à New York. Il collaborait souvent avec d'autres groupes lorsque ceux-ci avaient besoin d'un batteur et que Casey était en congé, mais elle passait toujours en priorité, même s'il n'avait jamais imaginé finir musicien de country. « La vie nous réserve de drôles de surprises », lui avait dit Casey un jour où elle lui trouvait l'air mélancolique.

Ils étaient à mi-parcours d'une tournée épuisante, et comme les salles ne se remplissaient plus comme avant, elle avait un lourd programme de promotion à ajouter aux concerts presque quotidiens. Elle était exténuée physiquement et moralement, et n'avait vraiment pas besoin que son batteur lui fasse faux bond par-dessus le marché. Lorsqu'il avait frappé à sa porte en l'appelant, elle lui avait dit d'entrer. Il l'avait trouvée étendue sur le canapé de sa chambre, une serviette fraîche sur les yeux.

« Encore une migraine ? s'était-il enquis.

– Eh ouais.

– Tu devrais voir un toubib.

– Mais non, je vais très bien. Je vais te dire, il faudrait un foutu miracle pour que je n'aie pas la migraine en permanence. » Elle avait soulevé la serviette de ses yeux. « Quoi ? avait-elle fait en se redressant.
– C'est Rabbit. » Il avait fondu en larmes. « Merde, désolé. » Il avait honte, mais il pleurait quand même.
« Oh, Davey, je suis navrée pour toi, c'est affreux... » Elle s'était levée pour le prendre dans ses bras.
« Ils disent qu'elle est en train de mourir, Casey. »
Casey l'avait apaisé pendant que son assistante lui réservait un vol dans le premier avion pour Dublin. « Ne t'inquiète de rien. Reste le temps qu'il faudra. On attendra ton retour », lui avait-elle dit, et il avait profondément apprécié : il était dans ce milieu depuis assez longtemps pour savoir que, quels que soient vos talents de musicien, à moins d'être compositeur, vous étiez facilement remplacé. Mais Davey avait tendance à sous-estimer son importance dans la vie de Casey.

Ils s'étaient rencontrés en travaillant dans un bar à New York. Elle chantait des morceaux de sa propre composition tandis qu'il faisait le barman et cherchait un groupe dans lequel jouer. Elle était menue et jolie, et quand elle chantait, même si c'était un peu brut de décoffrage, il avait senti qu'elle avait quelque chose. Ils avaient échangé des propos polis une poignée de fois, rien de plus, jusqu'au soir où un type l'avait draguée au bar. Elle avait poliment décliné. Il avait insisté quand même. Il lui avait demandé si elle était lesbienne, et elle avait répondu par l'affirmative. Il lui avait balancé une insulte, et Davey était intervenu pour dire au type de lui foutre la paix.

« Ah ouais ? Et qu'est-ce que tu vas faire ?
– Vaut mieux pour toi que tu l'apprennes pas. »

Plus tard, il était en train de sortir les poubelles lorsqu'il avait entendu un cri. Casey se débattait contre le même type, qui l'avait attendue à la sortie. Davey l'avait mis K.-O. direct. À l'époque, Casey vivait dans sa voiture, mais, ce soir-là, il l'avait ramenée chez lui. Elle avait pris le lit, il avait dormi par terre, et depuis lors ils travaillaient ensemble, traversant au passage pas mal d'épreuves.

À l'époque où un second label l'avait laissée tomber, il avait été le seul de ses musiciens à rester avec elle. Il lui donnait ce son un peu sourd qui la caractérisait. « Tu es mon battement de cœur », lui disait-elle souvent. Il était irremplaçable à ses yeux, et tous deux formaient comme une petite famille.

Elle l'avait accompagné jusqu'à la limousine qui devait le conduire à l'aéroport. « Je suis avec toi, avait-elle affirmé. Tu le sais, hein ?

– Oui, je sais. » Ils avaient échangé une longue embrassade.

« Ne me fais pas languir trop longtemps, tu m'entends ? » avait-elle ajouté.

Il était resté très silencieux dans l'avion, n'avait pas bougé de son siège ni engagé la conversation avec ses voisins ; il n'avait ni dormi, ni mangé, ni regardé de film, mais uniquement pensé à sa sœur et à la fille de cette dernière, une gamine si drôle, adorable et précoce. *Et Juliet, que va-t-elle devenir ?* Davey avait raté l'essentiel de la courte vie de sa nièce, mais même toute petite elle n'avait jamais manqué de le reconnaître. Son enthousiasme lorsqu'il arrivait lui avait toujours donné le sentiment d'être unique. Rabbit avait une photo de lui sur un mur et parlait souvent de lui, mais, même sans cela, il avait toujours été clair que quelque chose de très fort liait Juliet et Davey. Il appréhendait de la voir. *Pauvre Juliet.*

À l'atterrissage, comme il n'avait qu'un bagage à main, il passa directement la douane pour retrouver Grace, qui l'attendait. Ses yeux se mouillèrent lorsqu'elle le vit, et ils restèrent longuement dans les bras l'un de l'autre.

« La voiture est par là, dit-elle enfin.

– Où est Juliet ?

– Chez nous pour le moment, mais maman veut qu'elle soit avec Rabbit quand… » Elle n'acheva pas sa phrase.

« Et les garçons, comment vont-ils ?

– Ryan est tellement cinglé qu'on aura de la chance s'il ne met pas le feu à la maison ; Bernard va avoir besoin de trois mille balles de soins orthodontiques s'il veut manger un jour autre chose que du porridge ; Stephen est en train de foirer sa première année de fac ; et Jeffery est cliniquement obèse.

– Wouah !

– Comme tu dis.

– T'as besoin d'argent ?

– Non, merci. Depuis qu'on a mis Jeffery au régime, on économise des fortunes. » Elle sourit à son frère, qui rit un petit peu, mais ensuite ils se rappelèrent que Rabbit était mourante et leurs sourires s'envolèrent. Ils gardèrent le silence presque jusqu'à la maison.

« Combien de temps ? » demanda-t-il alors.

Elle secoua la tête comme si elle ne pouvait toujours pas croire à ce qu'elle allait répondre. « C'est une question de semaines.

– Mais…

– Elle allait bien. La chimio palliative se passait à merveille, et puis la semaine dernière elle est tombée, son os s'est brisé net et…
– Est-ce qu'elle sait ?
– Elle sait, oui, mais est-ce qu'elle réalise vraiment ? Ils nous ont annoncé ça hier soir et l'ont transportée dans la maison spécialisée aujourd'hui.
– Et maman ?
– Maman, c'est maman. Elle n'a pratiquement pas quitté Rabbit. Elle ne dort pas, ne mange pas, ne boit pas, mais elle insiste pour que tout le monde le fasse. Elle est en mode combat. Maman, quoi.
– Et papa ?
– Mutique.
– Et toi, Grace ?
– Je ne sais pas, Davey. » Elle luttait visiblement contre les larmes.

En arrivant à la maison, Davey vit son père debout à la fenêtre. Grace entra avec sa clé, si bien que Jack Hayes resta où il était, et ne se tourna vers Dave que lorsque celui-ci pénétra dans la pièce.

« Papa.
– Fils. »

Ils se saluèrent d'un hochement de tête.

« Tu as dîné ? s'enquit Grace.
– J'ai mangé un biscuit, répondit son père.
– Je te prépare quelque chose.
– Non, ça va. Je vais attendre maman.
– Elle risque de rentrer tard.
– J'attendrai quand même.
– D'accord. »

Jack contemplait fixement son fils.

« Tu as l'air en forme, dit-il.
– Ça va bien, oui.
– Tant mieux. Tu veux du thé ?
– Volontiers.
– Parfait. »

Il se dirigea vers la cuisine, suivi par ses enfants. Comme il tenait absolument à préparer le thé lui-même, Grace et Davey s'assirent tous deux à la table pour le regarder faire. Il avait vieilli de dix ans en deux jours. Il était pâle et paraissait soudain très âgé, voire légèrement gâteux. Jusqu'à présent, il avait fait jeune pour ses soixante-dix-sept ans. Il n'avait jamais beaucoup bu, ne s'était jamais intéressé au tabac et avait pratiqué toutes sortes de sports jusqu'à la soixantaine. Par la suite, il s'était mis au bowling et était devenu capitaine de son équipe. Cet homme-ci, qui marmottait dans sa barbe : « Où est-ce que je vais trouver du lait ? », ne ressemblait en rien à leur père. Il n'était plus que l'ombre de lui-même.

Personne ne dit mot jusqu'à ce qu'il ait enfin posé la théière sur la table. Il s'assit avec ses enfants, mais resta concentré sur sa tasse. « Alors, comment va l'Amérique ? s'enquit-il après un silence qui sembla durer une éternité.

– Elle va bien.
– Et Casey ?
– Bien aussi.
– Il était formidable, le dernier album. Je l'écoute tout le temps en voiture.
– Merci, papa.
– Et sa charmante épouse Mabel ?
– En pleine forme, et les enfants aussi. Tout va bien.
– Et l'autre truc à New York, comment ça se passe ?

– J'ai un peu bossé en studio pour un chanteur de soul, un gars prometteur. Il a le talent et les chansons, il ne lui manque plus que la publicité et un peu de chance.

– Tu partiras en tournée avec lui ?

– Seulement si c'est compatible avec le programme de Casey.

– Ah.

– Oui.

– Il fait quel temps, chez toi ?

– J'arrive de Boston. Il pleut, là-bas.

– Il a neigé ici la semaine dernière. De la neige en avril, je n'aurais jamais cru voir ça. On dirait la fin du monde. » Il repoussa sa chaise et se leva. « Je vais m'allonger un peu. C'est bon de t'avoir à la maison, Davey.

– Merci, papa. »

Une fois Jack sorti de la pièce, Davey souleva sa tasse. « La fin du monde, hein ?

– Ouais », fit Grace, et ils finirent de boire leur thé en silence.

Molly

Molly était à la cafétéria lorsqu'elle tomba sur l'oncologue consultant de Rabbit. Le docteur Dunne, un petit homme sec et chauve d'une quarantaine d'années, faisait la queue en compagnie d'une femme entre deux âges aux cheveux noirs et frisottés, coiffée un peu comme un rockeur des années 1980. Elle portait une robe en lainage épais, un gros collant noir orné de boutons de rose, un cardigan assorti au collant, avec les mêmes boutons de rose, et aux pieds le genre de gros godillots que l'on ne voit que dans les documentaires sur les patients en psychiatrie du siècle dernier.

« Molly, j'arrive à l'instant. Comment va Rabbit ? demanda Dunne en prenant une orange.

– Elle dort la plupart du temps.

– Navré de ne pas avoir pu être là hier pour vous parler en personne.

– Votre ami s'en est très bien tiré.

– Je suis vraiment profondément désolé, Molly. »

Elle vit qu'il était sincère, bien qu'il ait à affronter la mort tous les jours. Elle tenta de sourire. « Merci, mais tout n'est pas perdu. »

Il regarda un instant la femme qui l'accompagnait, avant de revenir à Molly. De toute évidence, il se demandait si elle se rendait bien compte de la gravité de l'état de Rabbit. Molly remarqua sa gêne.

« Elle est encore là aujourd'hui, n'est-ce pas ? ajouta-t-elle, et il sembla se détendre un peu.

– J'irai la voir dans environ une heure, vous serez encore là ?

– Où voulez-vous que je sois ?

– Ici, bien sûr, intervint la femme aux gros godillots.

– Je vous présente Rita Brown, chargée de l'aide médico-psychologique, dit Dunne.

– Enchantée, Molly. Je suis là pour vous et votre famille, si vous avez besoin de moi.

– Merci », dit Molly avant de s'éloigner. Elle avait renoncé à prendre un thé : ses boyaux lui jouaient des tours. Elle chercha des yeux les toilettes. *Vite, vite, vite, Molly, évite d'avoir un accident. Il ne manquerait plus que ça, des vents polaires et pas de culotte.*

Elle arriva à temps aux toilettes, puis s'attarda un peu à se laver les mains sous une eau brûlante. Le savon était un produit de luxe qui parfumait délicieusement ses mains, et non le détergent antibactérien fourni dans les hôpitaux. Elle se regarda dans la glace. Elle avait toujours été un peu ronde mais son poids s'était avéré plutôt seyant avec l'âge, jusqu'à maintenant. Elle qui avait toujours eu la peau douce et claire, son teint était terne à présent, et ses yeux n'étaient plus que deux trous sombres dans son visage, entourés de rides profondes. À soixante-douze ans, voilà qu'elle se demandait : *Mais quand est-ce que je suis devenue si vieille ?* Ses cheveux étaient gris depuis des années et elle y ajoutait d'habitude un peu de blond cendré, mais, depuis la chute de Rabbit et le diagnostic qui avait suivi, elle n'avait plus eu de temps pour quoi que ce soit d'autre. Maintenant, les racines étaient moches et Rabbit lui rappelait sans cesse qu'il fallait qu'elle aille faire arranger cela. Mais comment aurait-elle pu perdre plusieurs heures chez le coiffeur au moment où sa dernière-née avait le plus besoin d'elle ?

Elle ne vit pas Rita entrer, occupée comme elle l'était à examiner ses cheveux, se demandant s'il serait approprié de porter un chapeau en intérieur.

« Je peux vous envoyer une coiffeuse dans la chambre, si vous voulez, dit la femme, la faisant sursauter.

– Non, non, ça va très bien.

– Rien ne va très bien, Molly.

– Non, c'est vrai.

– Donc, je vais vous envoyer une coiffeuse dans la chambre. Ce ne sera pas avant demain, si vous voulez bien ? Elle pourra faire quelque chose pour Rabbit aussi.

– Rabbit a la tête rasée. Ses cheveux n'ont jamais bien repoussé.

– Un massage du crâne, alors.

– Elle sera peut-être trop fatiguée pour cela.

– On verra demain comment elle se porte.

– D'accord, merci. » Molly s'apprêta à sortir.

« Molly. » Celle-ci se retourna. « Je suis là, si vous voulez parler.

– Je garderai ça en tête. » Elle sortit de la pièce.

Rabbit dormait encore lorsqu'elle regagna la chambre, mais Davey et Grace étaient arrivés.

« Salut, m'man, dit Davey.

– Salut, mon fils. » Elle s'approcha de lui et le serra fort, soufflant bruyamment en lui frottant la nuque. « Je ne me fais toujours pas à tes cheveux courts.

– Ça fait dix ans, maman.

– Il me semble que c'était hier. » Puis, détournant le regard vers Rabbit endormie dans le lit : « Elle ne va pas tarder à se réveiller.

– Papa viendra demain », annonça Grace.

Molly hocha la tête. « Il n'est pas en état. Il ne fait que lui pleurnicher sous le nez. Je vous jure, si elle ne l'a pas envoyé bouler cent fois hier... »

Davey eut un petit rire. « Y a vraiment que chez nous que ça se passe comme ça », fit-il remarquer.

Ils s'assirent, Grace et Davey sur le canapé, Molly dans le fauteuil relax.

« Votre père a mangé ?

– Il t'attend, répondit Grace.

– Je passerai prendre un curry en rentrant. À propos, comment va Jeffery ?

– Il a faim.

– Il me rappelle toi enfant, Grace. À cinq ans, tu mangeais de la terre – pendant un moment, j'ai eu peur que tu sois demeurée ! Dieu merci, ce n'était que de la gloutonnerie.

– Merci, maman, je me sens nettement mieux. Si tu veux, je peux préparer quelque chose pour papa.

– Je ne suis pas sûr qu'il ait le cœur à manger quoi que ce soit, fit observer Davey. Il a l'air salement secoué, maman.

– Et nous pas, peut-être ? » Elle observa fixement ses traits pâles et tirés. « Nous ne sommes plus que des ombres, mon garçon. Comment veux-tu qu'il en soit autrement ? » Ses yeux sombres se mouillèrent, mais les larmes n'osèrent pas en tomber.

Rabbit s'éveilla une minute, pendant que Michelle changeait son patch de fentanyl. « Tiens ! Te voilà, toi, lui dit l'infirmière au moment où ses yeux s'ouvraient lentement. Ton frère et ta sœur sont là. »

Grace et Davey se levèrent et accueillirent son regard avec des sourires forcés. Davey lui fit même un petit signe de la main, tel un concurrent dans un jeu télévisé.

« Bon sang de bonsoir, je suis tellement mal en point que mes frangin-frangine prennent des airs complètement abrutis.

– Moi, au moins, je ne t'ai pas fait coucou, fit remarquer Grace.

– Oh, ta gueule, Grace ! rétorqua Davey du ton le plus enjoué qu'il put trouver.

– Bon retour chez nous, Davey, dit Rabbit.

– Je ne peux pas dire que ce soit une partie de plaisir, concéda-t-il.

– Et moi donc.

– Où en est la douleur ? s'enquit Michelle.
– Sept.
– Le nouveau patch devrait faire effet très vite. Sinon, tu m'appelles. » Elle consulta sa montre. « Je dois partir dans une demi-heure, mais avant, je te présenterai Jacinta. Elle va te plaire : elle s'imagine qu'elle est chanteuse, alors si tu veux rire un bon coup, demande-lui de te chanter "Delilah".
– Elle est si mauvaise que ça ?
– À côté d'elle, l'autre casserole qui a perdu à *The X Factor* a l'air de Justin Timberlake, mais elle est bonne dans son boulot et c'est une adorable vieille chouette, expliqua Michelle avec un clin d'œil. Elle s'occupera bien de toi. À part ça, comment vont les boyaux ?
– Ils dansent la "Macarena".
– Ça veut dire qu'ils se portent à merveille, j'imagine. Bien, je vous laisse entre vous. »
Sur ce, elle sortit.
« Elle est sympa, dit Rabbit.
– Et canon », ajouta Grace. Les yeux de Davey avaient suivi ses fesses avant qu'elle ne disparaisse derrière la porte.
« Doucement, toi ! Tu es là depuis cinq minutes ! dit Rabbit à son frère.
– Ne va pas monter les infirmières contre nous, ou je te tue, prévint Molly.
– Ouais, comme ça, on sera deux dans le trou », s'esclaffa Rabbit.
Un silence de mort suivit cette phrase. Dans un western, on aurait vu passer des boules d'herbes dans le paysage. « C'était trop ? demanda Rabbit.
– C'était trop », confirma Grace.

Rabbit changea de sujet. « Dis donc, Davey, je remonte dans le temps, en ce moment.
– Ah oui ?
– Voui. Je suis retournée à notre muret, au garage. Je te voyais taper sur la batterie, les gars à fond à la guitare, à la basse, au piano, et Johnny qui chantait. Je te jure que je suis restée jusqu'à ce que vous ayez répété tous les morceaux deux fois.
– C'est ce que tu faisais toujours. » Il prit sa main fripée dans la sienne.

« Allongée par terre, à rêvasser en vous écoutant… ce sont les meilleurs moments qu'on ait jamais vécus.
– C'est pas du tout déprimant, ça, plaisanta-t-il.
– C'était fabuleux, en fait. »

C'est alors que Grace aborda la question de Juliet. Le sujet était délicat, et Molly redoutait la réaction de Rabbit.

« Demain, dit-elle. Amenez-la demain.
– Mais qu'est-ce que je dois lui dire ? » Grace était incapable de dissimuler le tremblement de sa voix.

« Dis-lui que sa maman l'aime, sœurette.
– Mais…
– Grace, je t'en prie.
– Elle pose des questions.
– Je me fiche de ce qu'ils disent. Je ne baisse pas les bras. »

Les yeux de Rabbit étaient noyés, et les larmes coulèrent comme si une digue s'était rompue. Soudain, voilà qu'elle suffoquait, et Molly bondit dans l'action, la soulevant, lui frottant le dos, lui murmurant des paroles apaisantes. « Allez, allez, ma fille, sèche tes larmes. On va se battre, et se battre encore. » Elle caressa et embrassa la tête de Rabbit, et, une fois la crise passée, elle la rallongea et lui caressa la joue jusqu'à ce que les larmes se tarissent peu à peu. « Dors, maintenant, ma chérie », dit-elle, et les yeux de Rabbit se fermèrent. Elle émit un soupir, et fut endormie aussi soudainement qu'elle s'était réveillée.

Grace et Davey étaient horrifiés. Grace avait beau avoir quarante-six ans et son frère quarante-quatre, ils étaient réduits à l'état de deux enfants impuissants, plantés au chevet de leur petite sœur sans savoir que faire ni que dire, attendant avec ferveur que leur maman arrange tout.

Grace

« Lenny ? » cria-t-elle à son mari en arrivant chez elle, chargée de dix sacs de provisions.

Jeffery, neuf ans, apparut à la porte du salon. « Il est en face, en train de regarder la voiture neuve de Paddy Noonan. Enfin, pas neuve, c'est un modèle de 2008, mais neuve pour Noonan. » Il lui prit un sac des mains, lui laissant les neuf autres. Puis regarda dans le sac. « Y a que de la verdure, là-dedans, constata-t-il avec dépit.

– Il va falloir que tu t'y fasses, parce que tant que tu n'auras pas perdu douze kilos, c'est tout ce que tu auras à manger. » Elle traversa le couloir pour entrer dans la cuisine.

« C'est pas juste, grommela le garçon.

– Où sont tes frères ?

– Stephen est encore en cours. Ryan est chez Deco et Bernard joue à la Nintendo en haut.

– Bon Dieu, c'est pas vrai ! Ryan sait qu'il doit rentrer tout droit après les cours.

– Il m'a dit qu'il devait travailler sur un exposé avec Deco.

– Quel fieffé menteur », marmonna Grace.

Jeffery resta assis face à elle, au comptoir de la cuisine, pendant qu'elle rangeait les courses.

« C'est ce que j'ai dit, mais p'pa est trop poire.

– Arrête de me regarder.

– Hein ?

– Tu suis la nourriture des yeux, Jeffery, et je te préviens, je vais surveiller la moindre bouchée. S'il en manque une, je te courrai après avec un marteau.

– Mais c'est pas vrai, m'man ! Tu tournes vraiment pas rond ! » Il descendit de son tabouret.

« Où est Juliet ?

– Là où elle est toujours.

– Est-ce que ça va ?

– J'en sais rien. Elle veut pas me parler.

– D'accord. Allez, monte te mettre en survêtement. On va aller courir avant le dîner.

– Hein ? fit Jeffery, visiblement consterné.

– Tu m'as bien entendue.

– Ça va pas, la tête ? Je ne vais pas courir avec toi.

– Oh, que si.

– Les copains vont se payer ma tête si on nous voit.

– Oui, eh bien ils riront moins quand tu auras minci et que toutes les filles te courront après.

– Les filles, c'est beurk.

– C'est beurk quand on a neuf ans, mais quand on arrive à treize, on ne pense plus qu'à ça, tu verras.

– Pas si je suis homo.

– Eh bien crois-moi, mon fils : quand on est homo, le corps, ça compte encore plus.

– T'es trop méchante ! cria le garçon.

– Allez, monte enfiler ton survêt. »

Elle gagna le salon et se laissa tomber à côté de Juliet sur le canapé. La télé était allumée dans le fond, mais la jeune fille ne la regardait pas. Elle était plongée dans un livre, qu'elle ferma.

À douze ans, Juliet ressemblait beaucoup à sa mère au même âge. Les mêmes cheveux châtain terne, bien qu'elle ait une coupe dégradée qui leur donnait un peu de volume. Elle était maigre comme un clou et avait un joli petit visage – pas de lunettes, mais elle plissait le nez comme Bunny quand elle réfléchissait.

« Tu l'as vue ? demanda-t-elle.
– Oui, elle est bien installée.
– Quand est-ce que je pourrai aller la voir ?
– Demain.
– Pourquoi pas ce soir ?
– Elle est fatiguée.
– Elle est toujours fatiguée.
– Je sais, mais demain, d'accord ?
– Quand est-ce qu'elle rentre à la maison ?
– Je ne sais pas, mentit Grace.
– Je peux m'occuper d'elle.
– Bien sûr que tu peux.
– Je sais quoi faire.
– Je sais que tu sais, chérie.
– Alors elle devrait être à la maison avec moi. Elle n'a pas besoin d'être en maison de repos. »

Ce mensonge avait échappé à Grace la veille au soir, alors qu'elle ne trouvait absolument pas quoi dire à l'enfant dont elle venait d'apprendre que la mère était mourante.

« On verra comment ça se passe demain. »

Juliet opina de la tête. « Tout ce que je veux, c'est rentrer à la maison avec elle. »

Grace ne répondit rien, se contenta de chasser les cheveux de son visage et parla de ce qu'elle avait prévu pour le dîner. Juliet écouta poliment en attendant de pouvoir reprendre son livre.

Grace sortit du salon juste à temps pour voir Jeffery descendre dans un survêtement deux tailles trop petit pour lui.

« Jeffery.
– Quoi ?
– C'est une blague ?
– C'est le seul que j'ai.
– Remets ton jean. »

Ravi, le garçon applaudit. « Mortel !
– Tu vas courir en jean.
– Ah, pitié, m'man. »

Grace venait d'enfiler sa propre tenue de sport quand Lenny entra dans la chambre. « Tu emmènes Jeff courir ? demanda-t-il.

– C'est moi qui lui ai fait ça, c'est à moi de réparer.
– Mais non, ce n'est pas toi.
– Je suis gourmande, je l'ai toujours été, je le serai toujours. Ma mère l'a vu, alors elle ne m'a pas laissée manger tout ce que je voulais, et j'ai appris à me discipliner. Je savais que Jeff était comme moi. Je savais qu'il avait du mal à dire non mais, au lieu de le faire pour lui, j'ai laissé notre petit dernier se gaver presque à en crever. Qu'est-ce que j'ai dans le crâne, franchement ?
– Tu exagères.
– Le prédiabète, Len. Il a neuf ans et il risque un diabète de type deux comme son grand-père, sans parler des maladies cardiovasculaires, de l'insuffisance rénale, de la cécité… et tout ça, c'est ma faute. »

Il l'entoura de ses bras. « Ça va s'arranger.
– Tout ne s'arrange pas toujours », dit-elle.

Lenny comprenait que sa femme ait tellement mal pris les résultats des examens médicaux de son fils. Elle avait eu si longtemps peur de perdre Rabbit... et maintenant c'était en train d'arriver.

« Comment va Rabbit ?
– Elle est mal en point, Len. »

Il l'embrassa sur le front.

« D'accord, mon amour. On va faire le maximum pour elle.
– Et ensuite ?
– Et ensuite, on lui dira au revoir. »

Grace pleura en silence sur l'épaule de son mari pendant cinq longues minutes.

2

Johnny

Rabbit Hayes, douze ans, était cachée entre la lourde tenture et le doublage en boîtes à œufs du mur du garage lorsque Johnny la trouva. Il n'écarta pas le rideau, mais s'assit simplement en tailleur par terre, comme s'ils étaient de part et d'autre de la grille d'un confessionnal.

« Salut », dit-il.

Elle resta muette pendant quelques instants, tâchant de ravaler ses sanglots. « Salut, répondit-elle une fois la crise de larmes passée.

– Qu'est-ce qu'il y a ?

– Rien.

– Il y a bien quelque chose. On ne pleure pas sans raison. »

Elle remonta ses lunettes et les tint contre son visage.

« Je t'entends réfléchir, insista-t-il.

– Ce n'est pas possible.

– Si, alors arrête de réfléchir et mets-toi à parler. »

Rabbit soupira bruyamment derrière le vieux rideau. « Il y a deux garçons qui n'arrêtent pas de me donner des noms méchants. Aujourd'hui, ils m'ont pris mes lunettes et m'ont dit que si je ne leur apporte pas des sous demain après l'école, ils vont les casser. »

Johnny se renfrogna. « Quel genre de noms méchants ? s'enquit-il en gardant une voix égale.

– Je ne veux pas le dire.

– Ils t'ont fait du mal ?

– Ils m'ont poussée contre un mur, mais ça va.

– Et ça dure depuis combien de temps, tout ça ?

– Un petit moment.

– Qui est-ce ?

– J'ai pas intérêt à le dire. »

Johnny desserra les poings, puis tira le rideau, révélant sa jeune amie dans son uniforme scolaire, ses deux genoux écorchés remontés sous le menton, tenant ses lunettes contre son visage baigné de larmes.

« Il faut que tu me le dises.

– Pourquoi ?

– Parce que les gars et moi, on va s'en occuper.

– Je ne peux pas.

– Rabbit, soit on va foutre une trouille bleue à deux garçons de ton bahut, soit on les terrifie tous jusqu'au dernier jusqu'à ce qu'ils crachent le morceau. »

Pendant un instant, elle parut sur le point de se remettre à pleurer, mais finalement, non. Au contraire, elle sourit d'une oreille à l'autre.

« Leur foutre une trouille bleue ? »

Il fit oui de la tête.

« Je pourrai regarder ? »

Nouveau hochement de tête.

« Merci, c'est sympa. »

Il l'aida à se lever, et, tout en avançant dans le petit couloir qui rejoignait la cuisine, la serra contre sa hanche. « Tu fais partie de ma famille, Rabbit. Ne l'oublie jamais. »

Le lendemain, elle était avec lui au point de rendez-vous, à côté du bosquet de gros arbres, à deux minutes à pied de l'école. Francie et Jay attendaient, eux aussi, en s'entraînant à taper dans des balles de golf. Francie se servait d'un putter, tandis que Jay faisait l'andouille avec un bois. Les deux gamins de douze ans arrivèrent. Chris était le plus costaud des deux – costaud, mais très loin des deux grands de seize ans armés de clubs de golf ; Eugene, lui, était le petit râblé aux gros poings. Ils virent les jumeaux avant de remarquer Rabbit, adossée au mur en compagnie de Johnny. Ce dernier avait les bras croisés, et lorsque leurs regards se rencontrèrent, il haussa un sourcil, cligna de l'œil, tourna la tête vers les gars et hocha la tête. Ils répondirent par un reniflement. Puis, sans même avoir le temps de dire ouf, les petits virent ces deux fous leur foncer dessus en brandissant des clubs.

Francie faucha les jambes de Chris et le fit tomber à la renverse. Puis il s'assit sur lui et tint le club de golf contre sa gorge. Jay, de son côté, accula Eugene contre un arbre, lui fourra une balle de golf dans la bouche et fit mine de travailler son swing pendant que le gamin, les mains en l'air, se mettait à pleurer.

Rabbit observait la scène, terrifiée et excitée. « Ils ne vont pas vraiment leur faire mal ? souffla-t-elle.

– Mais non. Ils s'arrêteront dès que le premier se pissera dessus. »

Ils n'eurent pas longtemps à attendre. Eugene fut le premier à craquer et, pendant que l'urine assombrissait la jambe de son bas de survêtement rouge, Johnny sortit de sa poche un Polaroid.

« *Cheese!* »

Il prit une photo du garçon qui venait de se souiller, une balle de golf dans la bouche. Celui qui était à terre pleurait si fort qu'il avait des traînées boueuses sur les joues. Johnny l'immortalisa aussi. Les jumeaux les obligèrent à ne pas bouger, le temps que les Polaroid se développent. Lorsqu'ils furent prêts, Johnny décolla le papier protecteur. « Un prodige de la technologie moderne, les mecs. » Il leur montra les preuves en images de leur humiliation, puis Francie et Jay les laissèrent se relever. Johnny appela Rabbit, qui était restée contre le mur, et elle le rejoignit à pas prudents, toujours effrayée et euphorique, le cœur battant. Johnny lui tendit les photos, qu'elle fourra dans son sac de classe.

Il se tourna ensuite vers les petits, que les deux autres retenaient par le colback. « Vous voyez cette fille ? » Il indiquait Rabbit, et les petits hochèrent vigoureusement la tête. « À partir de maintenant, votre boulot est de la protéger. Si qui que ce soit touche à un cheveu de sa tête, ou lui dit la moindre méchanceté, vous leur en passez l'envie. Sinon, le châtiment est que vous perdez tous les deux vos petites bites, compris ?

– Vous pouvez pas nous faire ça », geignit Chris d'une voix larmoyante. Eugene, qui avait toujours la balle dans la bouche, hocha de nouveau la tête pour montrer qu'il soutenait son copain.

« Si, on peut, dit Francis.

– Et on le fera, renchérit Jay.

– Mais vous irez en prison !

– Cinq ans pour coups et blessures, immédiatement divisés par deux parce que les prisons sont trop pleines, et encore raccourcis de moitié pour bonne conduite.

– Et on peut être très charmants, quand on veut, précisa Jay.

– Ce qui nous laisse un peu plus d'un an. Je fais ça les yeux fermés, dit Francie.

– Il y a une formation en prison que j'aimerais beaucoup suivre », ajouta Jay.

Johnny sourit. « Un an en taule avec une télé rien que pour soi, c'est rien du tout. Mais une vie entière sans quéquette, ça, c'est long, les mecs. »

Les deux petits fondirent de nouveau en larmes.

« D'accord », lâcha Chris.

Eugene acquiesça avec ardeur.

« C'est bien, dit Johnny.

– Parfait. »

Francie tapota l'épaule de Chris pendant que Jay poussait Eugene en avant.

« Tu peux sortir cette balle de sa bouche, lança Johnny à ce dernier, qui essaya aussitôt – mais elle avait l'air réellement coincée. Aide-le, ordonna Johnny à Chris.

– Comment ?

– Avec tes doigts, suggéra Jay, logique.

– Hein, quoi ?

– Fais-le, c'est tout, intervint Francis.

– Oh là là, les mecs…

– Fais pas ton bébé, putain, s'impatienta Jay.

– D'accord, d'accord. » Chris enfonça ses doigts crasseux dans la bouche de son copain. « C'est tout serré !

– Attrape-la par-derrière, conseilla Francie.

– Mais fais gaffe à ses dents, avertit Rabbit en s'avançant derrière Johnny.
– Wé, hérha hawéhan, tenta de dire Eugene.
– Quoi ?
– Il a dit : "Ouais, fais gaffe à mes dents", traduisit Rabbit.
– Ouvre juste encore un tout petit peu, Eugene, d'accord ? » Chris émit un bruit bizarre, comme s'il allait vomir. « Baaah ! je sens sa langue !
– Bon, ça me soûle, barrons-nous. »
Francie cala son club de golf sur ses épaules et posa les bras dessus.
Johnny pointa le doigt sur les deux garçons. « Et n'oubliez pas, faites attention à notre copine, sinon… » Il mima des ciseaux avec ses doigts.
Chris cessa de fouiller la bouche d'Eugene le temps de faire signe qu'il avait compris. Johnny sourit à Rabbit, et elle marcha de front avec eux, entre lui et Jay, avec Francie au bout qui exprimait sa soudaine envie d'une saucisse panée. Quand les jumeaux eurent bifurqué vers la baraque à frites la plus proche, Johnny raccompagna Rabbit jusqu'à son muret, sur lequel ils s'assirent quelques minutes pour regarder deux chiens se courir après sur la pelouse.
« Pourquoi tu n'as pas amené Louis et Davey ? voulut savoir Rabbit.
– Louis n'aurait pas eu les couilles de le faire, et Davey… bon, si on avait dit ça à ton frère, il leur aurait coupé leurs petites quéquettes direct, répondit Johnny en riant.
– C'est vrai ? » souffla Rabbit en plissant le nez. À douze ans, elle n'était pas certaine que son frère l'aime

assez pour se retenir de la pousser sous un bus si elle était sur son chemin, alors, la défendre…

« Tout le monde t'aime, Rabbit, déclara alors Johnny. Comment faire autrement ? »

Elle piqua un fard, et il donna une pichenette à ses chignons, descendit du muret et rejoignit la porte latérale. À cette époque-là, les membres du groupe avaient tous leur clé du garage. Il l'ouvrit et se retourna vers elle.

« On se retrouvera de l'autre côté, Rabbit », dit-il avant de disparaître.

Rabbit

Rabbit fut réveillée par la douleur et, l'espace d'un instant, ne comprit pas du tout où elle se trouvait. La seule chose qu'elle éprouvait était une souffrance tellement intense qu'elle dut appeler à l'aide. C'est lorsque l'infirmière arriva en courant que tout lui revint. *Oh non, c'est vrai, je vais mourir.* Jacinta avait l'allure d'une paysanne haute comme trois pommes, le visage amical, une grosse poitrine et des mains minuscules. Elle consulta le dossier, traita rapidement l'accès douloureux paroxystique, puis attendit que les poings de Rabbit se desserrent et que sa respiration devienne plus régulière.

« Ça va mieux ? demanda-t-elle.

– Mieux.

– C'est de la bonne came. Au fait, je suis Jacinta.

– La chanteuse.

– Ah, on vous a dit.

– "Delilah" », souffla Rabbit en retroussant sa lèvre inférieure gercée.

Jacinta sortit de sa poche un bâtonnet de citrate de fentanyl transmuqueux, retira l'emballage et le lui tendit. « Goûtez-moi ça. »

Rabbit le suçota et le frotta contre ses lèvres. « Merci. Bon, alors. "Delilah". »

Jacinta consulta sa montre, puis s'assit dans le fauteuil relax et réprima un bâillement. « Ah, pour tout vous dire, "Forever in Blue Jeans" est ma préférée, mais que voulez-vous, "Delilah" est le tube que tout le monde réclame. » Elle rit un peu pour elle-même. « Cela dit, franchement, les gens n'apprécient pas mon "Wonderwall" à sa juste valeur. » Elle plaisantait : elle savait qu'elle chantait mal mais elle s'en fichait, et c'était une chose que Rabbit appréciait chez elle.

« J'ai connu un chanteur, autrefois, dit-elle.
– Ah oui ? Il était bon ?
– Il était extraordinaire. Il aurait fini par devenir la plus grande star de la planète.
– Que s'est-il passé ?
– Il m'a lâchée.
– Je suis désolée pour vous, dit Jacinta, visiblement sincère.
– Moi aussi », souffla Rabbit, dont les yeux se fermaient déjà.

Davey

Davey fut le premier à quitter l'hôpital. C'était trop dur de rester là, sans savoir quoi dire ni quoi faire, et s'en aller était plus facile. Il était encore temps d'aller retrouver les gars. Francie travaillait tard, mais Jay était libre pour aller boire une pinte, si Davey était prêt à traverser toute la ville. Il prit un taxi devant l'hôpital et appela son pote en route. Jay parut abattu au téléphone. Il avait appris le diagnostic de Rabbit, bien qu'il ait déménagé dans les montagnes. « Ma mère a croisé Pauline en faisant ses courses, expliqua-t-il. J'en suis malade pour toi, mon frère. Malade pour nous tous.

– Je sais.

– Mais ça me fera plaisir de te voir. » Il raccrocha. La dernière visite de Davey remontait à six mois, et Jay était en vacances avec sa famille en Espagne à ce moment-là, si bien qu'ils s'étaient ratés. Davey prit soudain conscience qu'ils ne s'étaient pas vus depuis deux ans.

Le chauffeur de taxi ne disait rien : il écoutait un débat radiophonique. Le présentateur s'efforçait d'obtenir une réponse franche et directe d'un politicien, sans grand succès. De temps en temps, le chauffeur grommelait contre sa radio : « Oh, ça vous va bien de dire ça, bande d'abrutis », ou : « Et mon indemnité carburant, alors ? Les fumiers », ou encore : « Votre taxe solidarité, vous pouvez vous la foutre au cul. »

Davey ne chercha pas à engager la conversation. Il préférait regarder Dublin défiler derrière la vitre. La nuit tombait, et les trottoirs fourmillaient de gens en costard ou en tailleur rejoignant leur bus, leur voiture ou leur train. Certains parlaient au téléphone, d'autres écoutaient leur iPod, d'autres encore marchaient deux par deux, en bavardant, en riant. Un type passa, chantant tout seul, devant le taxi arrêté à un feu. Un soir de printemps ordinaire à Dublin. *La vie continue*, songea Davey. *J'ai toujours détesté cette phrase à la con.*

Jay l'attendait au pub. Dès qu'ils se furent repérés, il se leva et accueillit Davey en le serrant dans ses bras, puis lui ébouriffa les cheveux.

« T'as bonne mine, Quasimort.

– Toi de même. » Ils s'assirent au comptoir et Jay commanda deux pintes sans consulter son ami. Ils trinquèrent et burent une gorgée avant d'ajouter quoi que ce soit.

« Comment est-ce qu'elle encaisse ? s'enquit Jay.

– Tu connais Rabbit. Elle s'accroche.

– C'est dur, vieux.

– C'est la vie.

– Bon, je vais changer de sujet. Comment va la vie au pays du strass et des paillettes ? Raconte-moi des trucs agréables, parce que je viens de passer la journée à mixer le son d'un dessin animé composé uniquement de bip-bip et de tût-tût.

– Bah, rien de bien nouveau.

– Des trucs agréables, je te dis.

– Je vis dans un bus, putain.

– Toujours pas terrible.

– Je suis chiant, que veux-tu.

– M'oblige pas à te taper. »

Davey sortit son téléphone et fit apparaître la photo d'une jeune beauté blonde américaine. « J'ai une histoire en pointillé avec elle.

– Oh, wouah ! Quel âge ?

– Vingt-cinq.

– Mannequin ?

– Apprentie actrice.

– Quasimort est devenu un tombeur ! Qui l'aurait cru ?

– Pas moi, en tout cas.

– Aucun d'entre nous ! Regarde-toi ! Elle te plaît ?
– Elle est sympa, mais… » Davey secoua la tête. « …ce n'est pas…
– Marjorie ?
– Ne commence pas.
– Elle est séparée, maintenant. C'est officiel depuis un paquet de temps.
– M'en fous.
– Mes couilles !
– Et comment va ta petite femme ?
– Les affaires vont mal. Elle a mis la clé sous la porte il y a trois mois.
– Pauvre Lorraine.
– Elle n'est pas la seule. Elle essaie d'écouler son stock sur Internet. Si ça marche, elle continuera peut-être dans la vente en ligne. On verra.
– Et les gosses ?
– Den est parti au Canada l'an dernier. Il bosse en Nouvelle-Écosse. Ça lui plaît. Justine termine le lycée dans deux mois.
– Je me sens vieux.
– C'est parce que tu l'es ! Trop vieux pour cette fille.
– Je sais, je sais.
– Marjorie a loué un appart en ville.
– Jay…
– D'accord, d'accord, je n'insiste pas. »

Francie arriva juste avant la dernière tournée. Il souleva Davey du sol et le secoua comme un prunier. « Ça fait super plaisir, Quasimort. Je vais voir ta sœur demain, alors profitons des retrouvailles ce soir.
– Ça me va.

– Parfait, dit Francie en lui donnant une grande tape dans le dos. Allez, montre la photo de la jeune beauté dont tu abuses.

– Comment tu es au courant ? »

Jay brandit son téléphone. « Ça s'appelle un smartphone ! Et ça, ce sont des doigts, Columbo. »

Ils bavardèrent encore pendant une heure au pub, puis allèrent s'acheter des frites, comme au bon vieux temps. Dans la file d'attente, la description détaillée par Francie de sa vasectomie mit les larmes aux yeux de Davey.

« Mes pruneaux ressemblaient vraiment à des pruneaux, pour le coup !

– Des pruneaux ratatinés, précisa Jay.

– Enfoncé, *La Couleur pourpre !* Où est mon oscar, bordel ?

– J'avais jamais rien vu de pareil, dit Jay. Ça m'a dégoûté à vie.

– Parce que tu les as vus, ses pruneaux ?

– Tu parles, il n'arrêtait pas de me les mettre sous le nez ! expliqua Jay, visiblement toujours perturbé par le souvenir encore vivace.

– Tu sais bien ce qu'on dit : ça aide, de parler », plaida Francie avec malice.

Davey pouvait écouter ses potes plaisanter comme ça pendant des heures. C'était agréable, mais c'est aussi que les heures passées avec sa bande comptaient parmi les plus belles de sa vie. Pendant les quelques brèves années où ils avaient formé un groupe plein de promesses, il avait plus ri et aimé qu'au cours de toutes celles qui avaient suivi. Il avait la belle vie. Il avait réalisé ses rêves. Il avait gagné beaucoup d'argent. Il avait des amis formidables. Sur le papier, il avait réussi, mais, chaque fois qu'il rentrait chez lui, cela lui rappelait l'existence à laquelle il avait renoncé. *Serais-je plus heureux si j'étais resté ? Serais-je marié à une femme que j'aimerais et qui m'aimerait ? Serais-je père, à l'heure qu'il est ? Ou suis-je destiné à vivre toute mon existence avec un vide en moi ?* Il contempla ses deux vieux copains, assis côte à côte, en train de manger des frites, tout en coudes et en gestes des mains, à une table trop petite pour eux. Malgré les circonstances ineffablement tragiques de sa venue, malgré l'état de choc dans lequel il se trouvait et la douleur déchirante dont le rapprochait chaque minute qui passait, pendant un bref moment ce soir-là, Davey Hayes se rappela ce que c'était que d'être heureux.

Jack

Jack était présent lorsque sa cadette était venue au monde. Sa naissance était la seule à laquelle il ait assisté, et ce n'était pas par choix. Dans l'Irlande des années 1970, il n'était pas habituel qu'un homme soit présent dans la pièce. Cela ne se faisait pas, voilà tout. Les femmes avaient les bébés et les hommes attendaient au pub avec leurs amis, une pinte ou deux et des cigares prêts à servir. Pendant la naissance de Grace, Jack avait assisté à un match de football local, puis fait un gueuleton avec ses camarades et descendu deux bières au pub où il avait ses habitudes. À vingt-deux heures dix, le barman avait répondu au téléphone et annoncé au pub entier que Jack Hayes était l'heureux papa d'une petite fille de trois kilos cinq. L'établissement entier avait célébré l'occasion, et on lui avait payé tant de coups à boire que Nicky Morrissey, le barbier du quartier, avait dû le porter chez lui.

La naissance de Grace s'était bien passée pour Jack. Celle de Davey, pas tant que ça : il leur avait fait une petite frayeur en fin de grossesse, si bien que Molly avait passé les deux dernières semaines à la maternité, laissant Grace dans les jambes de Jack.

À ce moment-là, il n'avait déjà plus ses parents ; le père de Molly était mort alors qu'elle était enfant, et sa mère avait trop perdu la tête pour qu'on puisse lui confier une gamine de deux ans. Jack était tout ce qui restait à Grace en l'absence de sa mère, et il était démuni face à cette enfant obstinée. Il avait passé la journée de l'accouchement à la faire courir pour l'épuiser, de manière qu'elle soit K.-O. aussitôt son dîner avalé. Ils s'étaient disputés à propos du poisson pané : Grace avait fait une comédie, puis s'était endormie en cinq minutes après qu'il l'avait enfermée dans sa chambre en menaçant, à travers la porte fermée, de s'en aller en l'abandonnant sur place. La sage-femme avait appelé à la maison pour lui annoncer la naissance de son fils, deux kilos neuf. Il l'avait remerciée, s'était effondré devant *Le Saint*, et avant la première page de publicités il ronflait déjà.

Mais pour Rabbit, cela s'était passé autrement. Elle était si pressée de venir au monde que Molly avait insisté pour que Jack grille les feux rouges. « Si ça ne risque rien, vas-y ! hurlait-elle.

– Tu es devenue folle, ma femme ?

– Le bébé arrive, Jack !

– Oh, retiens-toi une minute, Molly, tu veux ? Tais-toi un peu.

– Mais oui, bien sûr, je vais croiser les jambes !

– Tu crois que ça marcherait ? » Il avait eu un espoir fugace.

« Ne m'oblige pas à te taper dessus ! avait dit Molly, après quoi elle lui avait crié de se garer.
– Sainte mère de Dieu, Molly, retiens-toi, retiens-toi ! » braillait-il lorsqu'il s'était arrêté dans la cour d'un garage Ford, au bord de la route de Drumcondra. C'était presque l'heure du déjeuner et le garage était vide, à l'exception d'un vendeur et d'un gamin aux yeux ronds qui lavait les voitures, jusqu'au moment où l'Escort de Jack, passant en trombe à côté de lui, avait renversé son seau et menacé ses orteils. Le vendeur, un dénommé Vincent Delaney, était sorti en courant du bureau pour tomber nez à nez avec les parties intimes de Molly et avec Jack beuglant : « Je vois la tête ! »

Vincent était aussitôt tombé dans les pommes. Lorsqu'il était revenu à lui, Jack tenait Rabbit dans ses bras et Molly s'était couverte d'un manteau. Elle lui avait ordonné d'appeler une ambulance, bon Dieu de merde ! Jack aimait tous ses enfants à parts égales, mais il aurait menti s'il avait prétendu que mettre au monde sa cadette n'avait pas été le plus beau jour de sa vie.

Lorsque le diagnostic de cancer du sein était tombé, il avait lu tout ce qu'il y avait à lire sur le sujet et s'était réjoui de conclure qu'elle allait s'en tirer – ce qui était vrai, jusqu'au jour où il avait fallu enlever l'autre sein. Cela aussi était acceptable – Rabbit pouvait vivre sans. Ensuite on avait trouvé des métastases dans son foie et là, il s'était inquiété, car Google lui disait de le faire. Mais les médecins étaient certains de pouvoir encore vaincre le cancer, jusqu'au moment où on en avait trouvé dans ses poumons. C'est à cette période-là qu'ils avaient commencé à parler de vivre avec le cancer et de contrôler la maladie, mais ils avaient encore de l'espoir. Des millions de gens vivaient avec un cancer, leur avait-on dit. « Ce n'est pas idéal, mais c'est la vie, et Rabbit est un brave petit soldat. » Et puis Rabbit était tombée dans sa cuisine, son os s'était brisé net, et la pauvre Juliet l'avait trouvée en grande détresse. Une heure après son hospitalisation, ils savaient déjà que les os étaient atteints et que c'était le début de la fin. La fille de Jack s'était cassé la jambe, et voilà qu'il était en train de la perdre. Tant qu'elle était à l'hôpital, il y avait sûrement des choses à faire, mais, en la transportant dans la maison de soins palliatifs, ils avaient renoncé à tout.

Cela lui avait fait l'effet d'un grand coup sur la tête. Jack ne pouvait plus penser droit, car ce serait revenu à penser l'impensable. *On est en train de la perdre. Elle nous quitte. C'est terminé...* Et ça, c'était tout simplement impossible. *Pas question, pas ma petite fille. Je ne veux pas en entendre parler. JE NE VEUX PAS EN ENTENDRE PARLER.* Après une courte période de silence hébété, il était retourné à l'hôpital combattre tout médecin ou soignant disponible pour lui parler. Il les avait suppliés de la garder et de la traiter, avec un protocole expérimental, si nécessaire. « Vous pouvez lui donner de l'os de bœuf pilé si vous pensez que ça peut aider. » Tout ce qu'il voulait, c'était qu'ils continuent comme ils le faisaient depuis quatre ans, mais eux voulaient tout arrêter et Molly les laissait faire. Il avait épousé une guerrière. Molly s'était battue dans les rues pour le droit de travailler après le mariage ; elle avait dissuadé un homme de sauter d'un toit lorsqu'elle était bénévole dans un asile psychiatrique ; elle avait même poursuivi un voleur et lui avait tapé dessus avec un filet d'oranges. Jack ne comprenait pas pourquoi cette femme refusait de lutter pour son enfant. *Il faut qu'on se batte pour notre fille, Molly. Il faut qu'on la guérisse. On ne peut pas la laisser tomber. C'est notre boulot, bon sang de bonsoir.*

Il n'avait pas reparlé à sa femme depuis que celle-ci avait regardé Rabbit signer les formulaires d'admission de la maison de soins palliatifs. Molly ne s'en était même pas rendu compte, notez bien : elle était trop occupée à conduire sa fille à la mort. En rentrant à la maison ce soir-là, elle avait apporté un curry et, au lieu de parler de Rabbit, elle avait jacassé sur la nécessité qu'il élimine ce repas en allant marcher. *Mais quel est le plan d'action ? Quand est-ce qu'on reprend le combat ?* Elle s'était assise dans le fauteuil et s'était endormie aussi sec. Il avait flanqué le curry à la poubelle et était monté. Il était resté étendu seul dans son lit, dans le noir, ses yeux brûlants fixés sur le plafond, la tête si pleine de rage qu'il en avait mal. *Pourquoi laisses-tu faire une chose pareille, Molly ? Mais qui es-tu donc ? Où est passée ma femme ? Je ne peux pas me battre pour elle sans toi, Molls. Pitié, je t'en supplie, aide-moi.*

Juliet

Il était presque minuit lorsque Juliet entendit la porte d'entrée s'ouvrir et se refermer discrètement. Elle baissa le son de la télé au minimum, espérant que Stephen monterait dans sa chambre sans passer la voir ; mais la porte du salon grinça et il entra sur la pointe des pieds. Elle était assise, il était trop tard pour faire semblant de dormir.

« Salut, dit-il.

– Salut.

– C'est l'avantage de dormir sur le canapé, ajouta-t-il en faisant allusion à la télévision.

– Faut croire. »

Le canapé-lit était déplié, et elle était emmitouflée dans un tas de couvertures. Stephen s'assit dans un fauteuil, dans un coin de la pièce.

« T'arrives pas à dormir ?

– Non.

– C'est dur de ne pas être chez soi.

– Ouais, reconnut-elle.

– Je suis désolé pour ta mère. J'aimerais pouvoir faire quelque chose.

– Merci, mais c'est juste une jambe cassée. Elle a connu pire. »

Stephen hocha la tête, puis changea de sujet. « T'as pas faim ?

– Il est tard.

– Je viens de passer douze heures d'affilée à bosser pour tenter de rattraper l'année que j'ai passée à boire des bières et à courir après une fille nommée Susan au lieu d'aller en cours. Je suis crevé et j'en veux à moi-même, au monde entier et à cette idiote de Susan, qui ne sait pas voir une bonne chose même quand elle l'a sous le nez. Moi, quand je suis crevé et fumasse, je mange. »

Juliet sourit. Stephen était cool et elle aussi était crevée et fumasse. Elle était crevée parce qu'elle avait toujours du mal à s'endormir quand sa mère était à l'hôpital, et elle était fumasse parce qu'elle ne comprenait pas pourquoi Grace tenait à la faire dormir dans un canapé-lit, entourée de garçons plus fous les uns que les autres, au lieu de la laisser occuper tranquillement la chambre d'amis chez sa grand-mère. De plus, elle n'avait rien mangé de la journée hormis une barre de céréales, malgré les supplications de Grace.

« Ouais, en fait, j'ai faim.

– Viens avec moi. » Stephen se leva et sortit de la pièce.

Elle enfila ses chaussons et sa robe de chambre, puis le suivit à la cuisine où il faisait cuire des saucisses et chauffer de l'eau.

« Rien ne vaut un sandwich saucisse à minuit, professa-t-il pendant qu'elle s'asseyait au comptoir.

– Il y a du ketchup ?

– Évidemment ! Tu nous prends pour qui ?

– Pourquoi tu as voulu faire des études d'ingénieur ?

– J'ai eu une boîte de Meccano pour mes dix ans, et j'en étais dingue. Depuis, je n'ai jamais rien voulu faire d'autre.

– Alors pourquoi tu as passé l'année à boire des bières et à courir après Susan ?

– Parce que je suis con. »

Elle eut un petit rire.

« Et toi ? Tu sais ce que tu voudrais faire plus tard ?

– Des sciences.

– Tu vas construire des fusées, ou essayer de trouver une alternative à l'eau ?

– Je vais essayer de trouver un remède contre le cancer », dit-elle, ce qui coupa le sifflet à Stephen. L'espace d'un instant, il eut l'air sur le point de pleurer. Mais il tartina quatre tranches de pain. Puis il sortit les saucisses de la poêle et les posa sur deux des tranches, les aspergea de ketchup et les recouvrit des deux autres tranches, coupa les sandwiches en deux, les posa sur deux assiettes et en tendit une à Juliet. Enfin, il prit une énorme bouchée de son sandwich et dit : « Miam. »

Encouragée, Juliet mordit dans le sien.

« C'est vrai que c'est bon, reconnut-elle. Si tes études d'ingénieur ne marchent pas, tu pourras toujours être

cuistot dans un boui-boui, ou acheter une camionnette de hot-dogs.
— Ha ha. Mes études marcheront, même si je dois supplier, emprunter ou voler.
— Ou bosser tes cours.
— Ou bosser.
— OK. »

Elle n'avait pas pensé à sa mère pendant au moins soixante secondes. Elle avait souri, apprécié un sandwich et même ri un tout petit peu. Pour la première fois depuis des jours, Juliet Hayes vivait dans l'instant.

«Tu sais que tu es ma cousine préférée.
— Je suis ta seule cousine, lui rappela-t-elle.
— Puisqu'on en parle, tu crois que l'oncle Davey est homo ?
— Absolument pas.
— Qu'est-ce qui te rend si sûre ?
— Je l'ai surpris au lit avec la meilleure copine de ma mère, Marjorie, quand j'avais dix ans.
— Non !
— Ils m'ont dit qu'ils jouaient à saute-mouton ! »

Stephen faillit s'étouffer avec son sandwich tellement il riait, et Juliet se laissa aller à faire de même. *Oh, maman, pardonne-moi. J'espère que ça va. Tu me manques. Je t'aime. Reviens à la maison.*

DEUXIÈME JOUR

3

Molly

Molly s'éveilla dans le fauteuil. Elle était ankylosée, gelée, et ne savait pas encore bien si c'était le jour ou la nuit lorsqu'elle entendit Davey s'affairer dans la cuisine. Elle se leva, s'étira et tapa du pied – elle ne sentait plus sa jambe –, attendit que les picotements soient passés, puis se dirigea vers le bruit. Davey faisait bouillir de l'eau lorsqu'elle entra dans la pièce.

« Quelle heure est-il ? demanda-t-elle.
– Dans les neuf heures.
– Tu aurais dû me réveiller. Je devrais déjà être avec Rabbit.
– Tu devrais être au lit, oui. Assieds-toi, maman, je vais te préparer un petit déj. »

Elle obéit. Elle était épuisée, vidée, et secouée jusqu'à la moelle.

« Où est ton père ?
– Il n'a pas bougé de sa chambre depuis que je suis arrivé, ou presque.
– Il n'est pas taillé pour tout ça, marmonna-t-elle.
– Aucun d'entre nous ne l'est.

– Il lui faut juste un peu de temps pour se ressaisir. Chacun prend les choses à sa manière. »

Davey lui tendit une tasse de thé, puis un peu de pain grillé et un couteau. « Tartine-moi ça et mange. » Elle releva la tête et lui sourit. « D'accord. Merci, mon fils. »

Il s'assit en face d'elle à la table.

« Comment tu tiens le coup, maman ?

– Je ne sais pas trop. Je n'arrête pas de penser à ce qu'on a pu louper. Il y a peut-être encore un miracle pour nous, juste là, à portée de main.

– On a couru après assez de miracles comme ça, maman, murmura tristement Davey. Ça n'apporte que des déceptions et de la peine.

– Rabbit est encore là, souffla Molly. Tant qu'elle est là, il y a de l'espoir. »

Elle écrasa une larme échappée du stock qu'elle avait en elle, puis mordit dans son toast. Chaque bouchée lui demandait un effort infini pour être mâchée et avalée, mais elle continua de manger comme si c'était un défi qu'elle se devait de remporter.

« On a besoin de toutes nos forces en ce moment », dit-elle en se levant et en soulevant son assiette.

Davey la lui prit des mains. « Va te laver, maman. Je m'occupe du reste.

– Tu es un type bien. Tu as toujours été gentil... un peu andouille, mais gentil. Je suis fière de toi, Davey. »

Elle sortit de la pièce et monta en s'appuyant lourdement sur la rampe de l'escalier. Ses jambes fatiguées lui donnaient l'impression d'être tordues.

La lumière entrait à flots dans sa chambre par la fenêtre qui donnait sur le square. Jack était couché sans bouger, il lui tournait le dos. Elle savait qu'il était éveillé car il ne ronflait pas et qu'il était trop tendu pour être endormi. Il ne lui parla pas, et elle-même n'avait rien à dire. Elle se dirigea plutôt vers la lumière et se concentra sur le square, regardant un garçon et une fille poursuivre un lévrier irlandais qui faisait le double de leur taille.

Elle avait regardé ses propres enfants et petits-enfants jouer dans le même square, de cette même fenêtre, un nombre incalculable de fois au fil des ans, mais ce garçon, cette fillette et ce chien lui rappelaient particulièrement une fin d'après-midi d'été bien précise, où Davey et sa petite sœur Rabbit étaient couchés sur une vieille couverture, des lunettes noires sur le nez, et contemplaient le soleil.

« Ça fait planer, maman, avait dit Rabbit lorsque Molly avait traversé la rue pour aller voir ce que fabriquaient ses enfants.

– Je vois des points noirs », avait ajouté Davey en faisant bouger ses mains en l'air.

Le soleil était encore haut et Molly craignait que ce ne soit pas très bon pour leurs yeux, d'autant plus que Rabbit avait déjà des problèmes de vue.

« Ça ne me dit rien qui vaille, tout ça. Vous allez vous faire du mal.

– Allonge-toi à côté de moi, m'man, et essaie », l'avait encouragée Rabbit.

Molly avait toujours été une femme avec qui l'on pouvait discuter. Pas de ces mères qui ordonnent à leurs enfants de dire ou faire une chose « parce que c'est comme ça ». Elle avait donc accepté l'invitation de sa fille. Ses enfants s'étaient poussés et elle s'était allongée par terre à côté d'eux, avec ses lunettes de soleil. L'astre chauffait son visage et elle avait cligné des yeux plusieurs fois, puis s'était accoutumée à la lumière. C'était agréable, mais légèrement angoissant.

« Il faut un petit moment pour planer, avait expliqué Rabbit.

– Combien de temps ? J'ai mis l'eau à chauffer pour le thé.

– Environ cinq minutes, avait précisé Davey.

– Ah, vous voyez, je n'ai pas cinq minutes et mes yeux n'arrêtent pas de se fermer. Ça ne me plaît pas.

– Attends juste une minute, maman », avait plaidé Rabbit.

C'était agréable d'être allongée sur le sol tiède, et elle s'attarda encore un peu, pour faire plaisir à sa cadette, mais aussi parce que à présent elle avait légèrement la flemme de se relever. Alors, il s'était produit quelque chose de très étrange. Molly Hayes s'était sentie flotter dans les airs, droit vers le ciel bleu. La sensation était si réaliste qu'elle avait dû attraper la couverture et s'y cramponner. Son cœur battait à tout rompre lorsqu'elle s'était redressée sur son séant.

« Nom d'un petit bonhomme en bois ! s'était-elle exclamée, et ses enfants s'étaient redressés eux aussi.

– Hein, quoi ? avait fait Davey.

– Ça va, maman ? On dirait que tu as vu un fantôme, s'était inquiétée Rabbit.

– Je crois que j'ai failli en être un moi-même ! avait répondu Molly, alarmée, en se remettant debout tant bien que mal.

– Hein ? avait répété Davey, visiblement dérouté par la réaction de sa mère.

– Est-ce que vous avez eu l'impression de sortir de votre corps ? » leur avait demandé cette dernière. Rabbit et Davey avaient échangé un regard, puis secoué la tête pour dire non. « Tant mieux ! Debout, debout ! Ne recommencez jamais ça. »

En traversant la rue, elle avait entendu Rabbit dire à son frère : « Je crois que maman est en train de perdre la boule. » Et elle s'était demandé si la petite n'avait pas raison.

Ce souvenir la fit rire. Peut-être qu'en effet elle avait momentanément perdu la tête, ou peut-être était-elle juste fatiguée ou dépassée à ce moment-là, ou avait-elle pris trop de cachets contre la migraine. Elle se demanda ce qu'elle aurait vu ou imaginé si elle avait regardé droit vers le soleil aujourd'hui. Elle en eut un frisson. La chaleur du souvenir était partie et la laissait frigorifiée.

Lorsqu'elle se détourna de la fenêtre, son mari était assis dans le lit.

« Tu devrais venir à la maison de soins aujourd'hui, lui dit-elle.

– Pour quoi faire ? Juste pour avoir une bonne place au premier rang ? On devrait peut-être vendre des billets. » Jack ne maniait pas souvent le sarcasme, et cela lui allait mal.

« Je serai avec notre fille qui a besoin de nous, déclara Molly d'un ton égal.

– Très juste, elle a besoin de nous, et qu'est-ce qu'on fait ? Rien. Voilà ce qu'on fait.

– Qu'attends-tu de moi, Jack ?

– Je veux que tu te battes, comme tu te bats toujours.

– C'est ce que je fais.

– Non, tu as renoncé. Dès l'instant où tu l'as conduite là-bas, tu as abandonné.

– Comment peux-tu me dire une chose pareille ?

– On n'en a même pas discuté ! » Il criait maintenant, tout rouge, les poings serrés.

« Et de quoi veux-tu discuter ? rugit Molly en retour.

– Rabbit, notre petite fille, est en train de mourir, et on est censés la protéger, Molly. Pourquoi est-ce qu'on ne fait pas tout notre possible pour la sauver ? »

Molly était clouée sur place. Son cœur se déchirait, son estomac se retournait et sa cervelle était tourneboulée. Elle avait besoin de s'asseoir : ses jambes menaçaient de céder sous elle. Elle s'approcha de la chaise. Elle avait dû pâlir considérablement car son mari, malgré sa colère, bondit du lit, tira le tabouret de la coiffeuse et l'aida à s'asseoir. Elle enfouit son visage dans ses mains et réfléchit à ce qu'il avait dit, pendant qu'il attendait sa réponse. *Bats-toi pour elle, Molly, bon Dieu. Si toi tu n'y arrives pas, personne n'y arrivera.*

Molly releva la tête, le regarda dans les yeux et reprit la parole, calmement mais fermement. « Si jamais tu m'accuses encore de laisser tomber mes enfants, je t'étripe avec un couteau de boucher. » Elle se leva et prit sa robe de chambre.

« Molly, je t'en prie ! » La voix de Jack se brisa. « Je t'en supplie ! Sors-la de ce mouroir, Molly.

– Va te faire foutre. »

Elle sortit de la chambre en ravalant des larmes de colère et de frustration. *Comment peux-tu me dire ça, Jack Hayes, comment oses-tu ?*

Davey était sur le palier.

« Ce n'est pas ce qu'il a voulu dire, m'man.

– Si.

– Mais non, allez, il ne fait que…

– … me faire des reproches.

– Ce n'est pas ça.

– C'est exactement ça, dit-elle. Il est lâche, il lui pleurniche à la figure, il esquive la responsabilité, me laisse tout sur les bras, et ensuite il juge la manière dont je gère la situation. Comment peut-il me faire ça ? »

Elle entra dans la salle de bains et claqua la porte. Puis elle la rouvrit, reparut sur le palier et hurla à pleins poumons : « Je n'ai pas abandonné, Jack Hayes. Je n'abandonnerai jamais, tu m'entends ? »

Elle rentra dans la salle de bains, referma la porte et pleura jusqu'au bout de ses larmes.

Rabbit

Rabbit détestait qu'on lui fasse sa toilette au lit.

« Je t'en supplie, fais-moi couler un bain, demanda-t-elle à Michelle.

– Tu es sûre ? dit cette dernière, ses mains gantées sur les hanches.

– J'ai envie de flotter pendant un petit moment.

– OK, mais je reste avec toi.

– D'accord.

– Bon.

– Tu pourras me parler de tes soucis, ajouta Rabbit.

– Je n'ai pas de soucis ! s'esclaffa Michelle. Je suis la plus grosse veinarde au monde.

– Tout le monde en a. Allez, raconte.

– Laisse-moi le temps d'y réfléchir.

– Tu as jusqu'à ce que le bain ait fini de couler.

– Tu es du genre autoritaire, hein ? fit remarquer Michelle.

– Si tu savais ! » répliqua Rabbit avec un sourire.

Elle était allongée dans un bain de bulles, une serviette posée sur sa poitrine osseuse, les yeux fermés. L'eau lui arrivait au menton.

« Ne va pas glisser, l'avertit Michelle en baissant le couvercle des toilettes pour s'asseoir dessus.

– Raconte-moi ton histoire.

– J'ai demandé à l'homme avec qui j'étais depuis cinq ans de m'épouser, et il a dit non. »

Rabbit rouvrit les yeux.

« Et ?

– Et il m'a avoué qu'il avait rencontré quelqu'un d'autre.

– Et ?

– Et on vit encore ensemble, en faisant chambre à part.

– Pourquoi ?

– Parce qu'on a acheté une maison qui a perdu la moitié de sa valeur depuis, et que même si on la louait, ça ne couvrirait pas le quart de nos mensualités.

– Et l'autre fille ?

– Elle dort dans sa chambre plusieurs fois par semaine.

– La vache, c'est raide ! Ce n'est pas un cancer au stade IV, mais ça craint, quand même.

– Merci, j'apprécie que tu compatisses.

– Et toi, tu as quelqu'un ?

– J'ai couché avec un ex une semaine après la séparation, mais ç'a été horrible... pas comme un cancer au stade IV, mais ça craignait, quand même. » Michelle imitait Rabbit, ce qui la fit rire.

« Mais tu es amoureuse de quelqu'un ?

– Non, et toi ?

– Le docteur Dunne n'est pas mal...

– Ouh ! Je préfère ne pas imaginer ça.

– Que veux-tu, je ne sors pas beaucoup, ajouta Rabbit en guise d'explication. En outre, il est gentil, il a de très bonnes manières dans une chambre. Il est avec moi depuis le début de cette histoire. »

Elles gardèrent le silence pendant un petit moment, sans qu'il y ait la moindre gêne ; ni l'une ni l'autre n'éprouvait le besoin de remplir le vide par des paroles insignifiantes. Au bout d'une dizaine de minutes, Rabbit rouvrit les yeux et se haussa légèrement. « Je n'ai pas l'intention de mourir, dit-elle.

– Je sais.

– Je suis bien décidée à sortir d'ici.

– D'accord.

– Tu ne penses pas que ce soit possible.

– Je rencontre les gens les plus extraordinaires tous les jours, Rabbit, des hommes, des femmes et des enfants qui survivent pendant des jours, des semaines, des mois et des années, contre toute attente. Je ne t'exclurais pas du lot.

– Merci. » Elle referma les yeux et se renfonça dans l'eau. « C'est délicieux. Je pourrais rester comme ça à jamais. »

Lorsqu'elle commença à avoir du mal à tenir sa tête et à être assommée de sommeil, menaçant de glisser sous l'eau, Michelle la sortit de la baignoire, l'enveloppa de serviettes chaudes et poussa son fauteuil roulant dans la chambre. Elle lui fit enfiler un pantalon propre et doux qui sentait bon, puis la mit au lit. Une fois qu'elle lui eut administré ses antalgiques, elle borda ses couvertures.

« Maman sera bientôt là, souffla Rabbit.

– Et ton père ?

– Je crois qu'il a peur de venir.

– Je peux comprendre, dit Michelle, mais Rabbit ne releva pas.
– Et Juliet, ajouta-t-elle.
– Qui est-ce, Juliet ?
– Ma petite fille.
– Quel âge a-t-elle ?
– Douze ans.
– Et son papa ?
– Une brève rencontre avec un Australien qui ne sait même pas qu'elle existe.
– Tu es une sauvage !
– J'ai essayé de le retrouver sur Facebook, une fois, mais soit il est mort, soit il vit dans une grotte. Voilà pourquoi c'est tellement important que je ne la quitte pas, pas encore. » Les yeux de Rabbit se fermaient, et elle luttait de toutes ses forces pour rester éveillée et bien s'expliquer. « Je ne bougerai pas d'ici. Vous n'êtes pas près de récupérer la chambre. » Elle était si épuisée qu'elle avait la langue pâteuse.

« Je te prends au mot, répondit Michelle. Maintenant, dors un peu. Tu auras besoin de tes forces quand ta famille arrivera. »

Rabbit avait sombré dans le sommeil avant même qu'elle ait atteint la porte.

Au réveil, elle trouva dans sa chambre une coiffeuse, une grande fille prénommée Lena, venue de Russie, occupée à faire un balayage à Molly. Michelle l'installa en position assise pour qu'elle puisse regarder. Davey, qui avait proposé de leur faire la lecture du journal, rouspétait parce que le seul article que Molly et Rabbit voulaient entendre parlait d'une romancière au cœur brisé, dont le mari l'avait quittée pour sa sœur.

« Ça ne s'invente pas », commenta Molly.

La Russe approuva. « Ils mériteraient d'être fusillés. Une balle pour chacun.

– J'ai lu deux de ses livres, dit Rabbit. Elle écrit bien.

– Au moins, le sujet du prochain est tout trouvé, ajouta Molly.

– Un best-seller, à tous les coups, dit Lena.

– Il y a un bon côté à tout », conclut Rabbit.

C'était agréable, cette ambiance : Davey qui lisait le journal en ronchonnant, Molly qui se faisait coiffer, la coiffeuse qui racontait ses vacances en Espagne. Pendant un petit moment, tout parut normal, comme si les choses pouvaient réellement redevenir comme avant. Rabbit allait guérir et sortir de là. Elle se remettrait à travailler et à élever Juliet. *Ça peut encore s'arranger.*

Molly avait bien meilleure allure, une fois coiffée. Lena l'incita même à se maquiller un peu, en lui disant que ce qui lui irait le mieux serait du noir aux yeux et une couleur naturelle sur les lèvres. Molly obéit, devant la glace, pendant que Lena massait le crâne de Rabbit et que Davey passait à la section « Économie » du journal.

« OK, qu'est-ce que vous préférez ? "Le gouvernement attend beaucoup d'un accord avec les banques", "La politique de l'autruche ne pourra plus tenir longtemps", ou "L'aveu tacite que la rigueur ne fonctionne pas" ?

– Je ne sais toujours pas ce que c'est qu'un billet à ordre, avoua Rabbit.

– FMI, MES, billets à ordre, rigueur, tout ça revient à deux choses : la mort de la démocratie et des classes moyennes en Irlande, râla Molly, et ces abrutis du gouvernement sont trop crétins, trop lâches ou trop corrompus pour y faire quoi que ce soit. Il faut réinstaurer la pendaison.

– C'est tout toi, maman : toujours le sens de la mesure », commenta Davey, ce qui fit rire Rabbit et Lena.

Grace arriva juste après cinq heures, accompagnée de Juliet dans son uniforme scolaire. Elle était de mauvais poil, et Juliet, anxieuse. « Tu as bonne mine, maman », dit cette dernière. Sa voix tremblait un petit peu, mais elle garda un sourire fermement accroché au visage.

Rabbit serra longuement sa fille dans ses bras. Elle lui embrassa le sommet de la tête et lui chuchota trois mots à l'oreille. Grace garda le silence pendant cet échange. Quand Juliet la lâcha enfin, Rabbit se tourna vers sa sœur. Il fallait qu'elle allège l'atmosphère avant que quelqu'un se mette à pleurer. « Vas-y, râle contre les embouteillages. Tu en as envie, tu le sais bien. »

Grace s'exécuta consciencieusement. « Plus d'une heure de bagnole pour déposer Jeffery à la clinique pour son bilan sanguin. On aurait eu plus vite fait d'y aller à pied, et ne parlons même pas du trajet pour arriver ici après. »

Juliet rit : « Grace a traité le conducteur d'une BMW de branleur au nez tordu. » Elle s'adossa à sa chaise et balança ses pieds.

Rabbit lui sourit. « Un branleur au nez tordu, hein ? »

Juliet acquiesça et poussa le bout de son nez sur le côté. « Il était comme ça. »

Rabbit pouffa de rire. C'était délicieux de voir sa fille se comporter comme une petite de son âge. Grace leva les mains en l'air. « Je suis une méchante femme, que voulez-vous !

– Comment va Jeffery ?
– Bien. On a attaqué le problème à temps.
– Tant mieux, dit Rabbit – et tout le monde dans la pièce regretta en silence qu'on ne puisse dire la même chose à son sujet. Comment se passe le régime ? demanda-t-elle encore, avec un sourire intérieur, car elle savait que son neveu ne voulait pas en entendre parler.
– Il menace de faire une fugue.
– Ne t'en fais pas, il n'irait pas loin, intervint Molly, au grand amusement de Davey.
– C'est pas drôle, grogna Grace. Ce crétin de Ryan l'appelle tout le temps Gros Lard, et je jure devant Dieu que si Stephen fait encore une seule blague sur les obèses, je vais me mettre à hurler.
– Il a déjà perdu trois livres, apprit Juliet à Rabbit.
– C'est super.
– Ouais. Comment tu te sens, maman ?
– En pleine forme, mentit Rabbit.
– Quand est-ce que tu rentres à la maison ?
– Je ne sais pas encore, Bunny. »

À la naissance de Juliet, son grand-père, Jack, avait annoncé que Rabbit avait eu un petit Bunny, et bien que la blague n'ait pas pris, c'était devenu un petit nom tendre entre elles. Juliet prit une chaise et la tira le plus près possible du lit. Elle s'assit, prit la crème hydratante dans le meuble de chevet, ouvrit le tube et commença à en appliquer sur la main droite de sa mère.

« Parce que je sais m'occuper de toi, tu sais. Je connais tes traitements et je pourrais te faire une chambre dans la salle à manger si tu ne peux pas monter l'escalier.
– Tu t'occupes toujours de moi, dit Rabbit en dégageant les cheveux de sa fille avec sa main libre.

– Alors rentrons à la maison.
– Tu as école.
– Je peux m'absenter une semaine, ou alors me lever plus tôt le matin pour faire ce qu'il faut, et on peut demander à Mme Bord de passer quand je ne suis pas là. Je peux lui laisser la liste de tes médicaments et rester en contact avec vous deux par téléphone. Jane Regan a perdu son boulot il y a deux semaines, alors elle est libre toute la journée, elle aussi.
– Je vois que tu as pensé à tout.
– Alors ?
– Alors voyons comment j'irai la semaine prochaine. »
Juliet semblait sur le point de fondre en larmes, mais elle feignit un sourire et hocha la tête. « D'accord », dit-elle, après quoi elle pressa le tube de crème pour masser l'autre main de sa mère. Tout le monde dans la chambre resta muet. Les mensonges de Rabbit pesaient lourdement sur toutes les épaules… mais peut-être qu'elle avait raison, peut-être qu'elle s'en sortirait, malgré tout ce qu'avait dit le docteur Dunne. Après tout, il n'était qu'un médecin consultant, pas Dieu le père.
Quand la côte de porc de Rabbit lui fut servie, Juliet la lui coupa en petites bouchées. « Juste un petit peu, avec de la purée, maman. » Rabbit obéit, mais ne put avaler que trois cuillerées. « Délicieux, dit-elle, ce qui sembla faire plaisir à Juliet.
– Tu veux de la glace ? » demanda celle-ci en retirant le couvercle du petit pot. Rabbit secoua la tête : elle avait assez mangé.
Juliet éleva le pot en l'air. « Qui en veut ? » Grace et Davey levèrent la main. La fillette regarda sa mère. « C'est toi qui décides, maman. » Rabbit sourit.

« Donne-la à Grace, va, concéda Davey.
– Oui, donne ! Je ne bouffe plus que des légumes verts à cause de Jeffery. » Les autres éclatèrent de rire. « C'est ça, marrez-vous, fit Grace en s'emparant du pot de glace et de la cuiller. Ah, mmm, c'est parfait. »

Juliet regarda sa mère pour partager ce moment de gaieté, mais déjà Rabbit s'assoupissait. Davey fit à Molly un signe du menton. « Voyons s'il y a quelque chose à la télé. » Elle alluma le poste, et Juliet regarda un vieil épisode de *Friends* en tenant la main de sa maman.

Johnny

C'était le soir du premier passage télé de Kitchen Sink. Les gars étaient tous en train de se préparer chez Davey après une rapide répétition. Terry, l'oncle de Francie et Jay, devait venir les chercher dans sa camionnette de boulanger, qui faisait également office de minibus pour le groupe. Grace devait y aller avec son père ; quant à Molly, même si elle aurait préféré mourir plutôt qu'être vue en train de danser dans un studio de télé, elle était aussi nerveuse et excitée que les autres. Cette émission était l'équivalent irlandais du célébrissime *Top of the Pops* anglais, et ce n'était pas rien d'y être invité. Ce soir-là, Kitchen Sink devait partager la scène avec des stars britanniques et américaines. Francie et Jay étaient tellement surexcités qu'ils n'arrêtaient pas de se chamailler et de se taper dessus. Davey courait aux toilettes toutes les cinq minutes, jusqu'au moment où Molly, n'y tenant plus, lui donna un médicament contre la courante.

« Maintenant, je ne vais plus chier pendant une semaine, grogna-t-il.

– C'est toujours mieux que de le faire sur scène. »
Louis avait besoin d'aide avec ses bretelles.
« Je crois qu'elles sont cassées, madame Hayes.
– Mais non. Calme-toi et arrête de gigoter. »
Grace descendait de la vodka-orange avec sa copine Emily. Toutes deux étaient sur leur trente et un, ce qui ne les empêchait pas de se pomponner mutuellement toutes les cinq minutes. Johnny, lui, restait calme, dans un coin, sapé comme une rock-star et prêt à jouer. Rabbit, assise à côté de lui, grattait sa guitare.
« Ne fais pas ça, lui dit Jack. Tu vas la désaccorder.
– Non, c'est bon, monsieur Hayes, intervint Johnny. Rabbit sait ce qu'elle fait. »
Elle n'avait pas le droit de les accompagner parce qu'elle était trop jeune. Elle avait passé pratiquement toute la journée à s'en plaindre à sa meilleure amie, Marjorie.
« Quand est-ce qu'il arrive, l'oncle Terry ? demanda Johnny.
– Dans une demi-heure, à peu près, répondit Francie.
– Tant mieux, on a le temps de boire un thé, dit Jay.
– Bien dit, allume donc la bouilloire, approuva Molly.
– Je n'ai pas trop envie de thé, dit Johnny. Si on allait faire un tour, Rabbit ? » Celle-ci hocha la tête avec ardeur.
« Il gèle, dehors, protesta Molly.
– C'est juste pour m'aérer la tête, madame Hayes.
– Alors couvrez-vous bien, et, Rabbit : gants, bonnet, écharpe. Pas besoin que tu prennes froid cette semaine. »
Rabbit et Johnny partirent ensemble. Rabbit était transformée en Bibendum. Johnny, même engoncé dans le vieux manteau que Jack réservait aux enterrements, avec son jean troué, sa chemise ample et sa veste en velours violet, coiffé d'un bonnet de laine qui ressemblait

à un couvre-théière, avait toujours une dégaine de star. Ils passèrent le coin de la rue, et son silence mit Rabbit un peu mal à l'aise. Elle avait envie qu'il parle, ou peut-être était-ce lui qui voulait qu'elle parle, mais elle ne savait pas quoi dire. *Trouve quelque chose de cool. Trouve quelque chose de cool. Trouve quelque chose de cool.*

« Quoi ? » Il avait lu dans ses pensées.

« Rien.

– T'es furax de ne pas pouvoir venir ce soir ?

– Oh ça ! Oui. »

Il sourit d'une oreille à l'autre et lui prit la main pour traverser la rue, puis la lâcha aussitôt arrivé de l'autre côté. Ils gravirent ensuite les marches de l'église, et Rabbit le suivit à l'intérieur. C'était vide et sombre, hormis quelques bougies rouges luisant dans un coin.

« C'est bizarre, là-dedans, chuchota-t-elle.

– Mais plutôt cool, en même temps, tu ne trouves pas ?

– Non. »

Il lui sourit.

« Tu es la seule personne en dehors de ma famille qui ne soit pas toujours d'accord avec moi.

– C'est vrai ?

– C'est vrai.

– Moi, personne n'est jamais d'accord avec moi. »

Ils s'assirent côte à côte.

« Qu'est-ce qu'on fait là ? voulut savoir Rabbit.

– Je viens toujours ici avant de monter sur scène.

– Pourquoi ?

– C'est là que je trouve la paix.

– Ah.

– Et toi, Rabbit, où est-ce que tu la trouves, la paix ?

– Je ne l'ai jamais vraiment cherchée. »

Il alluma un cierge, s'agenouilla et pria. Rabbit attendit sagement pendant qu'il marmonnait pour lui-même et se dessinait des croix sur le torse de la main droite. Elle se sentait gênée, pas à sa place, et, sans savoir pourquoi, elle avait très envie de se tirer de là. En redescendant les marches, elle se prépara, sachant qu'il allait lui prendre la main pour traverser. Lorsqu'il la prit en effet, elle leva les yeux vers lui et sourit largement.

« Tu vas casser la baraque ce soir, lui dit-elle.

– On verra bien.

– Je n'ai même pas besoin de voir. Maman dit que tu es né pour ça, et ma mère, elle sait tout.

– Ça, c'est vrai. »

En arrivant dans la rue, ils virent les autres entasser le matos à l'arrière de la camionnette de l'oncle Terry. Johnny arriva juste à temps pour se faire traiter de feignasse par Francie, qui fit remarquer qu'il se pointait toujours une fois que le boulot était fait. « C'est bien les chanteurs, ça, renchérit Jay. Tous des parasites. » Johnny n'en avait cure. Il sauta simplement dans le véhicule, et la bande monta se tasser derrière lui. L'oncle Terry grimpa sur le siège conducteur. Davey fut le dernier à les rejoindre, sortant de la maison en courant, criant : « J'arrive ! J'arrive ! » Johnny tapa du plat de la main sur la séparation pendant que Jack fermait les portes, et l'oncle Terry démarra en trombe.

Grace et Emily étaient déjà dans la voiture de Jack, gloussant et jacassant comme des pies. Jack regarda sa cadette.

« Ton tour viendra, Rabbit, et bien plus tôt que tu ne le crois.

– Plus tôt, il aurait fallu que ce soit hier…

– On fera une fête le soir où ça passera à la télé.

– Ah oui ? fit Rabbit en sautillant sur place. Marjorie pourra venir ?
– Bien sûr.
– Merci, p'pa !
– Qui est-ce qui t'aime le plus au monde ? demanda Jack.
– Mon petit papa ! » répondit-elle en lui faisant un câlin. *Et moi, j'aime Johnny Faye.*

Jack

Jack arriva seul. Il fut reçu à l'accueil par Fiona, qui lui indiqua la direction de la chambre tout en faisant poliment remarquer que Rabbit avait déjà beaucoup de monde autour d'elle.

Michelle passait justement par là.

« Jack Hayes ?
– Oui.
– Enchantée. Je suis Michelle. Vous venez avec moi ? » Puis elle se tourna vers Fiona. « Je m'en occupe. » Fiona acquiesça et Jack suivit Michelle dans le couloir.

« Elle va bien, aujourd'hui. Ça va lui faire plaisir de vous voir. »

Jack garda le silence. Michelle ouvrit la porte, révélant Rabbit, Juliet, Grace, Davey et Molly.

« Salut, p'pa ! » lui lança Rabbit avec un sourire.

Il comprit qu'elle craignait qu'il ne se mette à pleurer devant Juliet : son salut était trop gai et ses yeux le suppliaient de rester fort. Il savait déchiffrer le langage muet de sa fille. *Je ne vais pas pleurer, Rabbit. Je te le promets. Je vais être plus fort, pour toi. Je ne te décevrai pas. Pas aujourd'hui.*

« Salut à toi aussi ! répondit-il sur le même ton.

– Grace, Davey, Molly, vous avez une minute ? » lança Michelle.

Et d'un coup, tout le monde fut hors de la chambre, laissant Rabbit seule avec son père et sa fille. Jack s'assit sur le canapé et ramassa le journal de Davey.

« Déprimant, dit-il. Quand ce n'est pas la mouise dans laquelle on est, c'est la mort de cette foutue politicienne. J'ai plus vu cette bonne femme à la télé depuis deux jours que pendant tout le temps qu'elle a passé au gouvernement. Je la haïssais à l'époque, mais en fin de compte... » Il n'acheva pas sa phrase, comprenant soudain qu'il avait mis les pieds dans le plat sans le vouloir.

« C'était qui ? s'enquit Juliet.

– Un personnage très important quand on était petits, expliqua Rabbit.

– C'était la crise, l'époque était sombre, ajouta Jack.

– Un peu comme maintenant, alors.

– Exactement, Bunny.

– Maman.

– Oui, mon amour.

– Quand tu iras mieux, allons-nous-en. »

Les yeux de Jack s'agrandirent.

« Où veux-tu aller ? demanda Rabbit.

– Dans le comté de Clare.

– La petite maison au bord de la mer, celle où on est allées quand tu avais huit ans ?

– On pourrait y retourner quand je n'aurai plus cours, en juin.

– Tu passais tes journées dans l'eau. J'en avais mal aux yeux à force de te surveiller. » Rabbit rit doucement. « Comment s'appelait ce garçon avec qui tu jouais, déjà ?

– Bob.

– Ce pauvre Bob suivait Juliet partout, expliqua-t-elle à Jack. Il était fou d'elle.
– Maman! s'écria Juliet, faussement gênée, avant de sourire. Il a passé tout l'été à claquer des dents, debout dans la flotte, à me demander si on pouvait rentrer.
– Il était gentil comme tout, ajouta Rabbit.
– Il joue très bien au golf, maintenant, dit Juliet.
– Comment tu le sais?
– Facebook.
– Ah. C'est bien.
– Alors? On ira? insista Juliet.
– On verra. »

Rabbit prit la main de sa fille, la pressa, puis la porta à ses lèvres et l'embrassa.

Jack se leva en prétextant qu'il voulait un verre d'eau. Son corps et son esprit s'opposaient : les larmes montaient et menaçaient de se répandre. Il n'était pas certain d'avoir la force de les retenir. Il savait que s'il pleurait devant sa fille, sa femme le saurait et lui flanquerait son pied aux fesses. Il ne pouvait pas rester. Il fallait qu'il s'en aille. Il fallait qu'il fasse quelque chose. *Oh, Rabbit, si seulement...* « Quelqu'un veut quelque chose ? » demanda-t-il.

Juliet regarda sa mère au fond des yeux et passa un doigt sur ses sourcils. « Ça va passer très vite jusqu'aux vacances, dit-elle, et ensuite on sera libres de faire ce qu'on veut. » Rabbit hocha la tête. Jack vit qu'elle luttait contre le sommeil. « C'est bon, maman. Rendors-toi... Il se fait tard, de toute manière. » Les yeux de Rabbit se révulsèrent et elle sombra avant que Juliet ait eu le temps de lui dire « Je t'aime ».

Jack sortit de la chambre presque en courant. Il s'en voulait horriblement d'avoir cherché une excuse pour laisser sa petite-fille seule avec sa mère. Mais elle ne semblait pas s'en formaliser : à part Molly, c'était elle qui était le plus à l'aise avec Rabbit. Il enfila le couloir et, au lieu de chercher les autres, tourna directement dans la salle de prière. Molly lui en voulait toujours à mort, il le lui rendait bien, et les enfants en avaient déjà assez à supporter sans voir en plus leurs parents se disputer. Il savait bien que cela n'avait pas de sens de blâmer Molly pour l'état de Rabbit, mais c'était plus fort que lui. Il comptait sur elle pour arranger les choses – il en avait toujours été ainsi. C'était un pacte tacite entre eux depuis le jour de leur mariage. Il se chargeait de ramener la pitance, et elle les protégeait. Quand on la cherchait, on la trouvait, sa femme, et c'était une des choses qu'il aimait et louait le plus chez elle. Il pouvait se permettre d'être un gentleman parce que son épouse n'était pas une lady, et cela avait fonctionné pour eux pendant plus de quarante ans ; mais à présent, alors qu'il avait justement besoin d'elle pour franchir un col, voilà qu'elle déposait les armes. *Pourquoi, Molly, pourquoi ?* Il lui en voulait d'avoir concédé la défaite, il s'en voulait d'être faible et, pire encore, il en voulait à Rabbit de menacer de les quitter.

Jack avait fait de la boxe dans sa jeunesse, mais il n'avait frappé personne depuis quarante et un ans, et jamais hors d'un ring. Là, il avait envie de boxer quelque chose ou quelqu'un. Il avait envie de taper des pieds et des poings, et il avait envie d'être frappé, martelé, à coups de pied et de poing. Il lui venait des envies d'yeux au beurre noir et de lèvres tuméfiées, de côtes brisées et de jointures éclatées. Cette douleur-là, oui, il pouvait l'encaisser, mais pas ce déchirement lancinant, pas cette souffrance constante, écrasante, qui lui coupait presque le souffle mais jamais tout à fait. *Ça doit être ce qu'on ressent quand on se noie.*

Il promena ses yeux dans la pièce, sur les vitraux bleu, jaune et rouge, sur la peinture de Jésus en croix, sur la table, couverte d'une étoffe blanche, qui faisait office d'autel, et sur la lourde croix de fer posée dessus. Les murs étaient peints couleur crème, et les lumières, tamisées. Il était assis sur une des vingt chaises en bois. Il avait fréquenté beaucoup de salles de prière à une époque, principalement avec Johnny. C'était impossible de rester assis là sans être transporté dans le passé.

La salle dont il se souvenait le mieux était plus vaste et pleine de statues. Johnny aimait à les appeler par leur nom, et il leur parlait comme à de vieux amis ; parfois, quand il était en colère, il les traitait plutôt comme des ennemis. Johnny avait dit un jour à la statue du Padre Pio d'aller se faire foutre, et Jack rougissait encore de ce qu'il avait suggéré à la Vierge Marie. Désormais, il ne pouvait plus entrer dans une salle de prière ni passer devant une église sans penser à Johnny. « Dieu est bon, Jack », répétait tout le temps le jeune homme. *Il se fait des idées, le pauvre bougre*, avait souvent pensé Jack, mais il gardait ses réserves pour lui-même. Il avait fréquemment écouté ce garçon évoquer Dieu et la vie d'après, mais il n'était même pas certain d'avoir cru en Dieu déjà à l'époque, et il était tout à fait sûr de ne plus y croire maintenant. *C'est Rabbit qui avait raison.* La petite avait toujours trouvé suspecte la religion dans laquelle elle était née. À cinq ans, elle avait dit à sa maîtresse qu'elle n'aimait pas le Dieu de l'Ancien Testament parce qu'il était trop méchant, et que le Nouveau Testament était horrible parce qu'il la faisait pleurer. Pourquoi un père enverrait-il son fils sur Terre pour qu'il soit tué d'une manière aussi épouvantable ? En quoi cela sauvait-il qui que ce soit ? demandait-elle, laissant la maîtresse sans voix. À l'adolescence, elle s'était acheté un bouddha en terre cuite rouge dans une boutique de charité, et quand sa mère lui avait demandé pourquoi, elle avait répondu qu'elle aimait mieux regarder un gros dieu rigolard qu'un maigrichon en train de mourir. Rabbit n'avait jamais eu besoin de croire en un Dieu pour s'émerveiller du monde, pour éprouver joie, espoir, amour et contentement. Rabbit vivait dans l'instant. Elle ignorait ce qui viendrait ensuite, et elle s'en fichait bien. Il était probable, pour elle, que la mort soit définitive, et cela ne lui faisait pas peur. En fait, quand elle y pensait, elle trouvait l'idée de l'éternité bien plus inquiétante. « Je m'ennuie déjà si je dois passer plus d'une heure chez le coiffeur, lui avait-elle dit un jour. L'éternité, je ne pourrais jamais... rien que le mot me fiche les jetons, papa. »

Pour Rabbit, une fin définitive serait une récompense. Jack se demanda si elle pensait toujours de même. Il se demandait si elle trouverait Dieu dans ses heures les plus sombres. Prierait-elle pour un paradis ? Elle avait menti à sa fille : Rabbit était beaucoup de choses, mais elle n'avait jamais été menteuse. Comme sa maman, elle était directe, appelait un chat un chat, quels que soient les ennuis que cela pouvait lui apporter. C'était probablement ce qui faisait d'elle une bonne journaliste, mais elle avait aussi tendance à s'aliéner ceux qui préféraient un agréable mensonge à une vérité dérangeante. Il craignait qu'elle n'arrive pas à accepter ce qui se passait, à moins qu'elle n'en ait même pas conscience. Si elle avait été à l'hôpital, il y aurait sûrement eu un peu d'espoir, mais ici, dans cette maison spécialisée, eh bien… les gens ne venaient que pour mourir. *Molly aurait dû se battre contre le médecin consultant. Les gens écoutent toujours Molly. Ils font ce qu'elle leur dit de faire. Ça ne va pas, tout ça. Et Rabbit, ma petite Rabbit, n'a-t-elle pas assez souffert dans cette vie ?* Bien que le Jack logique et rationnel ne croie pas en Dieu, l'endoctrinement qu'il avait connu tout au long de sa vie, et plus particulièrement dans ses premières années, faisait qu'il se surprenait souvent à parler au Dieu auquel il ne croyait pas. *Comment peux-tu faire ça ? Pourquoi lui infliger une chose pareille, à elle ? Je ne veux pas croire en un Dieu tel que toi. Je préfère encore qu'elle ait raison et qu'il n'y ait pas de vie éternelle, plutôt qu'une éternité passée à rendre grâce à quelqu'un comme toi.*

« Voilà, c'est dit ! cria-t-il au tableau accroché au mur. Si tu existes, je te hais.

– Et je doute que vous soyez le seul », dit une femme. Elle était assise deux rangées derrière lui.

Jack se retourna, rouge de honte.

« Navré. Je ne vous avais pas vue.

– Vous étiez tellement perdu dans vos pensées, je n'ai pas voulu vous déranger. » Elle se leva, vint s'asseoir à côté de lui et lui tendit la main. « Je suis Rita Brown, je m'occupe de l'aide médico-psychologique de Rabbit et de votre famille. Je vous ai vu sortir de sa chambre.

– Jack Hayes.

– Voulez-vous qu'on parle, Jack ?

– Il n'y a rien à dire.

– Ce n'est pas vrai, ça. »

Il regarda la femme et secoua la tête.

« Je suis perdu.

– Et Molly ?

– Elle a renoncé à se battre pour notre fille…

– Mais pas vous ?

– … et Molly ne renonce jamais à rien. » Ses yeux le piquaient.

« En avez-vous parlé, tous les deux ?

– Elle m'a menacé de m'étriper ce matin. Est-ce que ça compte ?

– Ta fille te cherche », fit soudain la voix de Molly.

Rita et Jack se retournèrent vers elle. Son expression furibonde témoignait qu'elle avait entendu au moins une partie de leur conversation.

« Venez vous asseoir un instant, je vous en prie, lui dit Rita.

– Non.

– Molly, allez, je suis désolé.

– Faux. Tu crois que je l'ai amenée ici pour qu'elle y meure.

– Parce que ce n'est pas vrai ? » Il se leva.

Elle s'avança jusqu'à lui.

« Bien sûr que non, vieil imbécile. Je gagne du temps.

– Du temps pour quoi ? » Il luttait contre les larmes.

« Pour la science, pour la médecine, pour un miracle, mais en attendant elle souffre, Jack, et ils savent bien mieux gérer ça ici.

– Notre Rabbit est en train de mourir, Molls. » La mâchoire de Jack tremblait et ses yeux larmoyaient.

« Je ne la laisserai pas faire », répondit Molly, et ses larmes coulèrent librement. Ils tombèrent dans les bras l'un de l'autre et s'accrochèrent, fort.

« Je suis désolé, mon amour, lui dit-il.

– Je le sais bien, grand couillon. »

Lorsqu'ils se séparèrent, Rita n'était plus là.

« Une vraie panthère, celle-là, commenta Molly en prenant la main de son mari. Allez, relevons la tête, et ce soir on retournera sur le Net. »

Il hocha la tête et soupira. *Ça va s'arranger.*

4

Molly

La table disparaissait sous les copies de dossiers, courbes, radios et scanners de Rabbit. Molly prépara du thé pendant que Jack ratissait l'Internet à la recherche d'une bonne nouvelle. Une heure et deux salades de poulet plus tard, il tomba sur un nouveau site, qui proposait des protocoles expérimentaux acceptant apparemment les patients au stade IV.

« C'est parti », dit Molly. Elle étala devant elle tous les renseignements concernant Rabbit, s'empara d'un bloc-notes et d'un stylo.

Jack cliqua sur le bouton « Rechercher des protocoles » en face de la case « J'ai une maladie métastatique (stade IV). J'ai un cancer qui s'est propagé de mes seins à d'autres parties de mon corps. » Il se frotta les mains. « On y est, Molls, on y est. On a le rapport de pathologie et l'historique des traitements ?

– Tu me prends pour qui ? »

Il lui fit un grand sourire.

« Mais oui, mais oui, j'ai lu les conditions d'utilisation, je suis résident européen, clic, démarrer... et voilà. OK, "Questionnaire personnel". »

Molly regarda les questions par-dessus son épaule. Avant même qu'il ait fini de lire, elle débitait les réponses. « 12 septembre 1972, sexe féminin, "non" à "tests génétiques", "non" à "actuellement en phase d'essais cliniques". »

Jack tapait les réponses. « OK. "Mon état de santé actuel".

– Coche la dernière case », dit Molly.

Il lut la mention correspondante.

« Ah, non, Molls, l'avant-dernière. "Mon état nécessite une assistance intensive et des soins médicaux fréquents."

– Jack, il faut être réaliste.

– Elle n'est pas entièrement dépendante, et elle n'est confinée dans son lit que parce qu'on l'a envoyée là-bas.

– Elle ne peut rien faire seule, et si elle n'était pas clouée à ce lit dans une maison de soins, elle serait clouée à un autre lit.

– Entièrement dépendante ? On en a vu, des grabataires, et ça ne correspond pas à notre fille.

– Clique sur "Entièrement dépendante".

– Non.

– Jack.

– Ils ne la prendront pas, Molly.

– Ils ne la prendront pas si on leur ment, chéri. Allez, coche cette foutue case. »

Le cœur lourd, Jack cliqua sur le scénario catastrophe.

« Bien, maintenant, coche "aucune" pour "autres pathologies".

– Il y en a un paquet, dis donc... on devrait les lire, quand même.

– Pas besoin. À part son cancer au stade IV, Rabbit Hayes pète le feu comme un cheval de course. »

Une fois encore, Jack s'exécuta. Le questionnaire suivant était plus technique. Molly le parcourut rapidement et fournit les réponses à des questions que son mari trouvait même difficiles à lire. « Positif, négatif, positif, os, poumon, foie, et "non" à "lymphœdème". La suite. »

Jack hocha la tête. « OK, du calme. Mes doigts n'arrivent pas à suivre ton cerveau. »

La page suivante était consacrée aux traitements de Rabbit et, là encore, Molly n'eut même pas besoin de consulter ses notes pour décliner les réponses à toutes les questions. Les listes étaient interminables et fastidieuses, mais elle connaissait le moindre détail.

« Tu es sûre que c'est AC puis Taxol ? En dessous, il y a "AC puis..." »

Molly ouvrit d'un geste sec le dossier, qu'elle avait parsemé au préalable de gommettes colorées.

« Là, tu vois ? dit-elle en pointant le doigt.
– D'accord.
– Questionnaire suivant. »

Ils passèrent aux origines ethniques et à l'éducation, bien que Jack ait du mal à comprendre quelle importance cela pouvait avoir. Puis ils relurent le bilan de santé et tombèrent d'accord pour dire que tout était correct. Ils contemplèrent le bouton « Valider/Rechercher des protocoles » pendant une minute interminable. Molly pria en silence. « Allez, Jack, clique avant que le temps soit écoulé et qu'on doive tout recommencer. »

Il hocha lentement la tête, déglutit, tendit le cou et cliqua. Il fallut à la machine moins de deux secondes pour leur annoncer que Rabbit était éligible à vingt-six protocoles expérimentaux.

Jack bondit sur ses pieds.

« Bon Dieu, vingt-six protocoles, Molls !
– Vingt-six, Jack ! » Elle lui sauta au cou.
« Vingt-six protocoles, répéta-t-il en esquissant une valse dans la cuisine.
– Tu vois ? Tout n'est pas perdu. Ça va nous coûter un bras, mais on vendra la maison.
– On vendra tout. Je me vendrais bien moi-même si ça pouvait changer quelque chose.
– Vingt-six protocoles, lui souffla-t-elle à l'oreille.
– Tout va s'arranger. » Il l'embrassa sur la joue.
« Allez, on se remet en selle, dit-elle en se dégageant. Tu mets de l'eau à bouillir, et je vais commencer à potasser la différence entre les thérapies hormonales, ciblées et au bisphosphonate. Je veux être armée quand on ira voir Dunne demain.
– Brave petite. Je t'accorde quelques biscuits au chocolat, histoire que tu gardes toutes tes forces », répondit Jack, mais elle était déjà partie, perdue dans ses recherches.

Il se carra dans un fauteuil et regarda le thé refroidir, les biscuits rester sur l'assiette, et sa femme étudier la biologie.

Davey

Davey regardait fixement par la fenêtre de Rabbit. Il contemplait le crépuscule en parlant à Francie. « Je vais lui dire. » Il raccrocha son téléphone, puis se retourna vers sa sœur, qui était éveillée et assise dans son lit. « Francie ne peut pas venir, il a un empêchement. Il viendra demain. » Il s'assit à côté d'elle, prit la télécommande de la télé et se mit à zapper comme un possédé.

« C'est sympa qu'il veuille venir, dit Rabbit.

– Pourquoi est-ce qu'il ne viendrait pas ? s'étonna Davey en se décidant pour une chaîne.
– Tu crois que je sortirai d'ici un jour ? »
Il coupa le son. « Absolument », répondit-il. Il était sincère. Si une personne en était capable, c'était bien Rabbit.
« Tu as déjà entendu parler de quelqu'un sortant d'un endroit comme ici ?
– Je n'ai pas posé la question. » *Non.*
« Je me sens mieux maintenant que ce matin.
– Tant mieux.
– J'ai entendu parler d'un cas, dit-elle.
– C'est vrai ?
– Il y avait une jeune fille de seize ans, à Munich, qui était en train de mourir d'une leucémie avancée, et un jour, comme ça, elle est sortie de son lit et elle a tenu à aller se promener dehors. Ils n'en croyaient pas leurs yeux. Elle n'avait pas fait un pas depuis des semaines. Mais elle a bien marché, Davey, elle est sortie de l'hôpital et n'y est jamais retournée. Maintenant, elle est prof à Hambourg. Elle tient un blog.
– Comment est-ce possible ?
– C'est arrivé, c'est tout. Sans nouveau traitement, sans prières, sans vaudou ni thérapies alternatives. Elle dit que c'est le pouvoir de l'esprit. Elle a décidé qu'elle vivrait, et elle a vécu.
– Tu crois vraiment que c'est possible ?
– J'aimerais y croire. Je le veux. Je le souhaite. »
Une larme solitaire s'échappa de son œil droit et roula vers son oreille. Davey tira un mouchoir en papier de sa boîte et la fit disparaître.

« Moi aussi. » *Alors vas-y. Guéris, et vis, vis, vis, Rabbit.* « Mais ne te mets pas la pression ! »

Il lui sourit, et elle fit de même.

Elle lui prit la main et la pressa doucement. « Tu m'as manqué », dit-elle.

C'est alors que Marjorie fit irruption dans la chambre, croulant sous des sacs de shopping. Elle leva les bras, laissant les sacs se balancer. Rabbit lui décocha un grand sourire chaleureux et accueillant.

« Te voilà de retour, Marge !

– Et bien sûr, je t'ai manqué, parce que la vie sans moi, c'est nul ! » Elle lâcha ses sacs pour enlacer son amie. « Je tourne le dos deux semaines, putain, et je te retrouve ici. »

Elle s'efforçait vaillamment d'être gaie, et Davey l'en remercia en silence.

« Je vois que tu as fait les boutiques, constata Rabbit.

– On sous-estime Rome, question shopping. »

Elle ramassa quelques sacs et les posa avec précaution sur le lit, en évitant les jambes de son amie.

« Tu serais capable de trouver des choses à acheter en plein désert d'Afghanistan, toi.

– Ma propre vie, sans doute, s'esclaffa Marjorie, vu les tarés qu'il y a là-bas.

– Ça vaudrait quoi, ça ? Un billet de cinq ?

– LOL, crâne d'œuf. »

Rabbit gloussa. Marjorie se tourna vers Davey, qui se réjouissait de les voir plaisanter entre elles. « Alors, j'ai droit à la bise, oui ou non ? »

Il se leva et s'exécuta. « C'est bon de te voir, Marjorie. »

Ils mirent fin à leur embrassade et elle lissa la veste de son ami.

« Tu passes toujours le plus clair de ton temps dans un bus ?
– Eh oui.
– Ça se voit. » Elle fouilla dans les sacs qu'elle avait posés sur le lit. « Donc, j'ai trouvé cette petite boutique qui vend des nuisettes absolument incroyables. » Elle sortit une magnifique chemise de nuit en soie noire et le peignoir assorti. « Tâte-moi ça. »
Rabbit s'exécuta.
« Sublime.
– C'est pour toi.
– Non. C'est une chose qu'on porte pour un week-end en amoureux. Ce n'est pas fait pour un endroit comme celui-ci.
– Bah, toi non plus, et pourtant tu y es. Prends-la.
– Merci.
– Et regarde, ajouta Marjorie tandis que ses mains disparaissaient dans un autre sac. Pour Juliet. » C'était une jolie robe d'été avec des spartiates montantes hyper mode.
« Elle va adorer, dit Rabbit.
– Et j'ai encore autre chose pour toi. » Elle ramassa cette fois un sac par terre, mais le temps qu'elle en ait sorti un cardigan en mohair, Rabbit dormait à poings fermés. Marjorie se laissa tomber dans la chaise longue, sans plus faire semblant. Ses yeux se mouillèrent, et, sans émettre un son, elle contempla sa meilleure amie : on aurait dit, songea Davey, qu'elle regardait quelqu'un qu'elle ne reconnaissait pas tout à fait. La femme qui gisait dans ce lit n'était pas sa Rabbit. Rabbit avait perdu beaucoup de poids en deux semaines, sa peau avait pâli et séché, son crâne rasé était moite, et ses jointures saillantes faisaient paraître ses doigts minuscules. Son teint était d'une

couleur bizarre, quelque part entre le gris et le bleu. La dernière fois qu'elles s'étaient vues, Marjorie était en ville, en train de faire des achats pour son voyage, et Rabbit s'était éclipsée des bureaux de son journal pour aller boire un café avec elle. Elle portait sa perruque blonde et était maquillée ; elle avait le teint clair, grâce au soin du visage qu'elle s'était fait faire la veille.

« C'était il y a quinze jours », souffla Marjorie.

Davey traversa la chambre pour la rejoindre, lui prit la main, et ils sortirent ensemble de la chambre. La cafétéria était encore ouverte. « Viens », dit-il.

Autour d'un café, Marjorie lui résuma la lutte de Rabbit durant l'année passée.

« Ça a été dur. Chaque nouveau coup lui prenait un peu de ses forces.

— Elle se bat toujours, observa-t-il.

— Je sais, dit Marjorie, les larmes aux yeux. Et ça va ne faire qu'empirer, à partir de maintenant. »

Davey n'ajouta rien. Il savait qu'elle avait raison, mais il n'était pas prêt à l'accepter. Il se contenta de touiller son café d'une main et tambouriner sur la table de l'autre. Ni l'un ni l'autre n'avait envie de parler pour ne rien dire, et ils n'avaient pas le cœur à s'adonner à leur badinage habituel. Ils burent leur café, chacun absorbé dans son chagrin.

« Il faut que j'y aille, finit par dire Marjorie en se levant.

— Je t'accompagne à ta voiture.

— Pas la peine. Retourne auprès de ta sœur. »

Ils reprirent ensemble le couloir jusqu'à la chambre. Là, ils s'arrêtèrent et se firent face.

« J'ai été désolé d'apprendre pour ton divorce.

— Merci.

– Je ne me suis jamais excusé pour mon rôle dans… »
Elle l'arrêta en posant une main sur son bras et en secouant la tête.

« Non, vraiment, ce n'est pas ta faute, c'est moi. Neil est quelqu'un d'adorable et je l'ai vraiment aimé, à une époque, mais plus ensuite, et j'étais face à ce choix : vivre comme une somnambule pour le restant de mes jours ou…

– … ou le tromper avec moi.

– Être avec toi m'a réveillée, et je t'en remercie.

– Et Neil ? Il me remercie ?

– Il a quelqu'un d'autre, et elle est enceinte. Il paraît qu'ils sont très heureux. »

Elle a l'air triste. Je n'aurais jamais dû aborder le sujet. Je suis un con et un égoïste.

« J'aurais dû prendre de tes nouvelles.

– Non, tu n'avais pas à le faire. Je ne voulais pas.

– Rabbit m'a mis au courant de tout. Elle m'a raconté comme tu as tenu le coup, alors que tout le monde se liguait pour te juger et de critiquer. » *Seigneur, j'aurais au moins pu lui envoyer un mail. Mais qu'est-ce qui cloche, chez moi ?*

« Bah, il faut toujours un méchant dans un divorce.

– Est-ce que ta mère te parle, maintenant ?

– Non.

– Je suis désolé pour toi.

– Ma mère est une salope au cœur froid, Davey. Elle a toujours été comme ça. À ton avis, pourquoi est-ce que je passais tout mon temps chez toi quand on était petits ? J'aurais pu tuer pour avoir une mère comme la tienne.

– Moi qui croyais que tu venais pour moi ! » Ils rirent un petit peu.

« Bonne nuit, Davey. »

Il la regarda s'éloigner dans le couloir, puis se prépara à passer la porte pour retrouver sa sœur endormie. *J'ai déçu tout le monde. Je ne peux pas continuer comme ça. Il faut que je me ressaisisse. Sois un adulte, Davey. Résiste à l'envie de fuir.*

Johnny

Molly avait préparé des flapjacks – des biscuits aux céréales et au miel – et de grandes tasses de thé pour tout le monde. Dans le salon, Francie et Jay étaient sur le canapé, et Davey assis par terre entre eux deux bien qu'il y ait largement la place pour trois – les gars aimaient bien s'étaler. Grace se balançait dans le rocking-chair, tenant son thé en l'air pour ne pas être arrosée si elle en renversait. Jack était penché sur le magnétoscope : il y enfournait une cassette pour voir si elle était en assez bon état pour supporter un nouvel enregistrement. *Miami Vice* apparut à l'écran, et il mit sur pause. « Molls, cria-t-il, tu as déjà regardé *Miami Vice*, ou tu veux que je te le garde ? »

Molly apparut à la porte avec une nouvelle assiette de biscuits.

« Je me fous complètement de *Miami Vice*.

– Ah, super, dit-il en rembobinant. La cassette est encore bonne.

– Quelle heure ? » s'enquit Francie en engloutissant son troisième biscuit.

Molly regarda la pendule au-dessus de la cheminée « Ça commence dans cinq minutes. Je vais refaire du thé. »

Rabbit s'assit sur le rebord de la fenêtre, guettant Johnny.

« Il va tout rater.

– Mais non, dit Jay. Il va arriver. »

Marjorie entra dans la pièce, une tasse de thé à la main. Francie et Jay se serrèrent pour lui faire une place. Elle était minuscule, deux fois moins grande que Rabbit, et, avec sa folle tignasse blonde et bouclée et ses yeux bleu layette, elle ne faisait pas ses douze ans. Dans sa robe du dimanche, avec ses socquettes à volants roses dans ses chaussures à bride préférées, en cuir verni, elle grimpa sur le canapé et attendit que le spectacle commence.

Rabbit était toujours collée à la fenêtre. *Qu'est-ce qu'il fabrique ?*

Molly arriva avec une nouvelle théière, et tous lui tendirent leur tasse. Elle obligea Grace à descendre du rocking-chair pour servir les biscuits. Jack refusa le thé : il voulait presser le bouton « enregistrer » sur la télécommande à la seconde exacte où l'émission commencerait, et avait besoin de concentration. « Ça va être une grande première, les gars », dit-il, le doigt au-dessus de la touche.

Pendant que Grace faisait passer l'assiette, Molly lui piqua sa place dans le rocking-chair. « Oh, m'man !

– Pas de "Oh, m'man" qui tienne, Grace Hayes. Passe-moi donc un flapjack, chérie. »

Rabbit se taisait : toujours pas de Johnny. *Où es-tu ?* Juste au moment où elle croyait que tout était fichu, il apparut dans la rue, les cheveux attachés, sa veste en cuir noir ouverte et flottant au vent. Rabbit mit une seconde à se rendre compte qu'il marchait bras dessus bras dessous avec une fille.

L'émission commença et Jack voulut lancer l'enregistrement, mais il était si fébrile qu'il fit tomber la télécommande.

« Oh mon Dieu, non ! s'écria-t-il en bondissant sur ses pieds.
— Papa ! T'es pas transparent ! rouspéta Grace, assise par terre à côté de Davey, lequel était penché pour apercevoir la télé entre les jambes de son père.
— Mais c'est pas vrai, Jack, tu vas te pousser ? renchérit Molly.
— Ne vous énervez pas, dit Francie. On ne passe pas avant la moitié de l'émission. »
Jack se redressa.
« Je ferais peut-être mieux d'attendre votre passage. Ça économisera de la bande.
— Non, p'pa. Enregistre maintenant, insista Grace.
— Pourquoi ?
— Parce que je veux me voir dans le public.
— D'accord. »
Il pressa la touche au moment où Johnny entrait avec la fille mystère.
« Te voilà, toi ! lança Molly.
— B'soir, madame Hayes. Je vous présente Alandra. »
Molly la salua de la tête et sourit, mais tous les autres regardaient Alandra comme si elle arrivait d'une autre planète.
« Marjorie, va t'asseoir à la fenêtre avec Rabbit. Francie, Jay, faites une place à Johnny et à Alandra », ordonna Molly. Tout le monde obéit pendant qu'à la télé les deux présentateurs introduisaient les groupes qui allaient passer. Lorsqu'ils mentionnèrent Kitchen Sink, les gars se déchaînèrent et Jack tapa dans ses mains. Puis le silence se fit et il n'y en eut plus que pour la télévision. Personne ne disait mot. Tout le monde regardait droit devant, sauf Johnny, qui regardait Alandra, et Rabbit, qui

regardait Johnny regarder Alandra. Celle-ci était grande, avec de longs cheveux noirs et soyeux, le teint olivâtre, très classe dans une simple robe noire agrémentée de gros bijoux en argent. Non seulement elle était la personne la plus cool que Rabbit ait jamais vue en vrai, mais elle était aussi la plus belle. Johnny était comme envoûté. Rabbit remonta ses lunettes, les tint contre son visage et s'efforça de ne pas pleurer.

Lorsque Kitchen Sink fut enfin présenté, ce fut une explosion dans la pièce. Même Davey, d'habitude si réservé, leva les bras et poussa des acclamations. À l'écran, il entrechoqua ses baguettes, « un, deux, trois, quatre... », démarra à la batterie, et le groupe se lança. Jack écrasa une larme et Molly battit la mesure sur son accoudoir. Rabbit fit passer son regard de Johnny sur le canapé à Johnny sur scène. Sa voix était si belle qu'elle eut encore plus envie de pleurer.

« Est-ce que ça va ? lui chuchota Marjorie.
– Oui, pourquoi ?
– Parce que tu as l'air d'avoir de la peine.
– Comment ça ?
– Ta figure fait comme ça. » Elle fit une démonstration.

« Ah. » Rabbit se donna une contenance et jeta un coup d'œil à Johnny, qui n'était pas concentré sur la télé mais sur la fille si classe, qui avait entrelacé ses doigts bagués d'argent avec les siens. Ce spectacle lui serra le cœur.

Ensuite, lorsque le groupe eut terminé et que les présentateurs lui eurent prédit une carrière éblouissante, Jack rembobina et regarda encore dix fois leur prestation pendant que Molly débarrassait et que le groupe allait travailler un nouveau morceau dans le garage. Marjorie se demanda pourquoi Rabbit ne voulait pas aller les écouter.

« C'est barbant.
— Tu plaisantes ? » Elle ne crut pas son amie une seconde.
Elles sortirent s'asseoir sur le muret. La nuit était douce et quelques garçons jouaient au football. Marjorie finit par aller se joindre à eux. Rabbit, elle, resta sur son perchoir, bien décidée à s'intéresser à la partie. Elle entendit la porte latérale s'ouvrir et, sans se retourner, sentit Johnny dans son dos. Alandra était collée à lui, et ils se tenaient toujours par la main lorsqu'ils s'arrêtèrent devant elle.
« Alors, Rabbit, tu as trouvé ça comment ? s'enquit-il.
— Bien.
— Juste bien ?
— Super.
— Tant mieux. » Il se tourna vers la brune. « Alandra, je te présente ma grande copine Rabbit. » Puis il se retourna vers Rabbit. « Rabbit, je te présente ma copine, Alandra.
— Enchantée, Rabbit », dit la fille en lui tendant la main.
Ma copine ? Quand ? Comment ? Pourquoi ? Rabbit serra la main tendue.
« Bon, il faut qu'on y aille, annonça Johnny. À plus, Rabbit. » Il leva une main en l'air, et elle les regarda s'éloigner dans la rue. *Ma copine ! J'ai envie de gerber*, songea Rabbit.
La nuit était tombée lorsque Francie et Jay s'en allèrent. Davey appela Rabbit et Marjorie, qui étaient toujours dehors. « Allez, les naines, on se bouge ! » cria-t-il. Marjorie courut vers lui avec un grand sourire, heureuse de faire ce qu'il lui demandait. « Davey, je vous ai trouvés géniaux ! lança-t-elle en suivant une Rabbit très malheureuse dans la maison.

– Et ce n'est qu'un début, promit-il.
– Quand j'aurai l'âge, tu m'emmèneras voir un de vos concerts ?
– Marjorie, quand vous aurez l'âge, Rabbit et toi, vous serez à tous nos concerts. »

Elle sautilla sur place en poussant des cris aigus. Rabbit fit la grimace.

« Toi aussi, tu viendras ! lui lança son frère.
– J'ai une vie à moi, tu sais.
– Première nouvelle. » Il referma la porte.

Plus tard, alors que Marjorie, dans sa chemise de nuit à l'effigie de la fée Clochette, sautait sur le lit en réclamant un medley des chansons de Kitchen Sink, Davey trouva sa petite sœur assise dans l'escalier.

« Qu'est-ce que tu as ? » Il s'assit à côté d'elle.

Elle regarda derrière elle.

« Grace monopolise la salle de bains.
– Je ne parle pas de ça.
– Quand est-ce qu'elle va rentrer chez elle, l'Espagnole ?
– Elle est ici pour au moins un an, peut-être plus. »

Rabbit était au bord des larmes. Davey passa un bras sur ses épaules. Cela ne lui ressemblait pas de témoigner de l'affection à sa sœur, même s'il en éprouvait des tonnes, si bien que son geste était un peu gauche. Rabbit regarda ce bras sur son épaule, puis tourna la tête vers son frère.

« Il est trop vieux pour toi, Rabbit.
– Il n'y a que quatre ans de différence. Papa a trois ans de plus que maman.
– Quatre ans, c'est beaucoup quand on n'en a que douze.
– Si c'est comme ça, je grandirai. »

Davey eut un petit rire et hocha la tête. « D'accord. »
Il se leva pour tambouriner à la porte de la salle de bains.
« Eh, Davey, ajouta Rabbit. Quand j'aurai grandi, ça vaudra le détour. »

Rabbit

Rabbit se réveilla d'humeur massacrante. Jacinta accourut au premier appel.

« Il me faut encore une saleté de patch.

– Je te l'ai changé il y a une heure, pendant que tu dormais.

– Alors il doit être périmé, je souffre comme une bête.

– Détends-toi une minute. » Jacinta lui tâta le front.

Rabbit se dégagea comme une enfant butée. « Arrête, laisse-moi. »

L'infirmière consulta son registre. « Je peux te faire une piqûre.

– Eh bien vas-y, qu'est-ce que tu attends ? »

Jacinta s'en alla chercher le calmant. Rabbit garda les yeux rivés au plafond en comptant jusqu'à dix dans sa tête. Au retour de l'infirmière, elle ferma les yeux et attendit. Une fois l'injection administrée, lorsqu'elle sentit le fluide s'engouffrer dans ses veines, elle put se détendre suffisamment pour encaisser la question choc que lui posa Jacinta.

« Dis-moi, qui est Alandra ? »

Elle rouvrit les yeux d'un coup.

« Hein ? Pourquoi ?

– Tu criais : "Je t'emmerde, Alandra" dans ton sommeil, répondit l'infirmière en réprimant à grand-peine un sourire.

– C'est vrai ? »

Jacinta fit oui de la tête. Rabbit soupira.

« C'est une fille que j'ai connue il y a longtemps.

– Une fille que tu n'aimais pas ?

– Elle était adorable, et toujours sympa avec moi. J'étais juste une gamine jalouse qui ne lui a souhaité que des horreurs pendant tout le temps où elle est sortie avec le garçon que j'aimais.

– Quelles horreurs, par exemple ? demanda Jacinta en s'asseyant.

– Se faire renverser par une voiture, passer sous un train, se crasher en avion.

– Rappelle-moi de ne jamais te contrarier. »

Rabbit s'agrippa au lit, ferma les yeux, et son corps se raidit. Elle gémit doucement et des larmes coulèrent vers ses tempes déjà humides.

« Compte jusqu'à dix.

– Marre de compter jusqu'à dix.

– D'accord, compte à rebours. Dix, neuf, huit…

– Pitié, je t'en prie, arrête, la supplia Rabbit.

– Parle-moi d'Alandra.

– Ça ne marche pas.

– Patiente encore une minute.

– Pitié, pitié, pitié.

– Parle-moi d'Alandra. »

Rabbit inhala profondément et rouvrit les yeux. *Ça va, ça va aller, continue de parler, Rabbit, et la douleur va s'éloigner.*

« C'était une vraie beauté, et quand elle est repartie, elle avait très bien pris l'accent de Dublin, commença Rabbit en souriant à ce souvenir.

– Pourquoi est-elle partie ?

– Son père est tombé malade.

– Ton gars a dû être très triste de la perdre.

– Il n'en avait pas l'air. Il était toujours dans sa bulle, difficile à cerner.
– Même pour toi.
– À l'époque, surtout pour moi. Il m'a fallu un moment pour apprendre à le déchiffrer.
– Tu as cessé de t'agripper au bord du lit.
– C'est passé. »
Jacinta arrangea ses couvertures. « Tu veux aller à la selle pendant que je suis là ? Je peux t'apporter le bassin.
– Non.
– Y a-t-il autre chose que je puisse faire ? »
Rabbit était de nouveau en larmes. « Laisse-moi dormir, c'est tout. »
Jacinta hocha la tête. « Bonne nuit, Rabbit. » Elle ferma la porte derrière elle et la laissa seule, clignant des paupières vers le plafond. Le calmant s'était lentement propagé dans son corps, atteignant le sommet de sa tête, transformant son cerveau en poids mort, débarrassant son esprit des pensées conscientes. Une fois l'engourdissement revenu, ses paupières lourdes se fermèrent et elle disparut dans les ténèbres accueillantes.

Blog de Rabbit Hayes

25 SEPTEMBRE 2009
UN « TIENS » VAUT MIEUX QUE DEUX…

Deux jours après l'opération, Marjorie a commencé à m'appeler « Mono-Néné ». Cela faisait deux semaines qu'elle attendait mon coming-out. La vérité, c'est que j'avais peur de regarder. Je ne pouvais tout simplement pas me résoudre à me planter devant la glace et à me déshabiller. Cela peut sembler vaniteux et idiot – après tout, ce n'était qu'un sein, bon sang… mais c'était mon sein. Le gauche, pour être précise.

Ma mère m'a fait remarquer hier soir que j'étais gauchère de la main et désormais droitière du sein, ce qui instaure une sorte de symétrie et, paraît-il, vaut mieux qu'un bout de silicone fourré sous ma peau. Je n'ai pas encore pris de décision. D'abord, je dois vaincre le cancer. Je penserai au remplacement des pièces détachées plus tard.

Et donc aujourd'hui est arrivé et Marjorie s'est pointée chez moi chargée de plus de nourriture que Juliet et moi ne pourrions en absorber en un an, plus des fleurs, du vin, deux soutiens-gorge de mastectomie, une prothèse et deux ratons laveurs… Il n'y avait plus à tergiverser. «Allez, à poil!» m'a-t-elle dit. Alors je me suis mise debout dans ma chambre, et juste au moment où je commençais à retirer mon haut, elle m'a crié «Stop!» et s'est débarrassée du sien plus vite que Matt l'exhibitionniste qui sévit devant le kiosque à journaux de Nelly. En deux secondes, la voilà face à moi, les seins à l'air, avec un grand sourire idiot. J'ai enlevé mon haut de pyjama et voilà, il était là, mon sein droit, à côté d'une morne plaine balafrée. Je ne voulais pas pleurer, mais c'est pourtant ce que j'ai fait. Impossible de me retenir. Ce n'était pas moi, ça. Marjorie n'a rien dit. Nous sommes juste restées toutes les deux devant la glace, le regard fixe. Elle n'a pas tenté de me consoler ni de m'empêcher de réagir. Ce qu'elle a fait, c'est me tendre un mouchoir, et nous sommes restées comme ça jusqu'à ce que mes yeux et mon nez aient cessé de couler.

Lorsque nous nous sommes rhabillées, mon nouveau physique ne me semblait déjà plus si épouvantable. Je ne dis pas que je l'ai complètement accepté, mais je me sens mieux que je ne l'aurais cru. Et Marjorie? Eh bien, elle a remis son chemisier et s'est plainte avec amertume que, même si elle en avait encore deux, le mien était plus gros, et vous savez ce qu'on dit… un «tiens» vaut mieux que deux «tu l'auras»…

J'adore ma meilleure amie.

TROISIÈME JOUR

5

Molly

Molly et Jack, assis à l'extérieur du bureau du docteur Dunne, attendaient leur tour. Molly tenait un épais dossier, rempli de détails sur les divers protocoles expérimentaux auxquels Rabbit pouvait être éligible. Elle le serrait contre sa poitrine et caressait ses bords du bout des doigts, de haut en bas, de bas en haut, de haut en bas. Jack se cramponnait à un sac en plastique, les yeux rivés à l'aiguille noire de la grande pendule murale, qui avançait en silence pour égrener les secondes. En bruit de fond, quelque part dans le couloir, une radio était allumée et des voix débattaient de l'opportunité d'une intervention américaine en Syrie. Le ventre de Jack gargouilla. Molly fit passer sa main du dossier à sa poche, dont elle tira un sachet de noix et de graines pour lui. Il le prit sans un mot et en grignota le contenu, sans quitter des yeux le temps qui passait.

La porte s'ouvrit et Dunne leur fit signe d'entrer avec un geste ample et un salut cordial. Il leur serra la main et tout le monde s'assit. Il jeta un coup d'œil au dossier que tenait Molly, puis à son visage, puis redescendit vers le dossier. Poussa un soupir audible.

« Molly, vous êtes encore allée sur Internet.
– Je voulais vous parler de quelques protocoles en cours en Europe en ce moment, notamment un appelé TPD.
– Thérapie photodynamique.
– Vous en avez entendu parler.
– Tout à fait.
– Alors vous savez que 85 % des candidats sont jugés aptes, y compris des personnes souffrant de métastases profondément enracinées et de cancers aux derniers stades.
– L'efficience thérapeutique dépend de nombreux facteurs.
– Comme tout, n'est-ce pas ?
– Le système immunitaire de Rabbit est compromis…
– … ce qui peut réduire l'efficacité, mais de nombreux patients ont tout de même montré des réactions significatives à la TPD, en dépit de lourdes chimiothérapies antérieures.
– Dans le cas de Rabbit, la tumeur a atteint des organes vitaux.
– Je ne dis pas que cela va la guérir, mais cela pourrait tout de même prolonger sa vie.
– Molly, la TPD en est à ses balbutiements. Elle n'est pas couverte par les assurances, ni disponible dans notre pays.
– Et alors, et alors, et alors ?
– Rabbit est une patiente à un stade avancé, en soins palliatifs, pour qui les risques sont grands de souffrir de complications provoquées par une nécrose rapide des tissus voisins des artères majeures et de plusieurs autres zones de son corps. Et cela si on pouvait seulement

l'envisager pour elle, ce qui n'est pas le cas, parce qu'elle est clouée au lit.

– Elle n'est pas clouée au lit ! protesta Jack, comme si cette seule idée était une insulte faite à sa fille.

– Elle est inapte au déplacement, Jack.

– Quoi ?

– Elle ne peut pas marcher seule.

– Parce qu'elle a la jambe cassée, bon Dieu ! s'exclama Molly.

– Elle a une jambe cassée parce que ses os sont endommagés par le cancer. C'est trop pour elle. »

Molly et Jack échangèrent un regard désespéré, puis Molly se ressaisit. « D'accord », lâcha-t-elle.

Dunne fit mine de se lever.

« Euh, où allez-vous ?

– Je croyais que nous avions terminé.

– Nous n'en sommes qu'au début, répliqua-t-elle avec un reniflement de dédain. Jack, sors les sandwiches. »

Jack plongea la main dans son sac en plastique. « Poulet-crudités, jambon-salade ou thon-mayo ? demanda-t-il au docteur Dunne.

– Je vais prendre le jambon-salade, concéda le médecin, admettant sa défaite.

– Bien ! Thérapies aux bisphosphonates, avantages et inconvénients », commença Molly.

Trois quarts d'heure plus tard, elle était dressée sur ses pieds, en train de s'égosiller à propos des progrès des thérapies hormonales, accusant le système médical irlandais d'être à la fois rétrograde et corrompu. Dunne gardait son calme et un ton égal. Il répéta qu'il comprenait leur colère et leur frustration, puis expliqua une fois de plus pourquoi la thérapie précise que Molly essayait de lui vendre ne fonctionnerait pas. Elle se laissa retomber sur sa chaise et feuilleta son dossier jusqu'à se rendre compte qu'elle avait épuisé toutes les possibilités.

« Vingt-six protocoles ! Vingt-six ! Il y en a bien un qui va l'accepter ! Je me fiche de ce que ça coûte.

– Peut-être, mais même si elle est prise pour l'un d'eux, ce sera expérimental, et non curatif, ou palliatif. Ce n'est pas ce que vous voulez, n'est-ce pas ? »

Le dossier tomba au sol. Molly enfouit sa tête dans ses mains et se massa les tempes, puis ses yeux croisèrent ceux du médecin.

« On doit bien pouvoir faire quelque chose.

– En effet.

– Quoi donc ?

– Vous pouvez la préparer. »

Molly secoua la tête. « Non, autre chose. »

Jack se leva lentement et prit la main de sa femme. « Merci, docteur. »

Molly releva les yeux vers lui, déroutée.

« Non, Jack, attends.

– C'est bon, Molls. On continuera de chercher. » Il jeta un coup d'œil en direction du médecin. « Pardon de vous avoir fait perdre votre temps.

– Ça ne fait rien, Jack. Je comprends. »

Molly baissa la tête et ravala ses larmes.

« Je regrette de m'être énervée, docteur.

– Ce n'est rien.

– Nous vous sommes reconnaissants de tout ce que vous avez fait.

– Si vous avez la moindre question, vous savez où me trouver. »

Jack aida Molly à se lever de sa chaise et ils sortirent du bureau en laissant le dossier par terre.

Ils arrivèrent à la porte de Rabbit pour entendre ses cris de souffrance et les paroles apaisantes de Michelle.

« Accroche-toi, Rabbit, plus que quelques secondes.

– Je ne peux pas, je ne peux pas… je t'en supplie, aide-moi.

– On y est presque », dit Michelle, et Rabbit éclata en sanglots.

Lorsqu'elle sortit quelques minutes plus tard, Michelle se cogna contre Molly et Jack, serrés l'un contre l'autre.

« Elle a encore eu quelques douleurs paroxystiques, mais l'équipe du docteur Dunne a été prévenue et on va arranger ça.

– Je devrais aller la voir, dit Molly.

– Elle dort. Elle va dormir un moment. Si vous sortiez un peu d'ici, tous les deux ? Il fait un temps splendide, et Dieu sait que ça n'arrive pas souvent. »

Molly consulta Jack du regard.

« Je pense que c'est une bonne idée, Michelle, dit-il.

– Je veux juste la voir avant de partir.

– Bien sûr. »

L'infirmière ouvrit la porte sur une Rabbit minuscule, perdue dans ses couvertures, le souffle court.

« Sa tête a l'air plus grosse que son corps, fit observer Molly en se rapprochant d'elle, prenant un mouchoir, épongeant son front.

– Elle enfle, expliqua Michelle.

– C'est terrifiant », dit tristement Molly, qui se pencha pour embrasser le visage de sa fille.

Ils la laissèrent dormir et restèrent assis une minute ou deux dans la voiture avant que Jack ne fasse mine de mettre la clé dans le contact.

« Je crois qu'on devrait faire appel à Michael Gallagher, déclara Molly.

– Qui ?

– Le guérisseur de la foi du septième fils.

– Oh, Molly. » Jack frotta ses paupières lasses.

« Je sais ce que tu en penses, mais il a un taux de réussite de 85 %.

– Il n'a pas guéri Johnny.

– Johnny était dans les 15 %. On aura peut-être plus de chance cette fois-ci. »

Jack pivota pour faire face à sa femme.

« Johnny avait la foi. Il croyait que Dieu le guérirait. Tu te rappelles les heures qu'il a passées à faire la queue pour apercevoir mère Teresa, la recherche de la mitaine de Padre Pio, et tous ses foutus scapulaires, de saint Jean de la Croix à sainte Bernadette ? C'est un miracle qu'il ne se soit pas étranglé avec tout ce qu'il avait autour du cou. Et ça n'a pas marché pour lui, alors qu'il croyait avec une telle ferveur. Comment veux-tu que ça marche pour Rabbit, qui ne croit pas une seconde à toutes ces fariboles ?

– Ce ne sont pas des fariboles. Michael a redonné la vue à une femme. Je l'ai rencontrée. Elle avait été aveugle toute sa vie, et après qu'il lui a imposé les mains, elle voyait. »

Jack soupira.

« Et ce n'est pas du tout envisageable qu'elle ait raconté des histoires ?

– Je ne suis pas une idiote, Jack.

– Je n'ai pas dit ça.

– Il y a tant de choses que nous ne comprenons pas.
– Eh bien, il y a une chose que je sais.
– Et quoi donc ?
– Si tu amènes une sorte de soi-disant agent de Dieu dans la chambre de Rabbit, c'est lui qui aura besoin d'un guérisseur.
– Eh bien on fera ça pendant son sommeil.
– Tu plaisantes.
– Pas du tout. »
Jack lança le moteur.
« Ça va mal tourner, je vois ça gros comme une maison, dit-il en démarrant. Où va-t-on ?
– Chez nous. Il faut que je trouve le numéro.
– Mais on n'a pas renoncé à trouver un traitement, hein, Molly ?
– Je ne renonce à rien, Jack.
– Bravo. »
Je ne renonce pas, tu m'entends, Dieu ? hurla-t-elle dans sa tête. *Est-ce que quelqu'un m'entend, au moins ?*

Juliet

La sonnerie du déjeuner retentit, et ce n'était pas trop tôt. Mlle Baker avait déblatéré sur l'osmose sans discontinuer pendant les cinquante minutes de cours. Elle avait une propension à compliquer les sujets les plus simples : apparemment aveuglée par sa propre intelligence, elle ne comprenait jamais que si ses élèves étaient silencieux, ce n'était pas parce qu'ils étaient passionnés mais simplement parce qu'ils avaient collectivement perdu la volonté de vivre. Juliet fourra son livre dans son sac à dos et se hâta vers la porte. Kyle la rattrapa dans le couloir.

« Comment va ta mère ?
- Bien, merci.
- Ah bon ? » Il avait l'air sincèrement surpris.
« Ben oui, pourquoi ? demanda Juliet d'un ton vif.
- Oh, pour rien. » Il rougit comme une tomate. Kyle était un gentil garçon, pas un maître de la dissimulation. Juliet l'observa un instant, et décida de ne pas insister. Elle préféra clarifier les choses. « Elle rentre à la maison la semaine prochaine, peut-être celle d'après au plus tard.
- Ah, super, c'est génial. » Il était toujours écarlate.
« Ouais, tu l'as dit. » Elle s'éloigna d'un pas vif, le laissant planté dans le couloir, au milieu du passage des élèves. Cette scène l'avait perturbée. *C'est quoi, son problème ?* se demandait-elle. Elle retrouva Della à la cantine. Celle-ci avait déjà acheté et payé deux patates au four, avec du thon, et de l'eau en bouteille pour elles deux. Juliet lâcha son sac par terre et s'assit.

« Merci.
- Pas de quoi.
- J'ai vu Kyle en sortant.
- Ah oui ? Il est toujours amoureux de toi ? demanda Della en faisant des bruits de baisers.
- Il s'est comporté bizarrement, répondit Juliet sans relever les insinuations idiotes de sa copine.
- Normal, il *est* bizarre !
- Il n'est pas bizarre, Della.
- Si tu le dis. »

Kyle était le voisin de Juliet et ils étaient amis depuis l'âge de deux ans. Il était timide et n'aimait pas se mêler aux autres élèves : il avait suffisamment de copains au club de moto où il passait au moins trois heures tous les soirs.

Son père, Charlie, était un motard chevronné, et bien qu'il se soit déjà brisé à peu près tous les os, il avait initié Kyle à ce sport dès ses cinq ans. Kyle était naturellement doué, et son père l'entraînait pour en faire un champion. Père et fils avaient volé au secours de Juliet lorsqu'elle avait trouvé sa mère par terre dans la cuisine avec une horrible fracture ouverte. Rabbit était inconsciente, mais comme elle respirait bruyamment, Juliet savait qu'elle n'était pas morte. Juliet avait senti monter la panique, mais elle avait résisté. Elle savait quoi faire. Elle avait appelé l'ambulance, puis couru chez Charlie, qui était en train de tailler sa haie lorsqu'elle était passée devant lui moins de deux minutes plus tôt. Elle avait hurlé : « S'il vous plaît, aidez-nous ! Elle est par terre. C'est grave ! S'il vous plaît ! » Il avait laissé tomber son taille-haie et couru chez elle. Kyle avait surgi de nulle part et les avait suivis dans la maison. Rabbit était à peine consciente, mais Charlie avait réclamé d'une voix forte une paire de ciseaux et un torchon propre. Kyle avait attrapé les ciseaux sur le comptoir et les avait tendus à son père, qui avait découpé la jambe de pantalon de Rabbit, exposant l'os qui dépassait de la chair ainsi que l'étendue du saignement.

Le cœur de Juliet battait si fort qu'elle avait l'impression qu'il allait crever sa peau. Elle s'était efforcée de contrôler son souffle. « Oh, non, ça gicle... c'est mauvais quand ça gicle », avait-elle dit en plaquant une main sur sa bouche. Elle avait les jambes molles et craignait de vomir.

« Ce n'est pas si affreux que ça en a l'air, l'avait rassurée Charlie. J'ai déjà vu bien pire.

– Moi aussi », avait ajouté Kyle en fouillant dans les tiroirs à la recherche d'un torchon propre. Il l'avait jeté à son père, qui avait appliqué une pression sur la plaie.

Rabbit gémissait, comme si elle suffoquait, mais Charlie était sur le coup.

« Ça va aller, maman… tu m'entends ? Charlie sait ce qu'il fait et l'ambulance arrive. » Juliet entendait des larmes dans sa propre voix. Elle s'était touché la joue : c'était mouillé.

Kyle avait disparu et reparu dans la seconde avec un coussin sur lequel son père avait posé la tête de Rabbit. Juliet avait rassemblé ses esprits : le seul fait qu'ils soient là l'apaisait suffisamment pour qu'elle puisse penser clairement à ce qu'il y avait à faire.

« Je vais m'occuper de tout, maman. Ne t'inquiète pas », avait-elle dit, et, sachant sa mère en de bonnes mains avec les voisins, elle avait fait le tour de la cuisine pour réunir tous les médicaments de sa mère, ses ordonnances et son dossier, puis filé à l'étage prendre des vêtements de nuit et une trousse de toilette. Le temps que l'ambulance arrive, elle avait fait une valise complète, comprenant même des livres et des en-cas pour l'inévitable longue nuit qui s'annonçait. Rabbit était retombée dans l'inconscience, mais Juliet lui avait parlé quand même. « Je t'ai pris ta chemise de nuit préférée, du parfum, et le baume à lèvres que tu aimes bien. Ça va aller, maintenant. »

Kyle avait proposé de l'accompagner dans l'ambulance. C'était vraiment gentil de sa part, mais elle avait décliné, et elle avait bien vu que Charlie était soulagé : les urgences n'étaient pas l'endroit idéal pour un enfant de douze ans un vendredi soir. Il lui avait fait au revoir de la main lorsque les portières s'étaient refermées. « Elle va très bien s'en tirer, Juliet, lui avait-il crié. Ne te fais pas de souci, on surveille la maison ! »

Kyle et Juliet se fréquentaient moins depuis l'année de leurs huit ans. Elle s'était trouvé des copines, et il avait été absorbé par ses courses de moto, mais même s'ils avaient passé peu de temps ensemble ces quatre dernières années, il avait toujours été là pour elle.

Juliet ruminait encore sur la réaction de Kyle à l'annonce de la bonne santé de sa mère lorsque Della fit claquer ses doigts sous son nez. « Allô ? La Terre appelle Juliet !

– Pardon.

– Tu ne finis pas ton assiette ? »

Juliet la poussa vers elle. « Vas-y. »

Della la termina en trois bouchées. « J'ai toujours une faim de loup pendant mes règles. » Elle se retourna vers le comptoir et étudia le contenu des vitrines. « Ça te dit qu'on partage une part de gâteau aux carottes ? »

C'était la cinquième fois qu'elle avait ses règles alors que Juliet n'avait pas encore les siennes, et cela l'énervait qu'elle en parle. Au fond, elle savait que son amie ne se vantait pas, mais cela en donnait pourtant l'impression.

« J'ai pas faim.

– Merde, mais je ne veux pas m'enfiler une part entière !

– T'as qu'à en jeter la moitié.

– Tu sais bien : si je l'ai devant moi, je vais tout terminer.

– Alors n'en prends pas.

– Oh bon, tant pis. » Della se leva et rapporta la part avec deux fourchettes. « Juste au cas où. »

Plus tard, elles étaient assises sur la pelouse à regarder les garçons jouer au foot. Della ne tenait pas en place, et ce n'était pas uniquement à cause de ses règles. Juliet fit semblant de ne rien remarquer. Elle était trop vannée pour ces histoires. Le canapé de Grace ne faisait pas un lit très confortable, mais même s'il n'avait pas été dur et plein de bosses, elle aurait eu du mal à trouver le sommeil. Aussitôt qu'elle s'allongeait, son cerveau démarrait dans tant de directions différentes qu'elle en avait la migraine. Elle revivait les jours, les heures, les minutes et les instants qui avaient mené à la découverte de sa mère par terre. Inlassablement, elle décortiquait tout ce qu'elle aurait dû ou pu faire pour prévenir sa chute. Elle se repassait en esprit l'état du sol : c'était sûr qu'elle n'avait rien laissé traîner sur quoi Rabbit aurait pu trébucher. Les chaises étaient bien poussées sous la table ; il n'y avait aucune trace d'humidité, rien n'avait été renversé. Elle avait lavé par terre avant de partir en cours. Elle le faisait deux fois par jour, de même qu'elle nettoyait toutes les surfaces au désinfectant depuis que le diagnostic était tombé. Elle n'avait pas oublié.

Elle se demandait si Rabbit avait fait un malaise. Il lui arrivait de s'évanouir après une chimio, mais cela ne s'était pas produit depuis un moment, et en général elle était pâle et fatiguée avant de tomber dans les pommes, alors qu'elle allait parfaitement bien ce matin-là. Elle avait eu un rendez-vous avec son éditeur à propos de son blog sur le cancer, et elle avait belle allure avec sa perruque et son maquillage. Elles avaient parlé de l'interro de français de Juliet, et sa mère avait envisagé, en plaisantant, de l'envoyer faire ses études en Allemagne, vu que ce pays aurait racheté l'Irlande dans l'année. Elle était malade, mais elle allait bien. Si ce n'avait pas été le cas, Juliet l'aurait su. Elle aurait vu la différence, si subtile soit-elle. *Alors, qu'est-ce qui s'est passé ? Et pourquoi ? Et si… ?* Elle restait éveillée, les yeux larmoyants, le cœur battant, le corps tremblant. *Et si…*

Pendant la journée, elle faisait bonne figure et ne s'autorisait à penser qu'au retour de sa mère. La vie reprendrait son cours normal, qui bien sûr n'était pas vraiment normal mais à peu près, et c'était suffisant. Juliet, comme sa mère, était douée pour simuler la gaieté, et encore plus douée pour se mentir à elle-même. Chaque matin apportait un espoir renouvelé. *Ça va s'arranger.*

Della toussait et s'agitait comme si elle essayait de ramollir la terre avec ses fesses. Juliet gardait le silence et faisait semblant de s'intéresser au match. Voyant qu'elle n'était pas invitée à parler, Della prit l'initiative :

« Ma mère veut que je te demande si tu veux venir habiter chez nous.

– C'est gentil de sa part, mais je suis bien chez Grace.

– Mais tu n'as même pas de chambre, là-bas. Nous, on a une chambre d'amis.

– Ce sera bientôt fini.

– D'accord, lâcha Della sans grande conviction. Mais quand même, ma mère dit que tu seras toujours la bienvenue, aussi longtemps qu'il le faudra… même si c'est pour toujours. »

Juliet regarda son amie avec perplexité. Della mit ses mains sous ses fesses.

« Non mais tu n'auras pas besoin de rester pour toujours. C'est juste que ma mère t'aime vraiment beaucoup. Parfois, je me dis qu'elle t'aime mieux que moi. »

Della était mal à l'aise, remarqua Juliet. Elle parlait à toute vitesse, puis s'interrompait. Elle évitait son regard : elle faisait semblant d'être fascinée par la manière dont Alan Short contrôlait la balle. « Purée, il est mortel, hein ? »

À l'instant où elle disait cela, Alan Short trébucha et s'étala de tout son long dans la boue. Un autre jour, elles auraient ri à gorge déployée, mais pas là. Juliet se leva. « Où tu vas ? » Elle ne répondit pas. Elle s'éloigna sans mot dire.

Ne pleure pas, Juliet. Ne te monte pas la tête. Tout va bien. Maman va rentrer à la maison. Plus que quelques jours à supporter tout ça. On va s'en sortir.

Elle se mit à courir.

Grace

Grace était tombée amoureuse de Lenny dès le jour où elle l'avait rencontré. Ce n'était pas le plus bel homme du monde, mais il avait un sourire chaleureux et un regard triste et pensif, et quand il l'avait frôlée par inadvertance dans la salle de pause, sa peau l'avait picotée et ses tripes s'étaient serrées. « Lenny », s'était-il présenté en lui tendant la main. Son père l'avait mise en garde contre les dangers d'une poignée de main molle, si bien qu'elle l'avait serrée fermement, trop fermement, à vrai dire, à tel point qu'il avait poussé un petit cri et l'avait frottée avec l'autre aussitôt qu'elle l'avait lâchée.

« Navrée, avait-elle dit. C'est nerveux, c'est mon premier jour.

– Vous n'avez pas à vous en faire, on est tous des Bisounours, ici. »

Il avait attrapé une tasse sur l'étagère au-dessus de l'évier et la lui avait tendue. Elle l'avait prise, et lui avait souri sans baisser les yeux.

« C'est vrai ? avait-elle demandé avec espoir.

– Non, mais je vous laisse décider qui éviter.

– Ah. »

Il s'était servi un café, puis en avait versé dans sa tasse qui attendait. « Alors, qu'est-ce qui vous a attirée vers le monde merveilleux de la banque ?

– Mon père.

– Il travaille ici ? avait demandé Lenny, légèrement alarmé.

– Non, il est chez la concurrence. »

Lenny avait ouvert le frigo et reniflé le lait, puis l'avait élevé dans la direction de Grace. Elle avait acquiescé, il avait versé.

« Sucre ?

– Ouaf ! » avait-elle répliqué, et il avait ri. Il portait un costume noir et une chemise blanche impeccable ; sa cravate était bleu ciel et assortie à ses yeux. Il laissait le dernier bouton ouvert et la cravate un peu lâche, comme s'il venait de tirer distraitement dessus, mais Grace voyait bien, même à ce moment-là, que c'était une fausse nonchalance soigneusement orchestrée. C'était la petite rébellion de Lenny. Il avait vraiment de l'allure dans ce costard, même si, lorsqu'il avait levé les bras vers l'étagère du haut pour attraper la boîte à biscuits, elle avait remarqué qu'il portait des chaussettes blanches dans des mocassins noirs. *Il faudra revoir ça.* Il lui avait proposé un biscuit qu'elle avait poliment refusé, alors que c'étaient des Hobnobs au chocolat, ses préférés.

« Bon, il est temps que je me remette au boulot, avait-il dit, et elle s'était écartée pour le laisser passer.

– Moi aussi.

– Ce fut un plaisir.

– Oui, pour moi aussi. »

Pendant qu'il s'éloignait, elle n'avait pu s'empêcher de remarquer qu'il avait un joli petit cul. Il s'était retourné alors qu'elle inclinait la tête pour avoir une vue latérale.

« Vous ne m'avez pas dit votre nom.

– Grace.

– Enchanté, Grace. » Il lui avait de nouveau tendu la main, puis s'était souvenu de la douleur et l'avait retirée avec un sourire. « C'est encore sensible. » Un clin d'œil.

« Désolée. »

Cinq minutes plus tard, assise dans son petit box, elle jetait des regards nerveux autour d'elle pour voir si quelqu'un l'observait. Ses voisins et voisines tapaient, classaient ou parlaient affaires. Comme son supérieur hiérarchique était à l'extérieur, elle avait pris un instant pour appeler sa mère.

« Maman ?

– Alors, comment ça se passe ?

– Je viens de rencontrer l'homme que je vais épouser.

– Oh, quand est-ce que tu vas la boucler, Grace ! » Sa mère avait raccroché.

Souviens-toi bien de ce moment, maman.

Moins d'un mois plus tard, ils sortaient ensemble, et un an après, ils étaient fiancés. Deux mois avant son mariage, Grace avait découvert qu'elle était enceinte de trois mois, de Stephen. C'était vingt ans plus tôt, et Grace aimait davantage son mari chaque jour. Cela pouvait sembler fleur bleue, même à elle, mais c'était la vérité. Elle avait eu de la chance. Parfois, elle culpabilisait. Quand le couple de sa meilleure amie Emily avait implosé à cause des infidélités constantes du mari, et qu'elle avait été forcée d'emménager dans un logement social avec ses deux petits garçons, cela avait rappelé à Grace, de manière glaçante, la chance qu'elle avait. Quand le mari de sa voisine Sheena l'avait abandonnée pour rejoindre une secte new age dans le Dorset, c'était tombé sans prévenir. Ils étaient un couple heureux, toujours partant pour quelques verres au pub du coin le vendredi soir, et du jour au lendemain il était devenu un contempteur de la Bible au crâne rasé qui ne mangeait que ce qu'il cultivait, et elle, une mère célibataire. Et puis il y avait eu Kate, la cousine de sa belle-sœur Serena, qui avait surpris son mari à se palucher devant du porno gay, affublé de sa petite culotte et de son soutien-gorge en soie rouge. Il avait prétendu que c'était juste pour faire une expérience ; après une dispute homérique et quelques semaines de séparation, elle avait décidé de le croire ; trois enfants plus tard, ils étaient toujours ensemble et elle semblait aveugle au fait que son mari était une folle perdue.

Grace était vernie. Lenny était un athée monogame, qui frémissait d'horreur à l'idée de prendre dans sa bouche le membre d'un autre homme. C'était un bon père, aussi. Il adorait ses enfants et aurait fait n'importe quoi pour eux. À cinq ans, Stephen s'était pris de passion pour la danse irlandaise, et Lenny, qui aurait pourtant préféré se mettre la tête dans un four à gaz, l'avait accompagné à toutes les compétitions, applaudissant et acclamant les nombreuses victoires de son fils. Bernard avait été un bébé maladif, et même s'il devait se lever tôt le lendemain pour aller au boulot, Lenny avait eu sa part d'heures passées à arpenter le plancher, n'avait jamais rechigné à changer une couche et, bien que Grace et lui aient souvent failli s'entretuer tant ils étaient exténués, il ne tardait jamais à s'excuser quand il avait tort.

Ils avaient su que Ryan leur donnerait du souci dès ses deux ans. Cela se sentait, tout simplement. Il était mignon comme tout, têtu comme une mule et malin comme pas deux. Ryan se fichait complètement des règles. Elles ne s'appliquaient pas à lui, un point c'est tout. Si bien que Grace avait été convoquée deux fois dans le bureau du supermarché Tesco sur un soupçon de vol, et relâchée moyennant caution uniquement lorsque l'enregistrement vidéo avait révélé que Ryan prenait des choses sur les rayons à hauteur de ses yeux et les planquait dans sa veste dès que sa mère regardait ailleurs. Il était interdit de deux chaînes de supermarchés avant ses quatre ans, et, jusqu'à ses six ans, les rares fois où Grace était obligée de l'emmener faire les courses avec elle, elle le menottait au chariot. Lorsqu'il était question de Ryan, Lenny était l'élément calme du couple. Grace était trop émotive et, vu son caractère, c'était un miracle uniquement dû au sens de la mesure de son père que cet enfant ne soit pas déjà enterré sous la terrasse.

Jeffery, lui, était l'as des jeux vidéo. C'était un petit génie de l'ordinateur et, dès ses neuf ans, c'était lui que l'on consultait dans la maison pour toutes les questions techniques, mais il était physiquement paresseux et, bien sûr, il mangeait beaucoup trop. Lenny avait tenté de l'intéresser aux diverses équipes de foot, de natation et d'athlétisme de Bernard, et l'avait même amené à l'ancien cours de danse irlandaise de Stephen, mais le petit n'avait rien voulu savoir. Pourtant, il était en permanence « mort de faim » et Grace avait du mal à dire non – du moins, jusqu'au jour où la visite médicale avait révélé qu'il était obèse. Lenny s'était ouvert de son inquiétude pour Jeffery au fil des années, et elle ne l'avait pas écouté. Il avait eu la bonté de ne pas dire : « Je te l'avais bien dit. »

Lenny Black était vraiment un type bien, c'est pourquoi il fut abasourdi lorsque Grace remplit un sac et partit de chez elle, alors qu'il avait simplement laissé entendre qu'elle avait raté un petit salé aux lentilles.

L'incident avait démarré dans une ambiance pourtant plutôt cordiale. Lenny, rentrant d'une demi-journée de boulot, avait trouvé Grace dans la cuisine, penchée sur un livre de recettes. Il l'avait embrassée sur la joue et avait allumé la radio pour écouter la suite d'une émission commencée dans la voiture. Il avait mis en route la bouilloire et machinalement pris deux tasses sur l'étagère. L'animateur de la radio parlait à une femme qui vendait sa maison à la tombola. Les tickets étaient à 100 euros et elle donnait l'adresse d'un site web pour quiconque désirait en acquérir un. Elle avait déjà écoulé pour 150 000 euros de tickets, et il ne lui en fallait plus que 50 000 pour rembourser son emprunt et quitter le pays.

« Et si vous ne rassemblez pas la somme ? avait demandé l'animateur.

– La banque peut se fendre du reste.

– Tu crois qu'on devrait acheter un ticket ? avait dit Lenny en tendant une tasse à Grace.

– Elle est où, cette maison ?

– Dans le comté de Mayo.

– Non.

– C'est joli, Mayo. » Il s'était assis au comptoir, en face d'elle. « Qu'est-ce que ça sent ?

– C'est le petit salé aux lentilles.

– Non, vraiment ? Bon sang, si on avait un chien, j'aurais juré qu'il avait pété. »

Et c'est tout ce qu'il fallut à Grace Black pour perdre la tête. Elle attrapa une manique, ouvrit le four, sortit le plat de petit salé et le balança contre le mur. Lenny bondit sur ses pieds.

« Qu'est-ce qui te prend, Grace ?

– Fais-le, toi ! hurla-t-elle. Vas-y, je te regarde ! Fais les courses et la pluche et la bouffe, toi, et écoute les jérémiades et les pleurnicheries et les foutus j'ai-mal-au-ventre de tout le monde. Prends le relais, Lenny ! T'es tellement meilleur que moi pour tout !

– Il faut que tu te calmes. » Il n'aurait vraiment pas pu dire pire, car c'est à ce moment-là qu'elle envisagea fugacement d'empoigner un couteau et de le lui planter dans la tête. Elle s'empara d'une tasse à quelques centimètres de ce couteau et la flanqua par terre. La tasse se fracassa en morceaux.

« OK, OK ! Quel que soit le problème, on peut en parler. » Il agitait les mains devant lui pour tenter de la maintenir à distance.

« Quel que soit le problème ? Quel que soit le problème ? s'époumona-t-elle. Oh, qu'est-ce que ça peut être, Lenny ? Je me le demande ! Quel pourrait être le problème ? » Elle prit une autre tasse et s'apprêta à la lancer.

« Stop ! Arrête tes conneries, Grace ! Tu n'as plus cinq ans, et les comédies ne sont pas acceptables. »

Elle ne réfléchit pas. Elle jeta la tasse, qui l'atteignit durement au visage. Le nez de Lenny pissa instantanément le sang et son œil commença à enfler. La stupéfaction de voir du sang et de regarder Lenny osciller sur ses pieds poussa Grace à fuir la pièce en courant. *Qu'est-ce que j'ai fait ?* Au lieu d'aider son mari ou même de s'excuser, elle fut prise de l'envie compulsive de partir. En haut, dans sa chambre, elle jeta des sous-vêtements de rechange, un jean et quelques hauts dans une valise ; elle attrapa sa trousse de toilette et, avec soulagement, trouva son sac à main dans le couloir. Elle entendit Lenny dans la salle de bains du bas, qui se lavait de son sang, lorsqu'elle ouvrit la porte d'entrée. Elle ignorait si elle lui avait cassé le nez, infligé un œil au beurre noir, ou les deux. Elle ne pouvait pas penser à ça, ne pouvait pas encore admettre ce qu'elle avait fait. Le choc avait dissipé sa rage, mais la tête lui tournait encore. Il l'appela. Il semblait plus choqué et dérouté qu'en colère. Incapable de lui faire face, elle referma derrière elle et courut jusqu'à sa voiture sans destination en tête, avec uniquement le besoin désespéré de fuir et de se cacher.

Davey

Le collège appela la maison juste après quatorze heures trente. Juliet avait une migraine aiguë et Grace ne répondait pas au téléphone. Molly et Jack étaient passés chez eux juste le temps de prendre un vieux carnet d'adresses bourré de numéros, si bien que Davey convint d'aller chercher la petite dès que possible. Il commanda un taxi et se prépara un sandwich en l'attendant. Comme la voiture arriva plus vite que prévu, il mangea en route. Le chauffeur était un Ougandais intarissable, qui terminait toutes ses phrases soit par un éclat de rire, soit par un reniflement. Il aimait à taper sur le volant pour donner plus de poids à ses propos.

« Vous savez ce que je pense de l'avortement ? » demanda-t-il de but en blanc. Davey n'en avait pas la moindre idée. « Rien, dit le chauffeur. Je n'ai aucun avis sur la question. Cette loi est là pour détourner notre attention de ce qui se passe vraiment.

– Ah bon, quoi donc ?
– On nous vole. » Il tapa sur son volant. « Je n'ai pas quitté l'Ouganda pour me faire dévaliser. Des taxes, des taxes, des taxes… partout où on regarde, il n'y a que des taxes. »

Davey resta muet. Il n'avait rien à apporter au débat.

« Ah, mais les Irlandaises ! » Le chauffeur rit dans sa barbe. « Elles, elles sont gentilles. »

Davey n'avait pas souvenir que les Irlandaises fussent particulièrement gentilles. La dernière petite amie qu'il avait eue avant de partir pour les États-Unis avait demandé à ses deux frères de le zigouiller lorsqu'il l'avait plaquée. Sans Francie et Jay, il aurait été un homme mort. Il ne dit mot.

« Vous êtes marié ? demanda l'homme.
– Non.
– Gay ?
– Non.
– Seul ?
– Non.
– Ha ! (Reniflement.) Vous avez l'air seul.
– Eh bien non. » *M'enfin !*

« D'accord.
– Qu'entendez-vous par seul ? voulut savoir Davey.
– Personne à qui rendre des comptes. »

Davey réfléchit à cela pendant quelques secondes. Il s'était déconnecté pendant quarante-huit heures, et les seuls textos qu'il avait reçus émanaient de Casey, qui l'embrassait, et de la femme de celle-ci, Mabel, lui demandant ce qu'elle pouvait faire pour lui. Pas une des femmes avec qui il avait couché ne l'avait appelé ou n'avait même remarqué son absence.

« Oui, d'accord, alors je suis seul.
– Ça vous plaît ?
– Je n'y pense pas. » *Je suis en train de mentir à un inconnu.*
« Un homme a besoin d'une femme.
– Je pense que je survivrai.
– Survivre, ce n'est pas vivre. »
Très bien, je suis seul. Ça vous va ? Davey regrettait d'avoir engagé cette conversation. Dans sa tête, il envoya l'Ougandais se faire voir.
« Vous aimez la musique ?
– Oui. » Cette diversion le soulagea. Le type sourit et alluma son lecteur de CD. C'était un groupe ougandais rythmique et hyper énergique.
« Ça vous plaît ?
– Non », répondit Davey.
Le chauffeur haussa les épaules. « Tant pis. »
Tout était calme dans la cour du collège. Davey gagna la porte principale et chercha du regard quelqu'un pour l'aider lorsqu'il pénétra dans le couloir blafard. Il détestait les établissements scolaires, lui qui n'y avait pas remis les pieds depuis son exclusion. Il frappa à la porte marquée « Bureau », mais personne ne répondit. Il se dirigea ensuite vers la salle des professeurs et, avant même de toquer, sentit ses boyaux se serrer. *Tu es un adulte, bon sang de bonsoir*, se dit-il, mais, malgré tout, il lissa ses cheveux et tira sur son tee-shirt. Une femme répondit au deuxième coup sur la porte. Moins de trente ans, jolie et armée d'un sourire éblouissant.
« Je viens chercher ma nièce, Juliet Hayes, dit-il.
– Ah, je vois, attendez juste une seconde. » Elle laissa la porte s'ouvrir, révélant qu'elle était seule dans la pièce et en train de manger un sandwich. « Entrez !

– Désolé de vous déranger. » Il contempla la peinture écaillée, les tables pliantes, les chaises en plastique. *C'est donc à ça que ça ressemble, une salle des profs.* Ça n'avait rien de formidable.

Elle s'essuya les mains sur une serviette et prit sa tasse de café.

« Ce n'est rien. Suivez-moi. » Ils longèrent le couloir ensemble. « J'ai Juliet dans ma classe en anglais et en maths.

– Ah.

– Elle est bonne élève.

– Sa mère l'était aussi. Une tête.

– Comment va-t-elle, sa mère ? »

Davey se sentit gêné. Il ne savait pas comment répondre. *Oh, Seigneur, elle est mourante. Rabbit est mourante.* La jeune femme dut remarquer son malaise, car elle n'attendit pas de réponse.

« Juliet a traversé beaucoup d'épreuves, mais elle est très forte.

– Oui, c'est vrai. » *Je ne vois pas trop ce que ça veut dire, mais bon.*

Elle demanda à Davey de l'attendre une minute, puis disparut dans une salle anonyme. Elle revint peu après, accompagnée de Juliet.

« Davey ? dit cette dernière, étonnée et ravie de le voir.

– Grace est aux abonnés absents, alors t'es coincée avec moi, Bunny. »

Elle hocha la tête et sourit, lâcha son sac de cours et se pendit à son cou. « Je suis contente que tu sois là, Davey. Merci, mademoiselle Hickey. » Elle s'éloigna de Davey, ramassa son sac.

« De rien, Juliet. J'espère que tu seras vite remise. »

Dehors, il faisait étonnamment chaud pour la saison. Juliet retira sa veste et l'accrocha aux sangles de son sac. Davey regarda son expression changer.

« Qu'est-ce que tu fais là, Davey ?
– Ton bahut a téléphoné.
– Non, je veux dire en Irlande, andouille !
– Hé, dis donc ! Il n'y a que ma mère qui ait le droit de m'appeler comme ça.
– Pardon, je ne savais pas. Bon, alors, qu'est-ce que tu fais ici ?
– Tu me manquais. » *Pitié, pitié, n'insiste pas, Juliet. Je ne sais pas quoi te dire. Ça ne peut pas être moi qui te l'annonce. Ce n'est pas à moi de le faire.*

Elle réfléchit à sa réponse et choisit de l'accepter. « Toi aussi, tu me manquais. »

Davey avait envie de pleurer. Il changea de sujet.

« Tu as la clé de chez Grace ?
– Non.
– Tu veux aller t'allonger un peu chez ta grand-mère ?
– Non.
– Je peux t'emmener voir un médecin, si tu en as besoin.
– Je vais très bien.
– Et ta migraine ?
– Un bobard.
– Pourquoi ?
– Il fallait que je me tire de là », dit simplement Juliet. Elle pouvait toujours être honnête avec son oncle Davey.

Il soupira. Nul mieux que lui ne pouvait comprendre cela.

« D'accord, alors qu'est-ce que tu veux faire ?
– Je voudrais aller à Stephen's Green.

– Ça fait des années que je n'ai pas mis les pieds là-bas. »

Ils montèrent dans le bus, grimpèrent sur l'impériale et s'assirent tout devant. Davey n'avait pas contemplé Dublin de ce point d'observation depuis une éternité. C'était chouette. Ils bavardèrent de tous les changements que la ville avait connus depuis quinze ans qu'il vivait aux États-Unis. Juliet attira son attention sur les nouveaux trams. Il ne les avait pas remarqués lors de ses visites précédentes.

« Ils ont l'air super.

– Et ils marchent vraiment !

– Dingue ! Des transports en commun qui fonctionnent ! »

Davey leur acheta des cafés à emporter et des chaussons aux pommes avant qu'ils entrent dans le parc.

« Tu veux que je prenne du pain pour les canards ?

– Je n'ai plus cinq ans, tu sais. »

Il régnait dans le parc une animation étonnante pour un jour de semaine à trois heures de l'après-midi. Bien qu'il ne fasse sans doute pas plus de dix-huit degrés, plusieurs personnes s'étaient mises torse nu pour bronzer sur l'herbe. De jeunes musiciens jouaient dans le kiosque. Ils étaient bons. La musique était marrante, et les garçons mignons. Ils firent sourire Juliet.

« Restons ici pour les écouter », proposa-t-elle. Davey s'empressa d'accepter, si bien qu'ils s'assirent sur l'herbe pour boire leur café et grignoter leurs viennoiseries.

« Tu joues encore de la guitare ? lui demanda-t-il.

– De temps en temps. » C'était lui qui lui avait offert l'instrument, et elle lui avait promis de devenir la meilleure guitariste du monde.

« Ça te soûle ?
– Non, c'est juste que je manque de temps. »

Davey comprenait. La petite passait le plus clair de son temps à prendre soin de sa mère. Il aurait dû en faire plus pour les aider. *Je suis un con, je n'ai pas été à la hauteur, ma grande.*

« Tu étais douée.
– J'étais moyenne.
– Non, c'était prometteur.
– Merci. »

Ils écoutèrent le groupe jouer un nouveau morceau.

« Davey ?
– Oui.
– Peut-être qu'on ira te voir à Nashville, un de ces jours.
– Ce serait super de se voir là-bas. »

Il avait soigneusement contourné le « on » de sa phrase. Si elle en était consciente, elle n'insista pas.

« Maman parle tout le temps de quand elle était en Amérique et n'arrête pas de dire que c'était génial. Je parie qu'elle adorerait y retourner. »

Davey avait très envie de changer de sujet.

« Je suis allé la voir, le premier été qu'elle a passé à New York.
– Ah oui ? »

Il savait que Juliet adorait les histoires sur sa mère.

« Elle vivait dans une piaule minuscule, juste à côté de Broad Street.
– Avec Marjorie ?
– Oui.
– Et c'était avant ou après que tu joues à saute-mouton avec Marjorie ? le taquina-t-elle avec un sourire malicieux.

– Avant. »

Il se cacha la figure dans les mains. Elle prit ses poignets pour les écarter.

« Continue.

– C'était en juillet, il faisait tellement chaud que les filles mettaient leur maquillage au frigo, et c'est à peu près tout ce qu'il y avait dedans, d'ailleurs. On allait au bar rien que pour la clim.

– Et des tonnes de bière.

– Aussi, oui, mais sérieusement, j'ai bien cru que j'allais fondre. Je n'avais jamais vu une chaleur pareille. J'avais hâte de me barrer de là, mais ta mère, elle, elle adorait cette ville.

– Elle m'a dit que tu étais rentré parce que grand-mère te manquait trop.

– Oui, c'est vrai aussi.

– Mais ensuite, tu y es retourné.

– Il m'a semblé que je n'avais pas trop le choix.

– Et ça te plaît, maintenant ?

– Oui, oui.

– Pourquoi est-elle rentrée, si elle se plaisait tant là-bas ?

– Johnny.

– Mais il lui avait dit de partir. Il voulait qu'elle reste en Amérique.

– Je sais, mais elle avait du mal à vivre loin de lui. »

Il changea de position sur l'herbe, mal à l'aise. Il n'aimait pas parler de ce qui s'était passé entre Rabbit et Johnny. C'était trop douloureux.

« À une époque, j'aurais rêvé qu'il soit mon père, déclara Juliet.

– Ah bon ? Pourquoi ? » Davey n'en revenait pas. C'était un souhait tellement étrange !

« À cause de toutes les histoires, parce qu'il l'aimait tant et qu'il était tellement génial et cool, alors que mon père, bah... je n'ai qu'une histoire à me mettre sous la dent.

– C'est-à-dire ?

– Il a poursuivi un voleur qui avait piqué le sac de maman.

– C'est vrai ?

– C'est comme ça qu'ils se sont rencontrés. Comment ça se fait que tu ne sois pas au courant ?

– Je ne sais pas. Je suppose que j'ai raté beaucoup de choses, toutes ces années. »

Il se demanda pourquoi il n'avait jamais demandé à sa sœur comment elle avait rencontré le père de sa fille. *Mais c'est pas vrai, qu'est-ce que j'ai dans le crâne, à la fin ?*

« Bon, c'est plutôt romantique, non ?

– Il ne l'a même pas attrapé.

– Mais il a essayé.

– Faut croire. Ma mère m'a demandé si je voulais qu'elle le retrouve.

– Et ?

– J'ai dit non.

– Je peux comprendre.

– Elle dit qu'il était sympa mais qu'elle ne l'a pas vraiment connu. Trois semaines, ce n'est rien. Aussi bien, c'est un serial killer.

– Ou pire, un expert-comptable. »

La blague la fit sourire.

« Et puis je n'ai pas besoin de lui. J'ai maman. »

Juliet le testait, consciemment ou non. Davey eut de nouveau envie de pleurer. *Si la petite arrive à ne pas craquer, c'est le moins que tu puisses faire. Note : penser à demander à Francie de me flanquer son poing dans la tronche. Ce serait mérité, putain.* Il était temps de bouger. Il se leva.

« Viens.
– Où on va ?
– Faire un tour dans la rue des Souvenirs.
– D'accord. »

En sortant du parc, elle passa un bras sous le sien. « Merci pour tout ça, Davey. »

Juliet et lui étaient toujours à l'aise ensemble. Elle avait avec lui les rapports faciles que sa mère aurait voulu avoir quand elle était enfant. À l'époque, il était tellement occupé à l'envoyer sur les roses qu'il avait raté toutes les bonnes choses qu'elle partageait avec son meilleur ami. À présent, Juliet grandissait et il ratait cela aussi.

« Je vais te skyper plus souvent », dit-il.

Elle rit. « Tu dis toujours ça. Maman prétend que tu es bon à rien de naissance.
– Elle a raison.
– Je lui réponds que tu es occupé à faire ce que tu aimes. Tu vis la meilleure de tes vies possibles.
– D'où tu sors ça ?
– Maman est accro à *Oprah*. Cette bonne femme dit tout le temps ce genre de trucs.
– Je t'aime, Bunny. » Il était absolument sincère. C'était peut-être la première fois qu'il disait cela à quelqu'un d'autre que sa mère. C'était un grand moment.

Juliet piqua un fard et lui donna un coup de poing dans le bras.

« Arrête un peu.
– C'est vrai !
– Sérieux, tais-toi. » Elle était gênée, mais elle souriait.

« D'accord, je me tais, mais c'est bien parce que je t'aime.
– Andouille », souffla Juliet entre ses dents.
Ils atteignirent une ruelle étroite un peu avant cinq heures.
« Quand tu m'as dit qu'on allait rue des Souvenirs, je ne pensais pas que tu parlais d'une vraie rue, dit Juliet, qui marchait devant son oncle. Chouettes, ces graffitis.
– C'est le mur U2, expliqua Davey en le scrutant de haut en bas.
– Qu'est-ce que tu cherches ?
– On a laissé notre marque ici, le dernier été, avant que tout s'écroule.
– Qu'est-ce que vous avez mis ? demanda-t-elle en cherchant avec lui.
– "Johnny, Francie, Louis et Jay, Davey et sa petite sœur Rabbit sont là pour toujours" », lut-il. L'inscription était délavée et à peine lisible, mais aussitôt qu'il la lui eut montrée, Juliet la vit aussi.
« Wouah, vachement profond !
– Pas ce qu'on a fait de mieux, je reconnais.
– Et là, c'est écrit "Kitchen Sink" ?
– Ouais.
– Merdique, comme nom de groupe, tonton Davey.
– Un super nom de groupe.
– Vous n'auriez jamais percé avec un nom pareil. »
Davey passa son doigt sur le mur.
« À l'époque, on pensait qu'on irait jusqu'au bout.
– Ouais, ben, vous étiez des imbéciles. »
Il rit. « Peut-être, mais des imbéciles heureux.
– Elle était comment, maman, à l'époque ? demanda Juliet en le suivant dans Windmill Lane.

– Chiante.
– Mais tu l'adorais. »

Il pouffa. « C'était impossible de faire autrement.
– Elle avait quel âge quand vous avez écrit sur le mur ?
– Quatorze ans.
– Les gens disent que je lui ressemble.
– C'est vrai. » Il omit de préciser que, même à douze ans, Juliet, qui n'avait ni les grosses lunettes ni les deux chignons sur les côtés de la tête, était bien plus jolie que sa mère ne l'avait été.

« Et votre musique, tu l'as toujours ?
– Je dois avoir une cassette au grenier.
– Est-ce que tu as un magnétophone, au moins ?
– Peut-être au grenier aussi.
– Tu me feras écouter, un jour ?
– Oui. Avec plaisir.
– Cool. »

Ils poursuivirent leur chemin en direction de Pearse Street.

« Davey.
– Oui.
– On peut aller voir maman, maintenant ? »

Il acquiesça, passa un bras autour de ses épaules, et ils s'approchèrent de la station de taxis. Alors qu'ils marchaient, Davey comprit à quel point il était fier de sa nièce, et à quel point il s'inquiétait pour elle. *Quand va-t-on parler de Juliet ?*

Johnny

L'oncle Terry ouvrit les portes arrière de sa vieille camionnette de boulanger, révélant le groupe et Rabbit, assis au milieu du matos, à demi morts de chaleur. « Terminus, tout le monde descend », leur cria-t-il.

Davey se mit debout, les cheveux collés au crâne par la sueur. Il chancela un peu, puis reprit son équilibre en posant une main à plat sous le toit. Francie et Jay restèrent assis, pantelants. Johnny secoua doucement Rabbit. Même si elle avait les yeux ouverts, elle semblait endormie.

Terry cogna sur le flanc du véhicule. « Allez, bande de feignasses. *Show time !* »

Le nouveau manager de Kitchen Sink les avait inscrits dans toutes les petites salles et tous les festivals qu'il avait trouvés cet été-là. Il prévoyait de les faire signer avec un label d'ici au mois d'octobre, et ce serait énorme. Déjà, l'Angleterre s'intéressait à eux. Ils avaient les morceaux, il ne leur manquait plus qu'une première tournée dans les jambes pour se faire à la scène. Une fois qu'ils auraient écumé l'Irlande, ils seraient rodés pour la scène mondiale. Paddy Price emmènerait Kitchen Sink jusqu'au sommet, et après deux ans de pratique passés à écrire et à attendre, ils étaient prêts. C'était une opération montée avec des bouts de ficelle, avec juste assez d'argent pour payer l'oncle Terry et son moyen de transport aléatoire. Les gars devraient gérer eux-mêmes leur matos. Au départ, Grace s'était portée volontaire comme roadie, mais quand elle avait compris qu'elle devrait soulever des amplis sales et installer la batterie de son frangin, elle les avait envoyés aux pelotes.

Rabbit avait été promue au rang de régisseur son. Elle connaissait toutes les chansons par cœur et elle se passionnait pour ce rôle, ce qui tombait bien car elle était obligée d'apprendre sur le tas. Après une poignée de prestations assez médiocres, elle avait trouvé ses marques et se révélait même plutôt bonne. Avec ses quatorze ans, elle était trop jeune pour être admise à la plupart des concerts, mais comme elle mesurait près d'un mètre soixante-dix, avait troqué ses lunettes contre des lentilles et laissait enfin ses longs cheveux soyeux lui pendre jusqu'à la taille, elle paraissait le même âge que son frère de dix-huit ans. Au grand dam de Davey, pour peu qu'elle se maquille, elle passait même pour plus vieille que lui.

Rabbit était chargée de porter le sac de câbles et la grosse caisse de Davey. Les gars se partageaient le reste. La salle de ce soir-là était sombre et agréablement fraîche. Un autre groupe était en train de régler la balance sur scène. Rabbit s'approcha du type installé à la console, un authentique émule de Johnny Rotten. Il avait dans les vingt ans, et une épingle à nourrice dans le nez. « Vous aurez fini dans un quart d'heure, hein ? » Il la toisa de haut en bas. « On aura fini quand on aura fini. » Johnny donna un petit coup de coude à Francie pour l'alerter sur l'altercation qui se préparait.

« Vous aurez fini dans un quart d'heure.

– D'après qui ?

– Le programme et moi.

– Et t'es qui, toi ?

– On s'en fout, de qui je suis. Ce qui compte, c'est ce que je vais faire. Vous avez de quoi racheter du matos ? »

Le simili Johnny Rotten la toisa de nouveau, mais cette fois avec circonspection. Elle ne bougea pas, le laissa bien l'observer. Finalement, il hocha la tête. « Un quart d'heure. »

« Je te l'avais dit, qu'elle se débrouillerait comme un chef, rappela Johnny à Francie.

– Exact. »

La salle était comble. Après un peu de larsen, que Rabbit arrangea facilement, le concert se passa à merveille. À la moitié, elle repéra son vieux camarade d'école Chris qui lui faisait signe. Elle lui retourna son salut, mais continua de travailler. Le public mangea dans la main de Johnny du début à la fin ; les gars ne commirent pas une erreur et jouèrent sans accroc, sans effort apparent. Ce fut une bonne soirée, peut-être même une de leurs meilleures. La voix de Johnny était cristalline, parfaitement posée sur la musique, et l'acoustique était excellente. Lorsque Johnny acheva la dernière chanson, le public déchaîné se mit à scander : « Une autre, une autre, une autre ! »

Johnny le fit taire d'un geste de la main. « Et si je vous chantais un truc que j'ai écrit pour une fille ? » La foule l'acclama et applaudit. « Bon, je ne l'ai pas encore fait écouter au groupe : ça vous va si je la chante *a capella* ? » Nouvelles acclamations, même si la majeure partie du public ignorait sans doute le sens de cette expression.

Davey posa ses baguettes, Louis reprit sa bière et la siffla derrière son clavier, Francie et Jay croisèrent les mains sur leurs guitares et se mirent en retrait... du moins jusqu'au moment où ils s'aperçurent que Louis avait une bière et firent signe à leurs copines de leur apporter la même chose. Johnny décrocha le micro de son pied, s'assit sur un ampli et se mit à chanter.

Les spectateurs se turent et tout le monde écouta sans bouger, y compris Rabbit. Alandra était rentrée chez elle deux semaines plus tôt ; Rabbit supposa que la chanson parlait d'elle. Sa mélodie était sublime, et il la chantait de toute son âme. Rabbit avait surmonté depuis longtemps sa jalousie envers Alandra. Son départ l'avait attristée, d'autant plus que le père de la pauvre fille était gravement malade. Lorsque ce fut terminé, le public applaudit avec ardeur et le groupe sortit de scène sous une nouvelle avalanche de «une autre, une autre!»

Rabbit allait quitter la console lorsque le faux Johnny Rotten vint lui serrer la main.

«Chouette concert.

– Merci.»

Chris l'attendait. «C'était génial! Vous ne blaguez pas, dis donc.

– Contente que ça t'ait plu.

– Toi, tu me plais.

– Arrête ton char, Chris.

– Sérieux. Je suis coincé dans ce foutu bled de Wexford tout l'été mais, à la rentrée, je veux sortir avec toi.»

Rabbit sourit. Chris était mignon : il l'avait malmenée l'année de ses douze ans mais depuis, il avait toujours été son garde du corps et ami. «J'y penserai.»

Il hocha la tête. «Super. Allez, viens manger des frites avec moi.»

Elle rit. «Je repars avec la camionnette dans une heure.

– On en a pour dix minutes.

– OK. Je vais prévenir les autres.»

Sur le trajet du retour, les gars, complètement ivres, rirent et discutèrent jusqu'à ce que l'oncle Jerry monte le chauffage pour les assommer. Seuls Johnny et Rabbit restèrent éveillés.

«Il te plaît, Chris? lui demanda-t-il.

– Il est sympa.

– Et l'autre?

– Eugene ?
– Ouais.
– Oh, il est parti vivre en Espagne avec sa mère.
– Comment ça se fait ?
– Son père est en prison.
– C'est qui, son père ?
– Billy. Le bookmaker... »
Johnny faillit s'étrangler.
« Tu nous as envoyés agresser le fils de Billy le Bookie ?
– Pour être tout à fait honnête, je ne vous ai pas demandé de l'agresser, et je ne savais pas qui était Billy le Bookie jusqu'au procès, l'an dernier.
– Ils auraient pu venir nous péter les genoux.
– Ou pire.
– Rends-moi service.
– Oui, quoi ?
– N'en parle pas à Francie ni à Jay.
– D'accord. »
Elle dégota dans son sac quelques sachets de chips.
« T'as faim ?
– Je crève de faim. »
Elle lui lança un sachet. Il tenta de le rattraper, mais le rata. Le sachet atterrit sur sa cuisse mais, au lieu de simplement le prendre, il le chercha à tâtons. Il faisait noir, mais ses yeux avaient eu tout le temps de s'y accoutumer. C'était bizarre. Et lorsqu'il trouva le sachet, on aurait dit qu'il n'arrivait pas à l'attraper. Rabbit se pencha en avant et le ramassa pour lui. Elle l'ouvrit et le posa sur ses genoux.
« Voilà.
– Je ne sais pas ce que j'ai.

– T'es crevé, c'est tout.
– Ouais, ça doit être ça. »
Il repoussa les chips.
« Tu ne les manges pas ?
– Non, j'ai plus faim. »
Il appuya la tête contre le montant de la camionnette et ferma les yeux.

6

Rabbit

Rabbit se tourna face à sa fille, allongée à côté d'elle sur le lit. Elle entortilla ses doigts dans ses longs cheveux châtain clair.

« Tu es très jolie, aujourd'hui.

– Tu as une tête à faire peur, maman », répondit Juliet.

Rabbit rit et toucha son propre visage.

« C'est juste un peu enflé. Ça va passer.

– Tu veux de l'eau ?

– Non, ça va.

– Tu n'as pas touché à ton déjeuner.

– Pas faim. Et toi, tu as mangé ?

– Un peu.

– Il faut que tu manges plus. Tu es toute maigre.

– Je mangerai si toi tu manges », dit Juliet.

Sa mère sourit.

« Marché conclu.

– Je peux aller te chercher quelque chose à la cafète ?

– Et si je commençais demain ?

– D'ac. »

Davey entra avec deux cafés et deux sandwiches. Il tendit un café et un sandwich au poulet à sa nièce.

« Ça va, Davey.
– Mange.
– J'ai pas faim.
– Mange.
– Sérieux ?
– Sérieux. »

Juliet réfléchit pendant quelques secondes, puis déchira l'emballage et prit une bouchée. « C'est bon, en fait », dit-elle en se redressant. Elle remonta son oreiller dans son dos et attaqua le sandwich avec appétit.

« J'ai demandé à la dame de l'ouvrir et d'ajouter un peu de mayo et de poivre noir.
– Cool. »

Rabbit sourit à son frère et articula « merci » en silence, puis se remit à observer Juliet. La pluie tambourinait violemment contre la fenêtre et la lumière mourait au-dehors. Davey alluma la lampe, et, en voyant sa sœur frissonner, l'enveloppa dans sa couverture favorite en peau de mouton.

Francie arriva, trempé jusqu'aux os. « C'est la fin du monde, dehors. » Il s'ébroua, s'approcha à grands pas de Rabbit et la serra dans ses bras en prenant soin de ne pas la broyer.

« Ça fait plaisir de te voir, Francie.
– Évidemment ! » Il la reposa avec précaution et s'arrêta pour ébouriffer les cheveux de Juliet avant de s'asseoir.

« Désolé de ne pas avoir pu venir hier soir.
– C'était quoi, cet empêchement ?
– Un de mes collègues de boulot a perdu une main.
– Tu rigoles ! s'exclama Davey.
– Coupée net, au niveau du poignet.

– Mais comment ? voulut savoir Rabbit.
– En faisant le con avec un sabre de samouraï.
– Non ! » souffla Juliet. C'était suffisant pour lui couper l'appétit.
« Comment ça s'est passé ?
– Ah, le couillon qui lui a coupé la main s'est enfui en larmes, et on a été quelques-uns à retenir l'autre crétin et à tenter d'arrêter l'hémorragie avec la ceinture d'une des filles. Vous vous souvenez de Sheila B ?
– Ça, oui ! fit Davey.
– Inoubliable, ajouta Rabbit.
– Eh bien sa fille Sandra bosse avec nous. Elle a ramassé la main, l'a passée sous l'eau et l'a mise dans une poche de glace, comme ça je l'ai emmenée avec moi à l'hôpital. Ils l'ont rattachée au reste hier soir, donc on espère que ça va s'arranger pour lui. Sandra l'a déjà persuadé que sa main s'est transformée en griffe, conclut-il en riant.
– Comment va-t-elle, Sheila B ? s'enquit Davey.
– Elle est folle.
– Elle a toujours été cintrée, précisa Davey avec un sourire.
– Oui, mais maintenant elle est carrément folle à lier. Elle est internée en HP depuis des mois.
– C'est affreux, dit Rabbit. Je l'aimais bien.
– C'est parce qu'elle ne t'a jamais jetée dans un canal », répliqua Francis. Ce souvenir fit éclater de rire Rabbit et Davey.
« Elle t'a jeté dans un canal ? Mais pourquoi ? l'interrogea Juliet.
– Vois-tu, Francie et Sheila B sont sortis ensemble. Et Sheila B était du genre jalouse, expliqua Rabbit.

— Le mot est faible, confirma Francie.

— Crois-le si tu veux, mais Francie était beau mec à l'époque, et il plaisait beaucoup aux femmes, continua Davey.

— Comment ça, "était" ? Bande de salopards ! J'ai de beaux restes ! protesta Francie en gonflant ses biceps. Les mémés du supermarché sont folles de moi.

— Chaque fois qu'une fille l'approchait, il fallait pratiquement se mettre à plusieurs pour retenir Sheila, se rappela Rabbit.

— Tu te rappelles la fois où elle t'a enfermé dans ta loge à l'Olympia parce que des fans voulaient un autographe ? demanda Davey.

— Ouais, se marra Francie, et elle a menacé de mettre le feu.

— Wouah ! fit Juliet.

— Mais elle était marrante, quand même, et elle a toujours été sympa avec moi », dit Rabbit.

Francie acquiesça. « On pouvait compter sur Sheila B pour la rigolade.

— Et elle savait toujours où dénicher un *lock-in*[1], précisa Davey.

— Elle avait un sixième sens pour ça, se remémora Francie.

— Est-ce qu'elle s'est jamais mariée ? demanda Rabbit.

— Eh non, je l'ai gâchée pour les suivants. C'est dur de passer après moi. » Francie tapota sa petite bedaine.

« Mais alors, sa fille Sandra, elle est de toi ? le taquina Davey.

— Putain, ne plaisante jamais avec ça. Le jour où elle a été embauchée, je lui ai demandé sa date de naissance

---

1. Pub qui continue de servir après l'heure légale de fermeture.

et j'ai dû compter les mois sur mes doigts. J'ai transpiré comme un pédophile en costume de père Noël jusqu'au moment où j'ai été sûr du calcul.

– Sandra est la fille de Pipi Carbery, leur apprit Rabbit.

– Le petit borgne avec un bandeau sur l'œil ? s'étonna Davey, et sa sœur acquiesça.

– Pourquoi est-ce que vous l'appelez Pipi ?

– Il a porté des couches jusqu'au CP.

– Quelques mois après que Francie a plaqué Sheila, Pipi a gagné une petite somme au bingo et l'a emmenée en Espagne pendant quinze jours. Elle est revenue en cloque.

– Noon ! fit Davey.

– Et qu'est-ce qu'il est devenu ? voulut savoir Francie.

– Aux dernières nouvelles, il était barman à Brooklyn.

– Est-ce que Sandra connaît son père ? demanda Juliet.

– Bah, non, répondit Francie. Sheila a essayé de lui crever son œil valide avec un petit parasol à cocktail pendant l'avant-dernière nuit de leurs vacances. Ils ne se sont plus trop parlé, après. »

Juliet éclata de rire. « Mais c'est n'importe quoi ! »

Molly arriva, traînant Jack sur ses talons. Francie se leva. « Madame Hayes ! » Il l'embrassa.

« Ah, Francie, quelle joie de te voir. » Elle le tint à bout de bras pour mieux le regarder. « Toujours beau mec, ajouta-t-elle – si bien qu'il jeta aux autres des regards triomphants.

– Comment ça va, m'sieur Hayes ? » Il serra chaleureusement la main de Jack.

« Mieux, puisque tu es là, mon gars.

– Asseyez-vous ici », dit Francie à Molly en indiquant sa propre chaise pour aller s'installer à côté de Davey. Jack, lui, prit place sur le canapé, au pied du lit.

« Alors, quelles sont les nouvelles ? s'enquit Molly.

– Sheila B est à l'asile de fous, l'informa Rabbit.

– Évidemment ! La pauvre, elle est complètement siphonnée.

– N'empêche qu'elle se débrouillait en danse irlandaise, du temps de sa splendeur, intervint Jack. Elle avait même décroché une place dans la troupe de Riverdance, c'est dire.

– J'avais oublié ça, dit Francie.

– Parce qu'ils l'ont virée en moins de deux, lui rappela Molly.

– Ah bon ? Pourquoi ? voulut savoir Rabbit.

– J'en sais rien, mais on raconte qu'elle avait harcelé sexuellement un type en collant.

– Ah, ça doit être pour ça, soupira Jack. C'est vraiment dommage, elle dansait comme une fée.

– Où est Grace ? demanda Molly sans transition.

– J'en sais rien, grand-mère, répondit Juliet.

– Qui est allé te chercher, alors ?

– Moi, dit Davey.

– Elle n'a pas répondu au téléphone de la journée.

– Elle doit être occupée, maman, dit Rabbit.

– Occupée mon cul, oui », s'énerva Molly, et, juste au moment où elle disait cela, Lenny apparut à la porte, avec un œil au beurre noir.

Molly et Jack se levèrent.

« Nom d'un petit bonhomme, Lenny, qu'est-ce qui t'est arrivé ? s'exclama Molly.

– Un gosse a essayé de m'agresser.

– Tu lui as cassé la figure ? demanda Francie.
– Il est parti en courant.
– Tu le connais ?
– Non.
– Dommage.
– Pourquoi ? Tu comptais aller lui casser la gueule ? s'amusa Davey.
– Non. Je lui aurais demandé de s'inscrire dans le nouveau club de boxe de Freddie. Il aurait bien besoin de quelques petites frappes. » Francie cligna de l'œil pour indiquer qu'il plaisantait.

« Où est Grace ? » demanda Molly à Lenny en tâtant son œil meurtri du bout des doigts. Il leva les mains pour se protéger, mais elle les chassa d'une tape. « Tu as désinfecté, au moins ?

– Oui, oui.
– Alors ?
– Alors quoi ?
– Alors où est Grace ?
– J'espérais la trouver ici.
– Son téléphone est éteint depuis tout à l'heure.
– Je sais.
– Bon, dois-je m'inquiéter ?
– Non.
– Hmm. »

Comme tout le monde se taisait, Juliet sauta sur l'occasion.

« Je peux dormir chez toi ce soir, grand-mère ?
– Toutes tes affaires sont chez Grace, lui rappela Molly.
– Mais non, et puis de toute façon il faut que je passe chercher des trucs à la maison demain.
– Ton grand-père et moi, on n'est pas libres demain.

– Où allez-vous ? s'enquit Rabbit.
– C'est pas tes oignons.
– Ça doit être cochon, alors, suggéra Francie.
– Francie Byrne, ne commence pas !
– Alors, je peux ?
– Je m'occuperai d'elle, proposa Davey, et la petite sourit d'une oreille à l'autre.
– Ça te va ? demanda Molly à Lenny, qui fit oui de la tête et s'assit à côté de Jack sur le canapé.
– Tu es tout pâle, lui dit Rabbit.
– Je n'ai pas déjeuné.
– Tu peux finir ce sandwich au poulet, si tu veux, offrit Juliet.
– Ah, super. » Elle le fit passer à Davey, qui le tendit à Francie, qui le donna à Lenny, qui mordit dedans. « Délicieux.
– L'astuce, c'est de leur demander de les ouvrir et d'ajouter de la mayo et du poivre noir », expliqua Juliet. Davey acquiesça fièrement.

Jacinta arriva à la porte avec des médicaments dans un bac en plastique.

« Je ne voudrais pas jouer les rabat-joie, mais il y a beaucoup de monde, ici.
– Pas de problème, il faut que j'y aille, dit Francis. J'ai promis à la Griffe d'aller le voir pas trop tard. »

Rabbit éclata de rire. « La Griffe. Le pauvre type, il a déjà un surnom. »

Francie l'embrassa sur le front.

« Remets-toi vite, Rabbit, dit-il, tout en sachant très bien que ce n'était pas possible.
– Promis », répondit-elle, mentant à lui et à elle-même.

Juliet lui sourit et serra sa main tendue.

« Tu es exactement comme ta mère. » L'espace d'une seconde, les traits de Francie se chiffonnèrent.

Davey se leva d'un bond. « Je te raccompagne.

– Jay arrive dimanche », ajouta Francie, et Rabbit hocha la tête. Elle reporta son attention sur Jacinta. « Pas d'antalgiques pour le moment.

– Tu es sûre ? Tu as eu beaucoup de douleurs paroxystiques aujourd'hui.

– Je sais, mais ça va, et ils me fatiguent tellement…

– D'accord. Je reste dans les parages. »

Elle était partie lorsque Molly se tourna vers sa fille.

« Quelles douleurs paroxystiques ?

– Ce n'est rien, maman. Juliet, raconte à ta grand-mère l'histoire de la Griffe. »

La jeune fille gloussa de rire.

« Un crétin s'est fait couper la main par un sabre de samouraï au boulot de Francie.

– Comme Gerry Foster.

– Quel est le rapport avec Gerry Foster ? s'étonna Jack.

– Il s'est empalé sur une grille.

– Bref, rien à voir, commenta Rabbit.

– Quoi, il a bien perdu un rein, non ? »

Jack grommela pendant que Juliet et Rabbit échangeaient un sourire complice.

« Lector Kenny s'est mordu un bout de langue et l'a avalé, dit Lenny.

– Il s'appelait vraiment Lector ?

– Non, Kenneth.

– Kenneth Kenny ? dit Juliet.

– Sa mère était dérangée.

– À propos, vous êtes au courant pour Sheila B ? » demanda Molly.

C'était un si bon moment, Rabbit s'efforça de rester éveillée, mais le sommeil l'emporta avant que sa mère ait dit un mot de plus.

Davey

Davey et Francie s'en grillaient une devant la maison de soins.

« Je croyais que tu avais arrêté, dit Francie.

– Et c'était vrai.

– D'accord. »

Il pleuvait toujours à verse et les gouttes résonnaient sur la bâche en plastique qui les abritait.

« Elle n'a pas l'air en forme, Quasimort.

– Non.

– Il faut que tu veilles sur tes parents.

– C'est mon intention.

– Ça va les tuer, Davey.

– Je sais. Je vais prendre soin d'eux.

– Et Juliet ?

– Je ne sais pas.

– Eh ben t'as intérêt à commencer à t'en occuper. »

Francie écrasa sa cigarette.

« N'enterre pas Rabbit avant qu'elle soit morte, l'avertit Davey.

– Et toi, ne t'enfonce pas la tête dans le cul, riposta son ami. Rabbit était la petite dernière, mais elle veillait sur ses parents et elle veillait sur toi. Maintenant, elle ne peut plus, alors il est temps que tu prennes le relais. » Il posa une main sur l'épaule de Davey. « Je suis là pour toi, mais si tu te dégonfles, je viendrai te casser la gueule. » Il lui donna une petite tape sur la joue et Davey hocha la tête. Son ami avait raison.

Francie croisa Marjorie en allant rejoindre sa voiture, la salua de la main et lui souffla un baiser. Il indiqua l'abri où Davey fumait toujours. Elle s'approcha de celui-ci avec une expression à faire tourner le lait.

« Quoi, qu'est-ce qu'il y a ? » demanda Davey.

Elle retira la cigarette de sa bouche et la piétina.

« Ta sœur est en train de mourir d'un cancer. Si je te revois avec ça dans le bec, je te fous une baffe.

– Mais pourquoi tout le monde veut me taper, ce soir ?

– Tu es une tête à claques, que veux-tu ! » Il rit.

Ils rentrèrent et tombèrent sur Molly, Jack et Juliet qui arrivaient dans le hall d'accueil. Molly enfilait son manteau et grondait Juliet de ne pas s'être mieux couverte. Elle désigna un porte-parapluies, à côté de la porte.

« Le mien, c'est celui à pois », dit Juliet. Elle salua Marjorie de la main en allant chercher le parapluie.

Molly embrassa la nouvelle venue. « Tu es ravissante, chérie. Tu as fait bon voyage ?

– Super. Je regrette seulement… » Les yeux de Marjorie s'embuèrent.

« Je sais. » Molly lui tapota le bras. Elle se tourna avec impatience vers Juliet, qui se débattait avec le parapluie. « Il faut qu'on y aille. Oh, et, Davey, ton père et moi, on ne sera pas là de la journée demain, alors je compte sur toi pour prendre soin de Juliet et de Rabbit.

– Vous allez où ?

– À Cavan.

– Pourquoi ?

– On a rendez-vous avec Michael Gallagher, avoua Molly, penaude.

– Michael Gallagher, répéta Davey. Le guérisseur de Johnny ? Le même Michael Gallagher ?
– Euh, oui.
– Oh, non, madame Hayes, se lamenta Marjorie.
– Elle va péter un plomb, maman, protesta Davey.
– On ne va pas lui dire.
– Mais… comment allez-vous faire ? s'étonna Marjorie.
– C'est ce qu'on verra en parlant avec lui demain. » Molly posa un doigt sur ses lèvres.

Une fois qu'ils furent partis, Davey s'inquiéta de savoir si sa mère faisait quelque chose de mal. Rabbit était athée, et amener un homme tel que Michael Gallagher était une insulte contre sa foi dans le néant, qu'elle affirmait haut et fort. Davey imaginait sans peine que cela puisse devenir un grave sujet de discorde.

« Ta mère se raccroche à ce qu'elle peut, c'est tout, Davey », le raisonna Marjorie alors qu'ils entraient dans la chambre de Rabbit.

Lenny était là, en train de la regarder dormir. Il salua Marjorie d'un signe de tête, et elle lui rendit la pareille. Il se leva.

« L'infirmière est venue lui donner ses médicaments. Elle ne s'est pas réveillée. » Il prit sa veste. « Elle est dans les vapes.
– Merci pour tout, Lenny, dit Davey.
– Ne me remercie pas. Elle fait partie de ma famille. » Il gagna la porte. « Et si jamais tu as des nouvelles de ma femme, dis-lui que je l'aime.
– Est-ce que tout va bien ?
– Non, dit Lenny en contemplant Rabbit qui respirait à petits coups dans le lit. Non, mais comment est-ce que ça pourrait aller bien ? » Il sortit.

Davey et Marjorie s'assirent ensemble sur le canapé. Il lui parla de cette pauvre vieille Sheila B et du pauvre type qui s'était fait trancher la main au boulot. Elle parla de sa reprise du travail et du stress qui avait accompagné sa première journée au bureau. Marjorie était gestionnaire dans une banque. Pendant le boom économique, elle était la meilleure amie de tout le monde, mais, depuis la récession, franchir la porte de cette banque s'apparentait à s'engager sur un champ de bataille. C'était désespérant de dire non à des gens au bout du rouleau, de mener des combats perdus d'avance contre la direction, et de poursuivre les clients pour leur faire payer des dettes abyssales.

« Je suis dans le camp des méchants.
– Tu fais de ton mieux.
– Va dire ça au monsieur de soixante-dix ans que j'avais dans mon bureau aujourd'hui, qui est en train de perdre sa maison parce qu'il l'a engagée en garantie d'une hypothèque bien trop grosse pour son fils.
– Ce n'est pas toi qui lui as demandé de réhypothéquer sa maison.
– Tu n'étais pas là quand la pub à la télé disait aux gens comme lui de le faire.
– Tu ne fais que ton travail.
– Et il va falloir que j'arrête si je veux sauver mon âme.
– Qu'est-ce que tu aimerais faire ?
– Franchement ? J'aimerais écrire un livre, mais vu que j'écris comme une patate, ça ne risque pas de marcher. »
Il sourit.
« Autre chose ?
– J'aimerais bien ouvrir une boutique.
– Alors vas-y. »
Elle eut un rire ironique.

«Tu sais combien de boutiques ferment toutes les semaines dans ce pays ?
– Non.
– Une tannée.
– Mais tu t'y prendrais différemment.
– Avec des loyers grotesques en augmentation constante, les taxes, les frais, et les gens comme moi, qui refusent d'accorder le plus petit prêt.
– Alors remets-toi à l'accordéon.
– Tu crois qu'il y a beaucoup de débouchés pour les accordéonistes ?
– Tu ferais un tabac à Nashville. »
Elle gloussa. « C'est ça, oui. »
Rabbit remua dans le lit. Elle gémit doucement et émit un étrange bruit de suffocation. Ils se figèrent, craignant d'assister à quelque chose de terrifiant. L'instant passa, et elle se remit à respirer normalement. Marjorie poussa un soupir de soulagement.
« On est en enfer, Davey.
– Oui. »
La porte s'ouvrit, et Grace passa la tête dans la chambre. Elle avait les traits bouffis, elle était trempée comme une soupe, et elle avait une mine terrible.
« Salut.
– Salut », répondit Davey. Marjorie inclina la tête et, de l'index, lui fit signe d'approcher. Grace entra, les épaules voûtées. Davey et Marjorie s'écartèrent sur le canapé, et Marjorie tapota l'espace vide. Grace s'assit entre eux, et tous trois contemplèrent Rabbit pendant une minute ou deux.
« Qu'est-ce qui s'est passé ? finit par demander Davey.
– J'ai craqué.

– Ça peut se comprendre, dit Marjorie.
– Et ? insista Davey.
– J'ai jeté une grosse tasse à la tête de Lenny.
– Le coquard, c'est toi ?
– Je ne l'ai pas fait exprès.
– C'est ce que tu as dit quand tu m'as envoyé un bourre-pif, le jour où Rabbit t'a piqué ton vélo et l'a bousillé.
– J'avais seize ans, et elle s'est baissée.
– Juliet va dormir chez nous ce soir.
– D'accord.
– Et Lenny m'a dit de te dire qu'il t'aime.
– D'accord. » Elle fondit en larmes. Marjorie l'enlaça. « Je n'y arriverai pas, dit Grace.
– Je sais ce que tu ressens. » Marjorie contemplait sa meilleure amie recroquevillée en position fœtale dans le lit.

« Il faut qu'on arrête de faire semblant », déclara Davey. Grace releva la tête et le regarda fixement. « Il faut qu'on commence à s'organiser et qu'on parle de Juliet. »

Grace hocha tristement la tête.

« Je sais.
– Papa et maman vont à Cavan demain ; on se réunira chez maman dimanche.
– Qu'est-ce qu'ils vont faire à Cavan ?
– Michael Gallagher.
– Oh, bordel. »

Rabbit s'agita, se retourna et gémit encore un peu. Ils ne la quittèrent pas des yeux jusqu'à ce qu'elle ne bouge plus.

Marjorie partit la première. Davey la raccompagna dehors et lui fit au revoir de la main, puis regagna la chambre de Rabbit, où Grace avait pris la chaise la plus proche du lit. Elle tenait la main de sa sœur et priait en silence. Lorsque Davey apparut, elle dit : « Je sais qu'elle n'est pas croyante, mais moi, si. »

Il s'assit dans la chaise d'en face. Il remonta la peau de mouton et la lissa sur le corps de Rabbit.

« Peut-être que Michael Gallagher va la guérir, dit Grace.

– Non, et à ce moment-là il faudra qu'on soit forts pour papa et maman.

– Je sais.

– Et il faut que tu arrêtes de jeter des tasses à la tête de ton mari.

– Promis.

– Il faut qu'on fasse en sorte que Rabbit ait une bonne… une bonne mort.

– Quelle mouche te pique ? s'étonna Grace, visiblement impressionnée.

– J'ai sorti la tête de mon trou.

– C'est pas trop tôt. »

Elle tendit le bras par-dessus le lit et ils se tinrent par la main au-dessus de Rabbit, quelques instants seulement, mais ce geste les lia tous les deux. C'était leur premier pas sans elle dans leur relation de frère et sœur.

Johnny

La salle était bourrée à craquer. C'était la plus grande dans laquelle Kitchen Sink avait jamais joué. La loge était immense, bien éclairée et garnie d'un buffet plein de bières et de chips. Le brouhaha de deux mille fans attendant l'entrée en scène du groupe filtrait à travers les murs. Davey était aux chiottes, en train de se vider. Francie fumait comme un pompier dans le bureau tandis que leur manager, Paddy, s'efforçait de virer des coulisses une Sheila B très ivre et très belliqueuse. Jay, qui aimait dormir avant les concerts, était étalé par terre sous le portant du vestiaire.

Rabbit tomba sur Louis qui traînait dans le couloir avec son meilleur pote Dillon, et il lui indiqua la loge. Johnny s'échauffait la voix lorsqu'elle pénétra dans la pièce. Elle venait de discuter avec l'ingé son maison qui lui avait donné quelques indications. Cette gamine l'avait impressionné lorsqu'il l'avait vue pendant les essais. Bien sûr, il ignorait qu'elle avait quatorze ans. S'il l'avait su, il ne lui aurait pas adressé la parole, mais, en l'état des choses, il respectait son expérience de régisseuse de tournée pour Kitchen Sink. Johnny s'était battu pour qu'elle assure ce concert, mais les autres, y compris le frère de Rabbit, avaient été catégoriques : mieux valait travailler avec le type qui était réellement qualifié. Rabbit comprenait. Elle était même contente de passer les manettes à quelqu'un d'autre. La régie n'avait jamais été son rêve, et elle savait que ce soir-là marquerait la fin de sa brève carrière. Kitchen Sink était passé à la vitesse supérieure, et elle en était soulagée. Elle s'assit sur la table de maquillage, adossée au miroir dans lequel Johnny se dévisageait avec attention.

« J'ai l'air d'une épave, dit-il.
– Tu es magnifique.
– Je suis crevé, Rabbit.
– Tu vas être génial.
– On lance un single ce soir.
– Je sais.

– C'est surréaliste.
– Cool », dit Rabbit.
Jay ronflait, et Johnny éclata de rire. « Tu en connais d'autres qui pioncent avant un concert ? »
Une jeune femme frappa à la porte et ouvrit. « La première partie entre en scène. Vous avez vingt minutes. » Johnny la remercia. En se levant, il chancela. Il se raccrocha à un meuble et retrouva son équilibre. Pendant une seconde, il eut l'air secoué et vulnérable.
« Ça va ? » lui demanda Rabbit en sautant du comptoir pour le retenir. Il se dégagea et fit semblant de rien.
« Oui, ça va, ça va très bien. Un peu de fatigue, c'est tout. »
Paddy se débarrassa de Sheila B afin que Francie puisse sortir du bureau fermé à clé où il avait trouvé refuge. Il était en train de s'offrir sa première bière lorsque Davey sortit des toilettes, intégralement purgé.
« Une bière ? lui proposa Francie.
– Tu veux me faire exploser ? »
Louis fit son apparition au moment où Jay se réveillait. Cinq minutes avant l'entrée en scène, Rabbit les laissa entre eux pour qu'ils se concentrent. Elle se mêla au public et retrouva Grace, Marjorie, le petit copain du moment de Grace – Conor –, et Jack. En jean des pieds à la tête.
« Qu'est-ce que tu as sur le dos, papa ?
– C'est ça, la mode, répliqua-t-il avec un clin d'œil.
– C'est toi qui as fait ça ? demanda-t-elle à Grace.
– Il adore. »
Avant que Rabbit ait pu engueuler sa sœur, le groupe fut annoncé. Rabbit pivota vers la scène et regarda Davey à la batterie, Francie et Jay avec leurs guitares, et Louis debout derrière son clavier. Davey fit claquer ses baguettes

quatre fois, les garçons jouèrent, le public ne s'aperçut de rien. Même Grace et son père ne s'aperçurent de rien.

Qu'est-ce qu'il fout ?

Johnny entra en scène, salua la foule qui l'acclamait, et attaqua au chant. Rabbit vit clairement Francie se détendre. Ensuite, tout se passa bien. Le public les adora et lorsqu'ils jouèrent le single, l'enthousiasme tourna au délire. Grace, son copain et Marjorie sautaient à pieds joints en braillant. Le père de Rabbit, tout fier, tapait du pied. Rabbit observait Johnny en attendant la catastrophe.

Avant le rappel, elle se faufila en coulisse et attendit dans la loge. Elle savait que Davey ne serait pas content : la loge était exclusivement réservée au groupe juste avant et juste après les concerts, mais elle avait besoin de voir Johnny pour essayer de comprendre ce qui se tramait.

Il fut le premier dans la pièce, et il ne la vit pas en entrant. Il s'adossa au mur.

« Ce n'est pas un simple coup de fatigue », dit-elle, et il lui jeta un regard avant de se traîner jusqu'à une chaise. Il s'assit, dépourvu de toute énergie. Il était épuisé, vidé, HS. Il se prit la tête entre les mains.

« Pourquoi tu as loupé ton entrée ?
– J'étais bloqué.
– Bloqué ?
– Je ne pouvais plus bouger, Rabbit.
– Tu avais le trac ?
– Non. Je ne pouvais pas mettre un pied devant l'autre.
– Il faut que tu voies quelqu'un.
– Je sais.
– J'irai avec toi.
– Non, dit-il d'un ton sans réplique. Et, Rabbit, je t'en prie, n'en parle à personne.

– C'est promis. »

À cet instant-là, les autres arrivèrent, shootés à l'adrénaline et prêts à faire la fête. Ils étaient tellement heureux qu'ils ne remarquèrent même pas Rabbit.

« On va casser la baraque ! lança Francie.

– Et les labels de Londres vont s'entretuer pour nous, ajouta Jay.

– Oui, on a assuré, dit Johnny, faisant de son mieux pour se joindre à leur exubérance.

– Mais putain, qu'est-ce qui s'est passé au premier morceau ? demanda Louis.

– Désolé, je suis allé pisser », plaida Johnny, ce qui fit rire Francie et Jay. Davey eut un hochement de tête compréhensif. Il regarda Rabbit.

« Qu'est-ce que tu fous là, toi ?

– Je lui ai demandé de venir me dire comment avait été le son, la défendit Johnny.

– Bon réflexe ! Alors ? s'enquit Francie.

– Parfait. »

Le visage de Francie s'illumina. « À nous *Top of the Pops !* » Rabbit s'éclipsa, les laissant fêter ça entre eux.

Plus tard, alors que la salle allait fermer, elle trouva Johnny adossé au mur, dans le couloir. Elle alla le rejoindre et glissa son bras autour de sa taille.

« Les autres vont se finir en boîte, mais il faut que je rentre », dit-il. Elle le laissa s'appuyer sur elle. « Je suis vraiment crevé, Rabbit.

– Alors on va rentrer. » Ils sortirent en passant par la salle. Rabbit retira son pass backstage, et Johnny lui tendit le sien. Elle les donna à Grace et à son copain.

« Tu peux déposer Johnny chez lui, papa ?

– Bien sûr. On a un peu trop bu, mon gars ? Bah, s'il y avait un soir pour ça, c'était celui-ci. »

Marjorie bondit à pieds joints devant lui pour lui dire à quel point il avait été mortel. « Mortel, mortel, mortel, trop, trop, trop, trop mortel ! »

Johnny sourit et la remercia, et Rabbit l'aida à monter sur le siège avant. Il s'endormit en un instant, et Marjorie eut beau jacasser sur tout le trajet tandis que Jack écoutait la radio, il ne se réveilla pas une seule fois. Rabbit l'observait, et le nœud dans son ventre se serrait de plus en plus. Cela avait été la plus belle soirée imaginable et, en même temps, la pire.

QUATRIÈME JOUR

7

Molly

Molly et Jack se mirent en route avant huit heures du matin. Il faisait moche, et de gros nuages gris laissaient craindre de la pluie. Jack était fatigué ; ils avaient tous deux veillé tard pour se renseigner sur les thérapies alternatives et les essais cliniques en Amérique. Leurs recherches s'étaient révélées stériles, à un point exaspérant. Molly avait tout étudié, du biofeedback à la marche labyrinthique, et en avait conclu que les Américains étaient fous. « J'aimerais bien qu'on me dise, au nom de Dieu et de tous ses saints, comment marcher en rond pourrait vous guérir d'un cancer ! »

Jack écoutait un album de Snow Patrol pendant qu'elle continuait de lire les divers rapports de protocoles expérimentaux qu'ils avaient imprimés pendant la nuit.

« Tu trouves quelque chose ? demanda-t-il en s'arrêtant à une station-service pour prendre de l'essence.

– Ça parle surtout d'étudier des patients, pas de les guérir.

– Dunne disait bien que…

– On se fout du docteur Dunne. Il n'y a pas que lui sur terre.

– Mais il est le seul à avoir donné une chance à notre fille. Rappelle-toi les autres.
– Je ne risque pas de les oublier, et c'est pour ça qu'il faut qu'on aille à l'étranger. Les Irlandais sont rétrogrades, ils l'ont toujours été et ils le seront toujours. »

Il descendit de voiture. Elle poursuivit sa lecture pendant qu'il remplissait le réservoir. Il se pencha à la fenêtre.

« Tu veux que je te prenne quelque chose ?
– Non. » Il commença à s'éloigner vers la boutique. « Si, attends. Je veux bien un thé.
– D'accord.
– Et n'achète pas de chocolat.
– Promis.
– Et prends-nous un billet de loterie.
– C'est noté.
– Et le journal. » Elle sortit la tête par la portière pour lui crier ce dernier ordre. Jack était de dos, mais il leva une main pour montrer qu'il avait entendu.

Molly était dans la voiture, tout à ses affaires, lorsqu'on toqua à la vitre. Relevant la tête, elle vit un homme qu'elle reconnaissait, mais sans savoir qui il était.

« Madame Hayes ? dit-il.
– Oui ?
– C'est moi, Louis.
– Louis ! Ça alors ! Ça fait combien de temps ?
– Vingt ans, à peu près. »

Elle plaqua une main sur sa bouche.

« Vingt ans ! Tu es marié, depuis le temps ?
– Ma femme est juste là. » Il indiqua la voiture garée en face. Une femme la salua de la main, elle fit de même.

« Avec mes deux petits. » Un garçon et une fille étaient assis à l'arrière.

« Quels amours. Je suis ravie pour toi. Mais dis-moi, Louis, tu as continué dans la musique ?

– Bah, non. J'ai repris des études d'informatique.

– C'est bien, mon garçon.

– Comment va tout le monde ?

– Davey est toujours en Amérique, à jouer pour sa chanteuse de country.

– J'ai suivi sa carrière. Il s'est bien débrouillé, madame Hayes.

– Pas marié, pas d'enfants… du moins, pas à ma connaissance.

– Davey a toujours vécu pour la musique.

– Une batterie, ce n'est pas ça qui vous tient chaud la nuit. » Elle regarda vers sa voiture. « Rien ne vaut la famille, Louis. Bien sûr, je ne dirais jamais ça à Davey : tu sais dans quelle humeur ça le met dès qu'on se permet d'avoir un avis. »

Louis éclata de rire. « Vous n'avez pas changé, madame Hayes. Et Grace et Rabbit ?

– Ça va très bien, mentit Molly. Grace est mariée, quatre garçons, et Rabbit a une fille.

– Je lis ses papiers dans le journal. Ça m'a navré d'apprendre qu'elle avait un cancer. »

Molly oubliait souvent que Rabbit avait raconté sur Internet son combat contre la maladie. Elle rougit un peu et se demanda s'il était conscient de l'avoir prise en flagrant délit de mensonge. Rabbit n'avait plus rien écrit depuis que sa jambe s'était brisée, et l'article précédent était plein d'espoir : elle se sentait très bien à ce moment-là.

« C'est une guerrière, mais ça, tu le sais bien.

– Je la vois encore intimider des techniciens deux fois plus vieux qu'elle, et trois fois plus grands. Elle aurait pu faire une carrière dans le son si elle avait voulu.
– J'ai toujours pensé qu'elle ferait une infirmière formidable.
– Je suis content qu'elle aille bien. »
Molly garda le silence. Elle ne pouvait pas se résoudre à lui dire la vérité. Elle ne pouvait tout simplement pas faire face.
« Je le lui dirai. Elle sera ravie d'apprendre que je t'ai vu. »
Il lui dit au revoir et s'éloigna vers la boutique. Elle retourna à sa lecture. Il se passa dix bonnes minutes avant que Jack reparaisse. Le billet de loterie dans la bouche, il lui tendit son thé et le journal.
« Tu ne devineras jamais sur qui je viens de tomber à la caisse, dit-il.
– Louis.
– Il s'est empâté, dis donc. Il ferait bien de surveiller ça. Je lui ai parlé de Jeffery. Il m'a dit qu'il se donnait jusqu'à septembre pour retrouver la ligne.
– Tu n'as pas parlé de Rabbit, n'est-ce pas ? dit-elle tandis qu'il s'engageait sur l'autoroute.
– Non, pourquoi ?
– Il m'a demandé de ses nouvelles, et j'ai répondu qu'elle allait très bien.
– Mais oui, elle va très bien. » Jack sourit à sa femme.
« C'est ça. Elle pète la forme. »
Il rit de la réplique, puis se tut. Elle continua à lire, mais il n'y avait rien d'intéressant dans toute cette documentation. Il monta le son de la musique. Elle regarda par la fenêtre les prés à vaches, à moutons et à fourrage.

Il se concentra sur la route, mais tous deux pensaient à leur fille en se demandant combien de temps encore ils pourraient faire comme si tout allait s'arranger.

Michael Gallagher leur parut frêle et amaigri lorsqu'il les fit entrer dans sa vieille bicoque délabrée. Ils le suivirent dans la cuisine, laquelle était occupée par six chats, qui tous mettaient visiblement un point d'honneur à gambader partout sauf sur le sol.
«Nom d'une pipe, marmonna Molly.
– Thé ou café ?
– Rien, merci.» Il n'était pas question qu'elle boive ou mange quoi que ce soit dans cette maison. L'homme leur indiqua deux chaises poussées sous sa table de cuisine. Ils les tirèrent tandis que Gallagher prenait place en face d'eux.
«Alors, quel est ce problème tellement délicat que vous ne pouviez pas m'en parler au téléphone ?
– Ce n'est pas délicat, pas vraiment. Simplement, je préfère discuter des choses en personne», dit Molly. Les gens avaient beaucoup plus de mal à lui dire non en face.
«D'accord.» Il frotta son nez proéminent entre son pouce et son index.
«Vous ne devez pas vous souvenir de ma fille Rabbit.
– Comment pourrais-je l'oublier ? Elle m'a traité de charlatan et a menacé de me faire arrêter pour escroquerie et fraude.
– Vous avez bonne mémoire.» *Zut.* Mais Molly ne se démonta pas. «Bon, enfin bref, elle a un cancer.
– Bienvenue au club.
– Comment ?
– Prostate.

– Ah, désolée.
– Moi aussi, désolé pour vous », intervint Jack.
Michael haussa les épaules.
« Je n'imaginais pas un guérisseur tombant malade. C'est idiot, vraiment, dit Molly.
– Et vous ne pouvez pas vous guérir vous-même ? » s'enquit Jack. *Évidemment que non*, songea Molly. *Rabbit avait raison. Vous êtes un charlatan.*
« Ce n'est pas comme ça que ça marche.
– Pouvez-vous quand même guérir les autres, tout en étant malade vous-même ? » La question paraissait idiote une fois formulée à voix haute, mais Molly s'en moquait éperdument.
« Quand les circonstances sont favorables.
– Irez-vous voir Rabbit ?
– Est-ce qu'elle le veut ?
– À vrai dire, non.
– Alors vous comptez lui faire la surprise ?
– Nous comptions ne rien lui dire du tout.
– Rien du tout ?
– Nous avions l'intention de vous faire venir pendant son sommeil.
– Mais vous comprenez bien que le patient doit désirer la guérison pour qu'elle puisse se produire.
– Eh bien, elle veut guérir.
– Mais pas grâce à moi.
– Ça n'a rien de personnel.
– Elle ne croit pas aux fariboles, dit Jack.
– Tu ne nous aides pas, là, lui rétorqua Molly avant de se retourner vers Michael. Si vous vouliez bien lui imposer les mains, on pourrait faire ça en un clin d'œil, ni vu ni connu.

– Donc, vous envisagez de me faire entrer clandestinement chez elle en pleine nuit ? demanda-t-il en arquant un de ses gros sourcils gris.

– Non, elle dort beaucoup – c'est à cause du traitement –, et elle est dans une maison de soins palliatifs. » Ces mots semblaient incongrus dans la bouche de Molly.

Michael Gallagher lui prit la main.

« Stade IV.

– Oui.

– Je suis navré, Molly.

– Pas la peine. Aidez-nous, c'est tout. » Elle détectait de la panique dans sa propre voix.

« Je ne peux pas.

– Pourquoi ? fit-elle, suppliante.

– Elle est mourante, Molly. »

Jack abattit son poing sur la table et se couvrit le visage et les yeux de l'autre main. « Mais vous avez bien aidé cette aveugle, et le garçon de Tralee qui avait une leucémie, et tout le reste !

– C'est trop tard pour Rabbit, et même si ce n'était pas le cas, il faut qu'elle ait la foi.

– Moi, je l'ai. Je l'aurai assez pour nous deux.

– Je regrette.

– Je vous en prie.

– Je ne vais pas vous prendre votre argent ni vous faire perdre votre temps, Molly. Il faut rentrer chez vous et vous préparer à lui dire au revoir. »

Jack demeura parfaitement immobile. Le regard de Molly passa du visage triste de Michael Gallagher à celui de son mari.

« Je ne peux rien vous dire pour vous convaincre ?

– Non, Molly. »

Elle écrasa une larme du dos de sa main, qu'elle posa ensuite sur l'épaule de Jack. Il posa une main sur la sienne et la tapota.

« On espérait juste... » Comme sa voix se brisait, elle se tut.

« Je sais », dit Michael.

Il s'excusa une fois de plus à la porte tandis que Molly et Jack redescendaient l'allée étroite en se tenant par le bras, Molly en sanglots, Jack lui tenant la tête contre sa poitrine.

Grace

Grace passa la porte d'entrée avec sa valise. Avant même qu'elle ait retiré son manteau, Lenny avait descendu la moitié de l'escalier. En voyant sa tête, elle se couvrit les yeux des deux mains.

« Pardon, pardon, dit-elle. Je ne sais pas ce qui m'a pris. »

Il la serra dans ses bras et embrassa le sommet de sa tête.

« Tu as craqué, c'est tout.

– Je t'ai fait du mal.

– Tu ne l'as pas fait exprès.

– J'ai fait exprès de te jeter une tasse à la figure.

– J'aurais dû me baisser plus vite.

– Si c'était dans l'autre sens, si c'était toi qui t'excusais de m'avoir blessée et moi qui te trouvais des excuses, les gens appelleraient ça de la violence domestique. »

Il pouffa de rire. « Arrête un peu, Grace. On est ensemble depuis vingt ans, et c'est notre premier cas de lancer de tasse dans la tronche. Je pense que je ne risque pas grand-chose.

– Pardon, pardon, pardon. »

Ils entrèrent ensemble dans la cuisine.

« Mais oui. On peut oublier ça, maintenant ? » Il alluma la bouilloire et elle s'assit sur un tabouret. « Tu veux des toasts ?

– Oui, merci. Je meurs de faim. »

Il glissa deux tranches de pain dans le toaster.

« Où sont les enfants ?

– Stephen à la bibliothèque, Bernard au foot, Ryan fait la grasse mat' et Jeffery joue à des jeux vidéo chez Stuart. Tu as dormi ?

– Non, mais Rabbit, oui.

– Je l'ai trouvée plutôt en forme.

– Oui. Alors comme ça, tu t'es fait agresser.

– Bah, je n'allais pas dire que tu étais devenue folle. À propos, tu es au courant pour Sheila B ?

– Oui, la pauvre. »

Il leur servit du café et donna un toast à sa femme. Elle ne pouvait s'empêcher de contempler les dégâts qu'elle lui avait infligés.

« Je suis zinzin, dit-elle.

– Pourquoi ? Qu'est-ce que tu as fait ? demanda soudain Stephen, surgissant comme par magie dans son jean déchiré et un vieux tee-shirt Blondie.

– Rien.

– Alors t'étais où ? l'interrogea-t-il en ouvrant le frigo pour prendre une brique de jus d'orange.

– Je suis restée avec Rabbit.

– Elle va comment ?

– Elle a bonne mine. »

Il referma le frigo.

« Je ne t'ai pas demandé quelle mine elle avait. Elle va comment ?

– Stephen…

– Maman, tu vas arrêter de tous nous prendre pour des imbéciles ? » Stephen se versa un verre de jus d'orange et s'assit sur le comptoir. « Alors ?

– Elle est très malade.

– Sans blague ? Je m'en serais pas douté. » Il persiflait. Grace envisagea un instant de lui jeter une tasse à la figure.

« Pas d'insolence avec ta mère », dit Lenny.

Stephen soupira et sauta du comptoir.

« Il va falloir que vous commenciez à dire la vérité, surtout à Juliet. »

Il but son jus d'un trait et sortit. Ils entendirent la porte claquer.

Grace regarda Lenny.

« Davey propose qu'on se réunisse chez maman demain, justement pour parler de ça.

– On pourrait construire une extension, dit-il de but en blanc.

– Pour quoi faire ?

– Pour Juliet.

– On n'a même pas droit à un découvert sur notre compte courant, alors agrandir la maison…

– On pourrait envoyer Stephen vivre ailleurs. »

Elle rit.

« Je n'arrive pas à croire que c'est en train d'arriver. J'ai beau le savoir, je n'y crois pas.

– Je sais.

– J'ai vraiment de la chance de t'avoir.

– Je sais.

– Je t'en suis très reconnaissante.
– Tu peux.
– Je suis désolée.
– Arrête.
– Tu peux me jeter une tasse à la figure, si tu veux.
– Non.
– Allez.
– Non.
– Qu'est-ce que je peux faire pour me rattraper ?
– À ton avis ?
– Quelle roulure tu fais ! »
Il eut un grand sourire et se frotta les mains.
« J'ai droit à une partie de jambes en l'air, une partie de jambes en l'air du samedi matin, c'est la belle vie, les amis ! » Il se mit à danser dans toute la cuisine, amusant sa femme avec ses bêtises.
« Et Ryan ?
– Je m'en occupe. »
Il rejoignit le pied de l'escalier et cria :
« Ryan !
– Quoi ?
– Dehors !
– Hein ?
– Tu m'as entendu.
– Mais je suis privé de sorties !
– Plus maintenant. DEHORS !
– Sympa. »
Ryan fut habillé et parti en moins de cinq minutes. Lenny et Grace étaient nus, collés l'un à l'autre, épuisés, un quart d'heure après avoir entendu leur troisième fils leur crier : « À plus, bande de nazes ! » et claquer la porte.
Ils reposaient dans le halo d'après l'amour.

« Il est sans doute en train de braquer une banque.
– Qui ça ?
– Ryan. »
Lenny s'esclaffa.
« Mais non, il va s'en sortir.
– On pensait que Rabbit s'en sortirait.
– Ryan n'est pas Rabbit.
– Non, ça c'est vrai.
– Il se cherche, c'est tout. Ce n'est pas un méchant gamin.
– Va dire ça à ceux qui se sont fait piquer leurs iPhones.
– Il ne recommencera pas.
– N'empêche, je n'en reviens toujours pas qu'il ait eu un stand aux puces de Dún Laoghaire sans qu'on n'en sache rien.
– Il est malin. »

C'était vrai. Non seulement Ryan avait tenu un étal pendant trois mois pour vendre les objets volés à ses camarades de classe, mais il avait réinvesti l'argent gagné dans des actions à haut rapport. Il avait menti à la police en disant qu'il l'avait dépensé, mais Grace avait trouvé le site web sur son ordinateur en fouinant dans sa chambre. Elle l'avait obligé à retirer de quoi indemniser ses victimes, mais il continuait d'investir et réinvestir les profits de ses gains mal acquis. Au début, cela avait posé un vrai problème à Grace, mais elle avait renoncé à lutter lorsqu'il avait accepté de rembourser ses camarades et de donner cent euros à une fondation de lutte contre le cancer. « Je ne te proposerai jamais mieux, maman, lui avait-il dit. C'est à prendre ou à laisser. »

Grace contemplait l'œil au beurre noir de son pauvre mari.

«Je crois qu'il s'ennuie.

– Je *sais* qu'il s'ennuie, renchérit-il. C'est dommage qu'il ne s'intéresse pas au foot comme Bernard.

– On devrait peut-être se renseigner sur une école pour enfants précoces pour lui.

– À quel prix ? s'inquiéta Lenny.

– Quelle importance ? Il pourra se la payer lui-même.»

Cela fit rire Lenny.

«Bonne chance.

– Est-ce que Jeffery a suivi son régime hier ?

– Eh bien, une fois le mur repeint avec le petit salé aux lentilles, quand j'ai été remis de mon agression, je suis allé acheter des steaks et on les a mangés tous ensemble avec une salade.

– Merci.

– Et je l'ai emmené courir avant d'aller voir Rabbit.

– Il a vraiment couru, ou il s'est juste tenu le flanc en râlant ?

– Il y a eu un peu de ça, mais il s'améliore. Il faut que tu arrêtes de te ronger les sangs pour les enfants. Tu as assez de soucis comme ça.

– Très franchement, c'est m'occuper des problèmes des gosses qui me permet de tenir. Si je me laissais aller à penser à Rabbit tous les jours à chaque minute, je jure devant Dieu que j'irais rejoindre Sheila B chez les fous.»

Ils étaient tous les deux morts de fatigue. Grace avait passé une nuit inconfortable sur le canapé de la chambre de Rabbit. Elle n'avait pas prévu de rester, mais sa sœur s'était réveillée juste au moment où elle allait partir, et c'était agréable de l'avoir pour elle toute seule. Elles avaient parlé de Francie, s'étaient redit à quel point il était drôle et quel plaisir c'était de l'avoir vu. Elles s'étaient remémoré son mariage et le bon moment que tout le monde avait passé ce jour-là, même le pauvre Johnny, qui était déjà en fauteuil roulant à l'époque. Elles avaient discuté des perruques de Rabbit et des fesses de J. Lo, du moment où Michael Jackson s'était mis à vraiment déconner, du Pakistan qui tenait le reste du monde par les couilles. Rabbit s'était rendormie au bout d'une heure de bavardage, et, étant donné l'heure tardive, il était plus simple pour Grace de rester blottie sous la couverture que Jacinta lui avait fournie. Et puis c'était bien d'être là, à écouter Rabbit respirer.

Grace savait que Lenny ne dormait pas bien sans elle. Il savait où elle était la veille : elle lui avait envoyé un texto, lui avait dit qu'elle l'aimait aussi, s'était excusée et l'avait prévenu qu'elle restait là-bas, mais il s'était retourné toute la nuit, elle n'en doutait pas. Lenny était, par nature, un homme qui réparait. Si Grace ou ses enfants avaient un problème, il se creusait la cervelle jusqu'à trouver une solution, et ne connaissait pas le repos tant qu'il n'avait pas arrangé les choses. Mais il ne pouvait rien arranger cette fois-ci, et c'était paralysant.

Ils finirent par s'assoupir, et ce fut le cri d'horreur de Bernard qui les réveilla. Lenny se redressa d'un seul coup dans le lit et Grace couvrit automatiquement ses seins exposés.

« Ah, mes yeux, putain, mes yeux ! brailla Bernard.

– Ne dis pas ce mot !

– Si tu ne veux pas que je le dise, ne montre pas tes nichons, maman !

– Ne déboule pas comme ça dans notre chambre sans prévenir, le rabroua Lenny.

– Dégueu ! Ça devrait être interdit ! » continua le garçon en reculant. Il referma derrière lui.

Grace et Lenny se regardèrent et explosèrent de rire.

Davey

Davey buvait son café assis derrière la large fenêtre, en contemplant le square. Enfant, il avait toujours adoré le samedi. C'était son jour préféré de la semaine. Le reste du temps, il fallait le tirer du lit de force pendant qu'il se débattait en hurlant, mais le samedi, au contraire, il était du matin. Il se réveillait spontanément à neuf heures et, encore en pyjama, dévalait l'escalier pour se préparer ses céréales. Au moment où il terminait son bol, Rabbit le retrouvait au salon. Elle se pelotonnait dans le canapé, il s'asseyait par terre devant le fauteuil de son père, et ils attendaient que l'émission commence. Ils n'avaient jamais grand-chose à se dire à cette heure matinale, mais lorsque l'horloge jaune de la BBC apparaissait et que le présentateur annonçait : « Neuf heures trente, c'est l'heure de *Swap Shop* », ils levaient les mains et criaient, en une mini-ola mal coordonnée.

L'émission durait deux heures et quarante minutes. À l'heure où elle se terminait, toute la maisonnée était debout et il y avait du bruit partout. Grace tenait à passer l'aspirateur aussitôt levée ; leur mère parlait avec une amie ou une autre au téléphone dans la cuisine pendant que leur père écoutait la radio à fond et préparait le petit déjeuner pour tous. À mesure que le monde extérieur envahissait le salon, Davey et Rabbit se rapprochaient de plus en plus de la télé, tous deux assis en tailleur par terre, la tête levée de plus en plus haut, jusqu'au moment où leur mère entrait dans la pièce avec leurs assiettes et leur criait de regagner leurs fauteuils avant que leurs yeux n'explosent ou que leurs cheveux ne prennent feu à cause de l'électricité statique.

Le petit Davey adorait ces matinées bruyantes, joyeuses, excitantes, mais il aimait par-dessus tout le moment où le silence régnait encore et où Rabbit et lui attendaient avec impatience une émission qui se révélait presque toujours fantastique.

Ensuite, il s'habillait et courait jusqu'au square où des gamins du voisinage commençaient une partie de football. Il n'était pas mauvais au foot : pas aussi bon que son père dans sa jeunesse, mais nettement meilleur que la plupart des garçons de sa rue. Son talent le rendait populaire, et les équipes se disputaient souvent sa participation, ce qui lui faisait très plaisir.

« Hayes est avec nous.

– Ça va pas la tête ?

– Il était avec vous la semaine dernière.

– Et alors ?

– Et alors c'est comme ça. »

De temps en temps, cela tournait à la bagarre et il fallait intervenir. Après une altercation particulièrement chaude, Bobby Nugent était rentré chez lui le nez cassé, et la mère de Davey avait décrété qu'à dater de ce jour les équipes seraient tirées au sort. Les garçons avaient ronchonné mais, pour être honnête, plus personne n'était rentré chez lui en pleurant : la solution était valable. Il avait passé bon nombre de samedis heureux à courir toute la journée dans le square, ne s'arrêtant que quand sa mère l'obligeait à manger un sandwich et boire une bouteille de jus d'orange. Le samedi était le jour où on mangeait ce qu'on voulait dans la maisonnée Hayes, et les filles appréciaient beaucoup cette alternative à l'alimentation saine de tous les jours. À sept heures, il était appelé pour prendre son bain, et à neuf heures il était devant sa série préférée de tous les temps, *Starsky et Hutch*. Rabbit n'avait pas le droit de regarder, ce qui rendait l'expérience d'autant plus exquise. Et même s'il jouait dans le square durant tout le printemps, l'été, l'automne et l'hiver, dans ses souvenirs il y avait toujours un grand soleil.

« Qu'est-ce que tu regardes ? lui demanda Juliet depuis la porte, suivant la direction de ses yeux jusqu'au square désert.

– Le passé. » Il se leva.

« Maman dit que tu étais une légende locale.

– Pendant une très brève période.

– Les batteurs de groupes de country américains à succès ne sont pas considérés comme des légendes locales ?

– Non.

– Ah. Tu connais encore du monde dans le quartier ?

– Bah, non. Avant de partir, je ne fréquentais déjà plus que le groupe.

– Francie, Jay et Johnny, dit-elle – il acquiesça. Et Louis ?

– Il a toujours fait sa vie de son côté.

– Qu'est-ce que ça veut dire ?

– Exactement ça. Tous les quatre, on était très proches, des frères, mais Louis, il était là pour gagner, et quand c'est parti en vrille, il a été le premier à se faire la malle. »

Juliet s'assit dans le canapé et replia ses pieds sous elle, exactement comme sa mère avant elle. « C'est vrai qu'elle était bonne à la régie, maman ?

– Qui t'a parlé de ça ?
– Francie. »
Il sourit pour lui-même.
« Alors ? Elle était bonne ?
– C'était la meilleure qu'on pouvait se payer.
– Elle travaillait gratos.
– Exactement.
– Oh, Davey ! » Elle lui jeta un coussin.
Il le rattrapa et le lui relança.
« Je plaisantais. Elle était douée pour le son, et encore plus douée pour intimider les autres régisseurs.
– Et c'est important, comme talent ?
– T'as pas idée. »
Juliet hocha la tête.
« Et moi, tu crois que je pourrais intimider des ingénieurs du son ?
– Juliet, tu es une Hayes. Tu pourrais intimider Attila si tu t'y mettais. »
Cela sembla faire plaisir à Juliet. Elle arracha les bouloches du canapé pendant une ou deux minutes.
« Pourquoi ? demanda-t-il.
– Je sais pas.
– Qu'est-ce que tu veux faire quand tu seras grande ?
– Plan A, vaincre le cancer. Je n'ai pas vraiment de plan B.
– Tu aimes l'école ?
– Je déteste.
– Moi aussi.
– Ah bon ? Tu ne vas pas me sortir un sermon, comme quoi c'est important et tout ?
– Je me suis fait virer à quatorze ans, alors ce n'est pas moi qui vais te faire la leçon.

– Tu as eu peur ?
– J'étais trop bête pour avoir peur.
– Tu as toujours voulu être batteur ?
– Pas toujours, mais une fois que j'ai eu ma première batterie, je n'ai plus jamais voulu faire autre chose.
– J'espère que ça m'arrivera.
– Ça t'arrivera.
– Merci, Davey. » Elle se leva. « Je peux aller me recoucher ? Je suis crevée. »

Il lui fit signe que oui. « Je serai là quand tu te réveilleras. » Une fois qu'elle fut partie, il se remit à contempler le square désert. *Ce serait plein de monde, à l'heure qu'il est, on en serait à notre troisième match. Saloperie d'Internet.*

Jack

Pendant tout le trajet du retour, Jack songea à la gravité de leur situation. *Maintenant que le charlatan a refusé de nous prendre notre argent, on est vraiment foutus.* Le temps de l'espoir, du combat et des faux-semblants approchait de sa conclusion. Ils étaient au pied du mur. *Et maintenant ?* Cela ne collait pas. *Un avenir sans Rabbit, ce n'est pas possible.* Mais son cerveau n'arrivait même plus à envisager une seule solution.

« On pourrait toujours se jeter à la mer avec la voiture, dit Molly sans crier gare, comme si elle avait lu dans ses pensées. Ce serait injuste pour les enfants, mais au moins on serait les premiers à partir, comme c'est prévu par la Nature, bon Dieu.

– J'ai toujours aimé la côte vers Dollymount Strand.
– Moi aussi.

– Howth, c'est joli à cette saison. Et il y a de beaux coins dans le comté de Wicklow.

– Je ne vais pas survivre à ça, Jack », dit Molly, laissant couler ses larmes sans retenue.

Jack se gara sur le bord de la route, alluma les warnings et se tourna face à sa femme. Il voulait lui dire quelque chose de réconfortant, mais n'arrivait pas à penser droit car son cœur battait si vite, ses oreilles bourdonnaient si fort, que pendant un instant il crut qu'il faisait une crise cardiaque. *C'est pas vrai, non, ne fais pas ça à Molly.*

« Jack ?
– Molly.
– Bon Dieu, Jack. Qu'est-ce qu'il y a ? »

Tout à coup, un barrage se rompit en lui et il s'effondra en larmes. Molly le prit vivement dans ses bras et ils se tinrent gauchement, pleurant comme des bébés sur le bord de l'autoroute, et pendant tout ce temps, à la radio, Britney Spears chantait « Born to Make You Happy ».

Le temps qu'ils arrivent sur le parking de la maison de soins, Molly s'était suffisamment ressaisie pour aller voir Rabbit. Jack était encore tellement à vif qu'il lui demanda si elle voulait bien qu'il reste un peu dans le jardin.

« Bien sûr. »

Ils s'embrassèrent, puis il la regarda s'éloigner en admirant son cran. *J'aimerais être aussi fort.* À présent que tout cet espoir lui avait été arraché, il craignait de redevenir distant, mais il savait qu'il ne pouvait pas se laisser aller à une chose pareille. Il ne pouvait pas redevenir le type pour qui tout le monde s'était fait du mouron le jour où Rabbit était entrée dans cette maison ; même Rabbit s'était inquiétée pour lui, ce qui était absurde. Il fallait qu'il se reprenne. Il fallait qu'il soit là pour sa fille durant la pire des périodes, même si toutes les fibres de son être l'exhortaient à remonter en voiture et à filer vers Dollymount, Howth ou un de ces jolis coins de Wicklow. *Allez, Jack, arrête de faire l'enfant.* Il traversa le parking et entra dans le hall d'accueil. Fiona n'était pas là. Il fut reçu par un homme, qui se présenta sous le nom de Luke.

« Enchanté, Luke. Je suis Jack Hayes, le père de Rabbit. J'espérais parler à Rita Brown, si elle est disponible.

– Un instant, je vais voir. Asseyez-vous donc, Jack. »

Jack obéit. Il lisait le journal lorsque Rita apparut. Elle sourit et lui serra la main. « Comment allez-vous, Jack ? » Il sentit remonter les larmes. « Suivez-moi », dit-elle. Ils enfilèrent un long couloir, jusqu'à un bureau marqué à son nom. Une fois à l'intérieur, elle lui indiqua un fauteuil confortable. « Que diriez-vous d'un café ? Ou un thé, si vous préférez ?

– Rien, merci, ça va bien. »

Elle s'assit face à lui. « Je ne crois pas que vous alliez bien.

– Rabbit va mourir, dit-il d'une voix tremblante, et il n'y a rien à y faire.

– C'est exact.

– Je ne peux pas la regarder mourir.

– Ce sera dur.

– Ce n'est pas dur, non. C'est impossible.

– Rien n'est impossible.

– D'accord. Alors si rien n'est impossible, c'est encore possible de la sauver. » Le ton de sa voix reflétait sa colère.

« Certaines choses sont impossibles.

– Je ne peux pas faire ça.

– Si, vous le pouvez.

– Non.
– Il le faut.
– Êtes-vous certaine d'être compétente ? demanda-t-il, et elle eut un petit rire.
– Rabbit m'a dit que vous l'aviez mise au monde. »
Jack ferma les yeux et s'exhorta à ne pas pleurer.
« C'est vrai.
– Vous deviez être terrifié.
– En effet.
– Mais vous l'avez fait quand même.
– Je n'avais pas le choix. Il fallait que ce soit fait. » Ses lèvres tremblaient et ses paupières le brûlaient.
« Je ne vais pas insister lourdement.
– Je vous en remercie.
– Vous avez une famille formidable, Jack, alors accrochez-vous les uns aux autres. »
Il acquiesça et écrasa les dernières larmes qu'il s'autorisait pour la journée. Il se leva et lui serra la main.
« Merci.
– Je suis disponible tant que vous avez besoin de moi. »
Il se rendit aux toilettes. Là, il se passa de l'eau sur le visage et s'arrangea un peu. Il mangea une petite salade à la cafétéria, puis acheta un friand au poulet et un thé pour Molly. Avant de se diriger vers la chambre de sa fille, il acheta un joli lapin en peluche beige à la boutique.

Juliet

La voiture s'arrêta devant la maison, et Juliet en descendit. Comme Davey écoutait un match de foot à la radio, elle entra seule. Elle n'était pas repassée chez elle depuis l'accident. Il y avait encore un peu de sang par terre dans la cuisine : elle prit une éponge pour le nettoyer, frottant vigoureusement pour éliminer les caillots qui avaient séché dans les joints.

Une serpillière bougea derrière elle. Elle fit volte-face en se tenant le cœur.

« Putain, Kyle, tu m'as foutu la trouille de ma vie !

– Pardon. » Il essuya là où elle avait frotté.

« C'est nouveau, ton truc de surprendre les gens comme ça ?

– Non, il n'y a qu'avec toi que ça marche.

– Qu'est-ce que ça veut dire, ça ?

– Ça veut dire que tu vis peut-être un peu dans ta bulle.

– N'importe quoi.

– J'ai crié "Il y a quelqu'un ?" en entrant, et je sifflais la musique de *Dora l'exploratrice*.

– Tu ne sifflais pas fort.

– Alors pourquoi on me dit toujours d'arrêter quand je fais ça ?

– L'habitude, sans doute.

– C'est normal que tu sois enfermée dans ta tête. À ta place, je le serais aussi. »

Elle se leva et s'épousseta. « J'aimerais vraiment que tu arrêtes de me plaindre. Ma mère est tombée malade et elle s'est cassé la jambe. Ce n'est pas la fin du monde, quand même. »

Kyle rangea la serpillière. « J'ai perdu ma course ce matin.

– Ça craint.

– Je perds souvent, en ce moment.

– Pourquoi ?

– J'en sais rien.

– Ça t'embête ?

– À fond.
– Désolée pour toi.
– Mon père dit que je ne suis pas assez concentré.
– Et toi, qu'est-ce que tu en penses ?
– Que je ne suis pas assez bon.
– Pourquoi ?
– Parce que j'ai beau me tuer sur la piste, il y en a un qui est toujours meilleur que moi.
– Qui ça ?
– Simon Davis.
– Bon, juste un seul type, dit-elle en se penchant au-dessus du comptoir.
– Un seul suffit.
– Eh bien tu vas t'acharner.
– J'imagine, oui.
– Il faut que j'aille me chercher des fringues de rechange.
– D'accord. » Il la suivit dans l'escalier. Ce n'était pas vraiment ce qu'elle avait prévu mais, après tout, il avait passé une bonne partie de son temps dans sa chambre quand ils étaient petits. Quand même, cela faisait un bout de temps.

« Ça a changé, dis donc, fit-il en entrant derrière elle.
– Crois-moi si tu veux, je ne me prends plus pour une princesse.
– Moi, j'ai encore ma couette Batman.
– Pas cool.
– Très cool, au contraire. » Cela la fit sourire.

Il s'assit sur son lit pendant qu'elle sortait des vêtements de ses tiroirs et de son armoire. « Où est-ce que tu habites, en ce moment ?

– J'étais chez ma tante Grace jusqu'à maintenant, mais je vais aller chez ma grand-mère.
– Tu reviendras ?
– Évidemment ! Pourquoi tu es bizarre comme ça ? »
Elle se retourna pour le regarder dans les yeux. Elle l'exhortait silencieusement à lui dire ce qu'elle soupçonnait déjà. Le moment était venu. Elle avait juste besoin que quelqu'un lui confirme ses craintes, et, pour cela, son vieux copain Kyle valait aussi bien qu'un autre.
« Je ne suis pas bizarre.
– Vas-y, Kyle, accouche.
– Mais non !
– Qu'est-ce que tu veux me dire ?
– Je ne veux rien te dire. Je veux que toi, tu me dises quelque chose.
– Et te dire quoi ? » Elle criait, maintenant.
« C'est pas important. » Il se leva. Elle lui barra le passage.
« Si, c'est important.
– Je suis désolé, vraiment. » Il la bouscula pour passer, dévala l'escalier et sortit, passant devant la voiture et Davey, qui ne le vit même pas car il était renversé en arrière sur son siège pour écouter son match. Juliet ne lui cria pas de revenir. Elle ne pleura pas, ne gémit pas, ne dit pas un mot. Simplement, elle se recroquevilla et attendit que la douleur intense qui étreignait son cœur passe un peu. Elle n'était pas prête à entendre la vérité, tout compte fait. *Ça va aller. Tout va bien. Kyle n'est qu'un gamin. Il ne sait rien. S'il te plaît, maman, guéris. Je t'en prie, je t'en prie, ne me quitte pas. Je vais faire des progrès. Je ferai en sorte qu'il ne t'arrive plus jamais aucun mal. Je te le promets. Je te le jure. Je t'en supplie, reste.*

Elle se leva parce que, soudain, elle avait encore plus mal au ventre qu'au cœur. Elle ne tint debout que quelques secondes avant de se plier en deux. « Oh purée ! souffla-t-elle. Qu'est-ce que… »

Elle se rassit en attendant que ça passe. Quelques minutes plus tard, elle se remit debout et finit d'emballer ses vêtements, mais en approchant la voiture elle devait être environ sept tons plus pâle que quand Davey l'avait déposée, parce qu'il lui demanda :

« Ça va ?

— Tu as déjà eu l'appendicite ? lui demanda-t-elle.

— Non, pourquoi ?

— Et ma mère ? »

Davey baissa le son de la radio et réfléchit à la question.

« Non, mais Grace s'est fait opérer.

— Tu pourrais l'appeler et lui demander ce que ça fait ? »

Il démarra la voiture et sortit de l'allée en marche arrière.

« On fonce aux urgences.

— Pas besoin. Il faut juste que quelqu'un me décrive les symptômes, et je serai fixée.

— On va aux urgences, je te dis.

— C'est idiot.

— Pas du tout.

— Tu sais combien de temps on attend, là-bas ? Je serai majeure le temps qu'on soit passés.

— N'en rajoute pas trop.

— Ma mère a un cancer, et on a déjà attendu sur des chaises huit heures d'affilée.

— Eh merde. D'accord, appelle Grace. »

Juliet appela sa tante et la mit sur haut-parleur.

« Grace ?
– Coucou, Bunny. Il paraît que tu vas dormir chez ta grand-mère. Pardon de ne pas avoir été là hier.
– C'est pas grave, et merci pour tout.
– Tu es toujours la bienvenue, tu le sais.
– Oui.
– Alors, qu'est-ce que je peux faire pour toi ?
– Quand tu as eu l'appendicite, ça t'a fait quoi ? cria Davey.
– Qu'est-ce qu'il dit ?
– Il demande ce que ça fait, une crise d'appendicite, répéta Juliet en faisant la grimace.
– Pourquoi ?
– J'ai super mal, Grace.
– À gauche ou à droite ?
– Au milieu.
– Tu es sûre ?
– Au milieu et en bas, comme si j'allais accoucher d'une boule de bowling.
– Coupe le haut-parleur.
– Quoi ? fit Davey.
– Ce n'est pas l'appendicite, Davey. Coupe le haut-parleur ! »
Juliet obéit et colla le téléphone à son oreille.
« Tu as déjà eu tes règles ? lui demanda Grace.
– Non.
– Tu as regardé dans ta culotte ?
– Euh, non. »
La jeune fille piqua un fard.
« Je crois que tu les as, et que tu devrais te dépêcher de trouver une pharmacie.
– Ah.

– Ça va aller, ne t'en fais pas.
– Hum... Je n'ai pas d'argent.
– Passe-moi Davey.
– Ah, non. Tout va bien, merci, Grace.
– Je ne vais rien dire de gênant, je vais juste lui demander de te donner de l'argent et de te déposer devant une pharmacie. Ensuite, je veux que tu t'achètes une boîte de tampons taille normale, une boîte de serviettes maxi, au cas où tu ne serais pas à l'aise avec les tampons, et du Doliprane.
– D'accord.
– Ça va aller, Juliet.
– D'accord.
– Je regrette de ne pas être avec toi », ajouta-t-elle, et Juliet faillit pleurer parce qu'elle voulait sa mère. Elle tendit le téléphone à Davey, qui avait l'air encore plus perdu qu'elle. Elle le regarda parler à Grace. Il hochait beaucoup la tête en disant « d'accord », comme elle un instant plus tôt. Il reposa le téléphone.

« D'accord, dit-il. Pas les urgences. Parfait. On va trouver une pharmacie, et tout ira bien. » Il s'efforçait de prendre un air détaché, mais il transpirait et n'arrivait pas à la regarder dans les yeux.

Il sait. Je suis morte de honte.

Ils arrivèrent devant la pharmacie ; Davey sortit cinquante euros de sa poche et les lui donna en hochant le menton et en levant le pouce. Elle descendit de voiture, et sentit le monde entier tomber dans son pantalon. *Oh, non!* Le jean qu'elle portait était noir et moulant. Elle n'osa même pas se regarder en traversant la rue, mais espéra que le sang ne se voyait pas. Elle tira sur son tee-shirt pour essayer de le rallonger. La douleur ne la dérangeait plus : c'était maintenant l'humiliation qui la gênait le plus.

En arrivant à la porte de la pharmacie, elle remarqua tout de suite deux hommes derrière le comptoir. *Non, non, non, c'est pas possible ! Comment je peux manquer de bol à ce point ? Merde, merde, merde.* Elle sentait bien que Davey la regardait, attendait qu'elle pousse la porte et entre. Elle se retourna vers lui et il leva de nouveau le pouce. *Tuez-moi, qu'on me tue tout de suite.* Elle pénétra dans la pharmacie et l'un des employés lui demanda tout de suite ce qu'elle voulait. *D'habitude, je peux rester une heure dans une boutique sans qu'un adulte me demande quoi que ce soit, mais aujourd'hui, bien sûr, il faut que je tombe sur le mec le plus serviable du monde. Je hais mon existence.*

« Je ne fais que regarder ! » *Pourquoi j'ai dit ça ?* Sentant couler un nouvel afflux de sang, Juliet se cacha derrière les baumes pour les pieds et croisa les jambes. *Qu'est-ce que je vais faire ?* C'est alors, au moment où elle atteignait le stade de la panique totale, qu'une jeune femme apparut près du présentoir de maquillage. Juliet, avec un soulagement immense, se redressa et alla la trouver. La fille était jolie, avec un brillant dans le nez et un piercing dans la langue.

« Que puis-je faire pour vous ? »

Juliet se pencha vers elle et parla à voix basse.

« J'ai besoin de votre aide.

– Qu'est-ce qui vous arrive ?

– Je viens d'avoir mes règles et je suis avec mon oncle », souffla-t-elle.

La fille hocha la tête d'un air entendu.

« C'est la première fois ?

– Oui.

– C'est abondant ? » Ses yeux filèrent vers l'entrejambe de Juliet avant de revenir à son visage.

« Très. »

Encore un hochement de tête.

« Douloureux ?

– Affreux.

– OK. »

Elle prit Juliet par la main et la fit passer derrière les deux types, qui étaient à présent occupés avec d'autres clients. À l'arrière de la boutique se trouvaient des toilettes, simples et propres.

« Attendez-moi ici. »

Juliet verrouilla derrière elle et soupira de soulagement. Elle baissa son pantalon : c'était un vrai carnage, là-dedans. *Oh, non !* Elle s'assit sur le siège. Elle avait très envie d'appeler son amie Della : premièrement pour lui annoncer qu'elle avait enfin ses règles, et deuxièmement pour s'excuser d'avoir toujours cru qu'elle frimait quand elle se plaignait de ses crampes. Elle comprenait, maintenant, qu'il n'y avait pas de quoi se vanter. Elle essuya tout le sang possible avec du papier toilette, pleurant presque quand elle s'en mit sur la main. Elle le frotta, légèrement écœurée. Quelques minutes passèrent, et elle commençait à croire que la fille l'avait oubliée lorsqu'on frappa à la porte.

« Ce n'est que moi », dit l'employée de la pharmacie. Juliet entrouvrit la porte, et la fille lui glissa un paquet de serviettes hygiéniques, une boîte de tampons, des lingettes et une culotte propre. « Faites ce que vous pouvez avec ça.

– Merci mille fois !

– Vous vous êtes déjà entraînée à utiliser un tampon ?

– Non.

– C'est peut-être beaucoup demander, ici, à la boutique. Vous devriez garder ça pour plus tard.
– Ah. D'accord. Euh... où avez-vous trouvé la culotte ?
– Elle est à moi.
– Ah bon...
– Je sors après le boulot et je ne rentre pas dormir chez moi, vous êtes bien tombée.
– C'est vraiment gentil, dit Juliet en commençant à se servir des lingettes.
– Aucun problème. Moi, j'ai eu mes premières règles sur un bateau de pêche avec mon père et mes deux frères !
– Ça a dû être horrible, commenta Juliet en retirant son jean.
– J'étais en jupe. Mon frère a glissé dedans.
– Oh, non ! » Juliet enveloppa sa culotte souillée et la mit à la poubelle.
« Il a pris ça pour des entrailles de poisson, je m'en suis bien tirée. »
Juliet avait le cœur au bord des lèvres. Lorsqu'elle ressortit des toilettes, la fille lui ouvrit le robinet pour qu'elle se lave les mains. Une fois que ce fut fait, elle lui tendit deux comprimés et un verre d'eau. Juliet les avala.
« Deux toutes les six heures. Pas plus.
– Promis.
– Bien. »
La fille eut un sourire radieux. « C'est casse-pieds, mais ça va aller. »
Elle prit les tampons, les lingettes, les comprimés et les serviettes hygiéniques, les mit dans un sac en papier et tendit le sac à Juliet.
Soudain, celle-ci fut au bord des larmes. « Merci. »

La fille lui donna une brève accolade, et elles retournèrent dans la pharmacie. Juliet paya à la caisse, et, alors qu'elle sortait, la fille lui fit un clin d'œil. Si les deux hommes étaient au courant de ce qui s'était passé, ils eurent le tact de n'en rien montrer.

Juliet traversa la rue pour retrouver son oncle, qu'elle voyait se préparer à lui parler. Elle s'assit dans la voiture, gênée, en priant pour ne pas tacher le siège, et lui tendit sa monnaie.

«Garde tout, dit-il.

– Il doit rester trente-cinq euros.

– Tu t'achèteras quelque chose qui te fera plaisir.»

Il faisait vraiment de son mieux pour avoir l'air détaché, mais il en était si loin que Juliet se sentait nettement mieux, et prit même un peu d'assurance.

«J'aimerais bien une culotte neuve», dit-elle.

Il pâlit quelque peu. «Super. Pas de problème. Tu pensais à une boutique en particulier?»

Juliet éclata de rire.

«Je plaisantais.

– Ah, c'est malin. Je me disais qu'on pourrait rentrer pour que tu te changes, et qu'ensuite on pourrait aller voir ta maman. Qu'est-ce que tu en dis?

– On pourrait s'acheter quelque chose à manger, aussi? Je crève de faim, d'un seul coup.

– Absolument.

– C'est moi qui régale», dit-elle en brandissant l'argent.

Lorsqu'ils arrivèrent chez elle, Juliet sortit son sac du coffre et fila dans l'escalier pour prendre une douche. Elle y passa un long moment avant de sortir la boîte de tampons. Elle lut le mode d'emploi, puis appela Della.

« Yo, fit celle-ci.
– Yo toi-même. J'ai besoin d'aide.
– J'écoute.
– Comment tu fais pour mettre un tampon sans te faire mal ?
– Non !
– Si.
– Tu dégustes ?
– Oui.
– T'as faim ?
– Comme pas possible.
– Je te jure. Juliet, il n'y a pas assez de sucre au monde. »
Della poussa un profond soupir emphatique.
« Alors, les tampons ?
– D'accord. Mais d'abord, il faut que tu te décontractes le kiki.
– Hein ? Comment je fais ça ?
– Moi, je respire à l'intérieur…
– Comment ça ?
– Je sais pas… je fais ça, c'est tout. »
Juliet passa encore un quart d'heure à tenter de négocier le passage d'un tampon dans le kiki en question. Lorsque ce fut fait, elle n'avait plus d'unités dans son téléphone.
« Faut que je raccroche.
– OK, rappelle plus tard.
– D'accord, et merci. » Elle raccrocha et se changea. Elle se sentait propre et la douleur était partie. Elle descendit l'escalier avec une énergie renouvelée.
« Prête à aller manger ? lui demanda Davey.
– Où tu veux. » Elle mentionna le restaurant préféré de sa mère. « Après tout, c'est une grande occasion. » Elle

sourit, et bien que ce fût elle qui plaisantait, rougit quand même un peu.

« Oh, c'est pas vrai ! » Il se couvrit les yeux, tout à fait comme grand-père quand il voulait se cacher d'une chose qu'il ne pouvait pas affronter.

« T'as été génial, le rassura-t-elle.
– J'ai été couillon, oui. Je n'ai rien fait du tout.
– Exactement ! »
Et elle se dirigea vers la voiture.

Johnny

Le single de Kitchen Sink caracolait dans les hauteurs du top 50 irlandais, et un cadre du label devait venir les voir jouer et parler d'enregistrer un album. La file d'attente s'étirait jusqu'au bout de la rue : il y avait quelques garçons, mais on voyait principalement des filles, agitées, vêtues de tee-shirts à l'effigie du groupe, voire uniquement du visage de Johnny. Rabbit remonta toute la queue et frappa à la porte vitrée.

« Hé, ho, tu te crois où, là ? la héla une des filles.
– Je suis avec le groupe, dit Rabbit en attendant que le service d'ordre vienne lui ouvrir.
– Noooon !
– Eh si. »
La fille regarda ses copines, puis revint à Rabbit.
« Tu peux nous faire entrer ?
– Je ne crois pas, non.
– Ah non ? Pourquoi ? » Elle posa une main sur sa hanche. Elle était agressive et, si elle était moins grande que Rabbit, elle était bien plus costaude, avec des poings comme des tonneaux.

« Désolée, souffla Rabbit en frappant avec impatience à la vitre.

– Eh ben ! Elle se prend pas pour de la merde, celle-là ! »

Rabbit songea à fuir et à appeler les garçons d'une cabine mais, à l'instant où la fille lui posait une main sur l'épaule, Johnny apparut et ouvrit. « C'est lui ! glapit la fille au moment où il prenait la main de son amie et la tirait à l'intérieur.

– Eh oui, c'est bien moi. À tout à l'heure dans la salle, les filles. » Il salua de la main et referma la porte derrière eux. Les fans se mirent à pousser des cris, et la nouvelle de sa brève apparition se répandit dans la queue, où l'ambiance tourna au délire.

« J'ai cru que j'allais me faire taper dessus, dit Rabbit.

– Heureusement que je passais par là.

– Elles sont folles, ces filles !

– Faut dire, je suis assez irrésistible.

– Ne joue pas au petit con. »

Elle plissa le nez, puis remonta des lunettes invisibles. Johnny adorait quand elle faisait ça : cela lui rappelait la petite fille qui le suivait partout et qui était suspendue à ses lèvres, jusqu'au jour où Alandra était arrivée et avait tout changé. Ils avaient passé l'été en tournée ensemble, mais Rabbit n'était plus sa petite ombre, et cela lui manquait.

« Qu'est-ce que tu regardes ? lui demanda-t-elle.

– Toi.

– Pourquoi ?

– Parce que tu as beaucoup grandi.

– Oh, tais-toi ! On dirait mon père. À l'anniversaire de l'oncle Gem, au bout de deux verres, il s'est mis à pleurer là-dessus. Je ne savais plus où me mettre. »

Ils prirent l'escalier ensemble, et à mi-hauteur les genoux de Johnny cédèrent sous lui – il tenta de se rattraper à la rampe, mais la rata et tomba comme un sac de patates. Rabbit vola à son secours, mais il refusa son aide. « Ça va, ça va. » Il la repoussa.

« Alors lève-toi.

– Hein ?

– Tu m'as entendue. »

Il empoigna la rampe et se hissa. « Je suis crevé, c'est tout.

– Tu es tout le temps crevé.

– Oui, ben, je sais pas si tu as remarqué, mais on est assez occupés, ces temps-ci…

– Tu as un problème.

– Je n'ai pas de problème. » Il voulut s'éloigner d'elle, mais son corps refusa de l'aider.

« Tu as un problème, Johnny, insista-t-elle, une flamme dans les yeux.

– Répète ça encore une fois et tu dégages ! » cria-t-il.

Elle resta debout sans rien dire, en le regardant se préparer à faire un pas. Il monta lentement les marches et elle demeura où elle était, sans le quitter des yeux. Il était instable, mais surtout hésitant. Elle n'ajouta rien, se contenta d'attendre qu'il soit hors de vue pour s'asseoir dans l'escalier en se rongeant les ongles.

C'est là que Francie la trouva dix minutes plus tard.

« Qu'est-ce qui se passe ?

– T'es en retard pour la balance, lui fit-elle remarquer.

– Et toi, pourquoi tu n'y es pas ?

– Je suis devenue superflue. Tu n'es pas au courant ?

– Tu n'es peut-être plus notre régisseuse, mais on a encore besoin de toi, Rabbit. Allez, lève ton cul, on y va. »

Rabbit le suivit sur scène. Johnny, assis sur une enceinte, faisait des commentaires à Davey, Louis et Jay. Il n'était pas content du son du clavier, et Davey répétait sans cesse la même erreur, au même passage.

« Tu le fais exprès pour m'emmerder ? s'énerva-t-il.

– C'est ça, tout ce que je fais tourne autour de toi », répliqua Davey. Lui-même s'en voulait à mort, et Johnny ne l'aidait pas, là. Francie s'avança sur la scène.

« T'étais où, toi ?

– Sheila était en train de péter les plombs.

– Alors largue-la, cette folle.

– Écoute, mon pote. Je t'aime bien, mais la prochaine fois que tu traites ma meuf de folle, je te casse la gueule. » Il prit sa guitare.

« Sheila est complètement barge, et toi aussi, puisque tu restes avec elle.

– Tu me cherches vraiment, là. » Francie reposa sa guitare.

« C'est bon, Francie, la ferme, OK ? On le sait tous, qu'elle est cinglée, intervint Jay.

– Ta gueule, Jay.

– Sinon quoi ? »

Davey se leva derrière sa batterie. « Mais qu'est-ce qui se passe, enfin ?

– Il se passe, bordel de merde, que Francie est trop occupé à courir derrière une folle furieuse pour en avoir quelque chose à foutre du groupe. »

Johnny ne jurait jamais ; Jack et lui étaient les deux rares personnes connues de Rabbit qui ne mettaient pas « putain, merde, bordel » à toutes les sauces. Ces mots prenaient un tour étrange et dérangeant dans sa bouche, surtout vu l'agressivité avec laquelle ils avaient été prononcés. Francie fit un pas pour le frapper. Jay lui attrapa le bras. Francie se retourna d'un coup et lui envoya un coup de poing dans le nez. Louis arriva en courant de derrière son clavier, les bras en croix. « Ça suffit, merde ! » Jay lui fit un croche-pied, et Louis s'étala, les mains en avant. « Putain ! Mon doigt ! »

Jay l'enjamba puis retourna son coup de poing à Francie, l'atteignant à l'œil ; Francie riposta par un coup de genou dans les testicules de son frère. Jay lui mit aussitôt un coup de boule. Ils tombèrent à genoux en même temps, le nez en sang, les yeux tuméfiés.

« Johnny, putain ?! » fit Davey en désignant les jumeaux. Mais Johnny quitta la scène, sous le regard médusé des garçons et de Rabbit. Davey aida les deux frères à se remettre debout. Rabbit tendit un mouchoir à Jay, qui le pressa contre son nez. Davey examina l'œil de Francie. Louis, toujours étalé par terre, s'égosillait à propos de son doigt.

« Ah bravo. Tu ne pouvais pas laisser pisser, Francie ? commenta Davey.

– Il n'avait qu'à pas s'en mêler, dit Francie en pointant l'index vers son frère.

– Parce que ça aurait tout arrangé que tu te castagnes avec l'autre chochotte ? Il serait mort, à l'heure qu'il est ! » se justifia Jay.

Francie opina. Jay n'avait pas tort : Johnny était un séducteur, pas un bagarreur. « Rabbit, va à la loge voir ce qu'il a, bon Dieu de merde, dit Davey.

– Il ne veut pas me parler.

– Tu es la seule qu'il écoute, insista Jay.

– Pas ce soir.

– Allez, Rabbit… Sérieux, c'est toute notre vie qui se joue ce soir.

– Et pourquoi tu n'y vas pas, toi, Davey ? C'est votre groupe, non ? » Elle était trop exaspérée pour reconnaître qu'elle avait peur.

« C'est pas faux, approuva Francie.

– Eh ben vas-y, toi, lui dit Davey.

– Si je mets un pied là-dedans, je vais le massacrer, grogna Francie, levant les mains en l'air. On se refait pas. »

Davey soupira. « C'est pas vrai… Le plus grand jour de notre carrière, et je suis entouré de trous du cul. » Il sortit à son tour, ce qui ne laissait plus que Francie, Jay, Louis et Rabbit. Jay essuya le sang de son nez et fourra le mouchoir souillé dans sa poche. Louis redressa son doigt et se réinstalla au clavier. « Je crois que je vais avoir besoin d'une attelle, mais si quelqu'un m'apporte un coup à boire, ça devrait aller.

– On joue un peu ? proposa Jay à son frère.

– Oh, et puis merde. » Francie reprit sa guitare.

Rabbit se dirigea vers la loge et arriva juste à temps pour voir Davey s'en faire virer avec perte et fracas. « Ça va pas, la tête, souffla-t-il. Complètement malade, ce mec. » Et il repartit vers la scène. Rabbit fixa la porte pendant une minute ou deux avant de frapper. Pas de réponse. Elle frappa de nouveau.

« Va-t'en.

– Pardon, dit-elle.

– Je te dis de te barrer.

– Parle-moi.

– Peux pas.

– Pourquoi ? »

Johnny ouvrit la porte. « Parce que je suis foutu. »

Rabbit entra et referma derrière elle.

« Qu'est-ce qui t'arrive, Johnny ?

– Je n'arrive plus à tenir debout, Rabbit. Quand je ferme l'œil droit, je n'y vois plus rien. Les fans portent leurs bottes de moto délacées parce qu'ils croient que je fais ça pour le style. C'est faux. J'ai les pieds tellement enflés qu'ils font deux fois leur taille.

– Alors on ira chez le médecin. C'est peut-être un virus. Pauline, une copine de ma mère, en a attrapé un à Jersey : elle a perdu des cheveux et a dû rester couchée pendant des semaines.

– Ce n'est pas un virus.

– Tu as fait médecine ?

– Non.

– Tu vois bien…

– Je ne crois pas pouvoir donner ce concert.

– Mais si.

– Tu ne comprends pas. Je vais m'étaler la tête la première.

– Alors chante assis.

– Vachement rock 'n' roll !

– Ça l'est, si tu viens d'avoir un accident avec le bus de tournée. »

Il releva un peu les yeux. Puisqu'il l'écoutait enfin, elle continua : « Francie a le nez en compote, Jay un œil au beurre noir, Louis le doigt sans doute cassé. On va te mettre une attelle à la jambe, et un des gars peut faire quelque chose à Davey. Vous dites que vous avez eu un accident en route, mais que vous allez jouer quand même parce que vous aimez le public et que vous êtes au taquet. On pourra vendre l'idée aux autres : de toute manière, ils sont déjà en vrac.

– Ça pourrait marcher.
– Ça va marcher. Et vous ferez la couverture d'au moins un magazine.
– Rabbit, tu me sauves la vie !
– Et on ira voir un médecin demain.
– Pas la peine que tu viennes.
– Je viendrai. »

Johnny alla s'excuser auprès des autres et les persuada que le coup de l'accident était une bonne idée. Une fois de retour dans la loge, Davey se fit encore un peu prier parce que Francie se chauffait le poing, prêt à lui flanquer un coup, l'air impatient. « Si on disait plutôt que j'étais dans une autre voiture ? plaida-t-il.
– C'est pas rock 'n' roll, trancha Rabbit.
– Oh, allez !
– Ne fais pas le bébé. Je vais te donner juste une tape, dit Francie.
– Ce que tu appelles une tape, c'est des dommages irréversibles au cerveau.
– T'auras pas le temps de t'en apercevoir que ce sera déjà fini, intervint Johnny.
– Alors toi, tu as le droit de faire semblant, et pas moi ? » En effet, Rabbit était en train de lui bricoler une fausse attelle.

« On ne peut pas te plâtrer le bras vu que tu ne pourrais pas jouer, et comme personne ne voit tes jambes, il faut bien que ça se voie sur ta figure, raisonna Jay, aussitôt approuvé par Francie.
– Bon, alors, tu veux entrer au panthéon du rock, oui ou non ?
– Oui, reconnut Davey.

– Bien dit. » Et Francie lui envoya son poing dans la mâchoire.

Ce soir-là, Kitchen Sink joua à guichets fermés. Johnny était assis sur une chaise, la jambe posée en l'air sur une autre, accompagné par son groupe cabossé. Il chanta avec tout son cœur devant un public ravi et pâmé. Ensuite, il raconta en exclusivité à un journaliste comment Kitchen Sink avait frôlé la mort sur la route, et lorsqu'il fut épuisé au point d'avoir besoin que Rabbit l'aide à marcher jusqu'au bar, Peter Moor, le producteur de la maison de disques, l'attendait avec une pinte. « Vous avez encore monté d'un cran ce soir, les gars », leur dit-il, et tous échangèrent des sourires enchantés. « Continuez comme ça, et notre branche anglaise ne tardera pas à vous produire. Ça va être énorme. » Il leva son verre, et tout le monde trinqua. Johnny regarda le sien, de verre, le leva lentement et le fit tinter contre les autres avant de le reposer. Il n'en prit pas une gorgée. Johnny n'était pas gros buveur. « Souvenez-vous de ce soir, leur dit Peter.

– Ça, oui, répondit Johnny. On ne risque pas de l'oublier. »

8

Rabbit

Lorsqu'elle se réveilla, Rabbit était entourée de sa famille. Ses parents, Grace, Davey, et Juliet, qui dormait, la tête sur les genoux de sa grand-mère.

« Quelle heure est-il ?
– Sept heures tout juste passées, lui apprit Molly.
– J'ai raté toute la journée ?
– Tu devais avoir besoin de repos, dit Grace.
– Je vais peut-être demander un comprimé de vitamines. » Elle tenta de s'asseoir, et Grace se précipita pour l'aider. « Je peux y arriver.
– Oui, eh bien avec moi, c'est encore mieux », protesta Grace. Elle souleva sa sœur et lui cala des oreillers dans le dos.

« Juliet dort depuis combien de temps ?
– Je suis réveillée, maman. » La jeune fille se gratta la tête en se redressant lentement.

Rabbit lui sourit. « Coucou, Bunny. »
Juliet alla faire un câlin à sa mère. « Coucou, toi. »
Rabbit l'observa.
« Tu es pâle.
– Je vais bien.

– Tu as mangé ?
– Davey m'a emmenée chez Fiddlers.
– Ouh ! très chic, dis donc ! »

Juliet tourna les yeux vers son oncle, assis près de la fenêtre, et lui sourit.

« Oui, c'était chouette.
– Tout le plaisir était pour moi, dit-il.
– Stephen et Bernard sont toujours là ? » s'enquit Juliet. Grace confirma. « Tu veux les voir, maman ?
– Bien sûr.
– Bon, je vais aller les chercher, mais on ne pourra pas tous rester dans la chambre.
– Ça tombe bien, j'ai besoin de me dégourdir les jambes », déclara Jack en se levant. Il ramassa le lapin beige par terre et le tendit à sa fille, puis l'embrassa sur le front. « Un lapin pour mon lapin ? »

Elle rit. « Je l'adore, papa.
– Je t'aime. » Pendant une fraction de seconde, le temps s'arrêta dans la pièce. « Allez viens, Juliet. Allons libérer les garçons. »

Lorsqu'ils furent sortis, Rabbit regarda sa mère, puis Grace. « Qu'est-ce qu'elle a, Juliet ?
– Rien, fit Davey, non par besoin de protéger sa sœur de la nouvelle, mais tout simplement parce qu'il se sentait incapable d'en parler.
– Grace ?
– Elle a eu ses règles aujourd'hui. »

Davey se couvrit le visage des deux mains.

« Ah ! Et ça s'est bien passé ?
– Très bien. Davey a assuré.
– Davey ?

– Je lui ai donné de l'argent. Elle est allée à la pharmacie. Point. On peut parler d'autre chose, maintenant ? »

Grace éclata de rire. « J'aurais voulu être là pour voir ta tête ! » Rabbit était amusée à l'idée de son frère, lui qui était si facilement gêné, affrontant malgré lui les premières règles d'une jeune fille, mais dans le même temps elle avait un peu envie de pleurer.

Molly mit son grain de sel. « Moi, j'étais en train de monter à cheval quand j'ai eu les miennes. Je suis descendue de Duke, et Ricky Horgan m'a crié que j'avais de la confiture sur le cul. Ce n'était pas de la confiture du tout. »

Rabbit et Grace rirent de bon cœur, tandis que Davey devenait rouge betterave. « Enfin, maman !

– Moi, j'étais en camping avec les Guides, se remémora Grace. J'ai rempli ma culotte de feuilles d'oseille sauvage, je n'ai rien dit et personne n'a rien su.

– Eh bien voilà, Grace, une serviette hygiénique écologique ! Tu pourrais déposer un brevet et faire fortune, dit Molly tandis que Davey gémissait de plus belle.

– Moi, je n'ai rien à raconter, regretta Rabbit.

– Tant mieux, commenta son frère.

– Tout le monde a une histoire, objecta Grace.

– Tu vas la boucler, Grace ?!

– Toi-même, Davey.

– Maman, sérieusement ! Dis à Grace de se taire !

– Tu as douze ans, ou quoi, Davey Hayes ? le rabroua sa mère.

– Vas-y, Rabbit, l'encouragea Grace.

– J'étais aux toilettes, j'ai vu du sang et j'ai appelé ma maman.

– C'est bon, je vais à la cafète », déclara Davey qui sortit de la chambre.

Molly gloussa de rire. « Je me rappelle, tu n'avais que dix ans. Tu as hurlé : "Maman ! Maman ! Je crois que je vais mourir !"... » Les yeux de Rabbit s'emplirent aussitôt de larmes, et le silence se fit dans la pièce. « Je ne voulais pas dire ça, balbutia Molly. J'aurais dû me taire. »

Le silence devint absolu. Les trois femmes regardaient par terre, et c'est à ce moment-là que Rabbit accepta la vérité. « Maman, dit-elle, la voix tremblante. Maman, regarde-moi. Maman, je t'en prie, regarde-moi. » Molly inspira à fond, puis croisa le regard de sa fille cadette. « Je crois bien que cette fois je vais vraiment mourir, maman. »

En une seconde, et au mépris de ses deux hanches en titane, Molly fut debout pour prendre Rabbit dans ses bras et sécher ses larmes.

« Je sais, ma chérie. Je sais.

– Désolée, maman. »

Grace déglutit tandis que de grosses larmes brûlantes lui roulaient sur les joues.

« Non, ne t'excuse pas, chérie. On t'aime si fort... »

Molly lui caressait les cheveux. À cet instant, Stephen et Bernard entrèrent lentement. « Salut, tatie Rabbit, dit Bernard.

– Barrez-vous ! » leur cria Grace. Les deux adolescents jaugèrent la situation et reculèrent sans ajouter un mot.

Rabbit pleura encore quelques minutes dans les bras de sa mère, puis s'essuya les yeux et promit qu'il n'y aurait plus de larmes.

« Pleure tant que tu veux, lui dit sa sœur.

– Non, j'ai fini. » Puis Rabbit posa la question que tout le monde avait en tête. « Et Juliet ?

– Il faut qu'on lui parle, Rabbit, dit Molly.
– Davey a prévu un conseil de famille, demain, chez maman, pour décider de qui la prendra, et ne t'en fais pas, tout le monde la veut », expliqua Grace.

Rabbit hocha la tête et se mordilla la lèvre.

« C'est Davey qui a organisé ça ?
– Il a été très ferme, précisa Grace.
– C'est bien. Maman, on pourrait attendre encore vingt-quatre heures avant de la mettre au courant ?
– Bien sûr.
– Si mon état s'aggrave…
– Je sais, chérie.
– D'accord. »

Elles retombèrent dans le silence.

« "Maman, maman, je crois que je vais mourir", répéta Grace avec un sourire. Vraiment, maman, t'en rates pas une. »

Molly chercha un signe du côté de Rabbit. Son sourire lui suffit.

« L'autre jour, je lui ai dit que la baignoire était assez grande pour qu'elle s'y noie », raconta-t-elle, penaude.

Rabbit et Grace étaient en train de rire lorsque Juliet passa la tête à la porte. « Où sont les cousins ?
– Ils sont venus et repartis », lui apprit Grace.

Elle entra s'asseoir à côté de sa mère.

« C'était rapide, dis donc.
– Mais mémorable, ajouta Rabbit, ce qui fit pouffer sa sœur.
– D'accord, vous êtes toutes complètement bizarres, mais c'est pas grave. Toute ma journée a été bizarre, dit Juliet.

– On m'a dit, lui confia sa mère en lui pressant la main. Je parie que c'est une bonne histoire.
– Oh oui, ça, c'est une histoire », confirma-t-elle, au grand amusement de Rabbit.

Quand tout le monde fut reparti, Rabbit resta couchée dans son lit, à tenter de se mettre en paix avec son décès imminent. Elle n'était pas en colère, ni même si frustrée que ça. Elle n'éprouvait ni peur ni appréhension. Elle n'était pas amère ni rancunière. Elle était simplement triste de devoir quitter les gens qu'elle aimait le plus au monde, surtout sa fille. Elle s'était longtemps battue, mais elle savait bien qu'elle ne pouvait pas continuer. C'était dur de devoir dire adieu à la vie, avec ses hauts et ses bas, et à tout ce qui la rendait belle. Marjorie était dans ses pensées. Elle aurait aimé que son amie soit plus heureuse, et qu'elle ait un compagnon. Sa mort à elle la frapperait moins violemment si elle avait une épaule sur laquelle pleurer. Elle rêvassa un court moment sur un rapprochement entre Davey et Marjorie : cela aurait pu faire une fin comme dans les contes de fées. « Rabbit cassa sa pipe, Davey fit sa déclaration, ils adoptèrent Juliet et furent heureux pour toujours. » Elle rit toute seule en se remémorant la sombre prévision de sœur Francine, lorsqu'à seize ans elle avait osé lui avouer son scepticisme au cours de religion : « Il est facile de tourner le dos au Seigneur quand tout va bien, mais attends un peu d'être sur ton lit de mort, ma fille. À ce moment-là, tu le chercheras, et j'espère qu'il ne sera pas trop tard pour toi. » La manière dont elle l'avait dit sous-entendait non seulement qu'elle espérait bien qu'il serait trop tard, mais qu'elle serait déçue si ce n'était pas le cas. Sœur Francine n'avait pas loin de quatre-vingts ans à l'époque : elle devait être morte depuis longtemps. *Dommage. J'aimerais bien l'appeler pour lui dire que je suis sur mon lit de mort et que je ne recherche toujours pas le Seigneur, alors va te faire voir, le pingouin ! Moi aussi, je sais être salope quand je veux, sœur F !*

En repensant à sa vie, elle n'avait pas de regrets. Enfin, peut-être quelques-uns, mais dans l'ensemble elle avait fait de son mieux, et elle n'aurait rien voulu changer, sauf peut-être le fait d'être partie pour l'Amérique quand Johnny lui avait dit de le faire. Peut-être que si elle était restée, les choses auraient tourné différemment, même si, de toute manière, elle l'avait déjà perdu au moment où elle était montée dans l'avion pour JFK. Les choses qu'elle regrettait se trouvaient ailleurs, dans l'avenir qu'elle ne connaîtrait pas. Elle regrettait de ne pas être là pour Juliet, de ne jamais retrouver l'amour, et de ne pas terminer le livre tiré de son blog. Elle regrettait de ne pas mettre plus d'argent de côté pour l'éducation et les besoins élémentaires de Juliet, et de laisser ce fardeau à sa famille. Elle se demandait pourquoi elle n'était pas en colère. C'était injuste, tout ça. Peut-être était-ce à cause de la fatigue.

« Comment va la douleur ? lui demanda Jacinta en changeant son patch.

– Je ne t'ai pas entendue entrer.

– Tu somnolais.

– J'ai été méchante avec toi hier soir. Excuse-moi.

– Mais non.

– Si, j'étais de mauvais poil.

– Tu souffrais atrocement. J'ai connu bien pire que toi, tu sais.

– Il me reste combien de temps, Jacinta ?

– C'est difficile à dire.

– Mais pas longtemps.
– Sans doute pas, non.
– Mais c'est difficile à dire.
– Voilà.
– Je n'ai pas mal.
– Tant mieux, dit Jacinta. Dors bien, Rabbit. »

Blog de Rabbit Hayes

4 DÉCEMBRE 2009
M COMME MERDE !

Ça fait un moment que je n'ai pas écrit. La chimio ferait presque passer la mort pour une partie de plaisir. Voici donc une liste de mes effets secondaires, dans l'ordre alphabétique : aphtes, bouche sèche, contusions, diarrhées, douleurs abdominales et thoraciques, engourdissement, état grippal, fatigue, frissons, puis rien jusqu'à la lettre P : perte de poids, rien en Q, R et S, T comme trous de mémoire, U comme urticaire, V comme vomissements, et heureusement rien en W, X, Y, Z. À part ça, la chimio, c'est tranquille.

Juliet est formidable. Elle se documente sur le Net pour tout savoir sur les aliments anticancer, et fait un usage intensif de la centrifugeuse. Nous avons mijoté une concoction verte qui l'a fait vomir par le nez la semaine dernière, et lorsqu'elle a eu terminé de dégobiller et de pleurer, elle m'a dit : « Au moins, maman, tu ne vomis pas toute seule. » Les choses n'ont jamais été pires – et croyez-moi, entre les brûlures d'estomac continuelles, la mauvaise haleine, le vomi, les diarrhées qui font qu'on se chie dessus, pour peu qu'en plus on ait oublié où on a rangé les vêtements propres, ce n'est pas joli à voir –, mais je ne me suis jamais sentie seule. Ma mère me téléphone matin, midi et soir, et quand elle n'est pas au téléphone, elle est chez moi, en train de faire le ménage, la cuisine, et de rouspéter contre Annie, ma voisine sourde. « Comment peut-on regarder la télé avec le son aussi fort ? Il doit y avoir des discothèques qui font moins de bruit que le salon de cette vieille bique ! » Elle a cogné au mur une poignée de fois et menacé de déclencher l'Armageddon, mais si Annie l'a entendue elle n'en laisse rien paraître : elle lui fait signe, lui sourit et braille contre la météo chaque fois qu'elles se croisent dans la rue.

Grace aussi est toujours ici, et quand ce n'est pas ma mère qui fait le ménage, c'est elle. Elle essaie de cuisiner et on apprécie le geste (surtout le husky de l'autre voisin et les trois chats d'Annie). Mon père a appris à envoyer des SMS spécialement pour qu'on puisse communiquer même quand j'ai trop mal à la tête pour parler. Davey m'appelle par Skype et m'envoie des colis de produits de soin issus de divers spas autour du monde. Le dernier venait d'Inde et sentait l'œuf pourri. Il est désormais dans la cabane de jardin, mais c'est juste parce que le produit est trop luxueux pour être jeté, mais pas assez pour que je l'essaie.

Marjorie est mon rayon de soleil : elle passe et repart, ne reste jamais trop longtemps et sait toujours quoi faire et dire, même si cela consiste à me dire : « Je ne sais pas quoi dire ou faire. » Parfois, elle me chante une petite chanson qu'elle a inventée en chemin. Elle est drôle, encore plus qu'elle ne l'imagine. J'aimerais qu'elle rencontre quelqu'un. Juliet est mon soutien constant.

Je suis peut-être nauséeuse, épuisée et absolument terrifiée, mais en tout cas une chose est sûre : je ne suis pas seule.

CINQUIÈME JOUR

9

Molly

Molly aimait marcher quand elle ne trouvait pas le sommeil, tandis que Jack préférait rester allongé, les yeux grands ouverts et fixes. On aurait pu le croire mort s'il n'avait été un renifleur patenté. Jack reniflait beaucoup. C'était un tic et/ou une habitude qu'il avait depuis tout petit. Son taux de reniflement était directement proportionnel à la pression qu'il subissait. S'il avait existé un record du monde des reniflements, Jack Hayes l'aurait probablement battu en cinq sec. Molly enfila un manteau et alla marcher dans le square devant sa maison, faisant des tours et des tours jusqu'au point du jour, où Pauline Burke sortit de chez elle en robe de chambre et pantoufles, deux tasses de thé chaud dans les mains.

« Tu gèles !
– Mais non, ça va.
– Tes chaussons sont trempés de rosée et tu as soit de la morve soit un glaçon au bout du nez. »

Molly s'essuya et observa la substance incriminée.

« Je crois que c'est juste une peau morte.
– Entre. J'ai un petit déjeuner qui chauffe », insista Pauline en prenant sa vieille amie par le bras pour la

traîner à l'intérieur. Après trente années, Molly savait qu'un simple refus n'arrêtait pas Pauline.

C'est seulement une fois entrée qu'elle comprit à quel point elle avait froid. Elle se mit à trembler si violemment que Pauline la drapa dans une couverture et insista pour lui donner un bain de pieds brûlant.

Molly resta assise en silence, les mains repliées sur sa tasse, pendant que Pauline s'affairait en cuisine. Elle alluma la radio pour écouter une émission matinale légère et joyeuse. La lumière du jour entrait maintenant à flots par la fenêtre, et la chienne de Pauline, Minnie, courut en rond, puis se mit à faire des bonds contre la porte du jardin. Pauline l'ouvrit, et l'animal bondit dehors en aboyant après les oiseaux et le monde. Lorsqu'elle posa un petit déjeuner complet devant Molly, ce fut avec un avertissement : « Je veux voir disparaître au moins la moitié de l'assiette. »

Molly poussa un gros soupir, mais ne discuta pas. Elle avait faim, même si elle était soudain si épuisée que porter sa fourchette à sa bouche lui faisait l'effet d'un effort titanesque.

« Je suis contente que tu aies trouvé le temps de t'occuper de tes cheveux », lui dit son amie.

Molly leva la main et se tapota la tête.

« Ils ont fait ça à la maison de soins.

– C'est gentil à eux.

– C'est très bien, cette maison.

– C'est ce qu'on m'a dit. Allez, mange ta saucisse. »

Molly mangea sa saucisse.

« Je crois qu'on va partir un peu en septembre, dit Pauline. Peut-être en France, parce que c'est si simple d'y aller, et qu'il fera encore beau mais pas trop chaud. Tu sais combien je déteste la chaleur.

– Je ne pourrai pas.

– Bien sûr que si.

– Mais il y a Juliet.

– Alors tu vas la prendre ? demanda Pauline, apparemment étonnée.

– Bien sûr ! Qui d'autre ?

– Oh là là, Molly, c'est une lourde charge, à ton âge.

– Davey veut qu'on se réunisse tout à l'heure pour en parler. Je ne vois pas pourquoi il prend cette peine, mais je suppose que c'est sa façon à lui de faire quelque chose.

– Combien de temps ? s'enquit Pauline, d'une voix à peine plus forte qu'un chuchotement.

– Pas longtemps, répondit Molly sans la moindre trace de larme.

– Comment puis-je t'aider ? »

Molly baissa les yeux vers ses pieds qui trempaient dans l'eau tiède. « Tu viens de le faire, ma vieille. »

Pauline se leva et débarrassa la table. En passant devant son amie, elle s'arrêta pour l'embrasser légèrement, puis rejoignit l'évier. « On ira en France, ma vieille », marmonna-t-elle pour elle-même, mais assez fort pour que Molly l'entende.

La première fois que Molly avait posé les yeux sur Pauline, celle-ci se tenait sur le perron des Hayes, le visage en sang, et un petit garçon terrifié en larmes sous chaque bras. C'était par une nuit d'hiver, en 1980, et Molly et sa famille venaient d'arriver dans le quartier. Pauline était hystérique. « Pitié, pitié, laissez-nous entrer ! Il va tous nous tuer ! »

À ce moment, Molly s'était rendu compte que l'homme qui menaçait Pauline arrivait à grands pas à travers le square, en brandissant un objet qui ressemblait à une canne de vieillard. Jack n'était pas là et cet homme était gigantesque, fort, agressif, peut-être fou. Elle ne réfléchit pas plus longtemps. Elle fit entrer Pauline et referma la porte avant qu'il ait atteint le portail. Elle poussa les deux verrous et fit un bond en arrière lorsque les deux poings serrés de l'homme tambourinèrent à la porte, assez fort pour lui faire craindre que la façade de la maison ne s'écroule sur eux tous. Les enfants se mirent à hurler, et Pauline essaya de les faire taire, mais elle était si terrifiée et ensanglantée que leurs cris redoublèrent.

Entre les braillements et les coups à la porte, Grace et Davey ne tardèrent pas à descendre, en pyjama, se frottant les yeux et demandant ce qui se passait. En voyant cette femme en sang et les deux garçons hurlants dans le couloir, Grace s'assit sur les marches et se mit à pleurer, et Davey courut rejoindre sa mère. L'homme s'époumonait dehors.

« Comment s'appelle-t-il ? demanda Molly à Pauline.
– Gary. »

Elle fit asseoir son fils à côté de sa sœur sur les marches, puis s'approcha de la porte et cogna dessus avec autant d'agressivité que l'homme. « On sait tous les deux taper sur une porte, Gary », dit-elle.

Cela l'arrêta net. En dehors des pleurs des enfants, il se fit un silence suffisant pour que chacun réfléchisse à la suite.

Ce fut Gary qui parla le premier.

« Je veux ma femme et mes gosses.
– C'est dommage, ça ne va pas être possible.

– Ouvrez cette porte, ou vous allez le regretter.
– La police est en route, Gary, mentit-elle.
– La police, c'est moi. » Il dit cela d'un air très fier de lui.

« Ah. C'est donc pour ça que vous croyez pouvoir battre une femme et terrifier des petits enfants. Vous ne vous prenez pas pour de la crotte.
– Ne me parlez pas comme ça, vous !
– Sinon ?
– Sinon j'entre par la fenêtre ! »

Elle l'entendit s'éloigner de la porte et s'approcher du bow-window du salon. Sans prendre le temps de réfléchir, elle rouvrit les verrous, sortit et claqua la porte derrière elle. Il pivota juste à temps pour la voir ramasser la canne qu'il avait lâchée, et dont il s'était servi pour cogner au battant. Il s'approcha d'elle lentement – il était probablement aussi abasourdi qu'elle-même de son geste, mais remplacer les vitres aurait coûté une fortune, sans parler de l'impact qu'aurait eu sur ses enfants un fou furieux surgissant par la fenêtre du salon. Elle les entendait hurler à l'intérieur.

« Et que comptez-vous faire avec ça ? » lui demanda-t-il en lorgnant la canne.

Elle la lui aurait volontiers enfoncée dans le gosier. « Je vais m'appuyer dessus en vous disant de vous barrer.
– Ah oui ? »

Il semblait presque amusé. Il ne criait plus : il était intrigué.

Elle s'appuya sur la canne.
« Rentrez chez vous, Gary.
– Et sinon ?

« – Sinon, quand vos camarades vont arriver, je leur dirai ce que vous avez fait à votre femme, et même s'ils vous couvrent, au moins quelques-uns vous jugeront comme vous le méritez. Et quand vous serez tous partis, je passerai un coup de fil à mon oncle, celui qui est commissaire, pour m'assurer qu'il sache exactement quel homme vous êtes. » Elle mentait, mais il n'en savait rien. Il s'en retourna sans un mot, et sans sa lourde canne.

Pauline et ses enfants dormirent à la maison ce soir-là. Ce fut le premier de trois incidents similaires, avant que Pauline trouve enfin la force de le mettre à la porte. Lorsqu'elle le fit, leur prêtre de l'époque, le père Lennon, lui téléphona pour tenter de la convaincre de reprendre son mari. Il y serait peut-être parvenu à force de la culpabiliser si Molly n'était pas arrivée au moment où il expliquait à Pauline que « comme on fait son lit on se couche ». Molly ne portait pas le père Lennon dans son cœur. Il s'était montré indigne de son respect lorsqu'elle l'avait vu soutirer de l'argent à un Gary sobre et contrit en échange de prières pour son âme torturée, une fois où il avait battu Pauline si fort qu'elle avait dû rester deux semaines à l'hôpital. L'argent que le père Lennon avait pris correspondait à deux semaines de salaire, alors qu'à l'époque il était clair que cet homme ne subvenait pas aux besoins de sa famille. Pauline et ses garçons crevaient de faim et, sans son talent pour la couture, les petits auraient été en haillons. Le prêtre s'était mis l'argent dans la poche et avait dit à Gary qu'il prierait pour qu'ils soient réunis dans l'harmonie, ou autres balivernes du même genre. Jack avait dû retenir Molly dans le couloir de l'hôpital où Pauline gisait, brisée corps et âme.

« Vous êtes une honte pour l'Église, vous m'entendez, Lennon ? » avait-elle crié.

Le jour où Molly était entrée dans la cuisine de Pauline pendant que le père Lennon se faisait l'avocat de Gary, il avait pâli en la voyant.

« Qu'est-ce que vous racontez encore comme conneries ? l'avait-elle apostrophé.

– Pas la peine d'être grossière.

– Qu'est-ce qu'il disait ? avait-elle demandé directement à Pauline.

– Que je me suis engagée devant Dieu et que mon âme est en danger.

– Et tu le crois ?

– Franchement, même si c'est vrai, je m'en fiche. Depuis que Gary n'est plus là, mes enfants sont plus heureux, plus joyeux, je n'ai plus peur, et j'ai même trouvé un emploi à temps partiel.

– Il est temps de débarrasser le plancher, avait dit Molly au prêtre.

– Une seconde. » Il avait levé l'index dans sa direction.

Il n'aurait pas dû faire ça. C'était un très petit homme, très fluet. Elle l'avait toisé.

« Soit vous disparaissez de cette maison sur vos deux pieds, soit je vous sors par la peau du cou : à vous de choisir. »

Pauline avait gloussé, pas seulement parce que la tête du père Lennon valait le coup d'œil, mais aussi parce que c'était sa réaction quand elle était mal à l'aise.

« Ne revenez jamais assombrir mon église, vous deux ! avait-il lâché en partant.

– Avec grand plaisir », avait répondu Molly avant de claquer la porte.

Après cela, Molly, Jack et les enfants avaient fréquenté l'église de l'aéroport, avec Pauline et ses fils ; après la messe, ils déjeunaient là-bas. C'est là que Molly avait rencontré le père Frank, et ils avaient eu leur part de désaccords, mais c'était un homme bien, très correct, et lorsqu'il repérait quelqu'un qui avait besoin d'être un peu guidé et aidé, il savait qu'il pouvait toujours compter sur elle. Ils avaient beaucoup de respect l'un pour l'autre, et quelque chose qui ressemblait à de l'amitié. Elle avait pensé à lui ces derniers jours. En regagnant sa maison, elle se dit qu'elle l'appellerait aussitôt après la réunion de Davey.

Lorsqu'il sonna à sa porte, elle eut l'impression qu'il avait lu dans ses pensées et, bien qu'elle n'ait pas mis les pieds à la messe depuis des mois et que leur dernière entrevue se soit conclue par une dispute, elle se réjouit de le voir. Jack et Juliet étaient à la maison de soins avec Rabbit. Il était au courant de son état : c'était la raison de sa visite. Il était aumônier de la maison de soins et, bien qu'elle ne soit pas sur la liste de ses ouailles, il avait vu son nom dans le registre : il ne pouvait y avoir qu'une Rabbit Hayes.

« Que puis-je faire pour vous, Molly ? »

Elle appréciait qu'il ne tourne pas autour du pot.

« Vous pouvez lui donner l'extrême-onction.

– Vous savez qu'elle ne le souhaite pas.

– Mais moi, je le veux, et je vous en prie, ne me dites pas non, car je ne pourrais pas encaisser un refus de plus. »

Il réfléchit un instant. « Je pourrais attendre qu'elle dorme. »

Molly lui fit un clin d'œil.

« Les grands esprits se rencontrent.

– Ce n'est pas l'idéal, Molly.
– Mais c'est mieux que rien et, en ce moment, c'est la seule chose qui me donne la force d'avancer.
– Je ferai ce que je pourrai.
– Et c'est tout ce que je peux vous demander.
– Les autres sont-ils au courant de ce que vous prévoyez ?
– Non, et ça ne les regarde pas.
– Soyez prudente, Molly. La dernière chose dont vous ayez besoin, ce sont des conflits entre vous.
– Je m'en occupe. Bien, vous restez déjeuner. »
Ce n'était pas une question, et le père Frank n'eut pas la bêtise de discuter.

Grace

Stephen rejoignit sa mère au jardin, où elle était en train de boire un café dans une solitude bienvenue. Il faisait froid, mais avec sa veste c'était tout à fait confortable. Il s'assit à côté d'elle.

« Désolée de te faire interrompre tes révisions pour distraire un peu Juliet, lui dit-elle.
– C'est pas grave, je me rattraperai.
– Croisons les doigts. » Elle était encore contrariée qu'il n'ait pas fait plus d'efforts toute cette année.
« Qu'est-ce que tu veux qu'on lui dise ? s'enquit-il.
– Simplement que vous voulez aller vous balader avec elle.
– Parce que ça ne va pas lui mettre la puce à l'oreille, à ton avis.
– Dites-lui juste…
– … la vérité ?

– Pas encore.
– Bon Dieu, m'man, mais qu'est-ce que tu attends ?
– Rabbit demande vingt-quatre heures de plus. »

Bernard arriva, arborant une écharpe Manchester United et des gants assortis. Il s'assit avec eux. « De quoi vous parlez ?

– De ce qu'on va dire à Juliet quand on va l'emmener en balade.

– Rien, proposa Bernard.

– Elle posera des questions, objecta son frère.

– Mais non.

– Elle va monter en voiture avec nous sans rien dire ?

– Elle demandera peut-être où on va.

– Mon cul, oui !

– Stephen, surveille ton langage.

– Désolé, m'man, mais elle va nous poser la question, et je n'ai pas envie que ça sorte pendant qu'on est avec elle.

– Elle ne posera pas la question, parce qu'elle sait déjà, dit Bernard.

– Non. Elle pense que Rabbit va rentrer chez elle.

– Elle ne veut peut-être pas savoir, mais elle sait.

– Au fait… est-ce qu'elle va venir vivre ici ? demanda Stephen tandis que Lenny se joignait à leur tablée avec un pot de café et quelques tasses en plus.

– Bien sûr qu'on va la prendre chez nous, dit ce dernier en secouant le coussin avant de s'asseoir.

– Je suppose que je pourrais partager ma chambre avec Bernard, le temps de me trouver une piaule quelque part, ou que Ryan et Gros Lard pourraient dormir ensemble.

– N'appelle pas ton frère "Gros Lard".

– D'ailleurs, il n'est pas gros : il est obèse, précisa Bernard.

– Ce n'est pas drôle, Bernard. D'autre part, ces deux chambres sont trop petites pour être partagées.

– Je disais ça comme ça.

– On pourrait vendre Ryan aux ferrailleurs », suggéra Stephen.

Bernard éclata de rire. « Oui, mais ils nous le renverraient au bout de quinze jours.

– Ha ha, très drôle », fit Ryan en sortant de la cuisine. Il les rejoignit en traînant une chaise derrière lui. « Vous parlez de Juliet ?

– Oui, dit Lenny.

– J'ai vu une caravane d'occase à cent cinquante euros sur le Net – un bijou. Y a qu'à la garer devant, et je déménage dedans.

– Ryan serait enfin à sa place, Juliet pourrait prendre ma chambre, je m'installe avec Bernard, et Gros Lard reste dans le débarras, conclut Stephen.

– On ne va pas envoyer ton frère dans une caravane.

– Ça ne me dérangerait pas, dit Ryan.

– Ça, je m'en doute. Je ne veux même pas imaginer ce que tu trafiquerais là-dedans », commenta Lenny.

Ryan sourit pour lui-même. « Des tas de trucs.

– Dis-moi, p'pa, Unabomber vivait dans une caravane, non ? fit Bernard.

– Je crois que c'était une tente.

– C'est ça, marrez-vous, mais je ne vois personne d'autre trouver de solution », dit Ryan, et il avait raison.

Ils allaient vraiment être très serrés, quoi qu'ils fassent, mais voir ses garçons ouvrir ainsi les bras à Juliet réchauffait le cœur de Grace. Elle était fière. Puis elle se souvint de son bébé. « Où est Jeffery ? »

Ryan se renversa en arrière pour regarder, par la vitre, son frère, qui avait le nez dans le réfrigérateur. « À ton avis ?

– Jeffery, sors la tête du frigo, nom d'un chien ! » hurla Grace sous les rires des trois autres garçons.

Jeffery sortit, vexé et consterné. « Je regardais, c'est tout, m'man. » Elle l'attrapa pour lui faire un câlin avant qu'il puisse lui échapper. « Maman, lâche-moi.

– Je vous aime, mes fils. » Et soudain, elle fut en larmes.

Ryan se leva. « Bon, je me casse. »

Stephen s'éloigna sans un mot, et Jeffery se libéra de force, puis rentra dans la maison. Bernard embrassa sa mère et laissa ses parents seuls.

« Eh bien, je dois reconnaître, tu sais faire le vide autour de toi ! commenta Lenny.

– C'est pour ça que je voulais une fille. »

Il lui versa encore un café, puis se leva. « On dirait bien que tu vas en avoir une, en fin de compte. »

Et il rentra, laissant Grace contempler la nouvelle réalité de sa vie.

Lorsque sa petite sœur était bébé, Grace la mettait dans sa poussette de poupées rouge et la promenait dans le square. Rabbit était un gros bébé gigoteur qui n'appréciait pas l'exiguïté d'une poussette pour poupées, si bien qu'elle avait fini par crever le fond du jouet. Grace ignorait comment sa sœur s'était débrouillée pour casser la poussette, mais elle était certaine que cela avait été un acte délibéré. Rabbit s'était retrouvée braillant dans l'herbe, les poings serrés, agitant ses petits pieds. Grace l'avait laissée sur place parce qu'elle ne pouvait pas porter à la fois sa poussette cassée et sa sœur. Personne n'allait voler un bébé hurlant, alors que la poussette, bien qu'endommagée, était encore magnifique. Lorsqu'elle était retournée chercher sa sœur, sa mère furieuse sur les talons, Rabbit était calmée. Elle babillait joyeusement en lançant des ruades vers le ciel. Molly ne l'avait pas ramassée tout de suite, car elle avait l'air si bien que ç'aurait été dommage de la déranger. Grace et elle avaient écouté sa conversation inarticulée mais stimulante avec le vaste ciel bleu.

« La sœur de ma copine Alice doit aller dans une école spécialisée, avait dit Grace.

– Et alors ?

– Je dis ça comme ça », avait-elle lâché en lorgnant sa petite sœur.

À cinq ans, Rabbit était tombée dans une canalisation. Ils étaient partis se promener en famille et Rabbit avait trouvé le seul conduit de drainage non couvert sur une ferme de douze hectares. Elle y avait dégringolé trop loin pour être atteinte, tout en étant encore visible. Grace se trouvait à côté d'elle lorsque c'était arrivé. Elles regardaient des vaches dans le pré, et Rabbit était intriguée. Grace s'ennuyait et avait faim. Elle préférait le zoo : là-bas, au moins, il y avait des marchands de glaces. Elle avait quitté sa petite sœur des yeux une minute et, pendant ce temps, Rabbit avait franchi la clôture et disparu dans le pré.

« Papa, maman ! » avait rugi Grace. Ses parents et le fermier étaient arrivés en courant. Grace avait été la première à retrouver Rabbit : elle avait regardé dans le tuyau et vu sa sœur, coincée mais remarquablement calme.

« Est-ce que ça va ?

– Je crois que j'ai cassé ma chaussure. »

Le fermier avait rassuré la petite, lui avait dit qu'on allait la tirer de là. À ces mots, prenant conscience que ce n'était pas une évidence, elle avait fondu en larmes et répété qu'elle pensait avoir cassé sa chaussure.

« Ne t'en fais pas pour ta chaussure, petite.

– Mais ce sont mes préférées, avait-elle sangloté. Et je suis coincée, maman.

– On va venir te chercher », avait dit Molly. Le fermier était parti appeler les pompiers ; Jack faisait les cent pas en marmottant ; Grace, assise dans l'herbe, tressait des guirlandes de marguerites, et Molly racontait l'histoire d'une petite fille qui était tombée dans un puits. Grace l'écoutait en tressant ses fleurs. Molly avait dit que la fillette était courageuse et n'avait pas pleuré du tout. Elle était restée patiente car elle savait que les hommes avaient besoin d'un peu de temps pour venir la sauver. Et elle était drôle, car, même du fond d'un puits, elle avait raconté une histoire qui avait fait rire tout le monde.

« Qu'est-ce que c'était, cette histoire drôle, maman ? avait demandé Rabbit.

– À toi de me le dire, ma chérie. »

Rabbit avait réfléchi une minute ou deux. « C'est l'histoire d'une fille qui s'appelait Rabbit, et elle avait une très mauvaise habitude, elle ne regardait pas où elle mettait les pieds, et elle a marché dans une merde de chien, et maintenant elle est punie parce qu'elle a dit un gros mot. »

Grace n'avait jamais entendu sa petite sœur dire « merde », et sa mère avait beau le dire souvent, ce n'était pas un mot pour une petite fille. Elle s'attendait à ce que Molly se fâche, mais non : elle avait éclaté de rire. « Tu vois bien, Rabbit, tout va s'arranger », avait-elle dit, et Rabbit l'avait crue.

Les pompiers avaient mis encore une heure à la sortir de là. Davey avait tout raté car il avait décidé que la ferme, ce n'était pas pour lui, et il avait tenu à rester dans la voiture pour lire des bandes dessinées en écoutant la radio. Il avait raté Rabbit racontant son histoire et se faisant hisser hors du trou avec un treuil, souriant et saluant de la main bien qu'elle ait la cheville cassée et qu'elle ait perdu sa chaussure. Le parking était si éloigné qu'il n'avait pas vu les secouristes s'occuper d'elle ni l'ambulance l'emmener. Elle portait la couronne de marguerites que Grace lui avait tressée, et sa mère était à ses côtés. Elle était si forte, même à l'époque...

Grace resta assise dans son jardin, pensant à la sœur qui l'avait suivie partout bien avant de tomber amoureuse du groupe de Davey. Elle regrettait les nombreuses fois où elle lui avait crié de la laisser tranquille, de sortir de sa chambre ou simplement de s'en aller. *Mille pardons, Rabbit.*

C'est au cours des années séparant l'enfance de l'âge adulte qu'elles étaient devenues amies. Après la mort de Johnny, après le départ de Davey pour l'Amérique, Grace et Rabbit s'étaient rapprochées, et encore plus lorsque Rabbit s'était retrouvée enceinte d'un homme qu'elle connaissait à peine. Elle avait envisagé d'avorter pendant environ cinq minutes, puis convenu qu'elle ne pourrait jamais se résoudre à faire une chose pareille. La vie aurait été bien plus simple si elle avait pu simplement monter dans un avion et régler la situation. Grace avait été de son côté dès le début. Elle n'avait pas jugé, n'avait pas prêché, et elle savait que Rabbit allait au-devant de grandes difficultés en tant que mère célibataire. Elle savait aussi que ce serait la plus belle chose qu'elle ferait de sa vie.

« Ça n'a pas d'importance, qui est le père, avait-elle répondu à Rabbit, qui mentionnait cela comme une raison de plus d'envisager un avortement.

– Je ne sais même pas de quelle région d'Australie il est. Enfin, il en a parlé une fois, mais c'est je ne sais plus quel bled paumé au milieu de nulle part. Aucune idée d'où ça peut être. »

Elle culpabilisait terriblement de mettre au monde un enfant sans père. « Quand je pense à qui je suis, je vois papa et maman. Je vous vois aussi, Davey et toi, mais c'est eux que je vois en premier, tu comprends ?

– Oui, je comprends.

– Et mon enfant ne verra que moi. Il manquera une moitié.

– Ton enfant se verra reflété en toi, papa, maman, Davey, moi, Lenny, les garçons. Nous sommes tous sa famille. Nous faisons partie de la personne qu'il deviendra… c'est déjà pas si mal, non ?

– Moi, en tout cas, ça me va.

– Tu vois bien.

– Je vais avoir un bébé, Grace, avait-elle dit.

– Eh oui !

– Tu l'annonceras à maman ?

– On lui annoncera ensemble.

– Je pourrai me cacher derrière toi ?

– Pour le bien de l'enfant, oui, d'accord. »

Grace avait été là pour sa sœur pendant toute la grossesse, mais c'était sa mère qui lui avait tenu la main pendant l'accouchement, non que Grace ne soit pas la bienvenue, mais parce que, quatre jours avant le terme,

Ryan avait attrapé la rougeole, si bien qu'elle ne pouvait pas approcher de la maternité. Elle avait donc fait les cent pas dans le jardin en attendant que le téléphone sonne. Il était sept heures moins une lorsque l'appel était tombé.

«Grace, nous avons enfin une fille!» avait dit Molly.

Grace avait fondu en larmes. «Comment va Rabbit?»

Avant que sa mère ait pu répondre, celle-ci s'était emparée du téléphone. «Elle est magnifique! Attends un peu de la voir, Grace! Elle te ressemble. Pas vrai, maman? Elle a tes yeux. Je suis tellement contente qu'elle ait tes yeux!» Elle était essoufflée, surexcitée, euphorique.

«Et toi, tu es dans quel état? lui avait demandé Grace.

– Folle de joie.

– Je parlais de ta foufoune.

– Maman dit que c'est Beyrouth.

– T'en fais pas, ça se remet.

– Franchement, Grace, je m'en fous. Je suis maman!

– Je suis heureuse pour toi, Rabbit.

– Je sais que ça fait cucul, mais je n'ai jamais éprouvé un amour pareil, avait dit Rabbit. Bon, faut que j'essaie de nourrir Juliet.

– Juliet? Tu comptais l'appeler Rose.

– À la seconde où je l'ai vue… C'était Juliet.

– C'est très beau.

– Attends de la voir, Grace! Elle a tes yeux.

– Tu l'as déjà dit, avait rigolé Grace.

– Grace.

– Oui.»

Rabbit s'était mise à parler tout bas.

«Je ne pensais pas être à nouveau vraiment heureuse un jour.

– Je sais.

– Je regrette juste que Johnny ne puisse pas la voir.
– Peut-être qu'il la voit de là-haut.
– Ah, Grace, tu sais bien que je ne crois pas à ces conneries.
– Je pensais que le miracle de la naissance t'aurait peut-être fait changer d'avis.
– J'ai toujours cru à la Nature.
– D'accord, d'accord.
– Bon, sérieusement, faut que je te laisse pour être une mère, avait conclu Rabbit en riant. Je suis maman, Grace ! »

Lorsque Rabbit avait annoncé qu'elle ne ferait pas baptiser Juliet, Molly l'avait mal pris. Sa fille avait pourtant exprimé son athéisme depuis l'enfance, mais il ne lui avait jamais traversé l'esprit qu'elle le transmettrait. Grace avait dû intervenir lorsque le sujet avait été posé sur la table avec le rôti du dimanche, chez elle, un mois après la naissance de Juliet. C'était Lenny qui avait mis les pieds dans le plat. « Puisque c'est l'été et qu'on a un grand jardin, tu es plus que bienvenue si tu veux fêter le baptême ici. »

Rabbit avait répondu par un rire. « C'est ça, merci. » C'était ironique, bien sûr, mais Molly avait choisi de ne pas l'entendre. « Ce serait fantastique, avait-elle dit.

– Maman, tu prends des substances, ou quoi ? lui avait demandé Rabbit.

– Lipitor, atenolol, aspirine et lactulose, pourquoi ? avait répliqué Molly, qui n'avait pas de leçons de sarcasme à prendre de sa fille.

– Juliet ne sera pas baptisée.

– Ne dis pas de bêtises, allons. »

Grace avait foudroyé Lenny du regard, et il avait murmuré : « Eh merde. » Jack avait continué de manger comme s'ils n'étaient pas au bord du clash. Stephen et Bernard étaient restés muets, l'oreille aux aguets, attendant l'orage. Ryan n'avait que deux ans à l'époque : il était dans sa chaise haute, riant et tapant dans ses mains comme s'il comprenait ce qui se passait et s'en réjouissait.

« Ce qui serait ridicule, ce serait d'endoctriner ma fille dans un système de croyances absurdes.

– C'est du blasphème, Rabbit.

– Oh, maman, pète un coup, ça ira mieux !

– Ouh là, avait soufflé Grace pendant que Ryan rebondissait dans sa chaise haute.

– Rabbit, ne parle pas comme ça à ta mère », avait dit Jack avant de demander à Lenny de lui passer les patates sautées.

Molly s'était levée. « Que ce soit très clair, Rabbit Hayes. Tu ne crois peut-être pas en Dieu, mais moi si, de toutes les fibres de mon être, et si tu t'imagines que ma petite-fille ne sera pas baptisée, tu te fourres le doigt dans l'œil. »

Rabbit s'était contentée de rire. « Maman, si tu veux l'emmener au bout de la rue pour que le père Frank lui verse un peu d'eau sur la tête, vas-y, mais ne t'attends pas à ce que je mette une robe, que je donne une réception ni même que je m'y intéresse, parce que ça ne veut rien dire pour moi. Tu auras beau dire, tu auras beau faire, Juliet ne sera pas élevée dans la religion catholique.

– Très bien. C'est ce que je ferai.

– Parfait. Amuse-toi bien.

– Tout à fait. Et je lui porterai la Bonne Nouvelle.

– La Bonne Nouvelle ? Franchement, maman, tu as lu trop de brochures de la paroisse.

– Peut-être, mais ne t'y trompe pas : ta fille n'acceptera peut-être pas Dieu dans sa vie, mais au moins elle Lui aura été présentée. »

Grace avait prié en silence pour que Rabbit lâche l'affaire, car leur mère ne plaisantait pas et personne, pas même ses enfants, ne lui cherchait noise quand elle était sérieuse comme cela. Rabbit avait gardé le silence, bien que la colère soit clairement lisible sur ses traits. Jack avait redemandé des carottes. En croisant le regard de Grace, il avait articulé « Désolé ».

Tout le monde avait mangé en silence pendant quelques minutes, jusqu'au moment où Bernard, six ans, avait déclaré de sa petite voix flûtée : « Mon copain Amir ne croit pas au petit Jésus. Il est végétarien. »

Tout le monde avait éclaté de rire autour de la table, et la tension était retombée. Cette dispute avait été la première d'une longue série entre Rabbit et sa mère, à propos du droit de Juliet à une éducation religieuse. C'était, dans le souvenir de Grace, le seul sujet de discorde entre elles. Rabbit était catégorique : si Juliet avait un jour besoin de Dieu dans sa vie, elle pourrait aller le trouver quand elle serait en âge de prendre des décisions concernant ses besoins spirituels. Molly, de son côté, était convaincue que Juliet avait le droit d'apprendre à connaître Dieu et qu'ensuite, si elle choisissait de Le rejeter comme l'avait fait sa mère, elle aurait au moins eu une chance de Le connaître.

Et maintenant, Juliet n'était pas catholique mais sa grand-mère faisait comme si elle l'était. Grace, elle, contrairement à sa sœur – et, soupçonnait-elle, à son père –, était croyante. Elle ignorait pourquoi, et elle n'aimait pas se poser la question. Elle allait à la messe une fois de temps en temps, les garçons avaient été élevés religieusement et Grace priait lorsqu'elle avait des soucis. Elle se demandait comment elle pourrait élever ses enfants dans la religion et Juliet sans sous le même toit. *Mon Dieu, donne-moi la force d'élever une athée.*

Lenny surgit de la cuisine. « Il est temps, chérie. » Grace prit sa tasse et rentra dans la maison. « Tu es prête ? lui demanda-t-il.

– Non.

– Ça va aller. On va trouver une solution. » Puis il appela les garçons. « Stephen, Bernard, on y va. Ryan, Jeffery, ne mettez pas le feu à la baraque. » Il prit ses clés. Grace et ses grands fils le suivirent dans la voiture.

Juliet

À cinq ans, Juliet était devenue obsédée par l'idée d'avoir un père. Tous ses camarades de classe en avaient un. Certains papas vivaient ailleurs, mais ils venaient voir leurs enfants et les emmenaient chez McDonald's. Dans tous les livres qu'elle lisait et les dessins animés qu'elle voyait, les personnages avaient un papa… même le chien des voisins en avait un, qui vivait à trois maisons de chez lui ; ils se promenaient ensemble dans l'impasse, chaque jour, matin et soir. Sa mère lui expliquait que son papa ne venait pas la voir parce qu'il habitait trop loin. C'est vers cette époque-là que Juliet avait commencé à raconter à tout le monde que son père était un extraterrestre.

« Il vit dans une galaxie, très, très loin d'ici, avait-elle dit un jour à Kyle alors qu'ils mangeaient des chips, assis sur son muret.

– Ça se tient. C'est pour ça que tu peux replier tes pouces tellement loin.

– Et je sais aussi faire ça. » Juliet était descendue du muret. Elle s'était campée devant lui et avait joint les mains derrière son dos avant de les relever au-dessus de sa tête sans lâcher. Kyle avait abandonné ses chips sur le muret pour aller la rejoindre. Il l'avait copiée, joignant les mains derrière son dos. Il n'avait pas pu les lever plus haut que ses omoplates.

« Waouh. » Il était remonté sur le muret et avait repris ses chips. « Je me demande d'où il vient, ton père.

– De Mars, avait affirmé Juliet avec une grande autorité.

– Comment tu le sais ?

– Je le sens.

– Tu crois qu'il a des pouvoirs ?

– J'en sais rien.

– Et toi, tu as des pouvoirs ?

– Peut-être.

– On devrait essayer, pour voir.

– D'ac. »

Ce jour-là, Juliet avait sauté du toit et s'était cassé le poignet. Bien que ce fût vraiment douloureux, au point de la faire pleurer, ils avaient attendu très longtemps avant de prévenir sa maman, dans l'espoir que ses superpouvoirs de guérison se manifestent. Cela n'arriva point, et Juliet se retrouva dans le plâtre, mais ils ne se laissèrent pas abattre pour autant. Ils en conclurent simplement qu'elle devrait attendre d'avoir grandi un peu pour que ses pouvoirs se mettent à fonctionner.

« Est-ce que tu l'aimais ?

– Il était gentil comme tout.

– Comment ça se fait que tu n'aies pas de photos de lui ?
– C'est que je ne pouvais pas en prendre avec mon téléphone, à l'époque.
– Pourquoi tu n'es pas partie en Australie avec lui ?
– Parce que chez moi, c'est ici.
– Est-ce que je lui manque ?
– Il ne sait pas que tu es là.
– En Irlande ?
– Non, je veux dire qu'il est reparti avant ta naissance. »
Juliet avait dû s'arrêter pour y penser un petit moment. Elle était allée s'asseoir sur les marches. Au bout de quelques minutes, Rabbit était venue la rejoindre.
« Pourquoi on ne peut pas le retrouver ?
– C'est très grand, l'Australie.
– Et alors ?
– Il a un nom très répandu.
– Comment ça ?
– Tu comprends, Adam Smith là-bas, c'est comme Paddy Murphy ici. Il y en a beaucoup.
– Combien ?
– Des millions.
– Pourquoi tu ne sais pas où il habite ?
– Je suis désolée, chérie.
– Moi aussi. » Juliet était montée se mettre au lit. Elle s'était endormie sans manger ce soir-là, et le lendemain matin, à son réveil, sa mère dormait à côté d'elle. Elle n'avait plus jamais évoqué son père après cela. Elle avait lâché prise.

Mais quelques mois seulement après cette discussion, elles avaient été forcées d'en avoir une autre. Cette fois, la grand-mère de Juliet et sa tante Grace étaient présentes.

La mère de Kyle l'avait raccompagnée devant chez elle, et alors qu'elle se débarrassait de son cartable dans l'entrée, elle les avait entendues parler entre elles. Elle avait couru embrasser sa grand-mère ; mais aussitôt entrée dans la cuisine, elle avait senti que quelque chose clochait.

« Tu as pleuré, maman ?
– Non.
– Tu as les yeux tout rouges.
– Des allergies.
– Ah bon.
– Viens t'asseoir ici, lui avait dit sa grand-mère en indiquant le comptoir. Je t'ai fait le crumble aux pommes que tu aimes. »

Juliet avait obéi. Grace était occupée à nettoyer la cuisine.

« Pourquoi tu fais le ménage chez nous, Grace ?
– Pour aider un peu ta maman.
– Toi aussi, tu as des allergies ?
– C'est la saison.
– Ah bon. »

Juliet avait mangé la moitié de son crumble et bu un verre de lait lorsque sa mère lui avait expliqué qu'elle allait devoir aller à l'hôpital pour une opération.

« Quel genre d'opération ?
– On va me retirer une boule.
– Quel genre de boule ?
– Tout va bien se passer.
– Ta maman sera peut-être un peu fatiguée pendant un moment.
– Fatiguée comment ?
– Je ne sais pas encore, chérie », avait dit Rabbit.

Juliet avait terminé son crumble aux pommes. « J'ai des devoirs à faire. » Avant de sortir de la cuisine, elle avait fait un câlin à sa mère. « Je m'occuperai de toi, maman », avait-elle promis, et c'est ce qu'elle avait toujours fait depuis.

Juliet et Rabbit avaient leurs habitudes, qui changeaient selon que Rabbit était en chimio, en période de rayons, se remettait d'une opération ou prenait simplement des médicaments. Juliet avait des fiches pour tout et n'était pas seulement une experte des médicaments de sa mère : elle était forte aussi pour essuyer du vomi, faire des lits, nettoyer les toilettes, et elle avait même changé quelques couches pour adulte lorsque cela allait vraiment très mal. Elle gardait la maison toujours impeccable, et connaissait les bons et mauvais aliments pour le cancer. Quand elle allait mieux, sa mère lui apprenait à cuisiner, et Juliet apprenait vite ; elle s'occupait souvent du dîner afin de laisser sa maman se reposer. Elle était la première levée tous les matins, et souvent la dernière au lit. Elle ne se couchait pas trop tard, mais Rabbit était souvent épuisée. Parfois, elle l'entendait pleurer dans sa chambre, mais elle n'entrait jamais. Quand Juliet pleurait, elle préférait qu'on la laisse tranquille, et elle se disait qu'il devait en aller de même pour sa mère. Une fois où les pleurs se prolongeaient vraiment très longtemps, elle avait crié : « Je t'aime, maman ! » à travers le mur. Rabbit avait arrêté de sangloter pour lui répondre : « Moi aussi, Bunny ! » Ensuite, elle avait cessé de pleurer, ou alors elle l'avait fait en silence. Juliet connaissait tous les médecins et infirmiers de sa mère, et tous la connaissaient aussi. Elle tenait à prendre des notes lorsqu'il se passait quelque chose de nouveau, et le personnel était toujours patient, répondant à toutes ses questions, même celles qui pouvaient paraître stupides. À l'hôpital et après les opérations, elle regardait les infirmières nettoyer les plaies de sa mère pour pouvoir l'aider au besoin. À la maison, elle faisait la police à la porte. Elle insistait pour aller ouvrir elle-même chaque fois qu'on sonnait, et personne n'entrait sans s'être lavé les mains avec le gel antibactérien qu'elle laissait toujours sur la table de l'entrée. Et quand Rabbit se sentait vraiment mal, Juliet était la seule à savoir où placer l'oreiller supplémentaire, comment faire baisser sa température, quand l'obliger à manger ou boire et quand s'éclipser pour la laisser tranquille.

Les quatre dernières années de la vie de Juliet avaient été parfois dures et parfois tristes, mais dans l'ensemble elles avaient été formidables parce que sa maman avait besoin d'elle autant qu'elle avait besoin de sa maman. Elles étaient les meilleures amies du monde, au coude à coude dans les tranchées, se battant l'une pour l'autre. Elles partageaient une empathie et une proximité que, même à douze ans, Juliet Hayes reconnaissait comme exceptionnelles. Elles riaient beaucoup, aussi – car sa mère était drôle. Elle ne racontait pas beaucoup de blagues, mais quand elle le faisait, c'étaient toujours les meilleures. Son humour venait de son rapport au monde. Elle était positive et pleine d'entrain ; elle souriait beaucoup plus qu'elle ne faisait la tête, et même quand la situation était très difficile, elle avait un don pour trouver quelque chose qui fasse rire Juliet. Mais ce que la jeune fille préférait, c'était leurs bavardages et les choses dont elles discutaient.

Après une séance de chimio, elles restaient souvent au lit toutes les deux pour parler de l'école, des garçons, du dernier accident de moto de Kyle ou de l'article sur lequel travaillait Rabbit, de son blog sur le cancer, ou bien elles débattaient sur l'opportunité d'une reconstruction mammaire.

« Je pense que tu devrais en prendre des gros, tant qu'à faire.

– Gros genre tatie Grace ou gros genre Pamela Anderson ?

– Je pensais à Kim Kardashian.

– Je croyais que c'était son popotin qui était gros.

– En haut aussi, il y a du monde au balcon.

– Comme ça elle est bien équilibrée. Moi, je risquerais de tomber en avant.

– Beyoncé aussi a des gros nénés.

– Ceux de Susan Sarandon, ce serait mon idéal.

– C'est qui, Susan Sarandon ?

– Une actrice.

– Elle a fait des voix dans des dessins animés ?

– Je ne sais pas.

– Elle a joué dans quoi ?

– Oh, plein de films. *Thelma & Louise*, c'est un de mes préférés.

– Tu as vu ses nénés dans celui-là ?

– Je ne crois pas. *Duo à trois* était super, et j'ai beaucoup aimé *La Fièvre d'aimer*, même si j'ai raté la fin.

– Pourquoi ?

– Je te raconterai ça quand tu seras plus grande.

– Oh, berk !

– Et puis il y a *La Dernière Marche*.

– Tu les as vus dans celui-là ?

– J'en doute : elle jouait une bonne sœur.

– Ah. Alors quand est-ce que tu les as vus ?

– Je ne sais plus au juste, mais je me rappelle avoir pensé : "Wouah !"

– Si tu te souvenais du film, on pourrait aller voir sur Internet.
– Ça n'a pas d'importance, Bunny. Même si je fais une reconstruction, ils ne ressembleront jamais aux siens.
– Même si tu n'en fais pas, tu seras jolie quand même.
– Et on pourra partager les mêmes tee-shirts jusqu'à ce que les tiens aient poussé.
– Ils poussent déjà.
– Ça me fait penser : il faut qu'on prenne tes mesures pour aller t'acheter un soutien-gorge.
– Ça ne te fera pas de la peine ?
– Bah non, je déteste les soutifs.
– Et tu aurais bien besoin d'une nouvelle perruque.
– Tu ne l'aimes pas, ma perruque ?
– Si, mais c'est bien d'avoir le choix.
– Je ne sais même pas ce que je choisirais.
– Elle a les cheveux de quelle couleur, Susan Sarandon ?
– Roux.
– Tu serais trop belle en rousse, maman.
– Alors si je ne peux pas avoir ses nénés, je peux au moins avoir ses cheveux ?
– Voilà.
– Ça me plaît bien. »
Ce soir-là, elles avaient regardé le DVD de *Thelma & Louise* ensemble, et elles l'avaient revu bien des fois depuis. Elles se citaient des répliques quand les temps se faisaient durs.
Lorsqu'elles s'étaient décidées à aller acheter un soutien-gorge et une perruque, il s'était avéré que Juliet faisait déjà du 75B.
« Oh, Juliet aura des gros nénés, comme tatie Grace !

– Pas du tout.

– Si ! Tu vas devoir porter des soutifs grands comme des tentes de jardin ! »

Juliet avait éclaté de rire. « Mais non ! »

Mais soudain, sa mère était devenue sérieuse.

« Leur taille n'a aucune importance. Tu es parfaite.

– Toi aussi, maman.

– C'est vrai, ça. »

En fait, les perruques blondes lui allaient mieux que les rousses, mais Juliet et sa mère s'étaient beaucoup amusées à rejouer leur propre version de la scène finale de *Thelma & Louise* dans le magasin, pour la plus grande joie des vendeuses. Juliet, coiffée d'une perruque châtain, s'était tournée vers sa mère d'un air grave : « Maman, on n'a qu'à poursuivre. » Sa mère avait ajusté la perruque rousse sur son crâne. « À quoi tu penses, Juliet ? » Juliet avait regardé droit devant elle et hoché la tête. « Vas-y, m'man. » Sa mère avait fait semblant d'emballer le moteur de leur voiture imaginaire.

« Tu es sûre ?

– Oui, maman… tout droit. »

Rabbit avait appuyé sur le champignon, elles s'étaient prises par la main, avaient couru en avant et étaient tombées à genoux. « Fin ! » avait lancé Juliet aux vendeuses, qui avaient applaudi avec enthousiasme. « Ces deux filles ont le chic pour transformer un suicide en *happy end* », avait commenté la plus grosse d'entre elles. Juliet et sa mère avaient salué, après quoi Rabbit avait troqué la perruque rousse contre une blonde.

Ce soir-là, elles avaient dîné dans leur restaurant préféré, Juliet sanglée dans son soutien-gorge tout neuf, Rabbit arborant sa perruque blonde.

« Cet homme te regarde, maman. » Un serveur la fixait en effet.

« J'ai de beaux restes, Bunny », avait répliqué sa mère avec un clin d'œil.

Cela avait été une belle journée, l'une des plus belles pour Juliet. Elle se disait qu'il y en aurait encore plein d'autres, mais elle craignait de se tromper. Chaque jour que sa mère passait dans cette maison de soins, elle la sentait s'éloigner un peu. *Quand me reviendras-tu, maman ? Je n'arrive à rien sans toi.*

Juliet était rentrée de la maison de soins et lisait dans la chambre d'amis chez sa grand-mère lorsqu'elle entendit la sonnette, puis la voix de Stephen disant bonjour à Molly.

« Juliet, tes cousins sont venus te chercher », lui cria cette dernière.

Elle s'avança sur le palier. « Quoi ?
– Stephen et Bernard vont à une exposition florale dans le parc près de chez eux.
– J'ai envie de rester lire.
– Il fait un temps splendide et ils sont venus exprès pour toi, alors tiens, voilà ta veste. Tu y vas. »

Juliet tourna les yeux vers Grace, qui se tenait à côté de Molly, un grand sourire aux lèvres.

« Il y a une fête foraine… enfin du moins, quelques balançoires et des autos tamponneuses. »

À l'extérieur, Bernard donna un coup de klaxon. Juliet descendit. Molly lui tendit sa veste et elle sortit en silence. Les garçons l'attendaient dans la voiture. Elle grimpa sur la banquette arrière et Stephen démarra.

« Je croyais que tu révisais, lui dit Juliet.
– J'avais besoin de faire une pause.

– Et tu n'as rien trouvé de mieux à faire qu'aller à une expo florale avec Bernard et moi ? souligna-t-elle, dubitative.

– Dis donc, je suis vachement sympa ! répliqua-t-il en feignant de se vexer.

– Et toi aussi, ajouta Stephen à l'intention de Juliet.

– Hmm. »

Il mit un CD et monta le son. Bernard chanta dessus en jouant de l'*air guitar*.

Lorsqu'ils arrivèrent au parc, les garçons étaient affamés. « Commençons par manger », proposa Stephen. Ils trouvèrent un restaurant en plein air qui leur plaisait, et Juliet les suivit sous le chapiteau. Cinq euros par personne pour un buffet à volonté : les garçons étaient au septième ciel, assis à des tables en bois devant des montagnes de nourriture. Juliet, elle, prit un hamburger auquel elle toucha à peine.

Bernard indiqua les caramels fondants empilés sur une table derrière elle. « Quand j'aurai fini mon assiette, je vais en prendre une pleine cargaison. » La jeune fille regarda par-dessus son épaule.

« Maman adore les caramels mous.

– Tu devrais lui en rapporter un sac.

– Oui, bonne idée.

– Et tu pourrais lui acheter une plante, aussi, suggéra Stephen.

– Ils n'aiment pas trop les plantes dans les hôpitaux, mais je suppose que je pourrais en prendre une pour son retour.

– Super idée ! » lança Bernard avec un enthousiasme quelque peu exagéré. Stephen lui donna un coup de pied sous la table. Juliet fit semblant de ne rien remarquer.

« Stephen, qu'est-ce que tu vas faire après tes examens ?
– Eh bien, je pensais aller bosser en Allemagne avec des copains, mais je ne peux pas trop bouger tant que… »
Il s'arrêta net.
« Tant que quoi ?
– Tant que je n'aurai pas renouvelé mon passeport. »
Bernard leva les yeux au ciel.
« Qu'est-ce qu'il a, ton passeport ? demanda Juliet.
– T'as déjà songé à travailler dans la police ? riposta le garçon.
– Non.
– Tu devrais. Tu serais très forte.
– Ça m'étonnerait : je n'ai pas encore reçu une seule réponse franche de ta part.
– Allons voir les autos tamponneuses, proposa Bernard.
– Ça te dit ? »
Elle hocha la tête. « OK.
– Mais allons d'abord acheter les caramels, leur rappela Bernard. Ce serait bête qu'il n'en reste plus, après. »
Une fois qu'ils eurent leurs caramels, plus une plante pour la mère de Juliet, celle-ci voulut aller aux toilettes avant qu'ils ne s'aventurent sur les autos tamponneuses.

Bernard et Stephen attendaient à la caisse.
« T'as failli nous mettre dedans, tout à l'heure.
– Ah oui, tu crois, monsieur J'en-fais-des-tonnes ? "Super idée !" Tu sais vraiment rester naturel, toi.
– Ouais, ben c'est pas moi qui ai failli dire que je ne pouvais pas partir tant que Rabbit n'était pas morte.
– Quoi ? »

Ils firent volte-face et se retrouvèrent face aux yeux immenses de leur cousine, noyés et débordants de larmes. Leurs cœurs se serrèrent.

« R-rien, bredouilla Stephen.
– On déconnait…
– Non. » Elle laissa tomber sa plante et partit en courant. Louvoyant dans la foule, elle parvint à disparaître sans laisser de traces en quelques secondes. Lorsqu'il devint clair qu'ils l'avaient perdue, les garçons se séparèrent et fouillèrent le parc jusque dans ses moindres recoins. Au bout d'un moment, ils durent se rendre à l'évidence : ils avaient complètement merdé.

Marjorie

Marjorie avait toujours haï les dimanches. Dans les années 1980, très peu d'enfants échappaient à la messe, et elle n'en faisait pas partie. Toutes les semaines, on la forçait à enfiler une robe à rayures ridicule et des chaussures vernies bleues, et on la traînait de force à l'église. L'office était interminable, l'odeur de l'encens lui soulevait le cœur, et quand sa mère chantait chaque cantique plus fort que le précédent, cela lui donnait des envies de meurtre. Si Dieu avait réellement eu le pouvoir de fouiner dans la tête de Marjorie, et s'Il avait été aussi vengeur qu'on le racontait, Il l'aurait foudroyée sur place.

Le déjeuner dominical était également une épreuve d'endurance. Marjorie détestait la viande, surtout le bœuf, mais le régime végétarien n'était pas toléré dans l'Irlande des années 1980. On lui faisait ingurgiter de force une grosse tranche de rosbif et des patates rôties noyées dans la sauce, après quoi on l'envoyait jouer dans le jardin, qu'il pleuve ou qu'il vente, parce que la télévision était réservée aux adultes le dimanche. Comme tous les magasins étaient fermés, elle s'asseyait sur le muret de son jardin et se plongeait dans un livre jusqu'à ce que son salut, Rabbit, arrive à vélo, la fasse monter sur le porte-bagages et l'emporte vers la liberté.

Marjorie était l'enfant unique de deux parents extrêmement conservateurs. Elle avait grandi dans une petite maison de livre d'images, rutilante du sol au plafond. Elle portait des vêtements impeccables et était toujours tirée à quatre épingles. Elle ressemblait à une petite poupée parce que, aux yeux de sa mère, c'est ce qu'elle était : une jolie chose que l'on habillait pour l'exhiber. Mais les poupées n'ont pas de personnalité, elles ne se rebellent pas et ne posent pas de questions, elles n'ont pas d'opinions et, grands dieux, ne rentrent pas à la maison toutes crottées. Sa mère, quand elle ne faisait pas le ménage, lisait ou priait, et son père, qui était dans la marine, était rarement à la maison. Lorsqu'il y était, on disait à Marjorie qu'il avait besoin de se reposer : elle ne devait pas faire de bruit ni être dans ses pattes. Elle ne connaissait pas très bien son père à l'époque, et à présent non plus. Rabbit avait dit un jour en plaisantant qu'il était sans doute du genre à avoir une famille dans chaque port. Marjorie avait ri, mais elle s'était posé des questions.

Elle était élevée avec toute l'attention requise, mais il n'y avait nulle chaleur chez elle. Le monde de Rabbit était bien plus lumineux, désordonné, réel. Chez Rabbit, personne ne devait prendre une aspirine et aller s'allonger si une petite fille renversait quelque chose sur sa robe. Chez Rabbit, il y avait des câlins et des rires, et on s'habillait comme on voulait, on faisait ce qu'on voulait, on rentrait à la maison dans l'état qu'on voulait : rien n'était un problème, rien n'était insoluble.

Rabbit avait une vie fascinante, aux yeux de la jeune Marjorie. Elle avait un grand frère et une grande sœur hyper cool, et le fait que Davey soit dans un groupe de musique avec d'autres garçons hyper cool ne gâtait rien. Trois anniversaires de suite, en soufflant ses bougies, Marjorie avait fait le vœu de faire partie de la famille Hayes.

Certains dimanches, le groupe répétait, et elle s'asseyait derrière le rideau avec Rabbit pour l'écouter. Ces dimanches-là étaient les meilleurs de tous. Bien qu'encore à moitié étouffée par son rosbif, elle se sentait privilégiée et honorée... mieux, elle se sentait acceptée. Mme Hayes lui prêtait un survêtement appartenant à Rabbit pour qu'elle ne craigne pas de salir sa robe.

Et puis, il y avait ces dimanches horribles où elle était obligée de rester chez elle parce que des invités – qu'elle ne connaissait pas ou dont elle se fichait éperdument – venaient passer l'après-midi à la maison. Elle devait alors leur faire une démonstration de danse irlandaise, puis sortir ses médailles et ses coupes. Elle restait assise en silence pendant que les adultes bavardaient, et ne parlait que quand on lui adressait la parole, ce qui arrivait rarement. Ces jours-là étaient les plus longs de la vie de Marjorie Shaw.

Lorsqu'elle était partie de chez elle, elle avait cessé d'aller à la messe. Elle était devenue végétarienne et avait passé quantité de dimanches à faire du shopping, déjeuner avec des amis, aller au cinéma, à des matches : tout était bon pour combler le vide, mais elle n'arrivait jamais tout à fait à se débarrasser de cette horrible sensation du dimanche.

Il était un peu plus de dix heures du matin lorsqu'on sonna à sa porte. Elle alla ouvrir en s'attendant à voir Simone, sa voisine de palier, venue lui emprunter quelque chose ; mais c'était son ex-mari, Neil. Le cœur de Marjorie fit un bond dans sa poitrine.

« Je me suis trompé de bouton à l'interphone. Simone m'a laissé entrer. » *Évidemment, cette idiote de Simone. Je ne te prêterai plus jamais un sachet de thé, Simone Duffy.* « Je voulais t'appeler, mais je me suis dit que tu ne décrocherais pas. »

Elle hésita. *Dois-je lui claquer la porte au nez, ou pas ? Oui ou non ? Claquer ou ne pas claquer ? Bon sang, il est magnifique.*

« Entre. » Inutile de faire l'enfant. *La séparation est consommée, le divorce n'est qu'une formalité. Il ne reste plus de sujets de dispute... alors qu'est-ce qu'il fait là ?*

Elle le précéda dans la cuisine. C'était la première fois qu'il y entrait. Il promena son regard dans la pièce. « C'est sympa, chez toi, dit-il.

– C'est petit. Tu veux du café ? » *Bien sûr que non. Allez vas-y, donne-moi un coup de poignard, dévalise-moi ou fais-moi encore culpabiliser à mort, et rentre chez toi.*

« Volontiers. »

Tu parles. Marjorie alluma la bouilloire. Il s'assit. Elle versa de la poudre dans deux grandes tasses. « Il va falloir se contenter d'instantané, j'en ai peur. » *Parce que plus vite tu l'auras bu, plus vite tu seras parti.*

« Ça me va très bien. Tu dois te demander ce que je fais ici. » *Sans blague ?* Marjorie ne répondit pas. « Je suis venu parce que j'ai appris pour Rabbit.

– Ah. » Neil la prenait par surprise. Il avait toujours bien aimé Rabbit, même pendant la séparation. D'ailleurs,

Rabbit lui trouvait plus d'excuses que Marjorie elle-même, et était toujours prompte à le défendre. Il le savait et l'appréciait.

« Je voulais juste te dire à quel point je suis désolé.

– Ah. » *Ne pleure pas, ne pleure pas, allez, ne pleure pas.*

La bouilloire se mit à siffler. Marjorie se ressaisit et versa l'eau dans les deux tasses. « Tu le bois toujours noir ?

– Oui.

– Moi aussi. » *Pourquoi j'ai dit ça ?* Ils s'assirent au comptoir et elle lui tendit sa tasse.

« Comment va-t-elle ?

– Mal. » *Ne pleure pas.*

« Elle en a encore pour longtemps ? »

Marjorie fit non de la tête.

« Et toi, ça va ?

– Non.

– Bien sûr. Rabbit Hayes a toujours été l'amour de ta vie.

– C'est vrai », reconnut Marjorie, car c'était la vérité. Elle aimait réellement sa meilleure amie plus que quiconque en ce monde.

« Il m'arrivait de l'envier, avant, dit-il.

– Et plus maintenant.

– Écoute, Marjorie, je sais que l'eau a coulé sous les ponts et qu'on s'est tous les deux dit et fait des choses qui faisaient très mal.

– Je les ai faites, tu les as dites.

– Bon, oui, mais je voulais juste te dire que j'espère que ça va aller pour toi.

– Merci, Neil. »

Il posa sa tasse et se leva. « Il faut que j'y aille. Elaine m'attend dans la voiture.

– C'est gentil à elle de t'avoir laissé venir ici.
– Elle n'a rien à craindre. » Ce commentaire aurait dû être cuisant, mais ce ne fut pas le cas.

« Je suis sincèrement contente pour toi. » Elle le raccompagna à la porte. Au moment où il partait, il se retourna pour la serrer dans ses bras, de manière inattendue. « Dis à Rabbit que je l'embrasse. » Sa voix était chargée de larmes.

« D'accord, bafouilla-t-elle.

– Je te souhaite de rencontrer quelqu'un, Marjorie. » Il l'embrassa sur la joue, et lorsqu'il fut parti, elle ne savait plus trop quoi penser ou faire, si bien qu'elle s'assit par terre dans le couloir et cogna doucement sa tête contre le mur.

En emménageant dans son appartement, elle s'était débarrassée de sa voiture. Elle n'en avait pas besoin, et Rabbit l'avait initiée aux joies des déplacements à vélo dans la ville. Elle aimait beaucoup ça, même en plein hiver, mais cela pouvait vous compliquer la vie en de rares occasions, comme celle-ci, où elle avait besoin d'aller chez les parents de Rabbit. C'était trop loin pour qu'elle s'y rende à bicyclette, et il n'y avait pas de bus pratique. Elle avait prévu de faire l'aller-retour en taxi, mais Davey avait dit qu'il viendrait la chercher – après tout, c'était lui qui avait tenu à ce qu'elle soit présente.

Et donc elle se leva, se doucha, s'habilla et l'attendit. Elle se demanda un instant ce qui se serait passé si son ex-mari était tombé sur l'homme avec qui elle l'avait trompé dans l'étroit couloir qui desservait son appartement. *Ils se seraient battus ? Peut-être pas.* Neil était heureux, sans doute bien plus qu'il ne l'avait été avec elle qui ne l'appréciait pas à sa juste valeur. *Il ne frapperait pas Davey : il le remercierait plutôt.* L'interphone sonna.

« C'est Davey.
– Je descends. »

Elle monta en voiture et il démarra.
« Tu es toute belle, lui dit-il.
– Neil a débarqué chez moi ce matin.
– Je croyais que vous ne vous parliez plus.
– Il a appris pour Rabbit.
– Et alors ?
– Et alors il est venu me dire qu'il était désolé et qu'il espérait que ça allait aller pour moi.
– C'est sympa de sa part.
– Oui.
– Et ça va, toi ?
– Non, je suis complètement paumée, Davey. Pas toi ?
– Pour être honnête, j'ai toujours été paumé.
– C'est pas faux… Tu es certain que c'est une bonne idée, ma présence à ce conseil de famille ?
– Rabbit voudrait que tu y sois.
– J'aimerais pouvoir prendre Juliet avec moi, Davey. Si je n'avais pas quitté Neil, on aurait pu.
– Et si les cons volaient…
– Exactement, ils volent, et on a tous été dans l'escadrille. C'est pour ça que je vis seule dans un deux pièces, maintenant.
– Tu ne peux pas t'en empêcher, hein ? dit-il, amusé.
– Tu m'as tendu la perche. »

Ils arrivèrent devant chez ses parents. La voiture de Grace était déjà là. Il se gara et se tourna vers Marjorie. « Tu es l'avocat de Rabbit, d'accord ? » Elle acquiesça. « Donc si tu as quelque chose à dire, tu le dis.
– Promis. »

Ils descendirent de voiture. Molly les accueillit à la porte.

« Entrez, entrez. J'ai un rosbif en route. »

Marjorie pénétra dans la cuisine, où Grace, Lenny, Jack et le père Frank étaient assis. La table était mise pour un repas. Tout le monde, sauf le père Frank et Molly, semblait un peu mal à l'aise.

« Père Frank, je ne savais pas que vous veniez, dit Davey en fusillant sa mère du regard.

– Oh, je suis passé à l'improviste et ta mère m'a invité à déjeuner. Je n'ai pas pu dire non. Je ne résiste pas à un bon rosbif.

– Je vois. » Davey envoyait toujours des regards assassins à sa mère par-dessus la tête du prêtre. Molly, elle, lui jeta à peine un rapide coup d'œil. *La ferme, Davey.*

« Assieds-toi là, à côté du père Frank, Marjorie. J'espère que tu aimes le rosbif. »

Décidément, je hais les dimanches.

Johnny

Johnny, Rabbit, Davey, Francie et Jay attendaient dans le couloir de l'hôpital. Rabbit avait seize ans, et Davey, cette semaine-là, avait été le dernier du groupe à souffler ses vingt bougies. Johnny regardait droit devant lui en fredonnant une mélodie juste assez fort pour que Rabbit l'entende et qu'elle lui reste dans la tête. Elle avait beaucoup mûri en deux ans, et d'ailleurs c'était le cas de tous, depuis qu'ils avaient appris le diagnostic de Johnny.

La première fois qu'il avait prononcé les mots « sclérose en plaque », personne n'avait su de quoi il parlait. C'était au cours d'une réunion du groupe dans la cuisine des Hayes. Molly et Jack avaient été conviés. Tout le monde était assis et chacun se demandait avec inquiétude ce qui pouvait bien se passer. Rabbit était la seule à savoir que Johnny avait subi des examens médicaux. Ce qu'elle ignorait encore, c'était que la sclérose en plaque était incurable, que celle-ci était la forme la plus grave, et qu'elle allait leur enlever leur ami. Johnny, lui, était fort et plein d'optimisme. Il allait se battre, et il pensait qu'il entrerait bientôt en rémission.

« Qu'est-ce que ça veut dire ? avait demandé Francie.

– J'arrête de tomber, ma vue s'améliore ou du moins cesse de se dégrader, je ne sais pas… simplement, les choses vont arrêter de partir en sucette, je suppose.

– Tu pars en sucette ? s'était étonné Jay.

– Ça va aller.

– Ça fait quel effet ? avait voulu savoir Francie.

– C'est comme être sous l'eau.

– Et le contrat ? avait demandé Louis.

– Ça ne change rien au contrat », avait promis Johnny.

Les quatre membres de la famille Hayes restaient muets, et Johnny en était conscient.

« Qu'en dites-vous, madame Hayes ? Je vais m'en tirer, pas vrai ? »

Molly était sous le choc. « Bien sûr, avait-elle répondu d'une voix mal assurée.

– Monsieur Hayes ?

– On va faire face. On est tous avec toi, avait dit Molly.

– Elle a raison. Rien n'est insurmontable », avait ajouté Jack.

Johnny, Rabbit et les garçons s'étaient sensiblement détendus et l'ambiance s'était allégée. *Si les parents Hayes disent que tout ira bien, c'est que c'est vrai.*

Bien sûr, nul ne savait à quel point le cas de Johnny était grave, mais, en dépit de toutes les interventions médicales, il n'eut jamais vraiment de chances de s'en sortir. Il ne pouvait plus se produire aussi souvent ni aussi bien qu'avant ; le groupe devait annuler un concert sur trois, et quand la nouvelle s'était répandue dans le milieu musical, ils avaient rapidement perdu leur petit contrat avec un label irlandais. Dès le lendemain, Louis avait annoncé qu'il quittait Kitchen Sink. Après une semaine au lit, et une fois ses forces suffisamment revenues, Johnny était retourné au garage déclarer qu'ils allaient former un nouveau groupe appelé The Sound. Ils avaient trouvé un nouveau guitariste, s'étaient passés de clavier, et Kev s'était bien intégré dans la bande. Tout le monde savait que la bataille serait rude, mais leur musique reflétait la maturité accrue de Johnny, et sa douleur, son angoisse, ses espoirs et son désespoir imprégnaient les paroles de ses chansons. Ils donnaient moins de concerts, ils étaient redescendus tout en bas de l'échelle, mais les garçons n'en avaient cure : ils étaient ensemble, en famille, à faire ce qu'ils aimaient, et ils étaient encore déterminés à y arriver. Au cours des deux ans suivant la fin de Kitchen Sink et la naissance de The Sound, Kev était devenu un nouveau frère pour eux et, après un départ un peu lent, en partie dû aux soucis de santé de Johnny, ils commençaient à regagner pas mal de fans. C'était une nouvelle ère.

Kev apparut à côté d'eux, son casque de moto à la main. « Il y a des embouteillages pas possibles, dit-il en s'asseyant à côté de Francie. Vous avez mangé ?

– On a pris des sandwichs à la cafète, l'informa Jay.

– Alors, ils ont trouvé pourquoi il se pisse dessus ? »

Johnny lui jeta un magazine, que Kev esquiva.

« Non, et pourtant il a bu des saloperies et rempli des bouteilles toute la journée, dit Francie.
– Vous croyez que ça va le faire pour le concert ?
– S'il faut qu'on parte avant qu'ils en aient fini avec moi, on partira et puis c'est tout, dit Johnny.
– Absolument pas, protesta Rabbit.
– Si. Le sujet est clos.
– N'importe quoi.
– C'est un concert qui compte beaucoup pour nous, rappela Davey à sa sœur.
– Sa santé compte encore plus, Davey Hayes, et tu le sais très bien.
– Ce sera vite fini et on sera dans les temps pour le concert, alors calmez-vous un peu, intervint Jay.
– Et Rabbit a raison. On ne part pas tant que ce qu'ils lui font avaler n'est pas ressorti de l'autre côté, affirma Francie.
– Arrêtez de parler comme si je n'étais pas là ! s'impatienta Johnny.
– Alors arrête de faire le con, le moucha Francie.
– C'est mon groupe, c'est ma vie et c'est moi qui décide. » Johnny se leva et s'éloigna lentement, une main sur le mur pour garder son équilibre.

« Alors là, bravo, Davey, cracha Rabbit sans cacher sa hargne.
– Qu'est-ce que j'ai fait ? »
Kev étendit ses jambes et cria après Johnny : « Rapporte-nous des Twix, OK ? »
Rabbit le retrouva devant le distributeur.
« C'est prêt, ils t'attendent.
– Je voudrais être ailleurs.
– Moi aussi.

– J'en ai tellement marre de tout ça... » Il s'adossa au mur.

« C'est la merde.

– Je ne me suis jamais senti aussi mal. Je ne devrais pas aller mieux, depuis le temps ?

– Avec tous les médocs qu'ils te refilent, j'aurais cru, mais parfois il faut de la patience.

– Je ne suis pas en train de perdre ma voix, hein ? »

Elle voyait de la peur dans ses yeux.

« Pas du tout. Elle est plus belle que jamais.

– Promis ?

– Promis.

– Si je n'y arrive plus, tu me le diras, hein ?

– Si tu n'y arrives plus, tu le sauras. Allez viens, t'as un rencard avec un tuyau. »

Il fit passer son poids du mur à l'épaule de Rabbit. Lorsqu'ils regagnèrent la salle d'attente, Francie et Kev flirtaient avec une jolie infirmière, Jay était apparemment endormi, un magazine sur la figure, et Davey sortait des toilettes, le teint grisâtre.

« Allons bon, qu'est-ce qui t'arrive, à toi ? lui demanda Johnny.

– J'ai les boyaux qui déconnent.

– Ils déconnent tout le temps, tes boyaux... c'est à lui que vous devriez enfoncer un tuyau dans le derche, dit Francie à l'infirmière.

– Non mais c'est cet endroit, l'odeur, putain. Sans vouloir vous vexer.

– Il est temps d'y aller », dit l'infirmière à Johnny.

Il lâcha Rabbit et suivit lentement la jeune femme. Lorsqu'il eut disparu, Rabbit pivota vers le groupe. « S'il n'est pas sorti dans une heure, on annule.

– Et depuis quand c'est toi qui décides de tout pour Johnny ? se rebiffa Davey.
– Depuis que je lui ai dit de le faire, intervint Francie.
– T'as pas fait ça.
– Rabbit, tu veux bien décider de tout pour Johnny ?
– Oui.
– Voilà. C'est fait.
– Non mais vous entendez ça ? s'insurgea Davey, prenant à témoin Kev et Jay.
– J'essaie de pioncer, putain, grogna ce dernier.
– Elle est la seule qu'il écoute, plaida Kev.
– Mais bon Dieu, elle n'a que seize ans ! Bientôt, vous allez m'annoncer qu'elle est notre nouveau manager ! » Il sortit d'un pas furieux.

Ils arrivèrent juste à temps pour la balance. Depuis qu'il était malade, Johnny passait plus de temps au piano qu'à la guitare. Le piano lui permettait de rester assis et convenait bien à leur nouveau son. Il avait dormi sur la table pendant ses examens à l'hôpital et pendant le trajet en camionnette vers la salle. Après les essais, il dormit encore une heure dans la loge. Quand vint l'heure du concert, il avait suffisamment récupéré pour entrer en scène sans aide, et lorsqu'il chanta, il explosa tout. La salle était petite, mais bondée. Grace et Lenny, au premier rang, leur faisaient signe. Jack était près du bar et Rabbit assise à côté de la console de régie. Le technicien maison était aux manettes, mais ne refusait pas ses conseils : cela lui simplifiait la vie, et puis elle n'était pas désagréable à regarder.

Le concert prit fin et la foule réclama un rappel. Les garçons posèrent leurs instruments, ce qui déclencha des huées.

« Allez, les mecs, juste une de plus », dit Johnny derrière son piano. Les autres firent mine de s'en aller, puis reprirent leurs instruments, et Davey se rassit à la batterie. Le public poussa un rugissement de joie. Johnny démarra la chanson rien qu'à la voix et au piano. Tout le monde se tut. Rabbit tourna la tête vers le bar et échangea un sourire avec son père. Le groupe démarra au refrain, et le public se mit à bondir en rythme. Rabbit quitta la régie avant la fin du morceau. Elle alla dans la loge préparer de l'eau et quelques bières pour les gars. Ensuite, elle voulut aller aux toilettes, mais dut faire la queue dix minutes devant celles de la salle parce que Davey monopolisait celles des coulisses avec ses boyaux capricieux. En sortant, elle retrouva le groupe qui fêtait la soirée au bar.

« J'ai mis des bières au frais backstage, dit-elle.
– On avait envie d'être ici, lui expliqua Francie.
– Et Johnny ?
– Quoi, Johnny ? fit Jay.
– Où est-il ? »

Jay posa la question à Davey, mais celui-ci était entouré de filles et pas vraiment disponible pour répondre. Il eut un geste d'impuissance.

Kev, pour sa part, embrassait à pleine bouche une grande blonde. Rabbit l'empoigna par l'épaule. « Kev, où est Johnny ? » Pendant qu'elle parlait, la foule s'écarta un peu et alors elle le vit, encore assis au piano sur la scène. Elle tourna vivement la tête vers Francie. « Vous l'avez laissé sur scène ?
– Oh, merde. »

Rabbit monta aussitôt le rejoindre. Elle vit tout de suite qu'il était fou de rage.

« Je ne pouvais pas descendre tout seul… il y a trop de câbles par terre. Ce con de Davey en a fixé partout, et il fait trop sombre, j'y vois que dalle.

– C'est l'adrénaline, ils sont surexcités, dit Rabbit.

– Ils m'ont abandonné.

– Ils ont oublié, c'est tout.

– Ça fait une plombe que je suis planté là comme une tête de nœud, avec des connards bourrés qui viennent me voir.

– On s'en va.

– J'ai besoin de ton épaule, Rabbit.

– Je te tiens. » Elle l'aida à se lever. Il était à bout de forces, les mains tremblantes. Il s'appuya sur elle et elle le guida prudemment jusqu'à la loge, où elle le laissa pour aller rejoindre son père assis au bar avec Grace et Lenny.

« Papa, il faut qu'on parte.

– D'accord, ma grande. J'amène la voiture. » Il termina son verre de jus d'orange. « Bien, je vous laisse, tous les deux. Ne réveille pas ta mère en rentrant, Grace.

– Je comptais dormir chez Lenny, répondit-elle effrontément.

– Il faudra me passer sur le corps. » Il se leva pour partir. « Un conseil : ne te mets pas ma femme à dos, Lenny. Elle te pourchasserait jusqu'au bout du monde.

– Promis, monsieur. »

Johnny préféra éviter les gars. Il leur en voulait trop. Il sortit donc par une porte latérale, fermement soutenu par Rabbit. Il s'endormit aussitôt monté en voiture. Jack était soucieux. « Il ne peut pas continuer comme ça.

– Il peut encore avoir une rémission, papa. Je me suis beaucoup renseignée, ça peut arriver.
– Bien sûr, bien sûr. Il est encore tout jeune. »

Rabbit aida Johnny à descendre de voiture et à rejoindre sa porte. Là, sa mère appela son père, qui le soutint pour monter dans sa chambre. La mère de Johnny remercia Rabbit et fit signe de loin à Jack, puis referma la porte. Rabbit remonta à l'avant.

« S'il n'y a pas de rémission, il en a pour combien de temps ? demanda Jack à sa fille.
– Pas longtemps, papa. »
Ils démarrèrent et s'en allèrent.

10

Davey

Le temps que le père Frank débarrasse le plancher, il était six heures bien sonnées lorsque le conseil de famille démarra enfin. La vaisselle était faite et chacun avait devant lui la tasse de thé réglementaire. Molly avait hâte d'en finir pour aller voir Rabbit. Elle avait régulièrement pris de ses nouvelles par téléphone. Jay était resté une heure avec elle, mais elle avait passé le reste de l'après-midi à dormir. Molly tenait à être présente à son réveil et, ayant cette idée en tête, elle ne voyait pas de nécessité à tourner autour du pot. Elle s'assit à la table et regarda tout le monde prendre place.

« Bien évidemment, Jack et moi allons prendre Juliet avec nous, déclara-t-elle.

– Ça n'a rien de si évident, dit alors Davey.

– On aimerait bien l'avoir, ajouta Grace en levant le doigt.

– Ne sois pas ridicule, Grace. Tu n'as pas la place, la rembarra Molly.

– On en fera, de la place.

– C'est ce que tu as fait. Ça s'appelle ton canapé, et sa chambre est déjà prête ici.

– Ce n'est pas qu'une question de chambre, maman.
– Ah non ? Alors c'est quoi, la question ?
– C'est de savoir ce qui est le mieux pour elle », intervint Davey.

Molly se leva et posa les deux mains à plat sur la table. « Et on n'est pas bien pour elle, peut-être ? On vous a élevés, non ?
– Exactement. Vous avez fait votre boulot.
– Qu'est-ce que ça veut dire, ça ? fit Molly en se redressant.
– Ça veut dire que tu as soixante-douze ans, et papa soixante-dix-sept.
– Et on est en pleine forme.
– Sois réaliste, maman, plaida Grace.
– Mais je le suis, bon sang !
– Elle ne peut pas risquer de perdre encore un parent », lâcha alors Davey.

La phrase paraissait dure, et ce n'était pas ce qu'il avait voulu. Il voyait bien que sa mère était désarçonnée. Bien sûr, elle connaissait son âge, et, bien sûr, elle y avait pensé, mais cela faisait mal quand même. Elle s'assit lourdement et regarda son mari.

« Jack ?
– Il a raison, et au fond tu le sais bien.
– Grace n'a pas la moindre place chez elle.
– Je pourrais peut-être vendre mon appart, et acheter ou louer un trois pièces, proposa Marjorie.
– C'est gentil, mais tu as tes propres problèmes, Marjorie, et Juliet est à nous, protesta Grace.
– Juliet n'est pas un problème, Grace.
– Ce n'est pas ce que je voulais dire, maman.

— Je n'ai pas tant de problèmes que ça, c'est pourquoi j'aimerais bien que ma candidature soit envisagée, insista Marjorie.
— On la prend chez nous, s'entêta Grace.
— Ça n'est pas encore décidé, leur rappela Davey.
— Ah non, Davey ? Alors quelle est ton idée ?
— Je pense qu'elle devrait venir vivre avec moi. » Ces mots sortirent tout seuls de sa bouche. Il n'y avait pas pensé ni réfléchi une seconde. Il s'était simplement entendu les prononcer. Tous les regards se fixèrent sur lui, comme si les autres s'attendaient à ce qu'il éclate de rire en s'exclamant : « Poisson d'avril ! »

« Ah, je vois, dit Marjorie. C'est pour ça que tu as voulu que je sois là... Tu pensais que je te soutiendrais. » Elle semblait contrariée.

Davey n'en revenait toujours pas de ce qu'il venait de dire, mais il n'avait aucune envie de retirer ses paroles.

« Non. Je pensais que tu parlerais en faveur de Rabbit.
— D'accord. C'est une idée pourrie. Quoi qu'on dise de l'âge de tes parents, du manque de place chez Grace et du fait que je suis extérieure à la famille, tu es un célibataire qui vit entre deux États en Amérique et un bus, tu n'es jamais resté plus de six mois avec quelqu'un et tu n'as même jamais eu d'animal de compagnie, alors un enfant...
— Tu m'enlèves les mots de la bouche, l'approuva Grace.
— J'apprécie ta franchise, et tu as raison. C'est vrai, j'habite entre New York et Nashville, et je passe des mois chaque année dans un bus. Je n'ai jamais fait durer une histoire avec une fille plus de quatre mois, pas six, et je ne suis pas l'ami des animaux. Ce que je suis, c'est l'oncle de

Juliet. J'ai les moyens, et je peux me ménager du temps pour m'occuper d'elle.

– Et donc, tu veux l'enlever à ses grands-parents, à sa tante, son oncle, ses cousins et tout ce qu'elle connaît au monde, juste après la mort de sa mère ?

– Voilà, oui.

– Tu ne peux pas faire ça, dit Grace.

– J'ai l'intention de vivre vieux et j'ai de la place, pas seulement dans ma maison mais dans ma vie. Je suis tout à fait capable. » C'était comme si quelqu'un d'autre l'avait possédé et parlait à travers lui, car Davey ne croyait toujours pas à ce qu'il était en train de dire, et pourtant cela sonnait juste. *Mais qu'est-ce qui m'arrive ? Qu'est-ce que je raconte ? Suis-je vraiment capable de veiller sur une gamine de douze ans ?*

Tout le monde resta muet pendant quelques instants, en grande partie de stupéfaction : personne, en tout cas, ne semblait prendre son discours au sérieux.

Jack se leva. « La place de Juliet est ici. Grace, si tu arrives à trouver un moyen de la caser chez toi, tu la prendras. En attendant, elle vivra chez sa grand-mère et moi, ici. Ce n'est pas idéal, et ce n'est pas ce que j'aurais souhaité pour elle, mais dans l'immédiat c'est tout ce qu'on peut faire. »

Il sortit de la pièce. La séance était levée. Molly suivit son mari.

Grace soupira lourdement. « Bon, papa a parlé. »

Davey se mit debout.

« Je te ramène, dit-il à Marjorie.

– Je peux me débrouiller.

– Je t'ai conduite ici, je te raccompagne chez toi.

– D'accord. »

Il dit au revoir à Grace et à Lenny, qui étaient toujours attablés, à boire du thé.

Dans la voiture, Marjorie s'empressa de s'excuser.
« Davey, pardon de ne pas t'avoir soutenu.
— Tu as fait ce qui te semblait le mieux pour Rabbit.
— Oui.
— Et moi aussi.
— Au moins, on n'aura pas de mal à s'endormir ce soir. »
Ils n'échangèrent plus un mot avant qu'il ait garé la voiture devant chez elle. Elle eut une hésitation avant de descendre.
« Tu es un type bien.
— Franchement, Marjorie, tu n'as pas à te justifier.
— Je ne te jugeais pas. Rabbit dit que j'ai tendance à juger les gens, parfois, ce qui est paradoxal vu que je suis une tricheuse, alors qui suis-je pour juger ?
— Tu en as parfaitement le droit.
— C'est juste que ça semblait improvisé...
— Ça l'était.
— Comment ça ?
— Je n'y avais pas réfléchi une seconde, et puis soudain vous étiez tous en train de discuter de qui serait le plus à même de s'occuper d'elle, et j'ai pensé comme ça : "Pourquoi pas moi ?"
— Comme ça, dit Marjorie.
— Oui, comme ça.
— Juliet n'est pas un jouet. Tu ne peux pas la rendre au magasin.
— Je le sais bien.
— Vraiment, Davey ?

– Je la veux, Marjorie.
– Tu ne sais pas ce que tu veux. Tu ne l'as jamais su.
– Je t'en prie, ne ramène pas ça à nous deux.
– Je ne parle pas de nous deux. Je te parle d'enlever une jeune fille qui vient de perdre sa mère aux gens qui l'aiment le plus au monde.
– Je comprends ce que tu me dis et je l'entends, vraiment, mais je sais que j'y arriverai et, plus important, j'en ai vraiment très envie.
– Depuis cinq minutes.
– Mon père peut bien décréter ce qu'il veut, je me battrai pour elle.
– Oh, ça je sais. Mais tu ferais bien d'en parler d'abord à Rabbit.
– Et si elle défend cette solution, tu la soutiendras aussi ?
– Si elle la défend, mon avis n'aura plus aucune importance.
– Pour moi, si.
– La journée a été longue, Davey. » Elle descendit de voiture.

Il baissa la vitre. « La nuit porte conseil », dit-il. Il attendit qu'elle soit en sécurité chez elle avant de repartir. *Est-ce que je suis fou ?* se demanda-t-il sur le chemin du retour. Mais malgré le poids de la responsabilité qu'il y avait à élever une jeune adolescente, Davey Hayes ne s'était pas senti aussi léger depuis des années.

Jay avait une pinte qui l'attendait au pub. L'endroit était calme, pas comme à l'époque où il y avait un monde fou le dimanche. Il termina son repas. « Ma petite femme a emmené les enfants chez sa mère. » Davey prit une gorgée de sa propre bière et hocha la tête.

« Je suis allé voir Rabbit aujourd'hui, dit Jay.

– Ma mère m'a dit ça.

– Je savais qu'elle n'allait pas bien, mais... » Il secoua la tête.

Francie surgit derrière Davey et lui ébouriffa les cheveux. « Alors, Quasimort, quoi de neuf ? »

Jay attira l'attention de la serveuse « Tu nous remets ça, s'il te plaît ? » lui demanda-t-il en indiquant sa pinte, puis son frère.

Francie se glissa sur la banquette à côté de Davey.

« Comment va Rabbit ?

– Ça fait un choc, témoigna Jay.

– Mais elle est plutôt en forme, non ?

– Elle n'a pas dit grand-chose aujourd'hui.

– Elle a parlé de quoi ? le questionna Davey.

– Du passé, surtout.

– De Johnny ?

– Bah oui.

– Je me demande s'il l'attend, dit Francie, autant pour lui-même que pour les autres.

– Eh bien si c'est le cas, il n'a plus très longtemps à patienter. Pardon, Quasimort, dit Jay – Davey hocha la tête. Elle m'a dit que vous deviez parler de ce que vous allez faire de Juliet, aujourd'hui.

– Oui, c'est ce qu'on a fait.

– Et ?

– Et je veux la prendre avec moi.

– Tu veux la prendre avec toi ? répéta Francie sans dissimuler sa stupéfaction.

– Arrête tes conneries ! s'esclaffa Jay. Sérieusement ? »

Francie s'adossa à la banquette pour laisser Jay poser les questions et Davey donner les réponses.

« Je suis très sérieux.

– Oui mais voilà le hic, Quasimort : c'est pas parce que tu niques des adolescentes que tu sauras en élever une !

– Georgia a vingt-cinq ans.

– C'est parce que tu te sens seul ?

– Non.

– Parce que ce n'est pas toi qui comptes, dans l'histoire, tu sais ?

– Ce n'est pas ça. »

Francie s'empara de la pinte que la serveuse avait posée sur la table pendant l'interrogatoire de Jay.

« Tu n'imagines pas combien c'est dur d'élever des gosses. Tu n'as jamais eu personne qui dépende de toi, continua celui-ci.

– Je sais, je sais. Je n'ai jamais eu ne serait-ce qu'un chien…

– Un chien ! Tu n'as jamais eu une plante verte ! Non, je retire ça. Tu as eu une plante, on l'a fumée et Louis a eu la chiasse. »

Kev passa la porte, repéra ses potes et fila droit vers Davey. Il l'attrapa par-derrière et le secoua. « Comment ça va, Quasimort ?

– Il est en train de perdre la boule, voilà comment il va », dit Jay.

Francie ne disait toujours rien, ce qui ne lui ressemblait guère.

« Et alors, c'est nouveau ? » demanda Kev. Il fit un signe de tête à la serveuse en montrant les pintes que les autres étaient en train de boire. Elle hocha le menton. Il leva le pouce et s'assit à côté de Jay. « Bon, qu'est-ce qu'il a encore fait, celui-là ?

– Il veut prendre Juliet avec lui.

– Désolé pour Rabbit, au fait, s'empressa de dire Kev.

– Merci.

– Bon, et maintenant arrête de faire le con. Tu ne sais même pas t'occuper de toi-même. »

Francie sirotait sa pinte.

Davey commençait à avoir l'impression que ses proches n'avaient pas une aussi haute idée de lui qu'il l'aurait cru.

« Je fais de mon mieux pour ne pas me vexer, les mecs.

– Y a pas de quoi se vexer. Tu es un célibataire qui passe une bonne partie de l'année sur la route. Moi, je bosse chez moi, ma femme est là la plupart du temps et je te jure que, parfois, j'ai envie de les tuer, ou de me tuer moi, ou nous tous, soupira Kev. Je ne le ferai jamais, mais putain, c'est tentant.

– Tes gosses ont tous moins de cinq ans. Juliet en a douze, souligna Davey.

– Oh, oui, parce qu'une ado, c'est le rêve, c'est bien connu ! Mon Adèle a quinze ans et sa mère a trouvé des capotes dans sa chambre. Des capotes, sacré nom de Dieu ! » Jay piqua un fard. « Elle prétend qu'elle les garde pour une copine – comme si on était nés de la dernière pluie – et vous ne savez pas ce que sa mère m'a sorti ? "On devrait songer à la mettre sous pilule" ! À *quinze ans* !

– Moi, à quinze ans, j'avais à peine touché un nichon sous un pull, dit Kev, ce qui fit rire Francie.

– C'est pas drôle, dit Jay. Un garçon ado, c'est une chose, mais une fille… elle te brisera, Quasimort. »

Davey n'avait le temps que pour une pinte. Il laissa Kev et Jay se consoler mutuellement de leurs soucis de parents. Francie le raccompagna à sa voiture.

« J'ai remarqué que tu ne disais pas grand-chose, observa Davey.

— Jay en disait assez pour deux.

— Alors tu es d'accord pour dire que je suis un sale con d'égoïste.

— Je crois que tu es en train de perdre ta frangine, que tu as du chagrin, que tu te sens seul et que tout ce qu'il a dit était juste. Tu ne te rends pas du tout compte de la difficulté. Mais je pense aussi que cette gamine et toi, vous allez bien ensemble. Toi t'occupant de la fille de Rabbit, je trouve que ça colle.

— C'est vrai ? » Davey espérait que son copain n'était pas ironique en disant cela.

« C'est vrai. » Francie lui donna une tape dans le dos. « Bien sûr, tu vas sans doute merder, mais c'est la vie.

— Et mon style de vie ?

— Tu en changeras.

— Oui, exactement.

— Vas-y, va voir ta sœur et plaide ta cause.

— À la bonne heure, Francie. »

Il était un peu plus de vingt heures trente et Davey était en route pour la maison de soins lorsque son téléphone sonna. C'était Grace, et elle était hystérique. « Les garçons ont perdu Juliet ! »

Rabbit

Rabbit hurlait lorsque Molly entra dans la chambre. Le médecin s'efforçait de la calmer, mais il n'y arrivait guère.

« Vous êtes qui, vous ? cria-t-elle.
– Je m'appelle Enda.
– Jacinta ! brailla Rabbit au visage du pauvre homme. Jacinta !
– Jacinta n'est pas en service, mais je suis le médecin de garde. C'est moi qui m'occupe de vous ce soir.
– Sortez d'ici.
– Rabbit.
– Je m'appelle Mia, je suis Mia Hayes. Rabbit, quel nom à la con !
– Pardon. C'est écrit "Rabbit" dans votre dossier. »

Il était tellement accaparé par la folle furieuse qui s'époumonait dans le lit qu'il ne vit pas Molly entrer. Si Rabbit aperçut sa mère, elle n'en montra rien. Sa perfusion était sortie de la veine et le fluide, en s'accumulant dans les tissus, faisait enfler son bras. « Je veux juste vous retirer la perf, disait l'homme, mais elle refusait qu'il la touche.

– Qu'est-ce qui se passe, ici ? dit Molly, alertant le médecin hagard sur sa présence.
– Je suis navré… commença-t-il.
– Y a pas de quoi, jeune homme. Il me semble que c'est ma fille qui fait l'imbécile, là.
– Va-t'en, maman !
– Je m'appelle Enda, se présenta le médecin.
– Molly. Enchantée, Enda.
– Moi aussi, Molly. » Il se pencha par-dessus le lit pour serrer sa main tendue.

« Vous allez vous barrer, tous les deux ? rouspéta Rabbit.
– Non, pas du tout. Bon, qu'est-ce que c'est que ce cirque ?

– Oh, rien, maman, tu penses ! Tout est génial. Je suis tellement heureuse que c'est pas croyable. Folle de bonheur.

– Il va falloir que tu te calmes, ma petite.

– Ne me parle pas comme si j'étais une foutue gamine !

– Alors cesse de te comporter comme une foutue gamine ! »

Apparemment, il y avait un peu trop de « foutus » pour Enda dans cette conversation, car il dit : « Je vais vous laisser tranquilles une minute.

– Merci, jeune homme. » Molly lui sourit lorsqu'il passa devant elle. Une fois qu'il fut parti, elle s'assit au bord du lit. « Si tu ne le laisses pas arranger ça, il ne pourra pas te donner tes calmants et tu vas avoir mal à hurler en un rien de temps.

– J'ai déjà mal à hurler, cracha Rabbit entre ses dents serrées.

– Alors ta résistance est encore plus absurde. »

Rabbit se retourna lentement vers le mur.

« Vous avez décidé de qui prendra ma fille ?

– Ah, alors c'est ça, le problème.

– Réponds-moi, c'est tout.

– Ton père et moi allons la prendre pour le moment. »

Une larme coula de l'œil de Rabbit pour se perdre dans le drap en dessous d'elle. « Wouah, c'est super. » Il était impossible d'ignorer l'ironie et l'amertume de ces mots.

« Dis ce que tu as à dire, Rabbit.

– Je suis ravie, tu penses : elle va pouvoir me regarder mourir, puis papa et toi, avant d'être envoyée on ne sait où.

– Grace la prendra chez elle quand elle aura la place.

– Eh bien, une mère mourante ne pourrait vraiment pas souhaiter mieux.

– Arrête ton cinéma, Rabbit. »

Celle-ci se retourna vers sa mère. « "Arrête ton cinéma" ! Je suis en train de mourir, maman. Si je ne peux pas faire de cinéma maintenant, alors quand ?

– Un point pour toi », convint Molly avec un petit rire, et il ne fallut qu'un instant pour que Rabbit se mette à rire aussi. Ce n'était pas drôle, et pourtant elles rirent à s'en faire mal au ventre, et puis elles se remirent à pleurer. Lorsque Rabbit n'eut plus aucune force et qu'elles cessèrent enfin, Molly s'excusa de l'avenir à court terme de Juliet. « On fait de notre mieux, chérie.

– Je sais, maman. Pardon. Hier, je pensais que j'étais prête à la quitter, mais aujourd'hui je n'ai qu'une envie…

– Casser la gueule à un bébé ?

– Non.

– Donner des coups de pied à un vieux ?

– Non.

– Harceler un pauvre médecin qui n'y peut rien ?

– Oui, voilà.

– Tu as le droit d'être en colère, Rabbit.

– Non. Je n'ai pas le temps. »

Ces derniers mots tailladèrent Molly jusqu'à l'os, mais elle se ressaisit tant bien que mal et s'efforça d'alléger l'atmosphère.

« À propos de colère, Grace a envoyé une tasse à la tête de Lenny.

– Elle m'a dit ça.

– Évidemment.

– En tout cas, il a un sacré œil au beurre noir.

– Elle ne l'a pas raté, c'est sûr.

– Pauvre Lenny. Je parie qu'il n'a rien vu venir.
– C'est normal d'être en colère, chérie, redit Molly avec douceur. On l'est tous, tu sais.
– Merci, maman. » Rabbit pleurait de nouveau. « Tu pourrais demander à Enda de revenir ? J'ai vraiment besoin de mes calmants, maintenant. »

Rabbit resta allongée dans son lit, à jouer aux cubes dans sa tête pour tenir la douleur en respect, tout en répétant son discours à sa fille. *« Juliet, je suis arrivée au bout de ma route. »* Non, on dirait une chanson country. *« Juliet, je vais mourir. »* Trop direct. *« Juliet, je dois m'en aller… »* On dirait que je l'abandonne. *« Juliet, j'ai fait tout ce que j'ai pu… »* Non, trop geignard. *« Juliet, je t'aime. Je suis désolée. »* Trop triste. Seigneur, qu'est-ce que je vais lui dire ? Je n'ai pas le droit à l'erreur.

Si elle avait cru en Dieu et en la vie éternelle, elle aurait pu réconforter sa fille. Elle aurait pu lui promettre de veiller sur elle et de la protéger de là-haut, ou peut-être bien d'en bas, selon que Dieu était très sévère ou non sur les questions de sexe avant le mariage, de contraception et de vol. Rabbit avait volé un sac de câbles pour guitares électriques à un groupe de crétins appelés les Funky Punks ; c'était le seul acte criminel qu'elle avait jamais commis, et elle ne pouvait pas se résoudre à le regretter. Si elle avait été croyante, elle aurait pu dire à sa fille qu'elles se reverraient et que ce n'était pas la fin, mais elle avait beau vouloir lui offrir un peu de réconfort, elle ne pouvait pas lui mentir, d'autant que si elle le faisait Juliet le devinerait. Ce serait cruel.

Enda revint tout seul.
« Toutes mes excuses, lui dit Rabbit.
– Ce n'est rien, voyons. » Il lui prit le bras.

« J'ai été horrible.

– J'ai vu pire. Un septuagénaire a tenté de me donner un coup de pied au visage la semaine dernière, dit-il en examinant son bras et sa main. Vos veines sont éclatées.

– Pourquoi a-t-il fait ça ? Tenez, celle-ci tient encore le coup. » Elle lui montra une veine dans son autre bras.

« Il ne voulait pas que je lui pose un cathéter.

– Il y a une éternité que je ne suis pas sortie de ce lit. J'en ai un, moi ?

– Oui. » Il inséra l'aiguille.

« Tiens, je ne me rappelle pas qu'on me l'ait posé. »

Enda remit la canule en place. « Voilà. Fini. » Il injecta les calmants. « Je vais vous changer votre patch, aussi.

– Enda ?

– Oui ?

– Où est ma mère ?

– Elle est au téléphone.

– Est-ce qu'il est tard ? »

Il regarda sa montre. « Neuf heures passées.

– Ma fille m'avait dit qu'elle reviendrait ce soir. Il est trop tard, maintenant. Elle a école.

– Vous la verrez demain.

– Si je suis encore là.

– Oh, vous serez encore là, combative comme vous êtes, croyez-moi.

– Vous me le promettez ?

– Bonne nuit, Mia. » Enda n'eut pas à promettre, car Rabbit s'endormait déjà.

« Rabbit, souffla-t-elle alors qu'il refermait la porte. Je m'appelle Rabbit. »

Johnny

Ce n'était pas souvent qu'une sainte en chair et en os venait en ville. Du moins, c'est ce qu'avait dit Johnny à Rabbit pour la persuader de l'emmener voir mère Teresa. Rabbit, pas convaincue, avait répondu que son père l'emmènerait.

« Mais je n'ai que deux billets, et je veux que tu y sois.
– Pourquoi ?
– Parce que je sais que ça t'embête.
– Je n'irai pas.
– Allez ! Je suis très malade, et ça pourrait m'aider.
– Si elle pouvait vraiment t'aider, cette turne qu'elle tient en Inde s'appellerait un vivoir, pas un mouroir – et arrête de me faire du chantage avec ta maladie. »

Allongés côte à côte, par terre dans le salon, ils écoutaient de la musique en fixant le plafond.

« Ça empire, Rabbit. »

Elle s'appuya sur un coude pour le regarder avec attention. Il était encore très beau, mais il avait tout le temps l'air fatigué, désormais, et il faisait plus que ses vingt ans. Elle poussa un gros soupir. « OK, d'accord. »

Il lui sourit. « Elle te fera peut-être changer d'avis.
– J'en doute.
– Si elle me guérit.
– Si elle te guérit, c'est sûr que je changerai d'avis.
– C'est important, Rabbit. Ces billets, c'est de la poudre d'or. On a beaucoup de chance. »

Ces mots l'attristèrent, car elle regardait ce beau garçon, bourré de talent, si plein d'amour à donner et de vie à vivre, et qui avait du mal à s'asseoir. Il n'avait pas de chance, non, pas du tout.

Le lendemain, la mère de Rabbit insista pour qu'elle mette sa plus belle robe, et lorsque Davey alla chercher Johnny chez lui, il le trouva en costard. Molly les prit en photo à côté de la fenêtre, Johnny assis sur le rebord, un bras passé autour de Rabbit pour s'appuyer sur elle. Quand on ignorait qu'il était malade, sur cette photo, ils ressemblaient à un jeune couple heureux s'apprêtant à sortir, pas à un homme diminué dont la meilleure amie faisait office de garde-malade. Davey les conduisit à l'église. Johnny devait marcher avec une canne, mais il mit un point d'honneur à monter les marches tout seul, ce qui prit un bon moment, et mère Teresa parlait déjà lorsqu'ils franchirent la porte.

Bien qu'ils soient en retard, Johnny remonta toute l'allée jusqu'au premier rang avec sa canne, et Rabbit le suivit, obéissante. Il s'assit à côté d'une femme qui avait une grosse excroissance sur le côté de la tête et qui sentait l'antiseptique. L'église était noire de monde et il faisait chaud ce jour-là. L'odeur de l'encens, mêlée à celles de désinfectant, de parfum bon marché, de sueur et de désespoir retourna l'estomac de Rabbit ; lorsqu'elle vit des points noirs flotter devant ses yeux, elle se cacha le visage dans les mains et espéra qu'elle n'allait pas s'évanouir. Johnny ne remarqua rien : il était comme envoûté, mais Rabbit ne voyait qu'une toute petite femme affublée de torchons bleu et blanc. Celle-ci parlait d'une voix basse, parfois inaudible. Johnny était penché en avant : il ne voulait pas manquer un seul mot tombé de sa bouche. Rabbit était trop occupée à ne pas s'effondrer ni dégobiller pour s'intéresser à ce qu'elle racontait.

À la fin, les malades se mirent en rang pour être bénis. Johnny se leva plus vivement qu'il ne l'avait fait depuis longtemps et, malgré une rude concurrence, parvint à être dans les premiers de la file. Rabbit resta derrière lui, prête à le rattraper s'il tombait et espérant que personne n'aurait à la rattraper, elle. Elle voyait que les jambes de Johnny tremblaient légèrement, mais elle n'aurait su dire si c'était la maladie ou le trac. La vieille femme vint se placer devant lui et le bénit, puis passa au suivant. Elle ne resta pas plus de quatre secondes et marmonna une prière plutôt qu'elle ne lui parla. Lorsque mère Teresa fut arrivée dix personnes plus loin, Rabbit chuchota à l'oreille de Johnny : « On peut partir, maintenant ?

— Tu plaisantes ? lui répondit-il tout bas.

— Combien faut-il d'Irlandais pour changer une ampoule ? Un pour tenir l'ampoule, et vingt pour boire jusqu'à ce que la salle tourne. Ça, c'est une blague. "On peut partir, maintenant ?", c'est une demande. »

Il lui lança un regard noir, indiquant clairement qu'ils n'iraient nulle part dans l'immédiat. Deux heures de plus s'écoulèrent avant qu'ils s'en aillent. Davey dormait dans la voiture, mais leur dispute le réveilla lorsque Rabbit ouvrit la portière du côté passager.

« Non, je le ferai moi-même, cria Johnny en se dégageant lorsque Rabbit essaya de l'aider à monter.

— Très bien. Prends ton temps, mets encore une demi-heure à t'asseoir dans la bagnole. C'est vrai, on est jeunes, on a toute la vie devant nous ! » Elle grimpa sur la banquette arrière et claqua la portière.

« Alors, ça s'est bien passé ? s'enquit Davey en démarrant le moteur.

— Ta frangine est la personne la plus irrespectueuse que j'aie jamais vue, fulmina Johnny, visiblement blessé et en colère.

– Tu n'avais pas remarqué ? fit Davey pour détendre l'atmosphère, mais c'était perdu d'avance : sa sœur était aussi furieuse que son ami.

– Trois heures que je me fais suer à écouter une vieille noix nous dire que souffrir est un don du ciel ! éclata Rabbit.

– Tu vois ? Elle est incroyable. C'est d'une sainte que tu parles ! »

Rabbit leva le majeur.

Davey secoua la tête. « M'enfin, Rabbit, tu ne peux pas traiter mère Teresa de vieille noix… c'est du blasphème !

– Dis donc, tu ne vas pas t'y mettre, toi aussi ! C'est un ramassis de conneries, ce qu'elle raconte, ni vu ni connu je t'embrouille ! Comment tu fais pour ne pas le voir, Johnny ?

– Je n'aurais jamais dû t'emmener. » Sa déception était palpable.

« Ça, c'est sûr.

– Tu viens de vivre une expérience absolument unique, de celles qu'on ne vit qu'une fois dans sa vie, et tu la foules aux pieds. » Son genou se mit à trembler violemment. Il abattit la main dessus pour tenter de l'immobiliser, mais le spasme continua. « Ah, mais arrête ! » rugit-il en se frappant de nouveau la jambe, au point d'effrayer Rabbit. Il recommença, sa cuisse fit un bond, son genou heurta le tableau de bord. Davey et Rabbit se regardèrent dans le rétroviseur. Ils eurent la sagesse de ne rien dire à Johnny, qui s'était couvert le visage de ses mains et pleurait doucement. Rabbit se sentait horriblement mal. Elle avait fait de son mieux pour le soutenir, mais elle était mal à l'aise dans les églises et il savait qu'elle trouvait tout cela absurde, et quand la vieille femme avait commencé à parler de l'abomination de l'avortement, elle avait vraiment bloqué. Elle n'aurait pas dû grommeler que la vioque ferait mieux de s'occuper de ses oignons, d'autant plus qu'elle avait parlé assez fort pour être entendue par le moine en fauteuil roulant et la femme unijambiste assise à côté d'eux. Ceux-ci ne s'étaient pas démontés : le moine lui avait simplement chuchoté que si c'était ce qu'elle pensait, elle ferait mieux de partir ; la femme, elle, avait claqué de la langue d'un air réprobateur en la fixant du regard.

Johnny était incandescent de rage. Il ne desserra plus les dents de tout le trajet. Il ne permit qu'à Davey de l'escorter jusqu'à sa maison. C'était la seule véritable dispute qui soit jamais survenue entre Rabbit et Johnny, et ils ne se parlèrent pas pendant deux semaines. Enfin, Rabbit céda. Elle alla jeter des graviers contre la fenêtre de sa chambre et menaça de grimper à l'arbre qui poussait dans le jardin mitoyen et de sauter à travers la vitre s'il le fallait. N'ayant encore que seize ans, elle était trop jeune pour comprendre que l'explosion de Johnny dans la voiture n'avait pas eu grand-chose à voir avec son manque de respect à elle, et tout avec sa déception à lui d'être ressorti de cette église aussi infirme qu'il y était entré. Elle s'excusa profusément d'avoir été nulle et lui jura de ne jamais remettre les pieds dans une église avec lui. Il était allongé sur son lit, sa guitare posée à côté de lui. Ses yeux étaient fermés. Il ne parlait pas, et elle commença à craindre que ses excuses et ses promesses soient insuffisantes.

« Et plus jamais je n'appellerai mère Teresa autrement que mère Teresa. C'est super qu'elle s'occupe des malades, et elle peut dire ce qu'elle veut sur tout ce qu'elle veut. On a tous le droit d'avoir une opinion.

– Tu es bien placée pour dire ça ! » Il avait toujours les yeux fermés, mais son sourire encouragea Rabbit.

« Et je n'aurais jamais dû menacer de taper cette gentille dame unijambiste.

– Sans doute pas, non.

– Même si elle m'a fait un croche-pied exprès avec sa béquille. »

Cette fois, il ouvrit les yeux. « Moi aussi, je m'excuse. Je n'aurais jamais dû te demander de venir. C'était injuste.

– Pénible, surtout. » Elle s'assit dans le fauteuil que la mère de Johnny avait installé à son chevet.

« J'ai écrit plein de nouvelles chansons.

– Fais-moi écouter. »

Il se redressa lentement et elle cala des oreillers dans son dos, juste comme il aimait. Il prit sa guitare ; il chanta et lui joua ses chansons.

Elle ferma les yeux pour écouter. Lorsqu'il eut terminé, elle se leva et l'embrassa sur la bouche. « Ne nous disputons plus jamais.

– D'accord. » Il semblait un peu stupéfié par son audace.

« Il faut que j'y aille, dit-elle, debout au pied de son lit, en renfilant sa veste.

– Où ça ?

– Rompre avec mon copain.

– Pourquoi ?

– Parce que je suis amoureuse de toi.

– Rabbit, je suis trop vieux et trop malade pour toi.

– Je m'en fous.

– On est juste amis ! lui cria-t-il tandis qu'elle dévalait l'escalier.

– Je peux attendre ! » lui cria-t-elle en retour.

Juliet

Tout petits, Ryan et Juliet passaient leur temps à jouer ensemble. Comme ils étaient les cousins les plus proches en âge, ils avaient naturellement gravité l'un vers l'autre. À en croire les photos que leurs mères sortaient au moins une fois par an, ils étaient même complètement obsédés l'un par l'autre. Sur tous les clichés – et il y en avait des quantités –, on les voyait se tenir par la main, se faire un câlin ou s'embrasser. Ils avaient moins de cinq ans à l'époque, mais c'était toujours aussi gênant chaque fois que leurs parents regardaient ces vieux souvenirs.

Ces dernières années, toutefois, leurs liens s'étaient distendus. Ils ne fréquentaient pas le même collège, ne s'intéressaient plus aux mêmes choses. Ryan était toujours très sûr de lui et de ce qu'il attendait de la vie, alors que Juliet, en dehors de son désir de vaincre le cancer, ignorait totalement qui elle était et ce qu'elle voulait. Ryan plaisait aux filles et se trouvait toujours au centre de l'attention. Juliet préférait rester en retrait. On lui avait bien fait quelques avances, mais elle supportait mal l'idée qu'un garçon puisse lui fourrer sa langue dans la bouche. Et puis elle était très prise par les soins à sa mère. Elle avait bien trop à faire et à garder en tête pour perdre son temps à courir après les garçons. Ryan, lui, avait des petites copines depuis l'âge de neuf ans. Il était expérimenté. Alors que la seule expérience de Juliet datait de ses dix ans, le jour où Timmy Sullivan lui avait léché la figure pour gagner un pari. Cela avait été mouillé, dégoûtant, et lui avait laissé des traces de chips arôme fromage-oignon sur la joue. Il avait filé avant qu'elle puisse lui donner un coup de pied, et l'incident l'avait tellement choquée qu'elle s'était mise à pleurer. Elle n'avait plus jamais touché à une chips fromage-oignon depuis.

Avant que Ryan ne fête ses neuf ans et ne découvre les filles, en revanche, ils passaient le plus clair de leur temps dans la cabane en bois qui se trouvait au fond du jardin de Juliet. C'était leur refuge, un endroit où ils pouvaient se cacher du reste du monde. Ils y faisaient des pique-niques, commentaient les dessins animés, jouaient aux petits chevaux, à Puissance 4, et au jeu préféré de Ryan : Buckaroo. Juliet ne s'était plus aventurée dans la cabane de jardin depuis que Ryan avait quasiment disparu de sa vie. Kyle était claustrophobe, et Della trouvait qu'elle sentait la vieille chaussette. Juliet ne l'avait jamais vraiment remarqué avant aujourd'hui, mais son amie avait raison : cela sentait bien la vieille chaussette, là-dedans.

Et il y faisait noir, aussi. Elle trouva une lampe torche sur l'étagère, à côté des jeux, l'alluma et regarda par la fenêtre vers sa maison, qui était aussi plongée dans l'obscurité. Elle avait envisagé d'y aller, mais savait que si elle faisait ça on la trouverait, et elle avait eu raison : à deux reprises ce soir-là, Grace et Lenny avaient inspecté la maison de fond en comble, en hurlant son prénom, et Davey l'avait attendue pendant quelques heures. Elle l'avait regardé faire les cent pas dans la cuisine. Il était parti depuis un bon moment, mais il reviendrait.

Elle ne savait pas bien ce qu'elle faisait. Tout ce qu'elle voulait, c'était qu'on la laisse tranquille. Son cœur lui faisait si mal qu'elle aurait voulu l'attraper à pleines mains et se l'arracher. Elle n'avait pas mangé, et les bouts de ses doigts étaient blancs et gourds. Elle était fatiguée. Elle regarda sa montre : vingt-deux heures. Elle ouvrit le coffre, en sortit la vieille couverture sur laquelle Ryan et elle pique-niquaient autrefois, se pelotonna dedans et s'endormit.

Elle fut réveillée, en sursaut, par le faisceau de sa propre lampe torche braqué sur son visage, et plaça une main devant ses yeux.

« Qui est là ? demanda-t-elle d'une petite voix terrifiée.

– Le pédophile du quartier, muahahaha, répondit Ryan en éclairant sa propre tête.

– Va-t'en, s'il te plaît. » Elle se cacha sous sa couverture.

« Je ne me rappelais pas que c'était si petit et que ça puait autant, là-dedans », constata le garçon.

Elle ne répondit pas. Ryan l'avait déçue lorsqu'il n'avait plus eu envie de jouer avec elle, mais surtout, il lui avait vraiment fait de la peine lorsqu'elle était venue habiter chez lui. Il était le seul de ses cousins qui n'ait pas fait un effort pour lui parler, l'accueillir. Même ce pauvre Jeffery, tout prédiabétique et affamé qu'il était, avait essayé. Alors que Ryan, lui, sortait de la pièce dès qu'elle y entrait, et ça la tuait. Elle s'était souvent demandé ce qu'elle avait fait de mal mais ne lui avait jamais posé la question : il ne lui en avait même pas laissé le temps.

Il lui enfonça le bout de la lampe torche dans le bras.

« Fous-moi la paix, dit-elle.

– Peux pas.

– Ah bon ? Pourtant, tu y es très bien arrivé jusqu'à maintenant.

– Pardon. »

Elle sortit la tête de sous la couverture. « Pourquoi ?

– Parce que tout le monde te mentait, et que moi je ne voulais pas. »

Elle se redressa et s'adossa à la paroi. Il était assis en face d'elle. « Vous êtes au courant depuis combien de temps ?

– À peu près depuis que ta mère s'est cassé la jambe. Ils ne voulaient pas y croire, c'est tout.

– Et elle, elle sait ?

– Oui.

– Pourquoi est-ce qu'elle ne m'a rien dit ?

– Elle compte le faire. Elle le fera. C'est dur, je suppose.

– Combien de temps ?

– Pas longtemps.

– Ça fait combien, ça ? » Juliet sentait les larmes lui monter aux yeux, et une peur panique faisait trembler sa voix.

« Je ne sais pas, Juliet. Personne ne me dit rien. J'en suis réduit à deviner ce que je peux en tendant l'oreille.

– Peut-être qu'ils se trompent.

– Ils ne se trompent pas. Stephen et Bernard disent qu'elle avait l'air d'une folle hier soir.

– Elle n'est pas folle ! cria Juliet avec colère.

– Ce n'est pas ce que je voulais dire, tu sais bien. Elle a l'air mourante, parce qu'elle l'est. »

Juliet pleurait maintenant à chaudes larmes. « Mais elle ne peut pas mourir. Je ne veux pas.

– Ça ne compte pas, ce que tu veux.

– Facile à dire... tu as deux parents, toi. Je te déteste. » Elle se leva. « Je te jure, je te déteste ! »

Elle voulut sortir en courant, mais il se leva vivement et bloqua la porte.

« Pousse-toi !

– Non.

– Ryan, je suis sérieuse.

– Non.
– Je vais te taper.
– Vas-y, tape-moi.
– Je vais le faire, vraiment.
– Vas-y. »

Elle lui donna un coup de pied dans le tibia, si fort que le garçon s'effondra au sol. « Putain de merde, Juliet, qu'est-ce qui te prend ?
– Je t'avais dit que je le ferais.
– Je crois que c'est cassé. » Il se tenait la jambe et arborait une expression peinée qui inquiéta Juliet. Elle ne pouvait pas le laisser comme ça par terre, surtout si elle lui avait brisé un os.

« Fais voir. »

Il étendit lentement sa jambe et poussa des gémissements lorsqu'elle remonta son pantalon. Elle lui prit la torche et examina la situation de près. Le tibia était très rouge, et il y aurait un bleu affreux, mais pas de fracture.

« C'est bon, tu survivras », déclara-t-elle avant d'éclater en sanglots, à pleine voix et sans retenue. Ryan resta assis en silence à côté d'elle pendant qu'elle se vidait de toutes ses larmes.

« Ça va aller, finit-il par dire.
– Non, pas du tout.
– Je sais que si. Fais-moi confiance. »

La lumière s'alluma dans la cuisine. Il alla regarder à la fenêtre. « C'est Davey, dit-il en se rasseyant à côté d'elle. Maman se fait un sang d'encre, Stephen et Bernard pètent un plomb, tout le monde s'inquiète beaucoup pour toi.
– Ils n'avaient qu'à pas me mentir.
– Toi aussi, tu as menti.
– Moi ? Non !

– Ne joue pas à ça avec moi, Juliet Hayes. Tu savais. »

Elle hocha la tête, et la dernière larme qui restait en elle roula sur sa joue.

« Je voulais juste que le problème s'en aille tout seul.
– Ben c'est raté.
– Je pense qu'on ferait bien de rentrer. »

Ryan sortit avec elle de la petite cabane humide.

Lorsqu'il les vit entrer dans la cuisine, Davey s'illumina. Sans un mot, il s'approcha d'eux et les prit tous les deux dans ses bras. Ryan le repoussa. « Franchement, Davey ! »

Mais Juliet resta dans ses bras et ils se serrèrent, fort. Il l'embrassa sur le sommet du crâne. « Te voilà de retour chez toi », lui souffla-t-il.

Ryan s'était éclipsé de la maison et était parti depuis longtemps lorsqu'ils se séparèrent. « Pardon d'avoir inquiété tout le monde », dit Juliet.

Comme elle était gelée, Davey lui fit couler un bain brûlant, et elle l'entendit téléphoner à Grace dans le couloir. Lorsqu'il découvrit qu'il n'y avait rien à manger dans les placards, il lui cria qu'il allait faire les courses. Juliet resta allongée parmi les bulles, réchauffée et épuisée. Elle ne se rendormit pas, mais elle se perdit très loin dans ses pensées. En entendant la porte s'ouvrir en bas, elle se traîna hors de la baignoire et se rhabilla dans sa chambre. Cette chambre n'avait pas changé, mais Juliet se sentait étrangère dans sa propre maison. Rien ne lui semblait réel, ou ne paraissait lui appartenir. Davey l'appela. Elle descendit à la cuisine en pyjama et robe de chambre. Il lui avait préparé une omelette.

« Essaie juste d'en avaler le plus possible, lui conseilla-t-il, mais elle était affamée et la dévora presque entièrement.

– Tu es un bon cuistot, dit-elle.
– Du moment que tu aimes les œufs, les pâtes et la tourte irlandaise, je suis ton homme.
– Qu'est-ce que je vais devenir, Davey ?
– Je ne sais pas encore, Juliet, mais je te promets que, quoi qu'il arrive, tu auras ton mot à dire.
– Je veux juste ma maman.
– Je sais bien, sauterelle.
– C'est comme ça que grand-mère l'appelle. »

Juliet se coucha dans son lit ce soir-là, et son oncle Davey dans la chambre d'amis. Elle se tourna et se retourna sans fermer l'œil, et regarda la nuit laisser place au matin, en sachant que c'était sans doute la dernière qu'elle passait dans sa maison. Juste avant l'aube, elle sortit de sa chambre pour entrer dans celle de sa mère. Elle se glissa dans son lit et inhala son parfum dans la couette et les draps. Elle serra les oreillers contre elle, et c'est ainsi qu'elle s'endormit enfin.

SIXIÈME JOUR

11

Davey

Il y avait longtemps que Davey n'avait pas été ennuyé par ses boyaux fragiles, mais lorsqu'il ouvrit la porte de la chambre de Juliet et découvrit qu'elle n'y était pas, il passa très près de se faire dessus. Il se remit rapidement en la découvrant profondément endormie dans le grand lit de sa mère. Il rapporta à la cuisine le petit déjeuner qu'il avait préparé et le jeta à la poubelle, préférant la laisser dormir. Il mit de l'eau à chauffer et parla au téléphone avec Grace tout en buvant son café. Elle était encore très fâchée que ses deux fils aient perdu la fille unique de sa sœur mourante, et Ryan, bien qu'il eût finalement sauvé la situation, en avait très peu raconté sur l'état d'esprit de Juliet. « Il m'a dit : "À ton avis ? Sa mère est en train de mourir !" et il est allé se coucher, lança Grace à son frère.

– Elle dort dans le lit de Rabbit.

– Mon Dieu, que c'est triste.

– Je me disais qu'on pourrait peut-être rester ici tous les deux jusqu'à ce que Rabbit nous quitte. »

Grace resta muette au bout du fil.

« Tout son monde s'écroule, et elle est chez elle, ici.

– Tu ne comptes pas renoncer à la prendre avec toi, hein ?
– Non.
– Papa et maman ne voudront jamais, Davey.
– Je pense que si.
– Tu rêves.
– Peut-être. »

Davey entendit la porte s'ouvrir alors qu'il était encore au téléphone avec sa sœur. Molly entra dans la cuisine. Elle était hagarde.

« Maman est là, dit-il.
– Elle va me tuer, gémit Grace.
– Mais non… Tu ne vas pas tuer Grace, hein, maman ?
– Non. Je vais tuer ses gosses », lâcha Molly en rallumant la bouilloire.

Davey posa le téléphone pour faire du café à sa mère. Celle-ci retira son manteau et s'assit à la table.

« Et Juliet ?
– Elle dort encore. Tu as mangé ?
– Un bout de toast. Il me reste coincé dans la gorge. » Elle se tordit les mains, puis les passa dans ses cheveux. « Il faut qu'on l'amène à la maison de soins. Rabbit avait envie de la voir hier soir.
– Je sais, maman. Encore une petite demi-heure. »

Molly opina de la tête. Davey lui tendit son café et s'assit à côté d'elle. « Tu lui as fait donner l'extrême-onction hier soir ? s'enquit-il.
– Elle était un peu trop agitée. Je me suis dit que si elle se réveillait en plein milieu, on serait bons pour deux enterrements.
– Tu devrais laisser tomber, maman.
– Impossible.

– À propos...

– Non, Davey, tu ne vas pas emmener Juliet en Amérique.

– Et si je restais ici ? »

Molly lui posa une main sur la joue. « Tu as toujours été très gentil, Davey, mais ta vie est là-bas, mon fils.

– Ma vie est là où je le décide. On pourrait garder cette maison.

– Rabbit est journaliste free-lance et mère célibataire. Elle loue.

– Eh bien je l'achèterai. »

Ni lui ni elle n'avaient entendu les pas de Juliet dans l'escalier et le couloir. Soudain, elle fut debout à côté d'eux.

« Juliet ! Tu as failli me faire mourir de peur ! s'exclama Molly.

– Tu dois avoir faim ? dit Davey.

– Grand-mère.

– Oui, chérie.

– Je veux aller vivre avec Davey.

– Davey ne peut pas rester ici, ma chérie.

– Je sais. Je veux partir avec lui. »

Molly semblait sur le point de fondre en larmes, ou d'envoyer un coup de poing à Davey, il n'aurait su dire. Il se recula légèrement sur sa chaise, sans savoir que dire ni que faire.

« On en reparlera », finit par dire Molly avec la voix qu'elle prenait quand elle ne tolérait pas de discussion. Juliet s'assit en face d'eux. Davey se leva, la bouilloire fut rallumée et deux tranches de pain furent glissées dans le toaster. Au bout de quelques instants de silence, Molly demanda à sa petite-fille si elle avait des questions à lui poser.

« Non.

– Tu es sûre, chérie ? »

Juliet se remit debout avant même que l'eau ait bouilli ou que les toasts aient sauté, et se dirigea vers la porte.

« Et ton petit dej ? lui demanda Davey.

– J'ai pas faim. » Elle sortit de la pièce.

Molly se tourna vers son fils. « Qu'est-ce que tu as fait ? »

Elle partit peu après. Davey se doucha et se changea dans la salle de bains principale ; Juliet utilisa celle de la chambre de sa mère. Ils se retrouvèrent en bas, frais et prêts à aller voir Rabbit.

« Davey ? dit Juliet alors qu'ils marchaient vers l'auto.

– Oui ?

– Je pourrai y aller seule ?

– Bien sûr. »

Ils montèrent en voiture.

« Davey ?

– Oui ?

– C'est vraiment vrai que tu veux me prendre avec toi ? » La voix de Juliet se brisa légèrement, trahissant son appréhension.

« Juliet, tout le monde te veut.

– Et maman, qu'est-ce qu'elle veut ? »

Davey aurait pu se contenter d'une réponse convenue, du genre : « Elle veut que tu sois heureuse », mais choisit plutôt d'avouer la vérité. « Je ne sais pas. »

Ils gagnèrent la rue, et Juliet alluma la radio : une vieille chanson de Dolly Parton passait à ce moment-là. Elle monta un peu le son et inclina son dossier.

« Tu aimes la country ? lui demanda Davey.
– Pas trop, non. » Elle ferma les yeux.
Elle dormait lorsqu'ils arrivèrent à la maison de soins. Davey gara la voiture et y resta pendant au moins cinq minutes sans essayer de la réveiller. Au lieu de cela, il regarda les passants aller et venir en repensant aux événements des cinq derniers jours. Puis il contempla sa nièce endormie et se sentit terriblement mal à l'aise. *Qu'est-ce que j'ai fait ?*

Juliet se réveilla et observa son oncle : le regard lointain, perdu dans ses pensées. « Qu'est-ce que je vais lui dire, Davey ? demanda-t-elle lorsqu'il se tourna vers elle.
– Tout ce que tu veux.
– J'ai envie de partir en courant.
– Moi aussi. »

Ils descendirent de voiture et gagnèrent les portes de la maison de soins en se tenant par la main. Une fois à l'intérieur, elle le lâcha et il la regarda se diriger seule vers la chambre de sa mère.

« Je serai là quand tu sortiras », lui lança-t-il avant qu'elle ouvre la porte. Elle l'avait déjà refermée derrière elle lorsqu'il aperçut Mabel, la femme de Casey, assise dans un des fauteuils du hall. Elle avait un livre à la main et un grand sourire aux lèvres.

« Mabel ?
– Elle-même !
– Qu'est-ce que tu fais là ?
– Bah, tu sais bien que quand Casey ne peut pas être présente, elle envoie le deuxième choix. »

Elle se leva pour l'embrasser. Il se sentit fondre dans sa chaleur. « Tu ne seras jamais un deuxième choix, et tu n'imagines pas comme c'est bon de te voir.

– Je suis désolée pour toi, mon cœur, dit-elle.
– Où est-ce que tu dors ? Où sont les enfants ?
– Sur la route avec une baby-sitter et leur autre mère.
– Comment se passe la tournée ?
– Oublie la tournée.
– Tu es là pour combien de temps ?
– Le temps qu'il faudra. »

Davey la serra de nouveau dans ses bras.

« C'était pourquoi, ça ? fit-elle.
– C'est la première fois depuis mon arrivée que je me sens vraiment chez moi. »

Ils retournèrent s'asseoir, et Davey lui raconta les cinq jours qui venaient de s'écouler avant de lui apprendre que Juliet et sa mère commençaient tout juste à affronter sa mort.

« Quelle tristesse, dit Mabel.
– Casey a peur que je ne revienne pas, hein ?
– Chaque fois que tu montes dans un avion pour l'Irlande, elle a peur de ça.
– Cette fois-ci, elle a peut-être raison. »

Mabel lui donna un petit coup d'épaule. « Prenons les choses comme elles viennent, jour après jour. »

La première fois que Davey l'avait vue, Mabel était en train d'embrasser goulûment sa meilleure amie. Ils étaient en coulisse, à un festival dans l'État de Washington. Casey venait de terminer son concert et Mabel l'avait attendue dans l'ombre. C'était une grande et magnifique Afro-Américaine charpentée, au crâne rasé, qui vivait en pantalons de cuir et tee-shirts à tête de mort, et qu'on prenait pour une rock-star partout où elle allait.

Mabel l'avait surprise à les regarder s'embrasser.

« Pourquoi est-ce qu'il nous mate comme ça ? avait-elle demandé après ce baiser passionné, alors qu'il les dévorait toujours des yeux.

– Il te juge, avait expliqué Casey.

– Et ?

– Bien foutue, avait conclu Davey, ce qui avait fait rire Casey.

– Il me plaît, avait déclaré Mabel.

– Il est précieux, avait confirmé Casey.

– Toi aussi. » Mabel s'était penchée pour un nouveau baiser, et voilà : Casey était devenue accro. Mabel faisait office de régisseuse pour un groupe qui jouait avec eux ce soir-là. Une semaine plus tard, elle avait quitté ce groupe et vivait avec eux dans le bus. Avant la fin du mois, elle avait remplacé leur régisseur à eux, un camé prénommé Job, sans même qu'il s'aperçoive de rien. Il était resté jusqu'à la fin de la tournée, mais après cela Mabel avait été pendant deux ans régisseuse officielle de Casey, jusqu'au jour où elle était devenue sa femme.

Mabel était une emmerdeuse et une bosseuse, franche et honnête. Elle avait un sens de l'humour diabolique, elle ne crachait pas sur la boisson et, dès le départ, elle avait vu en Davey un ami. Depuis qu'elles avaient les enfants, Mabel passait moins de temps sur les routes, mais elle parvenait tout de même, de chez elle, à organiser en détail les tournées, la vie de Casey et parfois même celle de Davey.

Celui-ci resta à attendre devant la porte de sa sœur. Mabel se rendit à la cafétéria et en revint avec des gobelets de thé et des wraps.

« Je leur ai dit d'enlever le concombre.

– Merci.

– Est-ce qu'une seule personne, ici, a déjà vu une Noire ? s'enquit-elle en voyant pour la troisième fois quelqu'un la reluquer d'un air effaré en passant devant elle.

– C'est ton crâne rasé. Les visiteurs croient que tu as un cancer et te plaignent, les mourants croient que tu as un cancer et se demandent comment tu fais pour être aussi en forme. »

Elle eut un petit rire.

« Tu n'es pas obligée d'attendre ici, tu sais.

– Je n'ai pas fait toutes ces heures de vol pour rester à l'hôtel. » Son téléphone sonna. Elle le regarda et le tendit à Davey. « C'est pour toi. »

Il le prit et répondit. « Salut, Casey.

– C'est bon d'entendre ta voix !

– La tienne aussi.

– Comment ça va ?

– Mieux depuis que Mabel est là.

– Si je pouvais annuler, tu sais que je le ferais.

– Oui, je sais.

– Tu me manques. Tu nous manques à tous. » Cette affirmation fut ponctuée par des cris et des youyous de la part des hommes et femmes présents dans le bus.

« Dis-leur qu'ils me manquent aussi. »

Il rendit le téléphone à Mabel, qui s'éloigna de quelques pas pour parler tout bas. Il resta assis devant la chambre, en se demandant ce qui se passait derrière cette porte fermée, et rêvassa aux nombreux jours et nuits qu'il avait passés avec une route défilant sous ses pieds, une destination bien déterminée devant lui et aucun réel souci. *Rien ne sera plus jamais comme avant, Rabbit. Comment serait-ce possible si tu n'es plus là ?*

Juliet

Rabbit était seule et endormie. Juliet s'avança sans bruit vers sa mère, lentement et prudemment, craignant de la réveiller mais redoutant plus encore ce qui se passerait lorsqu'elle sortirait du sommeil. Elle s'installa sur la chaise à côté du lit, et, pour la première fois depuis que Rabbit était entrée dans cette maison, s'autorisa non pas à simplement regarder sa mère, mais à réellement la voir. Elle observa avec attention le visage enflé de sa pauvre maman, la décoloration autour de ses lèvres crevassées, ses bras et ses mains couverts de bleus, et elle entendit le souffle bruyant, laborieux, qui s'échappait sporadiquement de sa bouche ouverte. Elle ne ressemblait plus du tout à ce qu'elle avait été. Ses cheveux et ses pommettes n'étaient plus qu'un souvenir, et, lorsqu'elle était éveillée, toute couleur semblait avoir déserté ses yeux bouffis. Dans la position fœtale qu'elle adoptait en général, son corps naguère long et mince paraissait plus petit et enflé. Même ses doigts étaient saturés de fluide, noueux, méconnaissables. On aurait dit un personnage anonyme et brisé, comme dans ces films que les garçons adoraient. Il y avait du sang autour de l'aiguille enfoncée dans son bras. Sa main avait un peu dégonflé, mais d'infimes gouttelettes de lymphe s'échappaient encore de la ponction.

Le plateau du petit déjeuner était intact. Sur la table de chevet étaient posés des bâtonnets glycérinés au citron. Elle tenait le lapin en peluche contre sa poitrine. On aurait dit une petite fille perdue et, tout à coup, Juliet éprouva une telle bouffée de chaleur, d'amour et de tendresse qu'elle eut l'impression que c'était elle la mère, dans cette chambre. Elle toucha légèrement le bras de Rabbit ; sa peau était encore douce. Elle déballa un bâtonnet et le passa avec délicatesse sur ses lèvres parcheminées. Puis elle se rendit à la salle de bains, humecta un linge et, avec une tendresse infinie, essuya le sang séché autour de l'aiguille de la perfusion.

«Je t'aime, maman», chuchota-t-elle.

Les yeux de Rabbit s'entrouvrirent. «Juliet?

– Si j'avais pu choisir n'importe qui au monde comme maman, je t'aurais choisie, toi. Tu as été extraordinaire. Tu es extraordinaire.»

Des larmes roulèrent sur leurs visages à toutes les deux.

«Tu es ce qui est arrivé de mieux dans ma vie, Juliet Hayes.» Rabbit s'efforçait de garder les yeux grands ouverts pour bien voir sa petite fille.

«Je sais, maman, répondit Juliet en séchant les larmes de sa mère avec un mouchoir.

– Je suis tellement fatiguée, Juliet…

– Alors dors.

– Grimpe là-dessus, mon bébé.» Rabbit essaya de tapoter le lit.

«D'accord.» Juliet fit le tour du lit, monta, et se blottit contre sa mère, qui serrait toujours son lapin contre elle. Dix minutes plus tard, toutes les deux dormaient profondément.

Jack

Jack repéra Mabel, assise avec son fils, avant qu'elle ne l'ait vu. Il fut immédiatement frappé par sa gentillesse. *Elle a fait tout ce chemin pour Davey.* On oubliait facilement que Davey, même s'il n'avait pas de famille à proprement parler aux États-Unis, n'était pas seul là-bas. En voyant arriver ses parents, il se leva.

« Maman, je te présente mon amie Mabel.
– Bonjour, très chère, dit Molly en lui serrant la main. Jack n'arrête pas de s'extasier sur toi.
– Il n'est pas mal non plus, répliqua Mabel en donnant l'accolade à Jack. C'est bon de te revoir, le vieux.
– Ha ! Moi aussi, je l'appelle comme ça ! fit Molly.
– C'est adorable à toi d'être venue, dit Jack.
– Je n'aurais pas voulu être ailleurs. »

Au fil des années, Jack était allé à de nombreuses reprises voir Davey jouer avec Casey. Parfois accompagné par Francie, Jay et Kev – l'occasion de se faire un week-end entre hommes ; d'autres fois, il y était allé avec Grace et Rabbit, Rabbit et Juliet, ou encore Grace, Lenny et les garçons. Molly était plus réfractaire aux voyages : elle aimait Blackpool et le pays de Galles, et le reste du monde pouvait aller se faire voir. La première fois que Davey avait osé suggérer qu'elle vienne passer un peu de temps à Nashville, elle lui avait ri au nez. « C'est ça, oui, avait-elle ricané. Tu ne veux pas que j'aille sur la Lune, pendant que j'y suis ? Paraît qu'il y a une chaude ambiance, là-bas. »

Chaque fois que Jack, lui, y allait – et il faisait parfois le voyage seul –, Casey et Mabel étaient tellement attentionnées à son égard qu'il avait les larmes aux yeux en repartant. Il avait même voyagé dans le bus de tournée, ce qui avait été excitant pendant environ un jour et demi, puis un peu fatigant, mais avait valu le coup quand même. Il adorait rouler de ville en ville, regarder l'infini ruban de la route monter à la rencontre des horizons urbains bleus, rouges, orange et noirs, puis se retrouver dans d'énormes salles de spectacle. Il regardait le groupe répéter dans des salles vides, et il était le bienvenu sur ces scènes incroyables. Il conservait toutes les accréditations backstage qu'il avait portées autour du cou, de Kitchen Sink à The Song puis à Casey, et chacune recelait un souvenir qu'il chérirait à jamais. Revoir Mabel lui donnait envie de pleurer. Cela lui rappelait l'époque où Rabbit et lui avaient emmené Juliet, lorsque la tournée avait assuré dix concerts d'affilée à Las Vegas. Juliet n'avait alors que cinq ans, et c'était donc pendant sa période «Je suis une extraterrestre». Ils avaient passé cinq jours incroyablement heureux ensemble, Mabel et Casey gâtant Juliet comme si elle était leur propre fille. Rabbit était encore en pleine forme à l'époque, tout à fait apte à s'occuper de son extraterrestre, mais les filles avaient tenu à l'emmener voir les plus beaux spectacles, nager dans les plus belles piscines, manger dans les restaurants pour enfants les plus incroyables. Elles lui avaient acheté des vêtements, des chaussures et des poupées jusqu'à ce que Rabbit soit obligée de mettre le holà, car l'excédent de bagages risquait de lui coûter une fortune. Les filles s'occupant de Juliet, Rabbit avait eu du temps pour se promener avec son père et Davey. C'était de nouveau comme au temps où elle était la régisseuse de Davey et où Jack était à la tête du fan-club du groupe.

La mort de Johnny avait éloigné Rabbit et Davey, anéanti la complicité qu'ils avaient construite sans même s'en apercevoir. Chacun s'était enfermé dans son chagrin et ses remords. Ces journées brûlantes passées à écumer les boutiques, à bronzer au bord de la piscine et à refaire le monde jusqu'au bout de la nuit dans des bars avaient réparé ce pont brisé. Au concert, Davey avait frimé en exhibant Rabbit au groupe et aux techniciens : sa petite sœur, génie du son. Elle avait fait merveille derrière la console. Quand Eddie, l'ingé son en chef, lui avait demandé si elle voulait essayer, elle lui avait répondu qu'elle ne saurait même pas l'allumer. Jack avait alors bien vu la fierté de Davey lorsqu'il avait ajouté : « Mais si tu lui laisses une heure, elle te piquera ton boulot. » Mabel et Casey connaissaient l'histoire de Davey, Rabbit et Johnny ; elles savaient que le frère et la sœur pleuraient encore leur ami, et elles avaient joué un rôle dans leur guérison. Jack les remercierait toute sa vie pour cela.

Molly, Jack, Davey et Mabel étaient assis en rang d'oignon, les yeux rivés sur la porte. Ils devaient impérativement laisser à Juliet et à Rabbit tout le temps qu'il leur fallait, mais ce n'est pas facile de regarder une porte ainsi, surtout dans de telles circonstances. Molly fouilla dans son sac et en sortit un sachet de bonbons au citron. Elle les passa à Jack, qui les passa à Davey, qui les passa à Mabel.

« Citron et caramel. Très bon, mais il faut de solides plombages, dit Molly à Mabel, laquelle en prit un et fit repasser le sachet dans l'autre sens.

– Je ne crois pas qu'on en ait en Amérique.

– Quel dommage. »

Jack demanda des nouvelles de Casey et des enfants, et Mabel expliqua à quel point ils étaient tous formidables, à ceci près qu'Emmet, six ans, tenait absolument à lécher le visage de son frère jumeau Hopper. « C'est plus fort que lui, tous les jours que Dieu fait. Ça rend Hopper fou de rage, il se met en rogne contre lui. Ensuite, ce sont des pleurs à n'en plus finir, jusqu'à ce que l'un des deux fasse une crise de nerfs. C'est à devenir dingue !

– De la vaseline, dit Molly.

– Pardon ?

– Tu en étales un peu sur la figure de Hopper. La prochaine fois qu'Emmet le léchera, il en aura plein la langue. Il ne recommencera pas.

– Le psy dit que ça lui passera.

– Ça lui passera bien plus vite si son frère a un sale goût. »

Mabel réfléchit et hocha la tête. « Ce psy prend presque cinq cents dollars de l'heure.

– La prochaine fois, appelle-moi. Je ne te prendrai que la moitié pour une solution qui marche. »

Mabel promit de le faire. « Elle est aussi géniale que tu le disais, Jack.

– Oh, ça oui ! » confirma-t-il, tout fier.

Jack Hayes aimait sa femme plus que sa vie. Pendant les pires moments, elle était restée la tête haute sur cette même chaise, réconfortant tout le monde par sa seule présence. *S'il y avait un Dieu, je Le remercierais pour ton existence, Molly Hayes. Et bien sûr, je Lui mettrais un coup de pied au cul pour tout le reste.*

Le temps passe très lentement quand on est assis dans le couloir d'une maison de soins palliatifs. Jack eut besoin de se dégourdir les jambes, et Mabel proposa de l'accompagner. Il l'emmena dans le jardin où ils déambulèrent lentement, bras dessus bras dessous. Un léger crachin leur tombait dessus – Jack ne s'en aperçut pas tout de suite, tandis que Mabel trouvait cela agréable.

« On n'est pas en Irlande s'il ne pleut pas, dit-elle.

– Sans doute pas, non.

– Je t'ai déjà parlé de ma mère ?

– Non.

– J'avais vingt et un ans quand elle est morte. Elle était mère célibataire, elle aussi.

– Je suis navré de l'entendre.

– Elle a été renversée par une voiture, par un con de chauffard. Elle est morte sur le coup. Il n'y a pas eu d'au revoir.

– Je suppose qu'on doit s'estimer chanceux de pouvoir dire au revoir à Rabbit.

– Oh non, ce n'est pas ça qui me manque. C'est elle.

– Comment as-tu réagi ?

– Au début, très mal. J'étais seule et toute jeune, et j'avais peur de ce que j'étais, de qui j'étais. C'était une époque sombre et j'ai fait beaucoup de bêtises, mais ensuite je me suis reprise en main, j'ai commencé à travailler, je me suis concentrée, j'ai trouvé ma passion. Lentement, je me suis sentie de mieux en mieux dans ma peau, et même si c'était encore difficile, la vie a continué.

– Je suis vraiment content que Davey vous ait, toi, Casey et les petits.

– Il fait partie de la famille, tu le sais.

– J'avais oublié. Mais ça n'arrivera plus. »

Davey apparut soudain, courant vers eux. « Papa, viens vite ! C'est maman. » Déjà, il repartait à toutes jambes, suivi par Jack et Mabel, des jardins au hall d'accueil, et de là à une salle de soins. Molly était allongée sur un brancard, et le docteur Dunne était auprès d'elle.

« Molly, souffla Jack d'une voix terrorisée.

– Ça va ! Ça va très bien, tu m'entends ? Je vais parfaitement bien. » Elle avait parlé sans lever la tête.

Dunne sortit de la salle avec Jack et Davey, puis referma la porte derrière eux. Mabel resta en retrait, ne voulant pas déranger.

« Qu'est-ce qui se passe ? balbutia Jack.

– Elle a lâché ses bonbons, s'est agrippé la poitrine et a failli tomber de sa chaise, expliqua Davey.
– Molly souffre-t-elle d'angine de poitrine ? demanda Dunne.
– Non.
– Bon, elle est stable, on va lui faire passer un électrocardiogramme.
– Ici ?
– Malheureusement non.
– Elle ne voudra jamais partir, dit Jack.
– Elle n'a pas le choix, l'ambulance arrive.
– Nom de Dieu », souffla Jack.

Le docteur Dunne insista pour le faire asseoir. « Jack, c'est un incident sans gravité. On va établir le diagnostic, elle aura un traitement, et tout ira bien.
– Je ne peux pas la perdre, elle aussi. » Il enfouit son visage dans ses mains.

« Vous n'allez pas la perdre. » Le médecin retourna s'occuper de Molly. Davey, Jack et Mabel l'entendirent protester énergiquement contre son transfert. Deux ambulanciers passèrent devant eux pour entrer dans la salle.

Lorsque Jack releva la tête, Davey faisait les cent pas et parlait à sa grande sœur au téléphone. « Grace, tu es en route ? Bon, alors fais demi-tour et fonce à l'hôpital. C'est maman… on pense qu'elle a fait une crise cardiaque. »

Molly apparut dans le couloir, sanglée sur son brancard, sous une couverture bleu marine. « Ce n'est pas une crise cardiaque. N'exagère pas les choses pour ta sœur. » Elle voulut absolument s'arrêter pour parler à son mari. Elle lui intima de lui prendre la main, ce qu'il fit après avoir déplacé la couverture.

«Je vais bien. Ce n'est rien. Je le saurais si c'était grave. Je sais toujours, et tu sais que je sais.

– Oui.

– Je vais passer cet électrocardiogramme ridicule et je reviens.

– Je t'accompagne.

– Non. Reste avec Rabbit.

– Davey, reste avec Rabbit et Juliet. Grace et moi, on sera avec ta mère.

– OK.

– Mabel, prends soin de lui.

– Bien sûr.

– Je ne vais pas te laisser toute seule, Molly», dit Jack.

Elle ne discuta pas, car il était clair que son mari ne se laisserait pas fléchir.

Jack s'assit à côté d'elle dans l'ambulance, et s'il ne lui vint pas à l'esprit de prier, en revanche il se répéta un mantra unique : *Cette fois-ci, ça va aller.* Rabbit était en train de mourir et la terrible vérité était que son père lui survivrait. Bourrelé de culpabilité, Jack aurait du chagrin pour le restant de ses jours, mais il avait la sagesse d'accepter l'idée qu'il continuerait à vivre, qu'il sourirait et rirait de nouveau. Il pourrait l'endurer parce qu'il avait Molly. Elle était sa moitié et son soleil. Elle était son moteur. Jack Hayes adorait ses enfants et se serait volontiers sacrifié pour sauver chacun d'eux ; en revanche, il ne pouvait pas vivre sans sa femme.

Grace

Grace faillit emplafonner la voiture dans un camion arrêté devant elle. Lenny hurla : «Bon Dieu !» Elle pila et Jeffery se cogna le nez dans l'appui-tête de son père. Il poussa un cri strident.

Lenny, en se retournant, vit le sang couler à flots du nez de son fils. « Oh non, c'est pas v... »

Grace regarda dans le rétroviseur.

« Et la ceinture ?
– Pardon, m'man.
– Tu aurais pu traverser le pare-brise, nom d'un chien ! Tout le monde est suicidaire, dans cette famille, ou quoi ?
– La ceinture me serre.
– C'est à cause de ta taille, Jeffery.
– Ça, c'est pas sympa, marmonna Lenny.
– T'as raison, Lenny, c'est pas sympa. Le prédiabétique a failli traverser un pare-brise. »

Jeffery boucla sa ceinture d'une main tout en tenant son nez ensanglanté de l'autre.

« T'en fais pas, fils, on sera à l'hosto dans cinq minutes », dit Lenny. Il se tourna vers sa femme. « C'est toi qui as failli nous encastrer dans un camion, Grace. Il va falloir que tu te calmes. »

Grace inspira à fond. « Excuse-moi, mon chéri, dit-elle à Jeffery.
– Grand-mère va s'en tirer, m'man. Et je ne vais pas attraper le diabète. Je vais perdre du poids et j'attacherai toujours ma ceinture.
– Merci.
– Pardon, m'man.
– Pardon, mon fils. »

Aussitôt qu'ils furent descendus de voiture, Lenny examina le nez du petit. Son visage et son tee-shirt n'étaient pas beaux à voir, mais le sang ne coulait plus.

« Je crois que ça va, reconnut Jeffery.

– Sûr ? lui demanda Grace en prenant un sac dans le coffre.

– Oui, oui.

– Allons-y, alors. » Elle partit vers les urgences d'un pas si rapide que Lenny et Jeffery durent courir pour la rattraper.

Grace connaissait le service des urgences de cet hôpital comme sa poche. Elle ne s'arrêta pas, préférant ne pas attirer l'attention. Elle avait appris depuis longtemps que si l'on marchait avec assurance, l'air de savoir où l'on allait, personne ne vous embêtait. Le personnel médical était trop occupé, et même les vigiles étaient abusés par l'autorité qu'elle dégageait. Lenny et Jeffery, eux, se dirigèrent droit vers la salle d'attente. Elle trouva rapidement ses parents, principalement parce qu'elle entendait sa mère rouspéter contre un médecin derrière un rideau. Elle l'écarta pour découvrir Molly assise sur un lit, des câbles collés à la poitrine, Jack debout à côté d'elle, et un jeune médecin visiblement épuisé qui lui prodiguait des soins. Une fille ivre morte, deux compartiments plus loin, hurlait sans discontinuer : « De la vodka, et qu'ça saute ! »

« Qu'est-ce qui se passe ? demanda Grace.

– J'expliquais simplement que l'alerte est passée, je vais bien, et que je peux certainement prendre rendez-vous un peu plus tard pour les examens.

– Et le médecin n'est pas d'accord. Il dit que ta mère doit être placée en observation tout de suite.

– Maman, il va falloir que tu restes.

– Pas question.

– Docteur, je peux vous parler une minute dans le couloir ? »

Le jeune homme suivit Grace et referma le rideau ; ils firent quelques pas et s'entretinrent à voix basse.

« Est-il possible de lui donner de quoi éviter des complications jusqu'à ce qu'elle puisse subir des examens un peu plus tard ?

– Je ne le conseillerais pas.

– Mais est-ce parce qu'elle est réellement en danger, ou parce que vous ouvrez le parapluie ? »

Cette approche directe le hérissa aussitôt. Elle s'en fichait. Elle n'avait pas le temps d'être polie.

« Votre mère est une femme âgée de soixante-douze ans qui présente des douleurs thoraciques et un essoufflement. Ses symptômes se sont résorbés quand le Dr Dunne lui a administré de la nitroglycérine.

– Vous ne répondez pas à ma question.

– Ce n'est pas parce qu'elle ne court pas un danger immédiat que ce sera toujours le cas si elle quitte cet hôpital. C'est pourquoi j'ouvre le parapluie pour nous tous.

– Combien de temps prendront les examens ?

– Ça dépend.

– De quoi ?

– Du nombre de personnes en attente et de la gravité de chaque cas.

– Les circonstances exceptionnelles sont-elles prises en considération ?

– Tout le monde en a.

– Est-ce que tout le monde a une fille de quarante ans en train de mourir dans une maison de soins palliatifs ? »

Le visage du jeune médecin se figea. Presque immédiatement, son attitude et sa posture changèrent du tout au tout. « Je suis absolument navré. Je vais voir ce que je peux faire.

– Ce serait grandement apprécié. »

Molly s'était rallongée et Jack lui tenait la main lorsque Grace réapparut.

« Ça va aller, maman. Ils vont te faire passer les examens le plus vite possible. Tu sortiras en un rien de temps.

– Il faut que je sorte tout de suite, dit Molly, dont les yeux s'emplissaient de larmes. On n'a pas le temps.

– Un peu de patience. Je vais arranger ça, promis.

– C'est gentil, Grace. » Jack se retourna vers sa femme. « Une vraie guerrière, comme sa mère. »

Lenny et Jeffery n'étaient pas dans la salle d'attente. Elle prit son portable et appela Lenny, lequel lui apprit qu'ils étaient dans un café, de l'autre côté de la rue. Jeffery était dispensé d'école ce matin-là à cause d'un rendez-vous chez le pédiatre. Celui-ci avait eu lieu, mais ils s'étaient réveillés en retard et n'avaient pas eu le temps de prendre leur petit déjeuner. Midi approchait, et lorsque Grace entra, accueillie par une odeur de café et de pain grillé, son estomac gargouilla et elle se sentit un peu faible. Une fois sa commande passée, elle rejoignit son mari et son fils à leur table.

« Je mange une salade, m'man, regarde ! clama Jeffery en désignant son assiette.

– C'est bien, chéri.

– Comment va grand-mère ?

– Elle est furax.

– C'est bon signe », fit remarquer Lenny.

Grace était d'accord. « Il faut juste qu'elle sorte de là. »

Elle mangea son sandwich et but son café. Pendant qu'ils payaient, son téléphone sonna. C'était son père. « Ils l'ont montée dans les étages. »

C'était une bonne nouvelle. Elle allait subir les examens et, si tout allait bien, elle serait bientôt sortie. Grace dit à Lenny de déposer Jeffery à l'école et d'aller travailler ; ce n'était pas la peine qu'ils attendent tous les deux. Lenny, cependant, ne voulait pas la laisser seule. «J'ai papa», dit-elle. Et elle insista pour qu'ils s'en aillent.

Grace passa à la supérette acheter à ses parents de quoi grignoter un peu, mais à son retour son père dormait profondément sur une chaise et sa mère se trouvait derrière une porte fermée à clé. Elle pêcha une barre de céréales dans le sac plastique et l'avala. Puis elle en sortit un sachet de bonbons, qu'elle mangea aussi ; ensuite, elle décida que, vu qu'elle avait déjà fait une entorse à son régime strict, autant se lâcher à fond et déguster aussi le petit œuf en chocolat. Après quoi elle se sentit écœurée et s'en voulut à mort d'avoir avalé autant de cochonneries. Elle avisa alors un magazine sur une chaise. Elle l'avait déjà lu de bout en bout la semaine précédente chez le coiffeur, mais elle le relut quand même : tout était bon pour ne plus penser à ce qui se passait. C'était trop.
Son père ronflait. D'habitude, ce bruit lui tapait sur les nerfs, mais en l'occurrence il était réconfortant. De temps en temps, elle pensait à Rabbit et s'inquiétait. Jeffery avait voulu rendre visite à sa tante après son rendez-vous chez le pédiatre, mais il avait manqué l'occasion. Bernard et Stephen n'avaient pas pu lui parler lorsqu'ils y étaient allés. Le seul de ses fils qui n'avait pas insisté pour voir sa tante était Ryan. Elle se demandait pourquoi, mais il fallait dire que, sur les quatre, Ryan était celui qu'elle trouvait le plus mystérieux. Au mur était fixée une grande pendule noire, avec des aiguilles et des chiffres noirs. Elle se demanda si ses garçons auraient une chance de dire au

revoir à leur tante, si elle était en train de rater la sienne en ce moment même, combien de temps Rabbit tiendrait si elle apprenait que sa maman chérie avait elle-même un gros souci de santé. *Ne t'en fais pas, Rabbit, maman va se remettre, tu le sais, hein ? Rien ne va la tuer. S'il existe une personne capable de vivre éternellement, c'est bien elle, alors tiens bon et attends-nous. Ne pars pas encore. Je t'en supplie, Rabbit.*

Elle passa le reste de l'après-midi à parler à des médecins, à prendre soin de son père et à envoyer des textos à Davey, après qu'il lui eut envoyé ceci :

Comment va maman ?

Ils pensent que c'est de l'angine de poitrine. Comment va Rabbit ?

C'est quoi, l'angine de poitrine ? Elle veut aller dans le jardin mais il pleut encore.

Un toubib est venu nous dire de pas nous en faire, que c'est sans doute la bonne forme d'angine (???) Ne sors SURTOUT PAS Rabbit dans le jardin sous la pluie.

Maman va sortir ce soir ? Quand Rabbit veut quelque chose elle l'obtient, sans compter que Juliet et Mabel sont dans son camp. Je fais ce que je peux.

Sais pas encore. Sois ferme, Davey.

Tiens-moi au courant. Elle vient de se rendormir, fausse alerte.

Les médecins insistèrent pour garder Molly en observation ce soir-là, mais dirent qu'ils la laisseraient probablement sortir le lendemain matin. Une fois installée, elle voulut absolument que Grace ramène son père chez lui et qu'on la laisse tranquille. « Je suis fatiguée. Je ne veux qu'une chose : dormir. Grace, je t'en prie, va voir ta sœur.

– D'accord, maman. » Grace était soulagée. Son anxiété diminua très légèrement. *Attends-nous, Rabbit.* Jack avait envie de voir sa fille, mais il était trop fatigué pour protester lorsque Grace gara la voiture devant la maison.

« Et si elle part sans nous ?
– Mais non, papa.
– Tu n'en sais rien.
– Si. Elle attendra. »

Il se pencha et embrassa Grace sur la joue. « Dis-lui que ses parents l'aiment et qu'on la verra demain.
– Promis. »

Il descendit de voiture et elle le regarda ouvrir le portail, puis remonter l'allée du jardin. Il essaya de mettre la clé dans la serrure, mais sa main tremblait. Enfin, la porte s'ouvrit. Il lui fit signe, puis entra et referma derrière lui. Il était cinq heures passées. Grace décida de rentrer, se doucher, se changer, nourrir ses enfants et les emmener tous voir leur tante. Elle était certaine que Rabbit attendrait ses parents, mais, malgré tout, le temps pressait.

Johnny

Depuis deux ans que Rabbit avait fait sa déclaration d'amour à Johnny, beaucoup de choses avaient changé, et en même temps rien n'avait changé. Le groupe avait connu deux autres managers ; la santé de Johnny se détériorait toujours. Il marchait avec une canne, il était plus lent, plus faible. De temps en temps, son corps refusait de coopérer, mais curieusement cela n'arrivait jamais quand il était sur scène. Il pouvait toujours chanter. Sa voix et son talent étaient intacts, mais ce n'était pas facile de vendre un groupe avec un chanteur handicapé, si bons que soient les morceaux et les concerts. Les garçons continuaient sans faiblir, toutefois. Ils étaient depuis longtemps tombés d'accord sur le fait qu'ils n'abandonneraient pas tant que Johnny ne l'aurait pas décidé, mais Francie travaillait à temps partiel dans une usine pharmaceutique des environs, Jay avait repris des études pour devenir ingénieur du son et Kev jouait de la guitare dans un orchestre pour noces et banquets. Davey avait toujours la foi : il s'investissait entièrement dans le groupe. Il avait repris le rôle du manager quand plus personne n'avait voulu s'y coller.

«Si Stevie Wonder a réussi, on peut y arriver aussi», disait-il, et il le répétait en boucle, ce qui amusait les garçons et exaspérait Johnny. Ils jouaient encore quand ils pouvaient ; dans les environs, la plupart du temps, mais s'il y avait une prestation bien payée quelque part, ils pouvaient toujours compter sur les jumeaux et sur l'oncle Terry, qui les conduisait dans la camionnette de boulanger – ils avaient juste bricolé une couchette à l'arrière pour que Johnny puisse dormir pendant le trajet aller et retour. C'était serré, mais ils s'en accommodaient, et même si les grands espoirs qu'ils avaient eus autrefois s'étaient envolés, ils se marraient encore bien.

Davey envoya une cassette de démo à un nouveau label de Londres, et ils reçurent dans la semaine un appel du découvreur de talents maison, Billy Wilde. Celui-ci adorait les chansons. Il réclama une photo. Davey lui en envoya une vieille de quatre ans. Le type tomba à la renverse en voyant le leader charismatique du groupe, sans parler des autres. Et c'était vrai qu'ils dépotaient, tous ensemble, de vraies rock-stars : il ne comprenait pas pourquoi ils n'avaient pas déjà été découverts. Davey ne répondit rien. Le type voulait les voir jouer. Comme ils n'avaient pas de dates prévues, Davey suggéra qu'ils jouent pour lui dans le garage. Le type s'en contenta, et dit que le plus tôt serait le mieux.

Rabbit fêta ses dix-huit ans, et, bien que Johnny et elle ne soient toujours pas amants, ils étaient plus proches que jamais. Quand ils jouaient, elle était son bras droit. Rien n'atteignait Johnny sans passer d'abord par elle. Elle veillait à ce qu'il ait tout ce dont il avait besoin, avant, pendant et après sa prestation. Elle l'amenait sur scène et l'en faisait sortir. Avant qu'il devienne évident que cela ne fonctionnait pas sans elle, les garçons lui en avaient un peu voulu de son omniprésence, mais cette phase était vite passée. Quand ils sortaient pour boire et draguer le vendredi et le samedi soir, Johnny et Rabbit restaient à la maison avec un curry et une vidéo. Francie et Jay les traitaient comme un couple, et aucun des deux ne s'en plaignait jamais. Kev se demandait souvent, à voix haute, pourquoi ils ne couchaient pas ensemble, mais seulement en l'absence de Davey : celui-ci réagissait mal à l'idée de qui que ce soit, même un de ses meilleurs potes, approchant de près ou de loin sa petite sœur.

L'après-midi où Billy Wilde prit un avion pour venir à Dublin, il faisait chaud et lourd. Johnny ne supportait pas la chaleur : il était encore plus épuisé que d'habitude. Il tremblait et avait souffert toute la matinée de douloureux spasmes musculaires. Il avait besoin de dormir, et Billy devait arriver dans une heure. Les gars firent la balance sans lui. Rabbit le traîna à l'étage, en le portant quasiment sur son dos. Ce qui ne fit ciller personne, car ils avaient l'habitude. Elle le coucha, ferma les rideaux et le borda dans son lit.

« Je viendrai te chercher quand il sera là, dit-elle.
– J'irai mieux après un petit somme. »

Pendant qu'il dormait, les garçons allèrent prendre le soleil dans le jardin. Davey était anxieux : les autres lui semblaient tous un peu trop détendus. Ils parlaient de tout sauf du type qui allait venir les voir, et qui leur proposerait peut-être un contrat pour un album. Davey était perplexe et Rabbit le savait, mais il n'aborda pas le sujet : il fit les cent pas dans le jardin, puis disparut aux toilettes. L'absence d'excitation disait à Rabbit tout ce qu'elle avait besoin de savoir, mais elle espérait quand même. *Peut-être.*

Ce fut Molly qui accueillit Billy à la porte. L'homme, un moustachu roux et trapu, n'avait pas un centimètre d'oreille sans piercing. Il était surexcité. Lorsqu'elle l'emmena dans le jardin pour lui présenter le groupe, il serra toutes les mains en leur assurant qu'il était là pour faire affaire. Il brandit son attaché-case et cogna dessus pour indiquer qu'il contenait bien des contrats. Rabbit alla chercher Johnny pendant que sa mère priait Billy de rentrer manger et boire quelque chose.

Lorsqu'elle réveilla Johnny, les spasmes étaient passés mais il avait les pieds engourdis et du mal à trouver son équilibre. Elle l'aida à arranger ses beaux cheveux ; il enfila sa veste en velours vintage.

« Je suis comment ?
– Beau à tomber.

– Allons-y », dit-il, mais rien qu'à l'entendre elle comprit qu'il était de mauvais poil : il n'était pas dans un bon jour. S'il avait eu cette chance, le type aurait peut-être signé, mais, en descendant l'escalier, ils savaient déjà tous les deux que c'était terminé.

Billy Wilde était assis à la table, attaché-case ouvert, les contrats bien visibles devant lui. Les gars l'entouraient et Molly servait le thé. Il releva la tête pour regarder Johnny, et vit immédiatement que le chanteur de la photo n'avait rien à voir avec ce garçon ravagé qui marchait avec une canne, un bras passé autour de la jeune femme qui le soutenait. Son sourire s'éteignit lentement.

« Je suis Johnny. » Celui-ci retira son bras de la taille de Rabbit et ils se serrèrent la main. « Ça ne va pas marcher, hein, Billy ? » dit-il.

Billy secoua la tête. Son exubérance avait fait place à la tristesse.

« Voudriez-vous bien nous écouter quand même ?

– Ce serait un honneur. »

Ils se rendirent tous dans le garage, Molly comprise, pour voir Johnny et The Sound donner leur dernier concert. Une seule personne ne pleura pas ce jour-là, le jeune homme voûté, assis sur une chaise, qui chantait avec une passion issue des recoins les plus sombres de son âme.

12

Rabbit

Juliet avait arrangé les oreillers de Rabbit de manière que celle-ci tienne assise lorsque Grace, Lenny et leurs quatre fils vinrent s'entasser dans la chambre. Davey et Mabel décidèrent qu'il valait mieux partir pour leur laisser un peu de place. Comme Juliet voulait absolument rester, Grace accepta de la reconduire chez elle plus tard. « N'oublie pas d'apporter des photos des enfants demain ! rappela Rabbit à Mabel alors que celle-ci sortait.

– Sans faute.

– Et je sortirai dans ce jardin, dit-elle à Davey.

– S'il ne pleut plus.

– Il y aura du soleil demain.

– Tu es extralucide, maintenant ?

– Ou bien je viens de regarder la météo. » Elle indiqua le téléviseur. Tout le monde rit, sans doute plus que sa réplique ne le méritait, mais c'était bon de la voir si alerte. « C'est quoi, extralucide ? » demanda Jeffery tout bas à sa mère, mais celle-ci se contenta de sourire. Ça n'avait pas d'importance, et la parole était à Rabbit.

« Merci pour aujourd'hui », ajouta-t-elle. La journée avait été bonne, même si elle avait beaucoup dormi. Le reste du temps, elle avait regardé Mabel et Davey initier Juliet au poker. Au bout de quelques parties seulement, celle-ci avait plumé son oncle. Mabel était impressionnée, et Juliet sous le charme. Elle se rappelait Mabel depuis leur voyage à Las Vegas, mais très vaguement seulement. Mabel, Davey et Rabbit l'avaient régalée de leurs souvenirs d'elle enfant et des aventures qu'ils avaient vécues ensemble.

« Tu as dansé sur la scène du Caesars Palace, lui avait appris Rabbit.

– Pendant les répétitions de Casey et sur une de ses chansons, avait ajouté Mabel.

– Laquelle ?

– "Keep on Keeping", avait dit Davey.

– Je l'adore, celle-là.

– Moi aussi, avait murmuré Rabbit.

– Je me souviens de frites, dans un restaurant plein de marionnettes. Elles étaient à tomber. »

Mabel était consternée. « C'est ça que tu as retenu ? On t'a emmenée voir Barney le dinosaure en vrai, et toi, tu te souviens d'une assiette de frites ? »

Tout cela avait rappelé à Rabbit des temps meilleurs, et combien la vie était belle à l'époque.

Une fois Davey et Mabel partis, Juliet raconta avec ardeur comment elle avait battu Davey au poker, sous le regard fier de sa mère. Ryan lui proposa une partie, mais Mabel avait emporté les cartes avec elle. « Une autre fois », dit Grace. Rabbit demanda des nouvelles de Jeffery et de son régime.

« Ça peut aller.

– Ce sera de plus en plus facile.
– Oui, oui. »
Elle se rappela ensuite que Stephen préparait des examens et s'enquit de ses révisions.
«Je ne sais pas trop.
– Accroche-toi. »
Puis elle demanda à Bernard comment était son équipe de foot.
«Merdique.
– Pas de gros mots! dit Grace.
– Pardon. On perd tout le temps.
– Pourquoi?
– Parce qu'on est une équipe mer... naze.
– Ah, dommage », dit Rabbit.
Il haussa les épaules. «Je me mets au hurling[1].
– Ah! Et ça se passe comment?
– C'est naze.
– Et toi, Ryan?
– Dee O'Reilly m'a laissé toucher son minou l'autre soir. »
Lenny eut un hoquet. Grace regarda son fils bouche bée, littéralement. Juliet, à l'évidence, n'en croyait pas ses oreilles. Rabbit éclata de rire et, à partir de ce moment-là, tout le monde dans la chambre se mit à rire si fort que Linda, l'infirmière qui remplaçait Jacinta pour le service de nuit, passa la tête à l'intérieur pour savoir ce qui se passait.
« Désolée, Linda », lui dit Rabbit.

---

1. Sport d'équipe très populaire en Irlande, qui se joue avec une crosse et une balle.

L'infirmière lui sourit d'une oreille à l'autre. « Ne t'excuse jamais de rire. On en a bien besoin, par ici. » Et elle disparut.

Chaque fois que Rabbit regardait Ryan, il lui faisait un clin d'œil et elle pouffait.

Jeffery était un peu perdu. D'abord, il ignorait toujours ce que signifiait « extralucide », et maintenant il ne comprenait pas pourquoi c'était si drôle que Ryan ait caressé un chat.

Tous ces rires avaient épuisé Rabbit.

Grace demanda à Lenny, à Juliet et à ses fils d'aller l'attendre dans la voiture. Les garçons se mirent en rang pour dire au revoir à leur tante, tous douloureusement conscients que c'était peut-être la dernière fois. Ils firent de leur mieux pour ne pas pleurer, mais c'était difficile, et ils y arrivaient plus ou moins. Chaque fois que l'un d'eux se pencha pour l'embrasser, Rabbit se tint la tête haute et veilla à sourire. Juliet insistait pour remettre ses oreillers en place afin de lui procurer plus de confort.

« On se voit demain, maman.

– Et l'école ?

– Ça peut attendre. »

Rabbit hocha la tête. Juliet laissa Grace seule avec sa sœur.

« Je peux dormir ici, si tu veux…

– Mais non, rentre chez toi, va.

– Bonne nuit, Rabbit.

– Bonne nuit, Grace. »

Pendant qu'elle ramassait son sac à main, Rabbit lui posa une dernière question. « Où est maman ?

– Je croyais que Davey te l'avait dit.

– Il m'a dit qu'elle était fatiguée.

– Épuisée.
– Regarde-moi. »

Grace soutint son regard.

« Où est-elle ? »

Grace reposa son sac par terre. « Elle va bien. Elle est en observation à l'hôpital. Elle sortira demain matin.

– Qu'est-ce qu'elle a ?
– Elle a fait une toute, toute petite crise cardiaque.
– Bon Dieu, c'est pas vrai ! souffla Rabbit.
– Tout va bien, Rabbit.
– Promis ?
– Promis.
– Elle sort demain ?
– À la première heure, si on la laisse faire. » Grace reprit son sac. Elle s'approcha de sa sœur et l'embrassa sur la joue. « C'est maman, n'oublie pas. » Elle n'avait pas besoin d'en dire plus : c'était une chose entendue que leur mère était invincible. « Bonne nuit, Rabbit. »

Grace s'en alla, mais Rabbit ne resta pas longtemps seule : Linda entra avec ses médicaments. « Encore éveillée ? s'étonna-t-elle.

– Complètement.
– Et les douleurs paroxystiques ?
– Ça va.
– Si ça va, c'est bien.
– Mieux que bien. »

Rabbit la regarda remplir une seringue. « Pas tout de suite. Encore quelques minutes. » La piqûre l'endormirait, elle le savait. Elle aimait beaucoup remonter dans le temps avec Johnny, mais c'était bien aussi de profiter du présent tant qu'elle le pouvait encore. Linda posa la seringue hypodermique dans un bac en plastique et s'assit.

« Alors. Michelle est le bon petit soldat, Jacinta est la chanteuse. Et vous, quelle est votre histoire ? lui demanda Rabbit.

– Ah vous êtes au courant, pour le copain de Michelle ?
– Oui, c'est dur.
– Je l'ai croisé à quelques pots de Noël. Elle trouvera bien mieux, pas de doute, mais continuer de vivre sous le même toit, c'est un cauchemar.
– Moi, je ferais changer la serrure.
– Moi aussi », dit Linda. Elle paraissait presque soulagée que quelqu'un d'autre pense comme elle. « Pourquoi est-ce qu'elle ne le fait pas ?
– Elle est réglo.
– Et vous, Rabbit ? Vous aussi, vous êtes du genre à respecter les règles ?
– Parfois, répondit Rabbit avec un sourire… et d'autres fois, il faut les inventer en chemin.
– Amen ! » conclut Linda.

C'était une femme de corpulence moyenne, aux cheveux teints en roux et coupés au carré, qui présentait bien, mais Rabbit devina qu'elle devait avoir la petite cinquantaine. « Vous avez des enfants, Linda ?
– Deux filles. L'une est comptable, l'autre fait l'école vétérinaire.
– Et est-ce qu'elles ont des amoureux ?
– Si c'est le cas, je ne suis pas au courant. Et vous ? Y en a-t-il à vous, parmi ces petits qui riaient comme des baleines tout à l'heure ?
– La fille, elle a douze ans. Elle s'appelle Juliet.
– Un beau nom pour un beau brin de fille.
– Elle est parfaite, dit Rabbit. Mon Dieu, j'espère que tout ça ne va pas la détruire.

– Mais non.
– Vous n'en savez rien. Elle a déjà dû affronter beaucoup de choses. Et si ma mort était le déclencheur qui transformera une fille jolie, adorable et intelligente en épave ? Si elle devenait triste, amère, en colère ? Si cela la menait à une vie entière de malheur ?
– Il me semble qu'elle a plein de gens bien autour d'elle.
– C'est vrai, mais elle ne m'aura plus, moi.
– Faites-lui confiance pour s'en sortir, et faites confiance à son entourage pour l'y aider.
– De toute manière, je n'ai pas le choix, hein ?
– Non. Tout ce que vous pouvez, c'est faire de votre mieux pour elle en ce moment.
– Vous avez raison. Merci, Linda. Vous pouvez me faire ma piqûre, maintenant. »

Linda piqua Rabbit et lui souhaita une bonne nuit. Rabbit attendit que le liquide se propage dans ses veines, jusqu'à sa tête et ses yeux. Elle s'abandonna vite aux ténèbres, car elle savait que son vieil ami l'y attendrait.

Blog de Rabbit Hayes

12 mars 2010
Cancer 0 – Rabbit 1

J'ai gagné ! J'ai gagné ! J'ai gagné ! Le cancer est parti. J'ai reçu le feu vert ce matin, et je ne touche plus terre depuis. Juliet n'arrête pas de sauter sur place en chantant « YMCA », allez savoir pourquoi. Ma mère a pleuré, puis a mis ça sur le compte de la ménopause. (Elle a soixante-dix ans !) Mon père est tellement heureux qu'il a siffloté dans la voiture sur tout le chemin du retour, et quand le conducteur d'une Honda noire l'a klaxonné dans un rond-point, il lui a joyeusement fait un doigt d'honneur. Si vous connaissiez mon père, vous comprendriez à quel point cela ne lui ressemble pas. Et il a rigolé comme un gamin en le faisant. La vie est belle. Grace me serre sans cesse dans ses bras et Lenny la serre sans cesse dans les siens. Marjorie est en voyage d'affaires, mais elle est pendue au téléphone.

Nous sommes allés déjeuner en famille pour fêter ça. Mes neveux sont venus me féliciter l'un après l'autre, adorables, sauf Jeffery qui squattait le buffet. Ryan m'a dit que c'était une super nouvelle et que je ne devais pas m'en faire : la mère de son copain a eu un cancer et elle n'a mis qu'un an à ne plus être trop moche, très réconfortant ! Ce gosse me fait toujours rire. J'adore tous mes neveux, bien sûr, mais Ryan occupe une place à part...

J'ai trop hâte de parler à Davey ce soir. Hâte de lui annoncer que c'est enfin terminé.

Il faut que j'y aille – je mets ma plus belle perruque, ma plus belle robe et mes plus belles ballerines (note : penser à racheter des chaussures correctes), et je vais rejoindre ma mère et ma sœur au pub pour boire un coup, un vrai. Le reste de ma vie m'attend !

Rabbit Hayes. Terminé. Bisous à tout le monde.

SEPTIÈME JOUR

13

Davey

Davey se réveilla au son de la radio allumée en bas. Il se doucha et s'habilla, et, le temps qu'il arrive à la cuisine, Juliet avait préparé des œufs brouillés et des toasts. Elle lui ordonna de s'asseoir. Il s'exécuta tout en objectant que c'était à lui de s'occuper d'elle.

« Ne sois pas bête. J'ai l'habitude de préparer le petit déj pour maman », dit-elle en lui versant du jus d'orange.

Il goûta les œufs. « Un délice ! » Il était sincère.

« Le secret, c'est de les faire cuire dans un peu de beurre.

– C'est bon à savoir. »

Elle s'assit face à lui pour boire son thé.

« Tu ne manges pas ? lui demanda-t-il.

– Je n'ai jamais faim le matin. Et tu sais quoi ? Je sais coudre, aussi ! Enfin, c'est pas Dolce & Gabbana, mais je me suis fait un chemisier et trois jupes.

– Bravo. »

Elle sourit. « Je peux m'occuper de toi, Davey. »

Il posa sa fourchette. « Oh, Juliet, tu n'as pas besoin de t'occuper de moi, je sais bien que j'ai l'air d'un crétin et que parfois j'en suis un, mais c'est moi l'adulte, celui qui veille sur toi, OK ?

– Je veux juste que tu saches que je ferai ma part du boulot.

– Être une enfant, c'est ça, ta part du boulot. Et, Juliet, il faut qu'on parle à ta mère. On fera ce qu'elle dira, et je ne sais pas si c'est ce qu'elle veut pour toi. »

Juliet devint silencieuse et pensive. Davey tenta de la faire parler d'autre chose, de cinéma ou de musique, et alla même jusqu'à parler chiffons, mais elle ne mordit pas à l'hameçon. Pour quelqu'un qui n'aurait pas su ce qu'elle traversait, elle aurait pu sembler boudeuse, mais Davey savait que ce n'était pas le cas : elle était triste, perdue, culpabilisée et terrifiée. Elle n'avait pas à parler si elle ne voulait pas. Elle s'excusa et remonta dans sa chambre. Il en profita pour appeler Grace et prendre des nouvelles de sa mère. Juliet n'avait pas été informée de l'alerte de Molly : elle avait déjà assez de soucis comme ça. Grace était en route pour aller la chercher à l'hôpital. Elle la ramènerait se doucher chez elle, puis déposerait ses deux parents à la maison de soins.

« Quand vas-tu partir ? demanda Grace.

– D'ici une heure.

– OK. Maman ne doit pas conduire pendant quelques jours et papa n'y voit rien à cause de son diabète, donc si je les dépose là-bas, tu les reconduiras chez eux ?

– Pas de problème.

– Super. »

Il allait raccrocher, mais elle ajouta : « Et, Davey, ne t'habitue pas trop à vivre avec Juliet. »

Elle raccrocha avant qu'il ait pu répondre.

On sonna, et il ouvrit à un garçon.

« Vous êtes l'oncle, dit celui-ci.
– Et tu es Kyle, le gamin bizarre d'en face, se souvint Davey.
– Je ne suis pas bizarre.
– Quand tu avais quatre ans, je t'ai chopé en train de manger un ver de terre.
– C'est faux !
– Tu as même dit : "Miam miam."
– N'importe quoi.
– Juliet, tu as de la visite », cria Davey dans l'escalier. Son téléphone sonna, si bien qu'il décrocha et s'éloigna, laissant Kyle à la porte. Il n'avait pas reconnu le numéro, mais il reconnut immédiatement la voix. C'était sa jeune amante, Georgia.

« Tu veux qu'on se voie ?
– Non.
– T'es loin ?
– Oui.
– Pour combien de temps ?
– Je ne sais pas trop.
– Si tu savais ce que je m'emmerde !
– Hum.
– Tu veux qu'on le fasse par téléphone ?
– Pas vraiment, non.
– Qu'est-ce que t'as ?
– Ma sœur est en train de mourir. »

Il entendit un bruit de déglutition, suivi d'un silence de mort. Elle bafouilla un peu. « Tu la connaissais bien ?
– C'est ma sœur, dit-il en articulant, comme s'il parlait à une enfant de deux ans.
– Ouais, pardon, j'ai pas réfléchi. »

Encore un silence.

« Faut que je te laisse, dit-elle.

— En effet. » Il raccrocha. Il savait que c'était sa dernière conversation avec Georgia, et cela ne le dérangeait pas une seconde. *Grace a raison. Je ne sais pas ce que c'est qu'une vraie histoire d'amour.*

Il était à table, en train de boire son café et de lire le journal, lorsque Juliet apparut avec Kyle.

« Il reste du café. Euh, attendez... vous avez l'âge de boire du café ?

— Il est attardé ? demanda Kyle à Juliet, qui eut un petit rire.

— Ce n'est pas moi qui mangeais des vers de terre, dit Davey sans lever les yeux de son journal.

— Moi non plus. » Kyle tira un tabouret et s'assit dessus.

« Tu ne t'en souviens pas, mais moi si, miam miam.

— Il plaisante, c'est tout. Une fois, il m'a raconté qu'on avait dû m'ôter un sixième doigt de chaque main quand j'étais bébé, expliqua Juliet.

— Je m'en souviens ! C'était à l'époque où tu te prenais pour une extraterrestre », dit Kyle.

Davey ricana. « Elle voulait qu'on l'appelle Juliet Tron.

— J'ai une très bonne mémoire. Je m'en souviendrais, si j'avais mangé des vers de terre.

— Et tu courais dans le jardin la quéquette à l'air, ajouta Davey.

— Mais pas du tout !

— Si, ça, je m'en souviens ! lança Juliet — et Davey pointa le doigt vers Kyle.

— Félicitations, au fait. »

Kyle se rembrunit, vexé. « Et à part ça, c'est moi qui suis bizarre. »

Juliet s'égayait et semblait oublier un peu ses soucis, même si Kyle n'était pas franchement ravi de cette conversation. *Il sait ce que je suis en train de faire, et il joue le jeu*, pensa Davey. Kyle avait toujours été un gentil gamin.

Juliet monta en voiture. Davey héla Kyle qui traversait la route, le rejoignit et lui tendit un billet de vingt euros. « Achète-toi quelque chose.

– C'est bon, merci.

– Tu es un bon copain. » Davey lui fourra le billet plié dans la main.

« Vous allez vraiment l'emmener et vous occuper d'elle ? lui demanda Kyle.

– Il y a beaucoup de choses à régler.

– Elle compte sur vous. » Il remercia Davey pour l'argent et s'éloigna.

Davey s'installa au volant.

« C'était pourquoi ? voulut savoir Juliet.

– Comme ça », répondit-il, mais il commençait à paniquer. *Et si Rabbit dit non ? Et si maman se met en colère et fait une nouvelle crise cardiaque ? Et si je suis incapable d'aller jusqu'au bout ?*

Les phrases *Elle compte sur vous* et *Ne t'habitue pas trop à vivre avec elle* s'entrecroisèrent dans sa tête pendant tout le trajet. *Je n'aurais pas dû ouvrir ma grande gueule. Jay avait raison, je ne suis pas un parent. Moi, je suis le type qui fait des promesses qu'il n'est pas sûr de pouvoir tenir.*

« À quoi tu penses, Davey ? lui demanda Juliet.

– À rien. Et toi ?

– À Kyle courant dans le jardin la quéquette à l'air. »

Davey rit pour faire plaisir à Juliet, mais il avait la tête ailleurs. *Juliet compte sur toi. Ne t'y habitue pas trop. Maman va me tuer.*

Molly

Molly sortit de l'hôpital munie d'une ordonnance, d'une fiche de régime et d'un rendez-vous pour voir un spécialiste six semaines plus tard. Grace n'était pas ravie que sa mère doive attendre si longtemps, mais Molly lui assurait qu'elle ne courait aucun danger immédiat et, en dehors d'une brève dispute à propos de la définition du mot « repos », la question fut rapidement réglée. « Je vais m'asseoir dans un fauteuil dans une maison de soins, pas descendre dans une mine au Chili. »

Jack les attendait devant la porte. Il vieillissait à vue d'œil, remarqua Molly. Il n'avait pas dormi – il n'y arrivait jamais quand il était dans leur lit sans elle –, mais il tint à lui faire des toasts et du thé pendant qu'elle se douchait. Il était même allé jusqu'à la boutique du coin lui acheter un feuilleté à la crème comme elle les aimait.

Molly entendit Grace et Jack chuchoter entre eux alors qu'elle redescendait. Leur conversation s'arrêta abruptement lorsqu'elle entra dans la pièce. Son nouveau régime était déjà collé au réfrigérateur. Elle s'assit devant le toast et le feuilleté dont elle ne voulait pas, et sirota son thé pendant que Grace leur racontait la bonne séance de bavardage qu'ils avaient partagée avec Rabbit la veille au soir. « Elle est bien plus joyeuse, maman. »

Molly en fut heureuse, mais triste aussi d'avoir raté ça. Jack répétait sans cesse que la situation s'arrangeait, heureux sur le moment, rangeant dans un coin de sa tête le fait que, même si elle allait mieux, Rabbit était toujours en train de mourir, et que sa femme allait peut-être devoir se faire opérer du cœur. Molly adorait cela chez Jack : alors qu'elle était d'un tempérament anxieux, lui, au contraire sautait sur la moindre nouvelle positive. Si quelqu'un savait voir le bon côté des choses, c'était bien Jack. C'était d'ailleurs ainsi qu'il l'avait conquise.

Lorsqu'ils s'étaient rencontrés, le cœur de Molly battait pour un autre homme. Cet homme sortait avec une amie à elle, qui ne lui convenait pas du tout, et cette histoire était donc vouée à connaître une fin rapide. Molly n'était pas réputée pour sa patience, mais elle était prête à attendre. Elle était au bal du samedi soir, assise avec une amie, lorsque Jack s'était approché d'elle pour l'inviter à danser. Elle avait décliné poliment en prétendant qu'elle avait un orteil cassé. La semaine suivante était vite arrivée, et cette fois Jack avait attendu qu'elle soit seule pour l'inviter. Une fois encore, elle avait décliné poliment : « Si seulement je n'avais pas ce fichu orteil cassé !

– Ne vous en faites pas », avait-il répondu avant d'aller dire deux mots à son meilleur copain, Raymond. Lorsqu'elle avait revu Raymond, il s'approchait d'elle en poussant un fauteuil roulant. « Vous n'êtes pas sérieux ! avait-elle dit lorsque Jack avait proposé de l'emmener faire un tour sur la piste.

– Dix minutes, c'est tout. »

Elle se sentait toute bête, mais elle s'était assise dans le fauteuil, et pendant les dix minutes où il l'avait fait tourner, elle avait complètement oublié l'autre type, puis elle avait fini la soirée en dansant dans les bras de Jack. Lorsqu'elle lui avait demandé, plusieurs semaines plus tard, pourquoi il s'était obstiné alors qu'il savait que sa blessure était un mensonge, il avait répondu qu'elle était le genre de femme qui n'aurait pas pris la peine de mentir si elle n'avait pas éprouvé quelque chose. Il avait raison. Elle lui avait alors demandé comment il le savait. « Tu as dit à mon copain Joseph d'aller se faire voir quand il te collait il y a un mois. » Il la comprenait, c'était manifeste. Et la force chez une femme ne l'intimidait pas : elle l'attirait, au contraire. Sans parler du fait qu'il était capable de trouver de l'espoir dans un mensonge. Jack Hayes s'était révélé exceptionnel dès le jour où Molly était tombée amoureuse de lui.

Rabbit fut visiblement soulagée de la voir entrer. « Tu m'as fichu une trouille bleue, maman.

– Eh bien comme ça, tu sais ce que je ressens. »

Jack et Grace sourirent à ces mots.

Molly s'assit dans le fauteuil tandis que Jack et Grace prenaient le sofa.

« Je ne veux pas que tu restes longtemps aujourd'hui, maman, dit Rabbit.

– Je fais ce que je veux.

– Je te ferai jeter dehors.

– Tu ne ferais pas ça !

– Oh, que si.

– Bon sang, t'es dure.

– Les chats ne font pas des chiens, observa Jack.

– Je rentrerai peut-être faire une sieste dans l'après-midi. »

Rabbit la questionna sur sa santé, mais Molly n'avait pas envie d'en parler. Elle répétait que ce n'était rien et qu'il ne fallait pas s'inquiéter. Les filles insistèrent, mais Jack, bien sûr, s'en garda bien. Et en rien de temps, elle éclata : « Mais bon Dieu de bois, puisque je vous dis que je vous enterrerai tous ! » Puis elle souffla « Merde » tout bas, pour elle-même, entre ses dents serrées. « Pardon, chérie. C'est comme le coup de la vieille avec son bras en plastique. »

Rabbit, Jack, Grace, et finalement Molly, furent bientôt hilares. Quelques minutes plus tard, Davey et Juliet arrivèrent juste à temps pour voir Rabbit écraser une larme de rire.

Cet après-midi-là, Molly reposait au lit dans les bras de son mari. Ils étaient tous deux écrasés de fatigue. Il fut le premier à s'endormir. Elle contempla le mur pendant un petit moment en pensant à tout ce qu'il y avait à faire. Le père Frank attendait son appel. Elle était encore bien décidée à ce qu'il bénisse Rabbit, avec ou sans son consentement, et maintenant qu'elle était en meilleure forme, c'était sans doute le bon moment pour le faire. Il fallait aussi qu'elle parle à Rabbit. *Veut-elle être inhumée ou incinérée ?* Molly n'en savait rien. *Quel genre d'obsèques veut-elle ? Simples, sans doute, mais Rabbit a beaucoup d'amis, et même s'ils ne peuvent pas venir la voir à la maison de soins, ils voudront être à son enterrement. Que portera-t-elle ? Elle a des tas de jolis vêtements, mais lui iront-ils ? Veut-elle porter sa perruque, à supposer qu'il y ait une veillée à cercueil ouvert – mais est-ce qu'elle veut un cercueil ouvert ? Elle n'a jamais vraiment aimé le feu des projecteurs. Et quel genre de musique ? Les morts portent-ils des chaussures ? Je ne me rappelle plus ce qu'on a fait pour maman, mais elle n'a jamais été une folle de chaussures. Rabbit en a de ravissantes...*

Molly s'endormit.

Juliet

Il faisait étonnamment bon pour la saison lorsque Juliet poussa sa mère en fauteuil roulant dans le jardin. Cela avait été toute une affaire de l'installer dans ce fauteuil, et le spectacle de son corps diminué hissé et poussé, de la sonde presque vide avec des gouttelettes d'urine à l'intérieur du tube transparent, de la jambe encore à vif, recousue, tuméfiée et enflée, avait retourné l'estomac de Juliet. Le souvenir de l'accident était encore trop frais. Elle avait fait comme si de rien n'était lorsque sa mère avait poussé un cri de douleur et s'était mordu la lèvre assez fort pour y laisser une marque rouge. Elle avait reculé lorsque la chemise de nuit de Rabbit était remontée, exposant ses fesses rouges et nues, elle avait disparu dans l'ombre pour laisser l'infirmière se débrouiller, faisant pour un instant comme si elle n'était pas là. Davey, lui, n'avait pas dissimulé son malaise. Aussitôt que l'infirmière avait tiré les draps de Rabbit, il était sorti en courant à toutes jambes. Juliet, ne voulant pas que sa mère se sente abandonnée, s'était forcée à rester, mais elle aurait préféré être en train de s'amuser avec Davey, comme si tout était normal. Elle luttait à présent contre cette pensée culapabilisante en avançant lentement vers le banc, dans un joli petit coin parmi les arbres et les jonquilles. Elle arrêta le fauteuil, et Rabbit inspira à fond l'air frais en contemplant le ciel sans nuage. « On se croirait en été. »

Juliet arrangea la couverture de sa mère, un carré de lainage doux et chaud qui avait coûté une fortune à Marjorie. Rabbit la repoussa, mais Juliet insista pour la border autour de la taille. « Il ne fait pas si chaud, maman. » Elle ne savait pas trop si elle essayait de se cacher la déchéance de sa mère ou si elle craignait vraiment que Rabbit n'attrape froid. Une nouvelle vague de remords l'assaillit. Davey était assis sur le banc, un café à la main.

« Tu te rappelles quand on allait en vacances à Blackpool, Davey ? lui demanda Rabbit.

– Je ne risque pas d'oublier.

– Qu'est-ce que c'était bien !

– Oh oui.

– J'aurais dû t'emmener à Blackpool, Juliet.

– C'est pas grave. J'ai adoré la France et l'Espagne, Las Vegas et New York.

– Oui, mais quand même…

– Comment s'appelait le vieil âne qui faisait des allers-retours sur la jetée, déjà ? demanda Davey.

– Desmond.

– Desmond l'âne ? s'étonna Juliet.

– Desmond n'était pas un âne comme les autres. Il savait compter jusqu'à dix avec son sabot et péter sur demande.

– "Pousse fort", lui disait le bonhomme… il s'appelait comment, déjà ?

– Je me rappelle seulement qu'il sentait le tabac et l'eau de toilette Old Spice, dit Rabbit. Mais quand il disait "Pousse fort", Desmond poussait fort.

– Tous les gamins en vacances allaient voir l'âne pétomane. Croyez-moi : si vous voulez devenir riches, investissez dans n'importe quoi du moment que ça pète. Aucun gamin ne résiste à des prouts.

– C'est vrai. La fois où on a appris en arrivant qu'il était mort, j'ai pleuré pendant des heures, se souvint Rabbit.

– Je me rappelle ! lança Davey d'une voix haut perchée – ça venait juste de lui revenir, et ça le ravissait. On lui a fait un faux enterrement dans le parking de l'hôtel !

– Mais vous n'avez pas réellement enterré l'âne, intervint Juliet.

– Non, on a enterré un porte-clés « Desmond l'âne pétomane » que maman avait acheté pour Pauline, la voisine d'en face, expliqua Rabbit.

– Sous une touffe de fleurs sauvages. Papa a creusé avec une cuiller à soupe et c'est maman qui a prononcé l'éloge funèbre, raconta Davey.

– "Repose en paix, Desmond l'âne pétomane. Tu nous as donné joie et douleur…" récita Rabbit.

– "… et des péteux comme toi, on n'en reverra plus jamais" », compléta Davey.

Rabbit sourit. « Il faut que vous obligiez maman à dire quelque chose à mon enterrement. Elle ne voudra pas, mais force-la, d'accord, Davey ?

– Je n'y manquerai pas. »

Juliet changea de sujet. « Tu veux manger quelque chose, maman ?

– Non merci, chérie.

– Tu n'as rien mangé aujourd'hui, une fois de plus.

– Je n'ai pas faim.

– Même pas un petit goûter ? Il y a des langues de chat à la cafétéria.

– Non, ça va. Dis-moi, Davey, comment ça se passe, à la maison, avec Juliet ?

– Super ! lança l'intéressée avant qu'il ait pu répondre.

– Juliet est un vrai cordon bleu. Elle m'a fait des œufs brouillés ce matin.

– Tu n'as pas goûté ses scones.

– Quoi, tu fais des scones ? Mais tu as quel âge, en fait ?... Quatre-vingt-dix ans ?

– J'ai une machine à pain depuis plus de deux ans, figure-toi.

– Excusez du peu ! » dit Davey, et Juliet sourit jusqu'aux oreilles.

Juliet et Davey avaient toujours partagé une grande complicité, et même s'il était le parent qu'elle voyait le moins, cette entente revenait toujours facilement entre eux.

« Pourquoi est-ce que tu te presses les tempes ? Tu as mal à la tête ? demanda Rabbit à sa fille.

– Non, je réfléchis.

– À quoi ?

– Je dors dans ton lit. Ça ne t'embête pas ?

– Au contraire. Tu es sûr de vouloir rester chez moi, Davey ?

– Certain », répondit Juliet pour lui.

Davey acquiesça. « Elle est mieux chez elle, et, maintenant que maman sort de l'hôpital, il faut la laisser respirer. Si on restait chez les parents, elle se fatiguerait à s'occuper de nous.

– Je suis très bien avec Davey, maman.

– C'est ce que je vois », dit Rabbit.

Avant que quiconque ait pu ajouter un mot, Derek Salley, l'éditeur favori de Rabbit, s'approcha d'eux. Elle tendit la main, et il la prit. « Qui aurait cru que tu serais encore plus belle sans la perruque ?

– Toujours charmeur !

– Tu nous manques.

– Je te présente mon frère, Davey, et tu connais Juliet.

– Bonjour ! fit celle-ci.

– Davey, si tu emmenais Juliet manger un morceau ?
– Je n'ai pas faim.
– Mais si, tu as faim », dit Davey en se levant et en traînant sa nièce par le col. Elle fit semblant de s'offusquer, puis lui emboîta le pas, tout en faisant un petit signe de la main à sa mère.

À la cafétéria, Davey, qui en était à son cinquième café de la journée, questionna Juliet, qui dégustait son deuxième cupcake, à propos de l'éditeur.
« Elle écrivait un blog pour le journal mais, en plus, elle travaillait sur un livre.
– Quel genre de livre ?
– Sur la maladie, et d'autres trucs.
– Quels trucs ?
– Des trucs d'adultes.
– Je ne savais pas, dit Davey.
– Personne ne sait.
– Je la félicite.
– Davey, elle est vraiment dans un bon jour, hein ?
– Le meilleur, pour l'instant.
– C'est bon signe, non ?
– Ouais, sauterelle, c'est bien. »
Derek resta un quart d'heure. Aussitôt qu'il fut parti, il fallut ramener Rabbit dans son lit : elle souffrait de douleurs paroxystiques. Celles-ci lui broyaient les os et suffirent largement à mettre fin à un agréable après-midi au jardin. Juliet voyait bien que sa mère faisait de son mieux pour se montrer forte et courageuse, mais elle avait beau serrer les lèvres, des cris lui échappaient quand même. Une fois à l'intérieur, l'infirmière appela un médecin.

Celui-ci demanda à Davey et à Juliet de le laisser seul un instant avec la patiente. Il resta quinze bonnes minutes.

Davey et Juliet attendaient dans le couloir sur des chaises en plastique.

« Qu'est-ce qui prend si longtemps, à ton avis ? demanda la jeune fille.

– Je préfère ne pas le savoir.

– Ça va aller, se dit Juliet à elle-même. J'ai déjà vu ça plein de fois. Elle va s'endormir, et quand elle se réveillera, tout ira bien. C'est la meilleure journée qu'elle ait eue depuis qu'elle est ici.

– Je vais me chercher un café.

– Tu en as déjà trop bu.

– Oh, pardon, maman ! » Il lui tira la langue.

« Minute, attends-moi. » Juliet ne voulait pas rester seule devant cette porte.

Lorsqu'ils revinrent, Rabbit dormait et le médecin était parti. Davey trouva une excuse minable pour sortir de la chambre. Juliet savait qu'il allait voir le médecin. Elle resta assise auprès de sa mère et l'observa avec attention, en l'écoutant respirer par la bouche. *Dors, maman. Ça ira mieux après.*

Grace

Lenny était parti travailler tôt. Grace eut du mal à se traîner hors de son lit. Elle avait envie de rester là, dans un cocon, immobile. Elle entendit les garçons se lever, se disputer pour la salle de bains, dévaler l'escalier comme un troupeau de bisons et faire un boucan d'enfer dans la cuisine. Jeffery l'appela plusieurs fois, mais n'osa pas entrer dans sa chambre, qui était officiellement une zone sans enfants depuis qu'il avait cessé de mouiller son lit à l'âge de trois ans.

Ryan frappa une fois. « Maman, je peux sortir avec les copains tout à l'heure ? »

Il était encore privé de sorties, mais depuis qu'il avait retrouvé Juliet en bravant l'interdiction, elle avait du mal à la lui imposer. Elle aurait voulu lui répondre, mais le dilemme entre céder et tenir bon était au-dessus de ses forces, si bien qu'elle garda le silence.

« Je prends ça pour un "oui" », dit-il, et elle fut soulagée qu'il ait pris la décision pour eux deux. Elle entendit la porte d'entrée claquer une fois, puis deux. Elle ne se rappelait plus si Stephen était parti pour la bibliothèque avec son père ou non. Il y avait de bonnes chances pour qu'elle soit seule. Grace faisait rarement la grasse matinée. En général, elle était la première en bas, à préparer le petit déjeuner tout en criant aux garçons de se dépêcher, planifiant sa journée. Elle quittait la maison en même temps qu'eux pour aller se promener au bord du canal avec ses amies ou pour faire les courses ; elle avait toujours de quoi s'occuper. Il fallait qu'elle se lève : elle avait un million de choses à faire avant d'aller voir Rabbit… et pourtant, impossible de sortir du lit. Elle était lasse, mais réveillée – peut-être trop. Elle entendait les oiseaux s'égosiller, elle sentait la brise qui entrait par la fenêtre ouverte chatouiller les poils de ses bras, et elle flairait même le parfum du chèvrefeuille de Brenda-la-voisine. Une pie était posée sur l'appui de la fenêtre, dos à elle, surveillant tranquillement les environs. *Un oiseau de malheur.* L'animal s'attarda juste assez longtemps pour mettre Grace profondément mal à l'aise. *Et puis quoi, après ça ? Un corbeau ?* Elle ne se rendit pas compte qu'elle pleurait, et encore moins qu'elle pleurait si fort que son fils aîné l'entendait depuis sa chambre. Un coup à la porte la fit sursauter.

« Maman ? »

Elle voulut l'envoyer balader, mais ne parvint pas à suffisamment reprendre son souffle pour parler. « J'entre », l'avertit Stephen, plus pour lui-même que pour elle. Bernard lui avait raconté sa rencontre traumatisante avec les seins de leur mère. Il ouvrit prudemment la porte et vint s'asseoir par terre à côté d'elle. Il ne dit rien pendant qu'elle s'efforçait de se contrôler. Lorsque ses émotions furent enfin disciplinées, il lui tendit un coin de la couette pour sécher ses larmes ; mais elle se servit de la paume de ses mains.

« Qu'est-ce que tu fais là ? lui demanda-t-elle.

– Je révisais dans ma chambre.

– Et la bibliothèque, alors ?

– Y a trop de monde.

– Tu veux dire trop de distractions ?

– Susan sort avec Peter.

– Je suis désolée pour toi.

– Bah, il est sympa. Je ne suis pas fait pour elle. Que veux-tu que j'y fasse ? » Ses épaules se voûtèrent un peu.

« Je n'arrive pas à me sortir de mon lit, dit Grace.

– Je vais t'aider. » Il se leva et lui tendit une main. Elle la prit. Il la hissa et la retint jusqu'à ce qu'elle soit bien solide sur ses pieds.

« Prépare-toi. Je te fais quelque chose à manger, dit-il.

– Non, non. Retourne réviser.

– Maman, si je me plante, je passerai le rattrapage en août.

– Et ton voyage ?

– Il y en aura d'autres. »

Toute la colère qu'elle avait ressentie pendant qu'il ne faisait rien durant toute l'année se dissipa, et elle fut soudain envahie par la fierté. *Il est en train de devenir adulte.*

Lorsqu'elle descendit enfin, il l'attendait avec du café, un œuf à la coque et des toasts. Il avait aussi devant lui l'annonce pour une caravane que Ryan avait repérée. Il s'assit à côté d'elle au comptoir.

« Grand-mère ne peut pas prendre Juliet avec elle, hein ?

– Elle ne le sait sans doute pas encore, mais c'est hors de question, en effet.

– Bon, alors on achète la caravane, mais c'est moi, et pas Ryan, qui dormirai dedans.

– Stephen…

– C'est une solution provisoire. Je vais avoir mes examens, si ce n'est pas la semaine prochaine ce sera dans un mois, et je me mettrai sérieusement au boulot l'an prochain. Je vais bosser mes cours, trouver un job à temps partiel, et je pourrai aller vivre ailleurs.

– Je ne te chasse pas de ta maison.

– Je suis assez grand, maman. »

Soudain, sans crier gare, Grace se retrouva de nouveau en larmes.

« Je ne voulais pas te faire de peine, dit-il tandis qu'elle sanglotait, se berçait et se mouchait dans ses bras.

– Je sais bien. Je suis si fière de toi ! Pardon. »

Elle voulut lui faire un câlin, mais il eut un mouvement de recul.

« Je vais te chercher un mouchoir.

– D'accord, fils », parvint-elle à dire avant de fondre en larmes pour la troisième fois.

Pendant que sa mère tâchait de se ressaisir, il appela le vendeur de la caravane. Elle était encore à vendre, et pas trop loin : Grace convint que le mieux était d'aller la voir tout de suite.

Stephen prit le volant et ils s'égarèrent, mais il trouva rapidement un autre itinéraire, et ils furent sur place en moins d'une demi-heure. La caravane était garée dans le jardin. Elle était posée sur des parpaings et avait dû être blanche autrefois, mais le passage du temps lui avait donné une bizarre teinte gris jaunâtre. Elle était petite.

« Elle est superbe, maman ! » dit Stephen.

Ils examinaient la carrosserie lorsque le type sortit de sa maison. Il était petit et chauve, avec une longue barbe. Grace se dit tout de suite que c'était bizarre de porter une si longue barbe quand on était si petit. *On dirait un sorcier, ou un lutin, ou un lutin-sorcier.* Il était bronzé, et ses gros biceps contrastaient avec la petite taille de ses mains. Il portait un blouson de moto moulant, alors qu'il faisait chaud et qu'il sortait de chez lui. Stephen fut le premier à le saluer et à lui serrer la pince. Il s'appelait Ron et se montra aimable, très volubile. Une fois les salutations expédiées, Grace resta silencieuse, laissant son fils mener l'affaire. L'homme fit avec Stephen le tour de la caravane en montrant comme elle était solide. Elle ne semblait pas rouillée, du moins pour un œil non professionnel, et Ron jura que, hormis la légère décoloration, elle était comme neuve. Il ouvrit la porte et grimpa à l'intérieur. Stephen le suivit, puis Grace aussi se faufila à l'intérieur – c'était vraiment exigu. Ron, sans bouger de là où il était, désigna l'espace salle-à-manger-chambre-à-coucher et la kitchenette équipée d'une cuisinière, d'un mini-évier, d'un mini-plan de travail et d'un grille-pain sur une étagère. Ils se glissèrent l'un après l'autre dans le cabinet de toilette, qui était si petit que Stephen dut baisser la tête et se mettre de profil pour y entrer. Comme il était le plus proche de la porte, il fut le premier dehors, suivi par Grace, puis par Ron.

« Une beauté, hein ? lança Ron sans la moindre trace d'ironie.

– Elle me plaît », répondit Stephen. Il regarda sa mère, qui restait totalement impassible.

« Croyez-moi, cent cinquante euros, c'est donné !

– Elle est sur des parpaings, c'est un problème, souligna Stephen.

– J'ai des roues dans le garage. Les pneus sont lisses, vu que Rhonda et moi, on a sillonné la Nouvelle-Zélande ensemble pendant quatre ans. » *Ron et Rhonda, mon Dieu.* « Ça ira bien pour rouler jusque chez vous, mais si vous voulez l'emmener en voyage, faudra en racheter des neufs.

– Les pneus et les parpaings sont compris dans les cent cinquante ? s'enquit Stephen.

– Absolument.

– Et le contenu ?

– Tout est à vous.

– La Nouvelle-Zélande, hein ?

– Ouais. J'ai fait de la figuration dans *Le Seigneur des anneaux I* et *II*.

– Tout s'explique », dit Grace.

Ils tournèrent la tête vers elle ; elle soutint leur regard, sans aucune expression, jusqu'à ce que Stephen reprenne le fil de la conversation.

« Ouais, ça l'a quand même pas mal usée, tout ça, je dirais.

– Elle est bâtie pour. C'est du costaud.

– Baissez de cinquante, et l'affaire est faite.
– Pas question.
– Je parie que le châssis est aussi fatigué que les pneus. »
Le type toisa Stephen de la tête aux pieds. « Vous êtes un coriace, vous.
– Je parie qu'on est deux.
– Cent vingt-cinq.
– Marché conclu. »

Ils paraissaient tous deux très satisfaits lorsqu'ils se tournèrent vers Grace, qui pleurait de nouveau en silence.

« Monte dans la voiture, maman », dit Stephen en lui tendant les clés. Elle lui obéit et regarda Stephen entrer dans le garage avec le lutin-sorcier.

Son téléphone sonna. C'était Davey. Il avait assisté à la crise de douleur de Rabbit et ne s'en remettait pas. Elle essaya de le calmer, mais il était hystérique. « Est-ce qu'elle dort, maintenant ? s'enquit Grace.

– Oui, ils l'ont assommée. J'ai parlé avec le médecin. Il dit qu'on ferait bien de se préparer. »

Grace pleurait à nouveau. Son visage la brûlait, sa mâchoire et ses oreilles lui faisaient mal.

« Je ne comprends pas, dit Davey. Elle avait si bien commencé la journée…

– Où est Juliet ?
– Avec elle, en ce moment.
– Et les parents ?
– Rabbit les a renvoyés chez eux. Pauline est venue les chercher. Où es-tu, Grace ?
– En train d'acheter une caravane.
– Pardon ?
– Stephen y dormira pour faire de la place à Juliet.
– Garde ton argent, Grace.

– Ne recommence pas, Davey.

– Arrête de me traiter comme un idiot. J'ai tout autant de droits sur elle que toi.

– Mais putain, Davey, grandis un peu ! Il ne s'agit pas de toi, là. Combien de fois... ?

– Va te faire foutre, Grace. Tu te crois meilleure que moi, n'empêche que c'est avec moi qu'elle veut vivre.

– Ah, parce que tu lui as dit. Évidemment ! Mais bon Dieu, Davey, c'est un adulte qu'il lui faut dans sa vie, pas un gamin ! »

Elle raccrocha pendant que Stephen traversait la rue. Il monta dans l'auto, visiblement très content de lui. Il ne remarqua pas tout de suite la colère de sa mère, mais celle-ci se mit à marmonner des injures entre ses dents.

« Quoi ?

– Ce foutu Davey.

– Qu'est-ce qu'il a ?

– Rien. Tu as fait affaire ?

– Il va remettre les roues et je reviendrai la chercher plus tard avec papa.

– Tu n'as rien payé, hein ?

– Je foire peut-être un peu mes études, mais je ne suis pas débile, quand même. » Il accéléra dans la rue. « On va où ?

– Je veux être avec Rabbit.

– Alors c'est parti. »

Avant que Rabbit ne tombe malade, Grace avait prétexté sa peur des hôpitaux pour éviter d'aller y voir les gens qu'elle connaissait, quelle que soit la profondeur de leur amitié ou la nature de leurs liens. « Ça m'angoisse, disait-elle, c'est même une véritable phobie. » À la vérité, ce n'étaient pas les hôpitaux qui la terrifiaient, mais les malades. Elle détestait les odeurs, les corps anéantis et les cris de détresse. Elle détestait la vulnérabilité et l'indignité. Grace n'avait jamais été malade de sa vie, et, étant bâtie pour l'enfantement, comme sa mère, elle n'avait jamais passé plus de deux jours dans une maternité. Elle avait toujours accouché dans des cliniques privées, le seul vrai luxe sur lequel elle n'ait jamais transigé. Elle voulait mettre ses bébés au monde dans une chambre personnalisée avec salle de bains et minifrigo pour arroser l'événement en s'offrant une vodka. Elle n'avait pas souhaité allaiter. Elle avait été élevée au biberon et n'avait jamais eu à s'en plaindre – et, par ailleurs, elle n'était pas du genre à sortir un nichon en plein supermarché. Rabbit, elle, avait nourri Juliet au sein. Elle avait lu les livres adéquats et suivi les cours idoines. Elle avait même rejoint un groupe de mères allaitantes, ce dont Grace et Davey s'étaient moqués, bien sûr, mais elle s'en fichait. Rabbit avait toujours tracé sa route sans s'occuper de l'avis des autres. C'était une des choses que Grace préférait chez elle.

La première fois que Rabbit avait été hospitalisée, Grace n'était pas allée la voir. Elle avait trouvé un prétexte minable que sa sœur avait eu la bonté d'accepter, mais Marjorie avait été avec elle du début à la fin, et Rabbit n'avait besoin de personne d'autre quand son amie était dans les parages. C'est seulement quand le cancer s'était propagé que Grace avait commencé à avoir peur. Le cancer du sein, c'était guérissable, et tout allait s'arranger. Ce n'était pas la fin du monde, jusqu'au jour où la maladie était devenue incurable et où la fin du monde leur était vraiment tombée dessus, et, à ce stade-là, Grace culpabilisait tellement que c'était elle qui voulait mourir. Depuis, elle avait fait tout son possible pour se rattraper auprès de Rabbit. Elle l'avait accompagnée à ses chimiothérapies, l'avait attendue pendant les séances de rayons. Elle avait été la dernière à la voir avant ses anesthésies et la première à son réveil. Elle avait veillé à côté de tant de lits, depuis quelques années, qu'elle ne les comptait plus, et les malades ne l'effrayaient plus. La seule chose qui faisait peur à Grace Black, c'était la mort.

Rabbit

Mabel faisait une réussite sur le lit lorsque Rabbit se réveilla. « Eh ben, quelle feignasse ! dit-elle sans lever les yeux des cartes.

– Quelle heure est-il ? s'enquit Rabbit.

– Quatre heures et quart, par là.

– Où est Juliet ? »

Mabel posa ses cartes, prit un bâtonnet glycériné et le passa sur les lèvres desséchées de Rabbit. « Davey l'a emmenée manger un morceau. La pauvre choupette, elle est restée là à te regarder pendant des heures. »

Rabbit suçota le tampon de glycérine citronnée pendant que Mabel parlait.

« Tu peux la remmener tout à l'heure ? demanda-t-elle.

– Juliet ? Oui, bien sûr.

– Il faudrait que tu dises à Davey de faire en sorte que toute la famille, y compris Marjorie, soit réunie ici ce soir. » Rabbit parlait précipitamment : finir ses phrases était comme une urgence.

« D'accord.

– Il faudra qu'ils me réveillent ou qu'ils m'attendent.

– Je leur dirai.

– Je suis vraiment claquée, Mabel.

– Rendors-toi.
– Tu t'occupes de ça ?
– Je te promets qu'ils seront là.
– Merci. » Rabbit se détendit. Elle prit un moment pour se concentrer sur le tee-shirt de Mabel, d'inspiration rock gothique. « J'aime bien ton tee-shirt.
– Je l'ai trouvé dans une friperie de... »
Rabbit dormait déjà.

Johnny

Autrefois, avant la maladie de Johnny, chaque fois que les garçons allaient jouer quelque part, c'était la même routine. L'oncle Terry venait les chercher chez Davey et ils transféraient tout le matos du garage à la camionnette. Johnny était toujours le premier à bord, pour s'assurer la meilleure place, Francie et Jay montaient ensuite, puis Louis ou Kev, selon qu'ils étaient à l'époque de Kitchen Sink ou de The Sound. Davey était toujours bon dernier, soit parce qu'il avait la courante, soit parce qu'il traînait dans la maison : il oubliait toujours quelque chose à la dernière minute. Cette manie d'être systématiquement en retard exaspérait les autres. Alors, pour lui donner une leçon et le dissuader de leur faire perdre leur temps, ils avaient eu une idée simple. L'arrière de la camionnette de l'oncle Terry était cloisonné : une fois qu'il était au volant, il ne pouvait plus voir ni entendre les garçons, si bien qu'il attendait que l'un d'eux tape sur la paroi pour lui donner le signal du départ. Et donc ils avaient pris l'habitude de cogner à la paroi pile au moment où Davey était sur le point de grimper à bord ; l'oncle Terry démarrait aussitôt, forçant le garçon à s'époumoner, courir et risquer sa vie pour sauter dans la camionnette en marche, entre les portières battantes. Il lui avait fallu un peu de temps, mais, au bout de cinq ou six expériences casse-cou, il avait fini par piger, et n'avait plus jamais été le dernier à monter à bord.

Puis, quand Rabbit avait commencé à les accompagner pour assurer la régie, elle avait osé les faire poireauter une fois et, en guise de rite de passage, ils avaient attendu qu'elle soit sur le point de monter pour taper sur la paroi. L'oncle Terry avait démarré mais, au lieu de courir, crier et risquer sa vie, Rabbit était restée plantée au milieu de la rue, les mains sur les hanches, à regarder la camionnette s'éloigner avec ses portières béantes. Au bout d'une minute ou deux, l'oncle Terry avait dû s'arrêter pour sortir voir ce qui se passait : quand les garçons avaient compris qu'elle n'allait pas entrer dans leur jeu, ils avaient tambouriné à la paroi pour le faire stopper. Mécontent, il les avait regardés, puis regardé Rabbit, toujours au milieu de la rue, au loin. Il avait claqué les portières, était reparti la chercher en marche arrière, elle avait sauté à bord et cogné à la paroi, l'oncle Terry avait redémarré. Elle s'était assise à côté de Johnny.

« Bande de crétins, avait-elle lâché.

— Pfff, Rabbit, t'as vraiment le chic pour plomber toute la magie, avait grommelé Francie.

— La magie, Francie ? La magie, c'est faire disparaître le pont du Golden Gate. Ça, c'était de la connerie, pas de la magie. »

Johnny avait pouffé de rire.

« Dis donc, toi ! C'était ton idée ! lui avait rappelé Jay.

— D'accord, mais si vous m'aviez fait ça, j'aurais réagi comme elle. Il n'y a que l'autre andouille pour risquer sa vie à essayer de monter dans une camionnette qui n'ira nulle part sans lui. »

Les autres avaient éclaté de rire. « C'est vrai, Quasimort, t'es un peu couillon, quand même », avait dit Francis, et tout le monde, y compris Rabbit, s'était remis à rire. Davey n'avait rien répondu : il avait laissé son majeur le faire pour lui.

Après la séparation du groupe, alors que chacun avait commencé à tourner la page, Johnny reparlait souvent de Davey courant après la camionnette. C'était un de ces petits riens qui lui restaient en tête et l'amusèrent encore longtemps après qu'il avait commencé à perdre son combat contre la sclérose en plaque.

On était six mois après le dernier concert du groupe, et Johnny était dans une bonne semaine. Francie travaillait et Jay étudiait. Davey buvait comme un trou et couchait avec tout ce qui bougeait. Deux semaines auparavant, Kev avait suivi une Française à Paris, déclarant que c'était l'amour fou et répétant à tout-va : « Ça ne doit pas être bien difficile d'apprendre le français. » Johnny et Rabbit n'en pouvaient plus de regarder des films et de manger du curry tous les vendredis soir. « On n'a qu'à prendre ma voiture et aller quelque part, proposa Johnny.

– Où ça ?
– N'importe où.
– Ça va te fatiguer.
– À ce moment-là, tu prendras le volant.
– Je ne sais pas conduire.
– C'est facile, je t'apprendrai.
– Papa me tuerait.
– Allez, s'te plaît, tirons-nous d'ici. »

Ce fut le ton de sa voix, et non l'idée d'une virée, qui fit céder Rabbit. Comme s'il était conscient qu'il vivait son dernier regain de santé. « D'accord. »

Le père de Rabbit était encore au travail et sa mère était sortie faire les courses. Du coup, Rabbit laissa un mot : « On part en vacances. On vous enverra des cartes postales. Bisous, Rabbit et Johnny. »

Ils se rendirent chez Johnny en taxi, prirent quelques vêtements à lui et les mirent dans la voiture qu'il n'avait pas conduite depuis un an. Il s'assit au volant, et Rabbit à côté de lui.

« Tu es sûr ? » lui demanda-t-elle. Il répondit en démarrant sur les chapeaux de roues. Ils décidèrent d'aller camper à Wicklow. Le groupe avait joué là-bas ; il y avait une plage, c'était un endroit animé, plein de jeunes, et c'était loin de chez eux mais pas trop. Ils roulaient depuis environ une heure lorsque les jambes de Johnny déclarèrent forfait. Il était encore capable de marcher et il n'eut pas de mal à rejoindre le siège passager, mais il ne pouvait plus conduire.

« Merde, je le savais, se lamenta Rabbit.

– C'est facile de conduire. Je serai à côté de toi, et puis on est presque arrivés.

– Me voilà rassurée », ironisa-t-elle en s'installant au volant.

Ils passèrent une demi-heure arrêtés sur le bas-côté, Johnny lui expliquant comment utiliser ses rétroviseurs, mettre le clignotant et manœuvrer les pédales. Au milieu d'une leçon sur le changement de vitesse, elle en eut assez, démarra le moteur et se lança. Après un certain nombre de calages, de redémarrages, de brusques embardées, et un incident au cours duquel Rabbit faillit tamponner l'arrière d'un bus, elle sentit qu'elle contrôlait à peu près tout – sauf Johnny, qui n'arrêtait pas de lui crier dessus : « Regarde à gauche ! Le rétro ! Clignotant, clignotant, clignotant ! » Ce fut un trajet agréable. Ils s'arrêtèrent pour dîner dans un petit café de Wicklow et, même si Johnny marchait avec une canne, ils ressemblaient à un couple ordinaire – bien qu'en réalité ils n'en soient pas vraiment un. Rabbit avait cessé d'y penser et d'espérer. Elle n'était toujours pas tombée amoureuse d'un autre, elle aimait toujours Johnny, et elle savait qu'il l'aimait. S'il n'avait pas été si épuisé par la maladie, elle se serait peut-être demandé s'il était gay, mais il était malade et terrifié, aussi avait-elle appris à ne plus rien espérer et à simplement apprécier les précieux moments passés ensemble.

La nuit était tombée lorsqu'ils arrivèrent au Bed & Breakfast que la dame du café leur avait recommandé. Ils avaient réservé une chambre double depuis une cabine téléphonique deux heures plus tôt. Rabbit se gara tout de travers et ils entrèrent ensemble dans le hall. Le propriétaire les mena jusqu'à la chambre, où ils s'étonnèrent de ne trouver qu'un grand lit. Comme il n'y avait pas d'autre chambre libre, ils la prirent. Johnny semblait un peu plus perturbé que Rabbit par cet imprévu. Il s'assit sur le lit et tambourina du bout de sa canne sur le sol. « On devrait chercher ailleurs.

– Tu plaisantes ?

– Les Bed & Breakfast, ce n'est pas ce qui manque à Wicklow.

– Je n'ai pas de poux, tu sais.

– Ne sois pas ridicule, Rabbit.

– Ce n'est pas moi qui pleurniche parce que je vais devoir partager un lit. »

Rabbit était tellement énervée qu'elle prit sa trousse de toilette et sortit en claquant la porte pour se rendre à la salle de bains, au bout du couloir. Elle mit une éternité à revenir, et lorsqu'elle trouva Johnny torse nu dans le lit, son cœur fit un petit bond.

« Je dors en caleçon. Je n'ai pas apporté de tee-shirt.

– Tout va bien », répondit Rabbit, mais ce n'était pas tout à fait vrai. Ses boyaux commençaient à danser la rumba. Elle posa sa trousse de toilette sur la commode, éteignit la lumière, s'approcha du lit et, avant de grimper dedans, s'entendit prier pour la première et dernière fois de sa vie : *Mon Dieu, faites que je ne tombe pas dans les pommes.* Ils étaient tous les deux grands, et le lit n'était pas spécialement large. C'était difficile de ne pas se toucher, mais ils firent beaucoup d'efforts. Rabbit, d'habitude, n'était pas très douée pour évaluer les distances, mais, cette nuit-là, elle aurait pu donner celle qui les séparait au millimètre près. « Tu es bien ? lui demanda-t-il.

– Impec. Et toi ?

– Oui oui.

– Super. OK. Bonne nuit. »

Il poussa un long soupir dans lequel, le connaissant comme elle le connaissait, Rabbit reconnut de la frustration. *Hum. Johnny est couché à côté de moi et il se sent frustré.*

« Bonne nuit, dit-il.

– Bonne nuit, répéta-t-elle pour faire bonne mesure. Oh, et si tu as besoin d'aide pour aller faire pipi...

– Je n'aurai pas besoin d'aide, répondit-il d'une voix maintenant plus irritée que frustrée.

– Je disais ça au cas où. »

Ils restèrent allongés dans le noir, les yeux grands ouverts, côte à côte et horriblement proches, trop effrayés pour bouger un muscle. Rabbit avait peur qu'il fasse une crise de convulsions, mais ne dit rien parce qu'elle ne voulait pas déclencher sa colère. Du temps passa, et il s'écoula peut-être une seconde ou une bonne heure avant qu'il reprenne la parole.

« Tu es bien installée ?
– Très. » *Tu vas m'embrasser, oui ?*
« Tant mieux.
– Et toi, bien installé ?
– Pas vraiment.
– C'est pas vrai, mais quelle chochotte ! » Elle se tourna face à lui – et, dans le même mouvement, il l'attira contre lui pour l'embrasser profondément.

« Oh, fit-elle, et sa voix trembla, de même que son corps entier.
– Oh ? Ça va ?
– Oh, oui. »

Cette nuit-là, Johnny Faye n'eut ni spasmes, ni picotements, ni fatigue ni douleurs, et Rabbit Hayes perdit sa virginité.

14

Rabbit

Rabbit, en s'éveillant, se retrouva face aux visages muets de Grace, Davey, Lenny et Marjorie. Même du fond de sa brume médicamenteuse, elle perçut la tension ambiante. Elle sonna Linda pour lui demander de l'aider à s'asseoir. Celle-ci arriva rapidement, et, une fois sûre que Rabbit n'avait besoin de rien d'autre, elle s'en alla, mais pas avant de l'avoir regardée d'un air entendu et articulé tout bas : « C'est la guerre froide ? » Rabbit haussa les épaules. « Tiens-moi au courant », lui glissa l'infirmière en sortant.

Un plateau-repas intact traînait au bout du lit. Marjorie en souleva le couvercle. « C'est encore chaud, si tu veux essayer, dit-elle.

– Pas faim. Qu'est-ce que vous avez, tous les deux ? demanda Rabbit à Davey et Grace.

– Rien, lâcha Grace, d'un ton un tantinet trop agressif, et en faisant à Davey sa tête qui voulait dire : "Toi, tu la boucles."

– Davey ?

– C'est juste Grace dans toute sa splendeur.

– Autoritaire ? hasarda Rabbit.

– Et arrogante.
– Et Davey qui fait le gamin…, ajouta Grace.
– Et têtu comme une mule, compléta Rabbit.
– Et aveugle, en plus.
– Mais bien sûr, madame Je-sais-tout! dit Davey.
– Bon, alors, quel est le problème ? voulut savoir Rabbit.
– Rien, répondirent le frère et la sœur en même temps.
– Ah bon. Marjorie ?
– Je plaide le cinquième amendement.
– On n'est pas des Américains, fit remarquer Rabbit.
– Quand même, répliqua Marjorie.
– Lenny ? »
Lenny éleva les deux mains en l'air.
Rabbit aurait peut-être insisté si leurs parents n'étaient pas arrivés à ce moment-là. Molly était encore pâle, mais elle semblait reposée. Jack se pencha pour embrasser sa fille.

« Pauline s'est pris une amende pour excès de vitesse – elle était juste au-dessus de la limite. Je vous jure que le connard qu'elle a épousé la hante encore. »

Grace fusilla Davey du regard.

« Tu aurais pu aller les chercher.
– Et toi, alors ?
– Ils sont comme ça depuis combien de temps ? demanda Molly à Rabbit.
– Depuis que je me suis réveillée. » Elle sourit à sa mère.

« Et tu bois du petit-lait !
– Que veux-tu, il n'y a rien à la télé. »

Une fois Jack et Molly assis, tout le monde tourna son attention vers Rabbit, impatient d'entendre ce qu'elle avait à dire.

Elle se sentait plus forte que tout à l'heure, mais il fallait maintenant qu'elle en vienne au fait. « Je veux qu'on parle de Juliet.

– C'est déjà réglé, chérie, lui dit Molly.

– Non, maman, pas du tout.

– On la prend chez nous jusqu'à…

– Maman, je t'en prie, tu ne peux pas la prendre, plus maintenant.

– Elle a raison, dit Jack – ce qui lui valut un coup de coude dans les côtes de la part de sa femme.

– On la prend, affirma Grace, soutenue par un hochement de tête de Lenny.

– Vous n'avez pas la place, objecta Rabbit.

– Exactement, ils n'ont pas la place, renchérit Davey.

– Et toi, tu l'as ? lui demanda Rabbit.

– Tu le sais bien.

– Tu n'envisages pas sérieusement de donner Juliet à Davey ? s'offusqua Grace.

– Je ne la donne à personne.

– Ce n'est pas ce que je voulais dire.

– Je peux m'occuper d'elle. Je sais que je n'ai pas l'air d'avoir toute ma tête, et parfois c'est vrai, mais je vais me reprendre et je l'élèverai selon tes souhaits, dit Davey.

– Papa, dis-lui, plaida Grace.

– Je pense que Grace devrait y penser », déclara Jack.

Grace et Molly pivotèrent vers lui.

« Tu as changé ton fusil d'épaule, papa, dit Grace d'une voix haut perchée.

– Tu n'es pas sérieux, Jack. » Molly se tourna vers Davey. « Sans vouloir te vexer, fils.
– Davey a de la place pour Juliet, et pas seulement dans sa maison », insista Jack.
Davey eut un sourire victorieux. « Merci, papa.
– Es-tu en train de dire qu'on n'a pas de place pour elle dans nos cœurs, papa ? Parce que franchement…
– Ce n'est pas ce qu'il dit, intervint Rabbit, ramenant l'attention vers elle. Il dit qu'ils ont besoin l'un de l'autre.
– Quelque chose comme ça, oui, confirma Jack.
– C'est complètement idiot, tout ça. Juliet ne va pas partir pour l'Amérique, s'entêta Molly.
– C'est moi qui décide, maman. Marjorie ?
– Oui ?
– Qu'est-ce que tu en penses, toi ?
– Je ne sais pas.
– Ça va, Marjorie, tu peux lui dire ce que tu as sur le cœur, l'encouragea Davey.
– Je pense qu'elle a besoin d'une stabilité que Davey aura du mal à lui donner, même en faisant beaucoup d'efforts. Je regrette, c'est ce que je ressens.
– Je ne suis pas d'accord, plaida Jack. On oublie que Davey est très entouré, là-bas. Je pense que s'il est vraiment motivé pour élever Juliet, il s'en sortira très bien.
– Mais on est là, nous. On peut lui faire de la place, et on sait élever des enfants, objecta Grace.
– Davey, tu penses vraiment en être capable ? demanda Rabbit.
– C'est pas vrai, j'y crois pas ! s'emporta Grace.
– Je suis mort de trouille, et toutes les deux minutes j'ai envie de faire machine arrière, mais je la veux, oui. Je me ferai aider, je changerai des choses dans ma vie, et si

tu m'autorises à l'élever, je ferai en sorte que ça marche, je te le promets. »

Molly semblait être sur le point de fondre en larmes. Rabbit regarda sa sœur. « Tu es une mère géniale, je sais que tu ferais au mieux pour elle et je t'aime pour cela...

– ... Mais ?

– Mais tu as déjà tes quatre garçons...

– Et ?

– Et Davey, non.

– Et c'est ça qui emporte ta décision ? Qu'il ne soit pas déjà parent ?

– Eh bien... oui, reconnut Rabbit.

– Maman ? fit Grace, cherchant de l'aide, mais sa mère se couvrit le visage sans répondre.

– Juliet a choisi Davey, reprit Rabbit. Elle a beaucoup de qualités, mais la subtilité n'en fait pas partie. »

Marjorie poussa un gros soupir.

« Quoi ? fit Rabbit.

– Pardon, mais elle n'a que douze ans. Elle ne devrait pas avoir son mot à dire.

– Au contraire. C'est la seule chose qu'elle contrôle un tout petit peu dans cette histoire. Je lui fais confiance, et à Davey aussi. »

Davey se mit à pleurer, attirant l'attention générale. « Désolé, pardon... » Il leur fit signe de regarder ailleurs.

« Grace, tu sais que je t'aime et que je te remercie pour tout, dit Rabbit.

– Oui. » Grace avait envie de dire à sa sœur qu'elle commettait une grosse erreur, mais cela aurait été cruel et n'aurait rien changé. Rabbit avait fait son choix.

« Maman ? » dit cette dernière.

Molly regarda Davey. « Tu vas la remmener avec toi ?

– Mabel et Casey ont proposé de m'aider à lui trouver une école, et on vivra à Nashville à plein temps. »

Sans un mot, Molly se leva et sortit de la chambre. Grace se leva pour la suivre.

« Reste où tu es, Grace. Ta mère a besoin d'être seule une minute », lui dit Jack. Elle se rassit.

« Marjorie ? fit Rabbit.

– Tu es mieux placée que moi pour décider », dit cette dernière, qui chuchota aussitôt à Davey : « Zut, ça peut être mal interprété, ce que je viens de dire.

– Mais non, ça va, s'esclaffa-t-il.

– Il y a autre chose dont je voudrais parler, ajouta Rabbit, et j'ai besoin que maman soit là. »

Jack se leva. « Je vais la chercher, sauterelle. »

Lenny embrassa Grace. Il lui souffla quelque chose à l'oreille et elle lui sourit. Il l'entoura d'un bras et la déception disparut du visage de sa femme. Jack revint, suivi par Molly. Elle avait les yeux rouges, mais elle ne pleurait plus.

« Ça va, maman ? lui demanda Rabbit.

– Très bien, chérie.

– Tu ne vas pas perdre Juliet.

– Je sais. » Les yeux de Molly s'embuèrent de nouveau. « De quoi voulais-tu parler, sinon ?

– De mes obsèques. »

Jusque-là, Jack s'était montré très fort, mais, soudain, il craqua. Il enfouit son visage dans ses mains. « Ah, Rabbit.

– Je regrette, papa.

– Vas-y, Rabbit, la pressa Grace, et Rabbit fut contente que sa sœur commence à entendre raison.

– Pas de messe. Tu m'entends, maman ?

– Mais quoi, alors ?

– Il y a des tas d'entrepreneurs de pompes funèbres qui proposent un service laïc. Grace, trouves-en un bien, avec une grande salle. » Grace opina de la tête. « Pas la peine de prévoir un grand tralala. Tout ce que je vous demande, c'est de parler honnêtement, de rire, de raconter des histoires et de bien vous souvenir de moi. »

Elle était émue, mais pas autant que son pauvre père, qui éclata en sanglots sonores, poussant Molly à perdre patience : « Tu vas arrêter de lui pleurnicher à la figure, Jack ! »

Cela fit rire Grace, Davey, Lenny et Marjorie, mais Rabbit était au-delà de cela. Il fallait qu'elle avance : la douleur refaisait surface, et elle aurait bientôt besoin de ses médicaments ; chaque dose était plus forte que la précédente, tandis qu'elle-même se sentait de plus en plus faible.

« Je reviens tout de suite, dit Jack en sortant de la chambre.

– Continue, Rabbit, dit Grace.

– Pas de prêtre, pas de prière. C'est bien compris, maman ? »

Molly marmonna quelque chose entre ses dents.

« Grace, tu y veilleras, hein ?

– Oui.

– Je ne veux pas de cercueil ouvert – je trouve ça flippant –, je veux être incinérée et, très franchement, je me fiche de ce que vous ferez des cendres.

– Qu'est-ce que tu veux comme fringues ? s'enquit sa sœur.

– Choisis, maman.

– Formidable. J'ai le droit de choisir la tenue que tu porteras dans un cercueil fermé avant d'être réduite en cendre. »

Les autres rirent un peu, mais Rabbit soutint son regard.

« Pardonne-moi, maman. Désolée de ne pas croire à la même chose que toi.

– Évidemment que je te pardonne, grande saucisse !

– Et pas d'œufs durs au buffet.

– Ah bon ? Pourquoi ? » Marjorie s'efforçait de dissimuler le fait qu'elle pleurait encore plus fort que le pauvre Jack.

« Maman déteste les œufs.

– C'est l'odeur, quelle horreur, souffla Molly, qui essayait de ne pas s'effondrer.

– Davey, tu choisiras la musique. Tu sais ce que j'aime. » Il acquiesça. Il ne pouvait plus parler. « C'est tout.

– OK. » Grace passa un mouchoir à Lenny dans l'espoir qu'il cesse de renifler et de s'essuyer le nez avec sa main.

« Des questions ? demanda Rabbit.

– Juste une, dit Grace. Tu ne connais pas quelqu'un qui voudrait acheter une caravane ? »

Rabbit sourit. Grace lui avait pardonné d'avoir choisi Davey, et elle lui en était reconnaissante. « Merci. »

Grace se leva pour serrer sa sœur dans ses bras. « Je t'aime, ma Rabbit.

– Je t'aime, Grace. »

Lorsque Jack revint, chacun prit son tour pour aller embrasser Rabbit et lui exprimer son amour. Marjorie passa la première, Molly en dernier. Rabbit n'arrivait plus à repousser la douleur : elle sonna Linda. Pendant que ses proches s'en allaient, elle rappela Davey. Les autres les laissèrent seuls.

« Davey, tu commettras des erreurs, et je m'en fiche, du moment qu'elle se sent aimée. C'est la seule chose dont on ait besoin dans la vie.

– Je l'aimerai plus que n'importe qui au monde. »

Rabbit et son frère pleurèrent dans les bras l'un de l'autre, jusqu'à ce que Linda les interrompe avec ses médicaments. « Je peux revenir.

– Non, dit Rabbit. Il est temps. »

Et pendant que sa famille quittait la maison de soins le cœur lourd, elle attendit le sommeil.

Johnny

Rabbit se réveilla dans les bras de Johnny pour la deuxième journée consécutive. Ils passèrent l'essentiel de leur séjour à Wicklow à faire l'amour, parler, rire, s'embrasser, se caresser. Tout était presque normal, sauf lorsque la vessie capricieuse de Johnny ne lui laissa pas le temps d'aller aux toilettes, si bien qu'il dut uriner par la fenêtre du premier étage.

« Pas très romantique, dit-il.

– Fais juste gaffe à ne pisser sur personne – et qu'est-ce qu'on s'en fout, du romantisme ?

– Je t'aime, Rabbit », dit-il en se soulageant.

Avant qu'il ait pu se retourner, elle faisait des bonds sur le lit. « Wou-houuu… Enfin ! » Rabbit savait toujours faire sourire Johnny, même quand il broyait du noir.

Ils restèrent couchés, enlacés, pendant un moment.

« Tu rumines, dit-elle.

– Non.

– Si.
– Non.
– Si.
– D'accord, je rumine.
– Ne gâche pas ce moment, d'accord ?
– D'accord. Pas aujourd'hui, en tout cas. »

Elle savait qu'il était déjà en train de chercher un moyen de battre en retraite. Elle ferait face, une fois de plus. Elle l'embrassa, il l'embrassa, ils firent l'amour une dernière fois, après quoi il fut temps de boucler leurs sacs et de partir.

Il était fatigué, dans la voiture. Rabbit prit le volant avec plaisir : elle était sur un petit nuage et se sentait capable de tout. Ils écoutèrent la radio et discutèrent jusqu'à ce qu'il s'endorme. Elle ne savait pas trop ce qu'elle faisait, mais elle lisait les panneaux et avançait bien, jusqu'au moment où elle tourna au mauvais endroit et se retrouva perdue dans les collines.

Il faisait noir comme dans un four, et elle mit un moment à trouver comment allumer les phares. Ils étaient seuls sur une route étroite et sombre, et elle n'aurait su dire si c'était une bonne ou une mauvaise chose. Ils auraient mieux fait de se mettre en chemin plus tôt, mais d'un autre côté, même si elle se retrouvait dans le noir, elle était contente qu'ils se soient attardés. Elle entendit la crevaison avant de la sentir. Elle pila et obliqua sur le talus avant de s'arrêter.

Johnny se réveilla en sursaut. « Qu'est-ce qui se passe ?
– Il y a un problème à une roue.
– On est où, putain ?
– Humm… »

Il était faible : les activités du week-end l'avaient épuisé. Il s'appuya lourdement sur sa canne et examina le pneu autant qu'il le pouvait, dans le noir, avec sa vue basse. « On va devoir changer la roue », dit-il, mais tous deux savaient pertinemment que par « on », il entendait Rabbit, car ses jambes tremblaient. Une minute plus tard, il était couché dans l'herbe, assailli par des spasmes musculaires, et tâchait de la diriger de là. Elle ignorait quoi chercher et, de toute manière, elle ne voyait pas plus loin que le bout de son nez.

« Tu pleures ? lui demanda-t-il, toujours à terre.

– Pas du tout », mentit-elle. Évidemment, qu'elle pleurait : Johnny était paralysé, et elle, complètement impuissante. Il essaya de se lever, mais sans plus de succès qu'une tortue retournée. Les spasmes étaient sévères, et elle savait que la crise mettrait longtemps à passer. Et qu'ensuite il serait si faible qu'elle devrait le porter pour le faire remonter en voiture. Si quelqu'un ne s'arrêtait pas bientôt, ils étaient dans la mouise, et Rabbit n'avait vu aucun véhicule sur cette route depuis au moins une heure. Elle l'entendit prier. *Oh non, c'est pas vrai !* se dit-elle.

Elle était penchée sur le coffre, à la recherche d'une pièce qui semblait manquer au cric. Il n'y avait toujours personne d'autre sur la route, et Rabbit paniqua, jusqu'au moment où elle sentit la présence de Johnny derrière elle.

« Je vais le faire, dit-il. Ça va mieux. » Tout à coup, il était fort et stable sur ses pieds. Il était de nouveau lui-même. La crise était passée, et les spasmes résiduels, envolés. Il dénicha la pièce détachée du cric et changea la roue en un tournemain, avec une facilité déconcertante. Elle dut se pincer en le regardant travailler. *Ce n'est pas possible.* Elle l'observait dans le noir, le buvait des yeux.

Toute la force qui le fuyait peu à peu depuis des mois et des années était revenue d'un coup, de manière totalement inattendue. *C'est à n'y rien comprendre.* Lorsqu'il eut terminé et rangé le cric dans le coffre, ils remontèrent en voiture.

« Bravo, dit Rabbit.

– Merci.

– Tu ne pouvais pas bouger il y a dix minutes.

– Je sais.

– Et soudain, tu allais parfaitement bien, comme si tu n'avais jamais été malade. » *Parfaitement bien. Zéro sclérose. Tout était parti.*

« C'est dingue. » Déjà, ses mains se remettaient à trembler. Il croisa les bras, les serra contre lui. Cela revenait déjà. *Eh merde.*

Rabbit démarra et ils roulèrent un moment en silence.

« Tu sais ce qui vient de se passer, n'est-ce pas ? dit Johnny.

– Ne commence pas.

– Un petit miracle.

– Ne commence pas, je te dis.

– Comment tu expliques ça, alors ?

– Je ne sais pas. Parfois, tu vas un peu mieux. C'était peut-être une rémission spontanée.

– Je me sentais vraiment fort, plus fort que jamais, même. J'aurais pu soulever la voiture sans le cric. C'était un miracle, je te dis.

– Comme tu veux.

– Dieu est bon. »

Ces mots la hérissèrent. « Ah oui, Johnny ? S'Il est si bon que ça, pourquoi est-ce qu'Il te guérit pendant cinq minutes, et pas définitivement ? »

Johnny ne répondit rien, même après qu'elle eut marmonné des excuses. Au moment où ils entraient dans Dublin, il se tourna vers elle. « Je crois à l'amour éternel, Rabbit. Je crois qu'on se reverra quand j'irai bien, et que notre histoire pourra alors exister.
– C'est maintenant qu'elle le pourrait.
– Tu n'as jamais cette espérance ? » Il lui demandait un os à ronger, et elle aurait voulu répondre positivement, mais elle n'allait pas lui mentir. D'ailleurs, il la connaissait trop bien pour cela.
« Non.
– Mais pourquoi ? »
Il paraissait si triste… Ce n'était pas la conversation qu'elle voulait pour conclure ce week-end. C'était trop important pour lui, et pas assez pour elle. Elle tenta de changer de sujet, mais il ne se laissa pas faire.
« Réponds-moi.
– Je ne veux pas.
– S'il te plaît.
– Tu ne vas pas me faire croire à un pays merveilleux perché dans le ciel juste parce que toi, tu y crois. Ce n'est pas comme ça que ça marche.
– Donc je marche avec Dieu et tu marches seule, c'est bien ce que tu dis ?
– Et quelle différence est-ce que ça fait entre nous ? On est là, côte à côte sur la même route. Quelle importance ?
– J'ai vécu un miracle ce soir. La voilà, la différence. »
Rabbit avait le cœur lourd. Elle savait, au fond, que ce qui se jouait là était plus qu'une simple conversation. Johnny ne parlait plus. Elle n'arrivait pas à voir s'il pleurait – il faisait sombre et elle gardait ses yeux fatigués sur la route –, mais c'était bien possible.

«J'ai hâte de tourner la page, et que tu acceptes gracieusement la fin. Je crois à la vie et à l'amour éternels, et toi, tu crois que tout s'arrête ici.» Il tapa sur ses jambes avec ses mains, moitié par énervement, moitié pour appuyer son propos. «Je ne veux pas passer l'éternité à attendre une fille qui ne viendra jamais.

– Oh, je finirai par arriver, si tu as raison et que j'ai tort.

– Ça ne marche pas comme ça.

– Mais qu'est-ce que tu en sais, bordel ?

– Il faut être croyant pour entrer au Paradis.

– Ah oui, c'est vrai, saint Pierre à la porte.

– Exactement.

– Tu m'as déjà vue me faire jeter par un videur ?»

Elle l'entendit rire doucement.

«Non.

– Alors tu vois.

– Donc, dans ma tête, on vivra heureux pour toujours au pays des fées.» À l'évidence, il était sarcastique, mais de meilleure humeur, aussi. «Et dans la tienne, ce sont ces moments-ci, ici et maintenant, qui dureront à jamais.

– Je n'aurais pas dit mieux, mais bon, c'est toi le poète.

– Je suppose que je peux accepter ça, mais je vais te dire une chose. Francie avait raison, tu as un don pour plomber la magie.» Même dans le noir, elle sentit qu'il souriait. Il lui avait pardonné, à son grand soulagement.

HUITIÈME JOUR

15

Marjorie

Personne mieux que Rabbit n'acceptait Marjorie telle qu'elle était, tout entière. Un jour, après quelques verres de trop, elle avait prédit que son amie prendrait un amant. Bien sûr, même Rabbit n'aurait pu prévoir que cet amant serait Davey. Cette perspective ne la réjouissait pas, elle redoutait les ragots que cela pourrait entraîner, elle ne lui souhaitait pas d'avoir une aventure extraconjugale, mais, dans son cœur, elle savait que c'était le seul moyen, pour Marjorie, de quitter un mariage vide. Marjorie avait voulu protester, mais n'en avait rien fait. Non qu'elle eût prévu d'être infidèle, même en rêve. Simplement, elle savait que Rabbit la connaissait mieux qu'elle ne se connaissait elle-même. « Ce sera peut-être Neil qui commencera », avait-elle dit, après quoi elles avaient parlé d'autre chose.

Neil ne l'avait pas trompée, ou s'il l'avait fait, il avait été discret. Quatre ans après la prédiction de Rabbit, le mari de Marjorie avait trouvé une lettre tout à fait explicite de Davey en cherchant les clés de voiture dans son sac à main. Il avait attendu qu'elle descende de sa chambre, et cinq minutes de conversation avaient suffi pour que leur couple n'en soit plus un.

Mettre fin à une mauvaise union devrait en principe être un soulagement, mais lorsque l'univers de Marjorie s'était écroulé, elle l'avait vécu comme la fin du monde. Elle subissait une pression énorme et continuelle au travail : sa banque traversait une crise qui éclipsait ses banals soucis conjugaux. Neil avait fait ce que lui suggéraient sa famille et ses amis : il avait emballé les affaires de sa femme, les avait sorties sur la pelouse et avait changé la serrure. L'avocat de Marjorie affirmait que son comportement était illégal et qu'elle avait le droit de réintégrer son domicile, mais Neil avait installé son copain Tom dans la chambre d'amis, tel un pion dans le jeu de la propriété.

Son mari n'avait plus que mépris pour elle, et Tom avait une très bonne raison de faire de sa vie un enfer. Se voyant dépassée par les forces ennemies, elle avait cédé. Elle souffrait aussi du syndrome de la femme infidèle : les proches étaient prompts à vous juger, et pourquoi s'en seraient-ils privés ? Neil était un type formidable qui ne méritait pas d'être cocufié. Ils avaient raison. Sa mère semblait apprécier Neil plus qu'elle ne l'avait jamais aimée, elle, et se montrait particulièrement cruelle. « La mère de Neil m'a bien dit, le jour de votre mariage, qu'il était trop bien pour toi, et je me désole de constater qu'elle avait raison. Je te conseille de te mettre à genoux et d'implorer le pardon du Seigneur, parce que sinon, tu rôtiras en enfer pour ce que tu as fait. » Marjorie était partie en larmes de chez sa mère, une fois de plus. Cette femme se montrait étonnamment haineuse et aigrie, et Marjorie n'arrivait pas à savoir si c'était parce qu'elle était malheureuse ou si elle était née comme ça.

Chaque fois que sa vie d'adulte tournait vraiment mal, Marjorie allait sonner chez Molly, comme elle l'avait fait durant toute son enfance. Ce jour-là, alors qu'elle touchait le fond, Molly avait fait du thé et sorti un gâteau. Elle s'était assise à la table de la cuisine, avait écouté les blessures de Marjorie avec compassion et empathie, puis lui avait suggéré une action décisive. « On commet tous des erreurs, chérie, et ce garçon n'a jamais été le bon pour toi, mais je suis désolée que tout se soit terminé ainsi, avait-elle dit avec douceur. Je casserai la figure de Davey la prochaine fois que je le verrai. Franchement, quelle idée d'écrire des lettres, de nos jours ? »

Marjorie avait éclaté de rire. Molly savait toujours la faire rire ; parfois, la jeune femme la soupçonnait de surjouer son extravagante fureur rien que pour faire sourire les gens – en tout cas, que ce fût vrai ou non, elle lui en était reconnaissante.

« Écoute, Marjorie, tu vas t'en remettre, et je peux t'assurer qu'un jour il te remerciera d'avoir fait ça – il ne te le dira peut-être pas aussi franchement, mais il sera content, crois-moi ; quant à ta mère... bon, c'est une sale bonne femme, que veux-tu, et dis-lui bien que la prochaine fois qu'elle te fera du mal comme ça, Molly Hayes ira lui dire deux mots.

– Oh, il ne faut pas vous donner cette peine, madame Hayes.

– Un peu, qu'il le faut ! Tu sais qui devrait se mettre à genoux et implorer le pardon ? Cette vieille bique !... Mais même l'enfer n'en voudrait pas. Je me rappelle comment elle était avec toi quand tu étais petite. Pas étonnant que tu te sois enfuie le plus vite possible en te mariant. Cette sale vipère. Et il y a autre chose que je garde pour moi depuis Dieu sait quand. C'est une tricheuse. Voilà, c'est dit. Depuis vingt ans, il n'y a pas eu une partie de bridge qu'elle ait gagnée à la loyale. »

À ces mots, Marjorie avait explosé de rire.

« C'est vrai ! avait insisté Molly, en riant elle aussi.

– Vous me remontez toujours le moral, madame Hayes.

– Et ce n'est pas fini, ma belle. Bien, maintenant, voici ce que je veux que tu fasses. Tu vas arrêter de te flageller, aller voir ton avocat et récupérer ce qui t'appartient. Fini, les conneries. Le mariage est terminé. Partagez les biens, et tourne la page. Tu m'entends ? »

Marjorie entendait, et elle avait scrupuleusement obéi. Aussitôt qu'elle avait cessé de culpabiliser et coiffé son casque de chantier, Neil avait été dépassé, et de loin. La séparation s'était passée sans accroc. La vente de la maison leur avait permis de s'acheter chacun un appartement et de prendre un nouveau départ. Elle avait du mal à vivre seule, mais Rabbit et Juliet lui avaient facilité la tâche. Chaque fois qu'elle se sentait trop esseulée, elle faisait son sac et s'installait dans leur chambre d'amis pour une semaine, puis pour quelques jours, jusqu'au jour où elle était suffisamment retombée sur ses pieds pour ne plus y passer qu'une nuit de temps en temps.

C'était bon de se savoir entourée. Ses collègues avaient disparu à la première difficulté, son mari était parti, sa mère était une vipère à sang froid, mais elle avait toujours la famille Hayes. Et voilà qu'à présent la famille Hayes disparaissait sous ses yeux : pour la première fois de sa vie, Marjorie devait affronter l'idée de se retrouver réellement seule au monde.

Elle ne pouvait même pas y penser. Si elle le faisait, elle ouvrirait la fenêtre et sauterait du deuxième étage. Connaissant sa malchance, la chute ne suffirait pas à la tuer et elle resterait tétraplégique. Sa mère trouverait que ce serait bien fait pour elle. *Ne t'approche pas de cette fenêtre, Marjorie.*

Elle avait toujours aimé ses vêtements chics, sa belle voiture et son appartement luxueux, mais en regardant son amie qui ne vivait que d'amour assise avec elle au café, en jean moulant et tee-shirt à col en V, elle avait toujours eu envie d'échanger leurs existences, ne fût-ce que pour un jour. Rabbit avait une vie simple. Elle savait précisément qui elle était et ce qu'elle voulait. Elle n'était peut-être pas la personne la plus pragmatique au monde – Marjorie se rappelait lui avoir suggéré mille fois de mettre de l'argent de côté pour payer les études de Juliet et se constituer une retraite –, mais Rabbit s'en fichait : elle y penserait plus tard. Il s'avérait maintenant qu'elle n'avait pas du tout besoin d'y penser. Le diagnostic du cancer était devenu une sorte de catalyseur dans la vie de Marjorie : le système bancaire était déjà en chute libre, mais quand son amie était tombée malade, Marjorie avait commencé à adopter un autre point de vue sur le monde. Elle vivait seule, souffrait de sa solitude, et le métier qu'elle avait aimé s'était transformé en quelque chose d'horrible. Chaque journée lui sapait le moral, mais si elle avait pu exprimer un vœu, elle n'aurait pas demandé à changer quoi que ce soit de tout cela. Non, ce qu'elle aurait voulu, c'était parler à la Rabbit d'avant, la Rabbit en forme, heureuse, en bonne santé. Juste une dernière fois.

Tôt ce matin-là, Davey l'avait informée que l'état de Rabbit s'était aggravé dans la nuit. Ce n'était pas complètement inattendu, mais ce n'en était pas moins choquant. Pendant quelques instants, elle s'était demandé ce qu'elle allait apporter à son amie. Puis la réalité l'avait enfin frappée : *Rabbit n'a plus besoin de rien.* Elle avait un peu pleuré dans son bol de petit déjeuner, et envisagé d'aller s'acheter un paquet de cigarettes pour se calmer les nerfs. Il y avait dix ans qu'elle n'avait pas fumé. *Ne fais pas ça, Marjorie.*

À son arrivée, Molly, Jack, Grace, Lenny et les garçons se trouvaient déjà là. La chambre était trop pleine. Molly et Jack étant avec leur fille, elle accompagna Grace à la cafétéria.

« Où est Juliet ? demanda-t-elle.

– Davey la laisse faire la grasse mat. La journée risque d'être longue.

– Je n'imaginais pas qu'il faudrait se séparer d'elle aussi, dit Marjorie en parlant de l'émigration de Juliet.

– Moi non plus. »

Marjorie ne s'était pas intéressée à Juliet avant ses quatre ans, âge où la petite avait commencé à déployer une personnalité qui tenait autant de sa mère que de sa tante. Ensuite, elle était tombée sous le charme, complètement accro. Elle ne voulait pas d'enfants, mais éprouvait des sentiments maternels envers Juliet, qu'elle avait modestement contribué à élever pendant toutes ces années. Mais son projet de devenir la meilleure « tatie » du monde venait d'être descendu en flammes. L'Amérique changeait tout.

Jack apparut en expliquant qu'il faisait une pause.

« Où sont les garçons ?

– Au jardin.

– J'ai besoin de prendre l'air. » Il partit dans la mauvaise direction. Grace ne le corrigea pas : l'endroit où il allait n'avait pas d'importance, il fallait juste qu'il bouge.

« Tu veux aller la voir ? proposa-t-elle ensuite à Marjorie.

– Ça ne t'ennuie pas ?

– Vas-y. »

Dans le silence de la chambre, on n'entendait que le souffle de Rabbit. Molly tenait la main de sa fille. Elle releva la tête quand Marjorie entra. Elles ne se parlèrent pas. Marjorie s'assit sur le canapé pour regarder sa vieille amie mourir. Elle aurait aimé dire quelque chose d'important et de mémorable, mais c'était Rabbit l'artiste des mots, pas elle. Elle se remémora sans bruit le jour où Rabbit avait été acceptée dans son école de journalisme : elle était si heureuse, alors ! Tout le monde était stupéfait, car elle n'avait jamais dit que cette profession l'attirait. Elle était si secrète... Nul ne savait jamais ce qu'elle préparait avant qu'elle l'ait décidé. L'idée lui était venue sur un coup de tête, née de son amour pour la musique et d'un documentaire sur un journaliste qui avait accompagné un groupe en tournée ; elle avait donc décidé de devenir journaliste spécialisée dans la musique. Cela avait changé avec la mort de Johnny : elle avait eu besoin de rester longtemps éloignée du milieu musical, car c'était trop douloureux. Si les choses s'étaient passées différemment, Marjorie aurait vu Johnny la rock-star et Rabbit la journaliste devenir un de ces couples de rêve admirés de tous. Malheureusement, ils avaient tout pour faire de grandes choses, mais étaient condamnés à l'échec. Depuis la mort de Johnny, Rabbit ne parlait plus que rarement de lui. Elle prétendait être passée à autre chose, mais Marjorie n'était pas dupe et, oui, Rabbit était heureuse dans sa vie de célibataire, mais c'était seulement parce que personne, à ses yeux, n'arrivait à la cheville de Johnny.

Molly se leva. «Je fais un saut aux toilettes. Veille sur elle, Marjorie.» Elle sortit de la chambre, et Marjorie prit sa place à côté de Rabbit.

«Salut, Rabbit, c'est Marjorie. Je voulais juste que tu saches que je suis là, OK? On est tous là.»

Les paupières de Rabbit papillotèrent et ses doigts tressaillirent. Marjorie posa doucement une main sur celle de son amie. «Je sais que tu détestes toutes ces histoires de vie éternelle, n'empêche que j'espère vraiment te revoir un jour, parce que sans toi, ma vieille... bah, je ne sais pas.»

Rabbit ouvrit les yeux, et son souffle se modifia légèrement. *Ça va aller, Marjorie. Ma mère veillera sur toi, et toi sur elle.*

Marjorie la regarda intensément, n'attendant qu'un mot, mais son amie referma les yeux. «Rabbit, si tu as la moindre chance de survivre, fais-le, d'accord? S'il te plaît, ne t'en va pas. C'est égoïste, d'accord, mais je suis une emmerdeuse, tu sais bien. Je ramène tout à moi... alors s'il te plaît, reviens-moi. Je peux me passer de tout le reste, mais pas de toi», souffla-t-elle à la hâte – mais elle ne saurait jamais si Rabbit l'avait entendue.

Molly revint et elle lui rendit sa place.

«Rien de neuf?

– Non.

– Elle a besoin de dormir, pas vrai, ma petite fille?

– Excusez-moi, madame Hayes», dit Marjorie avant de sortir.

Grace

Grace s'inquiétait pour ses parents. Elle s'inquiétait pour Juliet et Davey, et se demandait comment ses enfants allaient prendre le décès de Rabbit. Elle s'inquiétait de savoir comment elle allait se débarrasser de cette fichue caravane et elle avait peur d'être en train de boire un café quand le moment viendrait, au lieu d'être dans la chambre de sa sœur. Elle avait laissé Marjorie lui rendre visite parce qu'il y avait encore un peu de temps : elle le sentait jusque dans la moelle de ses os.

Les garçons avaient tenu à être présents. Même Jeffery oubliait de se plaindre de ses légumes verts depuis qu'il avait vu Rabbit. Stephen avait mûri d'un seul coup. Bernard était adorable comme d'habitude, et elle ne voulait pas que cela change. C'était pour Ryan qu'elle se faisait le plus de souci. Il se comportait comme s'il allait bien. Quand il prenait la peine de parler, il disait tout ce qu'il fallait. Il était le plus intelligent de la bande et peut-être même le plus sage, mais c'était aussi celui qui était le plus vivement atteint par les blessures.

Lorsque l'idée de boire un café de plus devint insupportable, elle sortit de la cafétéria pour aller voir où en étaient Lenny et les garçons. Lenny passait un coup de fil professionnel ; Bernard tapait dans un ballon pour que Jeffery coure après ; Stephen révisait sur le banc. Ryan était introuvable. Elle paniqua légèrement. Elle savait qu'il n'avait plus quatre ans et qu'il pouvait se débrouiller tout seul, mais où était-il ? Elle cria son nom, d'une voix un peu hystérique. Elle n'eut pas à l'appeler deux fois, car il sauta de l'arbre qui se trouvait devant elle et atterrit sur ses pieds, comme un chat. Ils se promenèrent ensemble.

« Ça va, maman ?
– Oui, oui.
– On dirait pas.
– Et toi, Ryan ? »
Il prit une minute pour réfléchir. « La dernière chose que j'ai dite à ma tante, c'est : "J'ai touché un minou." C'est merdique, quand même.
– Tu l'as fait rire, et ce n'est pas merdique – pas du tout. Même si j'apprécierais un peu plus de respect pour la fille que tu fréquentes.
– On ne se fréquente plus.
– Mon Dieu. Surtout, ne mets personne enceinte.
– Maman, j'ai quatorze ans.
– Et ça ne va pas durer. Je t'en supplie, Ryan, préviens-moi quand tu voudras passer à la vitesse supérieure.
– Ben voyons. »
Grace nota mentalement qu'il faudrait qu'elle dise à Lenny de parler à Ryan. Elle appellerait aussi un numéro d'aide et demanderait à son médecin de famille à quel âge il était convenable de donner des préservatifs à son fils. Stephen avait été bien plus secret lorsqu'il avait exploré sa sexualité, à moins qu'ils n'aient été plus naïfs à l'époque ; quant à Bernard, bon… Bernard passait sa vie sur le terrain de foot et dans sa chambre avec ses jeux vidéo. Il faisait encore un bisou à sa maman avant d'aller dormir et lui faisait des câlins devant ses camarades quand il marquait un but, allant même jusqu'à sauter en l'air et crier « Je t'aime, maman ! » un jour où il en avait marqué trois d'affilée. L'équipe avait perdu quand même, parce qu'il avait raison lorsqu'il se plaignait d'être le seul joueur sur le terrain. N'empêche que cela avait été un grand moment pour eux deux, quoique pour des raisons

différentes, et avait apporté la preuve, si nécessaire, que la seule fille à laquelle il s'intéressait était encore sa mère.

Ryan et Grace marchaient toujours. Elle se demandait ce qui se passait dans sa tête, et soudain, sans crier gare et pour la première fois depuis une éternité, il lui en donna un aperçu.

« Stephen et Bernard ont pleuré l'autre soir, et Jeffery aussi, mais bon, il pleure tout le temps.

– Oui, c'est très triste, tout ça.

– Pourquoi je n'y arrive pas, moi ?

– Tout le monde n'a pas la larme facile.

– Mais si, toi, papa, grand-mère, grand-père, Davey, Marjorie, Rabbit, Juliet, même Mabel. Tout le monde pleure. Sauf moi. Est-ce que j'ai vraiment un cœur de pierre ? C'est pour ça que vous pensez tous que je finirai en prison ?

– Oh, non, non, non, Ryan. On pense que tu es trop malin et que ce n'est pas forcément bon pour toi, c'est tout. Tu n'as pas un cœur de pierre. Quand Juliet s'est enfuie, c'est toi qui l'as trouvée et qui l'as consolée. Quand on cherchait une solution pour la prendre chez nous, c'est toi qui as proposé de dormir dans une caravane. Quand Rabbit avait besoin d'une petite étincelle de lumière, tu l'as fait rire. Tu n'as pas le cœur froid, et si jamais tu te retrouves en prison, ce qui n'arrivera pas, ce sera pour délinquance en col blanc, forcément.

– Merci, maman. »

Ils marchaient en rond autour du jardin.

« Je pense que je vais investir dans ces cours pour élèves précoces.

– C'est vrai ?

– Pourquoi pas ?

– Pourquoi pas, en effet. Je t'aime, mon fils. »

Lorsqu'ils rejoignirent les autres, Lenny n'était plus au téléphone, Stephen avait abandonné son livre, et ils jouaient au foot avec Bernard et Jeffery.

« J'ai marqué un but, maman ! cria Jeffery.

– Bravo, Jeff.

– Ça va, m'man ? s'enquit Bernard.

– Je tiens le coup, mon chéri. »

Ryan s'engagea dans la partie, ce qui permit à Lenny de quitter le jeu. Grace et lui s'assirent ensemble sur le banc en regardant leurs garçons jouer.

« Tu te rappelles quand Jeffery est né et que Ryan a essayé de le vendre aux Noonan ?

– Oui, quand ils se sont extasiés sur Jeff, il a pointé le doigt sur le bébé, proféré ces paroles immortelles : "Vous le voulez ?", et il a tendu sa main ouverte.

– "Cinq euros", compléta Lenny.

– "Cinq euros", répéta Grace, et ce souvenir les fit sourire.

– Et quand Bernard a eu ses premières chaussures de foot, il a dormi avec pendant deux semaines. On entrait sur la pointe des pieds dans la chambre rien que pour les regarder dépasser de sa couette.

– Et la première fille dont Stephen est tombé amoureux... continua Lenny.

– Il avait douze ans, elle seize. Elle l'a embrassé sur la joue et lui a dit qu'elle l'attendrait.

– Et tu te rappelles comment Jeffery remuait les bras et les jambes en dormant quand on mettait de la musique ? On aurait dit qu'il était bourré... Et la fois où on l'a pris en photo avec une fausse barbe rousse et un chapeau pour la saint Patrick ! Dommage qu'on ne l'ait pas mise sur YouTube. Ce serait devenu un classique.

— On a beaucoup de chance, Lenny.

— Je sais.

— Parfois, je l'oublie. Je me plains et je rouspète, mais franchement, ces garçons et toi... je ne vous échangerais pour rien au monde.

— Ça aussi, je le sais. »

Davey appela sa sœur depuis la porte du bâtiment. « Il faut que j'y aille, dit Grace. Une dernière chose : dis aux garçons que s'ils traitent encore une fois Ryan de criminel, ils sont morts.

— Mais tu le fais tout le temps ! objecta Lenny.

— Fais passer le message.

— Complètement zinzin, dit-il en lui faisant signe de partir, mais tu es ma zinzin à moi. »

Dans la chambre, Davey et Grace étaient assis avec leur sœur.

« Maman a dit si elle s'était un peu réveillée ? s'enquit Grace.

— Une seconde ou deux, mais pas vraiment. Les médecins n'arrêtent pas de passer.

— Et où est Juliet ?

— Elle a voulu aller acheter des fleurs. Elle est avec Mabel.

— Sa nouvelle grande copine.

— Dis ce que tu as sur le cœur, Grace.

— Je fais ma mauvaise tête. Tu as raison. Rabbit a choisi. Plus important, tu as fait ton choix, et je l'accepte.

— C'est vrai ?

– Ça va être dur pour papa et maman, mais tu viendras nous voir plus souvent. » C'était un ordre, et non une demande. « Et je mettrai maman dans un avion pour les États-Unis, même si ça doit la tuer. »

Davey eut un petit rire. « T'as qu'à lui dire qu'elle va au pays de Galles.

– On viendra quand on pourra, et ça marchera.

– Merci, Grace.

– Ne me remercie pas trop vite, parce que je te jure, Davey, que s'il lui arrive quoi que ce soit, je t'achève au marteau. » Pas de doute, Grace était bien la fille de sa mère.

« Ou avec une tasse.

– Qui t'a raconté ça ?

– Rabbit et maman.

– Je ne sais plus où me mettre. »

Les paupières de Rabbit battirent un peu. Son souffle se fit légèrement plus bruyant et elle gémit dans son sommeil. Elle semblait agitée, en proie à la douleur. Grace sonna ; une infirmière qu'ils ne connaissaient pas entra et consulta le dossier. « J'en ai pour une minute. » Elle administra les substances nécessaires pour prendre la douleur de vitesse.

« Où est Michelle cette semaine ? lui demanda Grace.

– Dans le sud de la France avec des amis.

– C'est bien, ça.

– Oui, c'est un mariage. »

Elle partit aussitôt que Rabbit fut calmée.

« Elle devait se marier.

– Qui ça ?

– Michelle, l'infirmière. Et maintenant, son ex couche avec une petite jeune dans la maison qu'ils ont achetée ensemble, tandis qu'elle dort dans la chambre d'amis.

– Je détesterais ça », dit Davey.

La conversation s'éteignit naturellement. Ils n'avaient pas vraiment envie de parler de l'infirmière ni de sa tragédie amoureuse. Ils se concentrèrent sur le visage bouffi, distordu et bizarrement coloré de la pauvre Rabbit, et sur le souffle laborieux qui passait entre ses lèvres crevassées.

« Elle était si belle…

– Elle a toujours voulu te ressembler, Grace.

– Jusqu'au jour où Johnny Faye lui a dit qu'elle deviendrait la plus belle fille du monde. »

Davey sourit. « C'était quelque chose, ces deux-là, hein ?

– Un couple unique.

– Oui, c'est vraiment ça.

– Elle le retrouve dans son sommeil.

– Je sais.

– Elle remonte dans le temps, paraît-il.

– Un effet des médocs.

– Peut-être.

– Allez, enfin, Grace.

– Je ne suis pas comme vous deux. J'ai la foi, moi !

– En quoi ? Les voyages dans le temps ?

– Ne fais pas le con.

– Et d'ailleurs, moi aussi j'ai la foi. Mais en quoi, ça, je ne sais pas trop.

– Pour te couvrir, au cas où.

– Exactement.

– Tu es vraiment comme papa ! »

Rabbit remua, mit la main sur son lapin en peluche et le serra contre elle. « Papa », dit-elle.

Davey sortit en courant. Il trouva Jack seul dans la salle de prière. « Elle t'a demandé, papa. »

Jack se signa et se tourna vers son fils. « Si je ne prie pas aujourd'hui, je ne sais pas quand je le ferai », dit-il comme si une explication était nécessaire.

Davey ne suivit pas son père, mais resta dans la salle de prière. L'air y était frais et moins étouffant que dans la chambre de Rabbit ou à la cafétéria. Il y resta au moins une demi-heure, et si quelqu'un avait pris la peine de lui demander à quoi il avait pensé pendant ce temps, il n'aurait pas su répondre.

Juliet

Juliet arriva dans le hall d'accueil avec un bouquet de fleurs assez gros pour la cacher entièrement de la taille jusqu'à la tête. Fiona ne savait pas trop si elle avait le droit de les apporter dans la chambre, mais, après avoir consulté une infirmière, elle lui dit d'y aller. Mabel suivit Juliet, qui tenait absolument à porter ce lourd bouquet. La jeune fille fut la première à faire irruption dans la chambre.

« Maman, c'est pour toi. » Elle regarda sa mère à travers les fleurs, mais Rabbit était tellement méconnaissable que Juliet faillit les lâcher. Jack les lui prit des mains et les posa par terre – il n'y avait pas la place ailleurs. « Elles sont magnifiques, Juliet », dit-il, mais c'est à peine si elle l'entendit : elle était concentrée sur le souffle court, rapide, bouche ouverte, de sa mère. Il y avait là une sorte d'urgence nouvelle. Son corps paraissait plus petit, squelettique, la couverture légère soulignant les os saillants ; le visage était plus enflé, plus sombre, presque noir par endroits. Son lit, n'étant plus relié aux fluides et machines assurant la vie, évoquait une île.

Mabel posa une main sur l'épaule de Juliet pour tenter d'arrêter son tremblement, mais cela ne suffit pas à l'apaiser. Elle s'affola, au contraire. « Elle a soif ! Vous ne voyez pas qu'elle a soif ? Pourquoi est-ce que vous ne lui donnez pas à boire ? Et quand est-ce qu'elle a mangé pour la dernière fois ?

– On peut lui donner un bâtonnet, si tu veux, proposa Jack d'une voix calme.

– C'est de l'eau qu'il lui faut. Et à manger. Elle meurt parce que personne ne fait rien. Ils l'affament, ici. Maman… Maman ? » Elle avait agrippé le bras de sa mère, mais Rabbit resta inerte même quand elle la secoua. « Maman, allez, réveille-toi !

– Juliet, ça va, c'est normal.

– Mais non, Mabel ! Ils sont en train de la tuer !

– Juliet… » Jack ne put pas en dire plus : il pleurait de nouveau.

Juliet sortit en courant avant que Mabel ait pu l'arrêter. Elle fila dans le couloir en criant : « Une infirmière ! Une infirmière ! » Davey l'entendit et surgit de la salle de prière ; Molly, Marjorie et Grace sortirent à toutes jambes de la cafétéria, et Mabel quitta la chambre sur ses talons, laissant Jack seul avec Rabbit.

Tous convergeaient vers elle, mais Davey fut le premier à l'atteindre.

« Elle n'est pas mourante ! Ce sont eux qui la tuent ! lui hurla Juliet.

– Viens là, dit-il en ouvrant les bras.

– Non ! » Les yeux de Juliet lui sortaient de la tête.

« Allez, Juliet.

– Ils sont en train de la tuer, Davey !
– Mais non, sauterelle. Son moment est venu.
– Pas encore, Davey ! » Il s'approcha d'elle et la prit dans ses bras. Elle ne résista pas ; elle le serra fort et pleura dans sa chemise. « Elle ne peut pas partir maintenant ! » Elle n'arrivait plus à reprendre son souffle.

« Chhhut, fit-il. Chhhut, Bunny. » Lentement, ils se mirent à tourner, Davey l'entraînant en ronds serrés, et peu à peu elle se calma. Il lui chuchota quelque chose à l'oreille et elle déglutit. Ses larmes séchèrent, son souffle se stabilisa. Les autres reculèrent et s'éloignèrent, laissant l'oncle consoler la nièce.

Molly

Molly frappa à la porte du bureau de Rita Brown. Bien qu'elle soit elle-même allée la chercher, elle fut légèrement soulagée de ne pas entendre de réponse. Elle tourna les talons pour repartir, mais vit à ce moment-là Rita qui arrivait dans le couloir, un dossier sous le bras, et vêtue d'un survêtement orange vif. *Nom d'une pipe en bois.* Son énorme chignon était toujours un spectacle à lui seul, mais son sourire offrit un réconfort immédiat, quoique minime, à une femme au bord de la folie.

« Entrez », dit-elle. Molly la suivit, et s'assit sans attendre qu'on le lui propose. « J'espérais bien vous croiser. On m'a parlé de l'incident. Comment vous sentez-vous ?

– Oh, bien. Encore quelques examens à subir, mais ça va aller.

– Tant mieux. Comment allez-vous, tous ?

– Bien, mal, pas trop mal, affreux, ça change à chaque seconde, en fait.

– Oui, c'est normal.

– Juliet, la fille de Rabbit, et mon fils Davey sont avec elle en ce moment. Je n'ai pas pu rester regarder ma petite-fille assister à la mort de sa mère… c'est mal, je sais, mais comment lui dire de s'en aller ?

– On ne le lui dit pas.

– Et si ça la marque à vie ?

– Elle sera marquée à vie, quoi que vous fassiez. Il faut juste faire de votre mieux pour limiter les dégâts.

– En la laissant endurer tout cela en direct sans en perdre une seconde ?

– Si c'est ce qu'elle veut.

– C'est mal », répéta Molly. Elle qui était habituée à avoir des certitudes sur tout, voilà qu'elle était perdue. Pour la première fois de sa vie, elle ignorait ce qui était le mieux. Elle ne savait plus quoi faire. Cette perte de contrôle était terrifiante.

« Juliet se souviendra de la mort de sa mère. Elle ne se posera jamais de questions dessus, ne regrettera jamais de ne pas avoir été là, elle n'aura pas de doutes, et elle saura que sa mère aura eu une bonne mort, insista Rita.

– Elle se souviendra de la mort de sa mère », répéta Molly. Le reste de la phrase perdit momentanément toute signification. « C'est ça qu'elle gardera en tête.

– Ce n'est pas tout.

– J'essayais de voir ce que j'ai comme souvenirs avant l'âge de Juliet, et vous savez ce qui m'est venu en tête ?

– Quoi donc ?

– Rien du tout.

– C'est différent pour Juliet. Elle se raccrochera à ces douze années, et vous allez tous l'y aider.

– Je suis impressionnée que vous vous souveniez de son âge, avoua Molly.
– C'est mon métier.
– Eh bien, vous ne le faites pas trop mal.
– Merci.
– Vous avez des goûts vestimentaires épouvantables, sans vouloir vous vexer, mais vous êtes douée avec les gens. »

Rita sourit et eut un petit rire.

« Bon, Molly, ce n'est pas la première fois qu'on me dit ça, mais, franchement, je suis ce que je suis et j'aime ce que j'aime…

– … et je parie que vous avez des chats.
– Quatre.
– Bravo, ma chère. »

Molly était un tout petit peu rassérénée en sortant du bureau de Rita. Elle avait envoyé un SMS au père Frank un peu plus tôt, et il lui avait répondu une fois arrivé dans le parking. Elle monta à côté de lui dans sa voiture.

« Alors ?
– On approche de la fin.
– Vous voulez toujours que je le fasse, vous êtes sûre ?
– Elle m'a interdit de lui donner un vrai enterrement, mais elle n'a pas mentionné les derniers sacrements.
– Qu'en pense le reste de la famille ?
– Ne vous en faites pas, je m'en charge.
– Bon. J'ai quelques visites à faire.
– Bien sûr. Je vous envoie un texto dès que la voie est libre. »

Molly regarda à droite et à gauche avant de descendre de l'auto. Elle savait que cela contredisait tous les désirs de sa fille mourante, mais, d'un autre côté, ce que Rabbit ignorait ne pouvait pas lui faire de mal. Elle tomba sur Grace dans le couloir.

« On commençait à s'inquiéter, maman.
– Je vais bien.
– Où étais-tu passée ?
– Pas tes oignons.
– Maman ?
– Mais quoi ? fit Molly d'un air innocent.
– Je te connais. Crache le morceau.
– Le père Frank va donner l'extrême-onction à Rabbit. » Molly attendit les protestations outrées de sa fille, mais aucune ne vint.

« Bah, ça ne peut pas lui faire de mal, hein ?
– Exactement. » Molly était soulagée d'avoir une personne dans son camp. Elle savait que Jack serait fou de rage s'il découvrait ses projets.

« Pas un mot à Davey, dit Grace.
– On est d'accord.
– Et il va falloir se débarrasser de papa.
– On le fera sortir avec Juliet, Davey et Mabel. Marjorie sera de notre côté.
– Mais sortir faire quoi ?
– Acheter à manger ?
– Il y a une cafétéria ici. Ils ne vont pas aller acheter à manger maintenant.
– Je pourrais déclencher l'alarme incendie ?
– Enfin, maman ! C'est un peu extrême !
– Bon, alors il va falloir faire diversion. Marjorie peut distraire Davey, elle sait y faire. Toi, tu peux distraire ton père et Mabel, et Lenny et les garçons peuvent faire quelque chose avec Juliet. Ça ne prendra que cinq minutes.

– D'accord. Tu diras que tu veux passer un petit moment seule avec elle.
– Je vais convaincre Davey et Juliet de déguerpir.
– Et moi, je vais parler à Marjorie et à Lenny. »
Elles se séparèrent devant la porte de Rabbit.
« On a raison de faire ça, dit Molly.
– Ce qu'elle ne sait pas ne lui fera pas de mal.
– Exactement. »
Grace fit quelques pas, mais sa mère la rattrapa par le bras. « Je t'aime, Grace.
– Moi aussi, maman. »
Molly réussit à chasser son fils et sa petite-fille de la chambre, assurant qu'elle ne resterait pas trop longtemps seule avec Rabbit. Elle se hâta d'envoyer un message au père Frank.

La voie est libre.

J'arrive dans cinq minutes.

On n'a pas cinq minutes. Venez tout de suite !

Elle aurait ajouté une émoticône fâchée si elle avait su la trouver sur son téléphone.

J'arrive.

Deux minutes plus tard, il était là. Elle ferma soigneusement la porte et le fit approcher de Rabbit, qui s'éteignait lentement.
« Oh, Rabbit, souffla-t-il en lui posant une main sur le front. Je suis désolé pour toi.

– Oui, oui, allez, faites vite ! »
Il la foudroya du regard.
« Et ne me regardez pas comme ça. Le temps presse ! »
Molly surveillait la porte.
Il sortit son huile consacrée et en oignit le front de Rabbit. Elle remua très légèrement à son contact. Il attendit une seconde avant de l'asperger de quelques gouttes d'eau bénite. Elle remua de nouveau, ses paupières bougèrent. Il recula un peu.
« Vous savez que ça n'a pas grand sens si elle...
– Vous l'avez dit. Je sais. Je vous en prie.
– C'est pour vous que je fais ça, Molly.
– Je sais, et je vous en remercie. »
Rabbit s'immobilisa et il se pencha sur elle. « Purifiez-moi, Seigneur, avec l'hysope et je serai pur ; lavez-moi, et je serai plus blanc que neige. Ayez pitié de moi, Seigneur, dans Votre grande bonté. Gloire au Père, au Fils et au Saint-Esprit. »
Il posa une fois de plus la main sur son front. Rabbit ouvrit les yeux et, aussi fort qu'elle le put, souffla : « Bouh ! »
Le père Frank faillit en mouiller sa soutane.
« Doux Jésus ! », s'écria Molly.
Rabbit sourit. « Tu n'as pas pu t'en empêcher, maman.
– Pardon, ma chérie. » Elle s'en voulait d'avoir été prise la main dans le sac, mais elle était ravie de revoir un peu sa petite fille.
« Allez-y, mon père. Passez directement au principal, pour faire plaisir à ma mère.
– J'y viens, Rabbit. Que le Seigneur tout-puissant et miséricordieux t'accorde le pardon, l'absolution et la rémission de tes péchés.

– Amen », conclut Molly. « Dites à Juliet et aux autres qu'elle est réveillée », ordonna-t-elle au prêtre. Il promit de le faire et s'éclipsa.

Juliet arriva avec Jack, Mabel, Grace, Lenny et Stephen. « Maman ?
– Coucou, Bunny.
– Ça va aller, maman.
– Je t'aime, Bunny.
– Moi aussi je t'aime, maman. »

Les autres n'eurent pas le temps de lui parler, car ses yeux se fermèrent et elle se rendormit une nouvelle fois.

Après cela, Molly ne voulut plus quitter le chevet de Rabbit un seul instant. Le temps était compté, et elle était déterminée à passer chaque seconde avec sa fille, jusqu'à la dernière.

Davey

Davey rata le bref réveil de Rabbit. Marjorie lui avait proposé d'aller marcher un peu et, Juliet étant entre de bonnes mains avec Mabel, il avait accepté. Ils déambulaient dans l'allée bien piétinée du jardin.

« Je voulais te dire que je pense que tu seras super pour Juliet, déclara Marjorie.
– Tu n'es pas obligée de me mentir.
– C'est la vérité, Davey. Je pensais un peu que tu n'étais pas taillé pour le rôle, mais j'ai fini par comprendre que si je résistais, c'était aussi parce que je ne voulais pas perdre Juliet.
– Je comprends.
– C'était égoïste de ma part, et je m'en excuse.
– Tu faisais ton maximum pour Rabbit.

– Mais elle a été plus fine que moi. Comme toujours.

– Pas à propos de tout, Marjorie », dit-il en lui enlaçant les épaules. Elle lui passa un bras autour de la taille et ils continuèrent d'avancer ainsi, confortablement.

Davey et Marjorie n'avaient jamais été destinés à former un couple – ils n'étaient même pas les meilleurs amis du monde – mais leurs vies avaient été inextricablement liées par les moments importants qu'ils avaient partagés. Davey devait beaucoup à Marjorie. C'était elle qui l'avait sorti de la dépression où il s'était enfoncé après la séparation du groupe. Quand il se sentait abandonné, qu'il avait perdu la boussole.

Johnny se battait pour sa vie, et la seule personne qu'il avait auprès de lui, au début, était Rabbit.

Francie avait réussi à plaquer Sheila B, et, après un dernier incident au cours duquel elle avait tenté de l'écraser sur le parking d'un supermarché, elle avait enfin lâché l'affaire. Elle avait disparu dans sa propre folie, et il avait rencontré Sarah, qui s'était avérée être l'amour de sa vie. La séparation du groupe avait fait de Francie un adulte : il adorait la musique, mais il aimait encore plus la vie, et il acceptait de ne pas s'accrocher au passé. Quelques mois après la mort du groupe, son usine lui avait fait suivre un stage de management. Entre cela et son emménagement dans l'appartement de Sarah en ville, il n'avait pas été très disponible.

Jay aussi avait rencontré une fille. Elle était chanteuse dans un groupe qui avait assuré la première partie de Kitchen Sink à quelques reprises. Aussitôt qu'il lui avait annoncé la fin du groupe, elle avait viré son guitariste et l'avait remplacé par Jay. L'idée n'était pas de lui et il n'était pas certain qu'elle soit bonne, mais ils s'entendaient bien au lit, ils avaient leur propre bus de tournée, et il avait pu s'adonner à un style de vie rock 'n' roll – du moins pour un an. Puis leur histoire avait implosé et, coïncidence, elle avait essayé de l'écraser sur un parking dans la ville de Navan.

Kev avait plaqué sa petite copine française mais était resté à Paris pour étudier la sculpture ; à la grande surprise de tout le monde, il avait révélé un don pour cet art.

Davey s'était soudain retrouvé catastrophiquement seul, et il était vite devenu pilier de comptoir au pub du coin. Il s'y trouvait lorsqu'il était tombé par hasard sur Marjorie. Elle venait d'avoir dix-huit ans et avait proposé de lui payer un verre, maintenant qu'elle avait officiellement l'âge de le faire. Il en avait déjà descendu quelques-uns. Il avait accepté et elle avait pris place à côté de lui au bar.

« Où est Rabbit ? lui avait-il demandé.

– Johnny avait besoin d'elle.

– Depuis quand mon meilleur pote est-il le meilleur pote de ma petite sœur ?

– Depuis qu'il me l'a volée, ta petite sœur. »

Elle avait commandé des shots de vodka. Ils avaient trinqué et bu cul sec. Puis il avait commandé des shots. Ils avaient trinqué et bu cul sec. Puis elle avait commandé des shots. Ils avaient trinqué et bu cul sec. Et ainsi de suite, jusqu'au moment où ils avaient dû se soutenir mutuellement pour sortir du pub. À la moitié de la rue, Marjorie s'était arrêtée.

« Tu veux gerber ? lui avait-il demandé.

– Non, et toi ?

– Non. Pourquoi on s'arrête, alors ?

– Je veux te demander quelque chose.

– Vas-y.
– Qu'est-ce que tu vas faire, maintenant ? »

C'est à ce moment que Davey Hayes avait fondu en larmes au milieu de la rue. Sur le trottoir d'en face, quelques types s'étaient fichus de lui, mais il ne s'en était même pas aperçu.

« Il me manque, Marjorie. La bande me manque, la musique me manque, l'espoir me manque, putain. »

Marjorie l'avait soutenu pour qu'il ne tombe pas et lui avait dit que tout s'arrangerait.

« Pour qui ? Pas pour Johnny, en tout cas. C'est la merde, c'est tout ! »

Elle n'avait pas discuté, parce que c'était vrai. Les larmes de Davey les avaient suffisamment dessoûlés pour qu'ils aillent s'acheter des frites. Après les avoir mangées, sur le chemin du retour, ils étaient passés devant le parc. Le portail était mystérieusement ouvert. Davey ne se rappelait pas lequel d'entre eux avait proposé d'y entrer, mais il se souvenait très bien de ce qui était arrivé ensuite. Ils s'étaient embrassés en s'arrachant leurs vêtements, et il n'avait pas arrêté de lui demander si elle voulait bien, et elle, de le gifler en lui disant d'arrêter de poser la question. Elle s'était allongée sur l'herbe et lui sur elle, et tout s'était passé très vite. Elle avait son jean autour des chevilles, lui le sien aux genoux, et à un moment elle avait hurlé et l'avait pincé.

« Aïe ! Qu'est-ce que tu fous ?
– J'avais mal.
– Tu veux que j'arrête ?
– Non.
– Tu es sûre ? »

Elle l'avait de nouveau tapé.

« Arrête de me taper.
– Alors arrête de t'arrêter. »
Après, une fois leurs pantalons remontés, il avait compris que ç'avait été la première fois pour elle et s'était senti penaud. « Je suis absolument désolé. »
Elle, de son côté, était rayonnante, ravie d'avoir rejoint les rangs des personnes sexuellement actives.
« Désolé de quoi ? C'était super !
– Ah bon, tu trouves ?
– Bien sûr. Je suis très heureuse.
– Ce n'était pas très mémorable.
– Oh si, crois-moi, ça l'était. » Elle était rentrée chez elle dans son jean blanc taché de sang et d'herbe, et il avait trouvé remarquable qu'elle s'en fiche complètement.
Par la suite, ils avaient encore couché ensemble une poignée de fois, mais ils étaient plus faits pour une agréable amitié que pour une grande histoire d'amour. C'était Marjorie qui l'avait encouragé à partir pour les États-Unis deux ans plus tard, après la mort de Johnny. Elle l'avait mis en relation avec son oncle, qui tenait un bar à concerts à New York, et ce faisant, avait changé toute la vie de Davey. Lorsqu'il était rentré chez lui pour trois semaines, il y avait deux ans de cela, ils s'étaient lancés dans une liaison éphémère mais passionnée, et il avait changé à jamais sa vie à elle. Ils étaient tous les deux adultes, il était seul et elle était malheureuse. L'affaire était hautement chargée en électricité, excitante, mais la passion qui avait flambé dans le noir s'était éteinte aussitôt mise au jour.
Davey avait toujours tenu à Marjorie, sans doute plus qu'elle ne l'imaginait. Ils en étaient à leur deuxième tour de jardin lorsqu'il aborda le sujet de leur passé. « Tu crois

que si les choses avaient été différentes, on aurait fini ensemble ? lui demanda-t-il.

— Non. » Elle le dit sur un ton léger, mais ce n'en était pas moins un non très ferme.

« Oh, allez, tu pourrais au moins faire semblant d'y réfléchir un peu !

— Non ! » Elle riait d'une idée aussi absurde.

« On a eu de bons moments, quand même.

— Oh oui !

— Tu feras toujours partie de ma vie et vice-versa, tu sais.

— Tu crois, Davey ? » demanda-t-elle, et, cette fois, sa façade se fendilla.

Ils cessèrent de marcher. Il lui fit face et l'attira contre lui.

« Oui, bien sûr.

— J'ai l'impression d'être en train de tous vous perdre. »

Il se recula pour la regarder dans les yeux.

« Tu ne vas pas nous perdre. Tu fais partie de la famille, Marjorie, tout comme Francie, Jay et même Kev. C'est comme ça, c'est tout.

— Merci », dit-elle, et il l'embrassa. Elle lui retourna son baiser, et en un clin d'œil ils se retrouvèrent appuyés à un arbre, en train de s'embrasser goulûment comme deux adolescents. Cela devint même un peu excessif et déplacé pour deux adultes en public, même si le jardin était désert.

Marjorie s'écarta de lui.

« Qu'est-ce qu'on est en train de faire, Davey ?

— Des bêtises », soupira-t-il.

Ils s'éloignèrent un peu l'un de l'autre. Il prit sa main et l'embrassa. « On ferait mieux de rentrer. »

Là, ils apprirent que Rabbit s'était réveillée une minute ou deux. Marjorie était anéantie. « Je l'ai ratée.

— Tu seras là la prochaine fois », lui dit-il, mais, en regardant sa sœur, il n'était pas très sûr qu'elle s'éveillerait à nouveau. *Allez, Rabbit, s'te plaît, fais en sorte qu'on se revoie, une dernière fois.*

Johnny

« Rabbit, je suis navrée, mais il ne veut pas te voir. » Mme Faye tenait la porte contre sa poitrine et s'appuyait dessus de tout son poids. Rabbit n'aurait pas pu franchir le barrage même en prenant son élan.

« Hein ? Pourquoi ?

— Il n'est pas en état.

— Mais je l'aiderai.

— Plus maintenant, ma belle. Il veut que tu tournes la page.

— Non. Il ne me ferait jamais ça, pas comme ça.

— Il pense que c'est le seul moyen. Tu sais bien qu'il n'est pas cruel, tu sais que c'est dur pour lui, mais il a raison. Il est de plus en plus malade, chérie, et toi tu as toute la vie devant toi.

— Non, je ne vais pas accepter ça. » Rabbit tenta de forcer le passage, mais Mme Faye tint bon.

« Désolée, chérie. » Elle referma la porte.

Le lendemain, Rabbit revint. Mme Faye entrouvrit à peine la porte pour lui parler.

« Je vous en supplie.

— Je regrette.

— Rien que cinq minutes.

— Non.

— OK, deux minutes.

— Je ne peux pas.

– Vous ne parlez pas sérieusement !
– Rentre chez toi, Rabbit. »

Le troisième jour, quand Rabbit sonna, Mme Faye ne lui ouvrit même pas. Elle écarta simplement le rideau et secoua la tête.

« Je ne partirai pas ! » lança Rabbit. Elle recula dans le jardin et cria en direction de la fenêtre de la chambre. « Tu m'entends, Johnny ? Tu ne peux pas me faire ça. C'est trop injuste ! Je ne partirai pas. »

Le quatrième jour, elle frappa, mais Mme Faye ne vint même pas à la porte. Pourtant, sa voiture était là, garée dans la rue, et celle de l'infirmière du district aussi.

« Je suis là. Assise sur ton muret ! » cria-t-elle vers la fenêtre.

Maura Wallace, la voisine de droite, sortit de chez elle.

« Toujours bredouille, ma belle ?
– Oui.
– Les hommes sont des salauds.
– Ce n'est pas ça.
– On dirait bien que si.
– Bah oui, on dirait, mais non.
– Il est malade, je comprends bien, mais ça ne lui donne pas le droit de te traiter comme ça.
– Madame Wallace, vous ne me connaissez pas.
– Bien sûr que si. Tu es la petite qui suit Johnny partout depuis l'époque où tu avais tes chignons.
– Je veux juste lui parler. Pourquoi refuse-t-il de me parler ? »

La femme s'assit sur le muret à côté de Rabbit.

« Parce qu'il a peur.
– Peur de quoi ?
– De ne pas arriver à te dire non et de t'entraîner avec lui sur ce chemin si sombre.

– C'est lui qui vous a demandé de le traiter de salaud ?
– Hum, oui, mais je me doutais bien que ça ne prendrait pas.
– Bon Dieu ! Tu me prends pour une idiote, Johnny Faye ? cria-t-elle.
– Il fait son possible pour toi, ma belle. Pourquoi ne pas l'accepter ?
– Parce que ce n'est pas à lui de choisir pour nous deux.
– Mais si. » Elle posa une main sur l'épaule de Rabbit. « Parfois, il faut savoir lâcher prise. »

Elle laissa Rabbit seule sur le muret.

« Je ne lâcherai pas, Johnny. Je ne lâcherai pas », cria-t-elle vers la fenêtre avant de s'en aller.

Le cinquième jour, elle frappa et, à sa grande surprise, Mme Faye vint lui ouvrir. Elle ouvrit même la porte en grand et lui dit d'entrer. Rabbit fila droit dans l'escalier et dans la chambre de Johnny. Il n'y avait personne. La bouilloire était en marche lorsqu'elle entra dans la cuisine.

« Où est-il ?
– Il est parti, Rabbit.
– Parti où ?
– Dans un lieu de repos, un endroit où on peut l'aider.
– Où ça ?
– Tu sais bien que je ne peux pas te le dire.
– Alors j'attendrai. Il ne restera pas là-bas à jamais. »

Mme Faye sortit alors une enveloppe de son sac à main et la lui tendit.

« Qu'est-ce que c'est que ça ?
– Un billet d'avion pour l'Amérique.
– Vous vous fichez de moi, souffla Rabbit en l'ouvrant.
– Il y a une lettre, aussi.

– L'Amérique ?
– Johnny avait un peu d'argent de côté. Il a entendu Davey dire que ton amie Marjorie allait passer l'été là-bas. Il sait que tu as un visa de séjour.
– C'est Marjorie qui l'a fait faire, avec l'aide de ma mère. Je n'étais même pas au courant.
– Alors vas-y.
– Pas question.
– C'est ce qu'il veut, Rabbit. »

Rabbit regarda le billet d'avion, puis se laissa tomber sur une chaise et se mit à pleurer. « C'est la fin, n'est-ce pas ?
– Oui, chérie, j'en ai bien peur.
– Il me laissera lui écrire, au moins ?
– Je suis sûre que ça lui ferait très plaisir. »

Rabbit rentra chez elle avec le billet et la lettre dans sa poche. Arrivée devant son muret, elle s'assit dessus et ouvrit la lettre.

Chère Rabbit,

Mes saletés de mains commencent à me lâcher. C'est ma mère qui écrit cette lettre, alors pardon pour son écriture et pardon si tu ne me retrouves pas tout à fait dans ces mots. Je voulais te dire que la vie est faite de périodes successives, de phases, du moins c'est ce qu'il me semble. Je me souviens de toi avec tes grosses lunettes et tes chignons, de la fille godiche qui disait toujours les choses comme elles étaient, et qui en tirait ses propres déductions. Je me souviens de toi me suivant partout et me regardant comme si j'étais un dieu. Cette petite était trop mignonne, gentille et cool. Puis la phase deux est venue, et soudain tu as été une adolescente, grande gueule comme ta mère, déterminée face à la pression comme ton père, et douée de l'oreille musicale de Davey. Tu étais le cœur de Kitchen Sink, à l'époque. Tu ne le savais pas, bien sûr. Tu t'es toujours sous-estimée. Phase trois, tu as grandi et je suis tombé malade, et il y a eu cette brève période lumineuse où tu étais assez grande et où j'étais encore assez en forme pour t'aimer. Je te connais assez bien pour savoir que tu ne lâcheras jamais. Je ne le souhaite pas, mais laisse-moi partir, maintenant, et garde-moi dans ta tête, comme tu m'as dit que tu le ferais, un certain soir, dans la voiture. J'attendrai que tu passes le barrage du videur, et, dans l'intervalle, pars pour l'Amérique, Rabbit.

Avec mon amour, toujours,

Johnny

Molly vint la rejoindre sur le muret. « Je viens d'avoir Mme Faye au téléphone. » Rabbit lui tendit la lettre et le billet d'avion. « Je crois que c'est pour le mieux, Rabbit.

— On dirait bien que je n'ai pas le choix, maman.

— On ne l'a jamais quand c'est vraiment important. C'est une illusion, ça, chérie. » Molly enlaça la taille de sa fille et la pressa contre elle. « On fait ce qu'on peut, c'est tout, et c'est ce que fait Johnny.

— Et si je n'arrive pas à lâcher, maman ?

— Quand le moment sera venu, Rabbit Hayes, tu lâcheras prise, et, en attendant, on est tous là pour toi, ma belle. »

Molly embrassa sa fille sur la joue. « Et maintenant, rentre avec moi avant que je laisse cramer le steak de ton père. »

16

Rabbit

La chambre était parfois silencieuse, parfois animée de voix humaines, par intermittence. Rabbit entendait des allées et venues.

Francie et Jay vinrent en visite, et apportèrent la joie et le désordre habituels.

« Bon Dieu, madame Hayes, vous êtes douée pour voler la vedette, vous !

– Qu'est-ce que tu racontes encore comme bêtise, Francie ?

– Il parle de votre cœur qui bat la breloque ! Vous ne pouvez pas laisser Rabbit cinq minutes sous les projecteurs, hein ! » dit Jay.

Ha-ha-ha.

« Vous faites une sacrée paire, tous les deux », répondit Molly, et Rabbit entendit les autres s'esclaffer.

Ils évoquèrent le bon vieux temps et revécurent leurs bons souvenirs.

« Elle avait une bonne descente, à l'époque, dit Francie.

– Une fois, j'ai gagné un billet de dix en pariant avec un péquenaud qu'elle pouvait boire deux fois plus de red witches que lui, raconta Jay.

– Pardon, mais elle n'était pas en âge de boire à ce moment-là, intervint Molly.

– Tu parles. » Ça, c'était Grace.

« J'avais oublié cette histoire. »

« C'est quoi, un red witch ? demanda Juliet.

– C'est ce qu'on buvait avant le Coca-Cola, lui apprit Jay.

– Elle faisait des concours de boisson avec vous ? questionna Molly.

– Seulement de temps en temps et, de toute manière, vous n'allez plus la tuer pour ça, dit Francie.

– Je peux encore vous tuer tous les deux. »

Rabbit entendit un nouvel éclat de rire général.

« Juliet, Francie et Jay connaissaient déjà ta mère quand elle avait ton âge, fit remarquer Davey.

– Elle ressemblait à quoi, à l'époque ?

– À un lapin », dit Francie.

Rabbit aimait bien écouter ces bavardages. Elle avait entendu tout le monde, sauf son père. *Est-il parti ? Papa ? Où es-tu ?*

Francie se mit alors à taquiner Mabel.

« Tu sais que Casey et toi, vous êtes les deux seules lesbiennes que je connaisse ? Je ne vais pas te mentir : avant de vous rencontrer, je croyais que toutes les goudous étaient des thons qui compensaient comme elles pouvaient.

– Mais toutes les deux, vous êtes vraiment charmantes… continua Jay.

– Ne fais pas ton pervers, le moucha Francie.

– Mais non ! Je suis honnête, c'est tout, je leur fais un compliment.

– Ça m'avait l'air pervers, à moi. C'est la façon dont tu l'as dit. »

Mabel aimait bien ces garçons. Ils étaient venus à Nashville de nombreuses fois, et ils avaient même dormi dans le bus de tournée. Jay adorait ce bus. Francie n'en revenait pas que des adultes puissent vivre ainsi.

« Quand est-ce que vous revenez en tournée avec nous, les gars ? leur demanda-t-elle.

– Demain, dit Jay.

– Dans ce foutu cercueil ambulant ? Ne le prends pas mal, Rabbit (*Loin de moi cette idée*), mais j'ai passé l'âge. »

Avant de partir, les gars dirent au revoir à Rabbit.

« Si ce n'est pas la fin, dis bonjour à Johnny pour moi », lui dit Francie. *Si ce n'est pas la fin, je ferai bien plus que lui dire bonjour, Francie.*

« Ce fut un plaisir, Rabbit », lui dit Jay – et elle sentit qu'il lui prenait la main. « Tu vas nous manquer. » Sa voix se brisa. *Vous aussi, les mecs, vous allez me manquer.*

Sa mère ne quittait pas son chevet. Son père, lui, entrait et sortait ; parfois, quand il était seul, il lui parlait. « Je t'ai déjà dit que le jour de ta naissance a été le plus beau jour de ma vie ? » *Un million de fois, papa.* « Tu es arrivée en fanfare dans ce monde. Ta mère n'a jamais voulu l'avouer, mais tu lui as fichu une trouille bleue. Enfin bref, je t'avais. Rien de mal ne pouvait arriver, parce que ton papa t'avait, toi. » *Merci, papa. Je t'aime, papa.*

Davey n'était jamais loin de Juliet. Elle entendait qu'il la consolait et la guidait par ses paroles. « Tu peux la toucher si tu veux, Bunny. Dis-lui simplement ce que tu ressens, et elle t'entendra.

– Comment tu le sais ?

– Rabbit a toujours eu plus d'un tour dans son sac. » *C'est bien vrai, Davey Hayes.*

« Maman… » *Oui, Bunny.* « … Quand je serai grande, j'espère que je serai exactement comme toi. » *Moi aussi. Je suis super.* « Et, maman, n'aie pas peur. » *Je n'aurai pas peur si toi tu n'as pas peur.*

Davey lui dit qu'il ne la décevrait pas et lui promit que Juliet ne l'oublierait jamais. *Merci, Davey. Je t'aime, Davey.*

Marjorie avoua qu'elle avait failli se taper Davey contre un arbre peu avant. « Non mais franchement, qu'est-ce qui cloche chez moi ? Et du coup, j'ai raté le moment où tu as fait "bouh" au curé. » *Ha-ha-ha-ha-ha-ha-ha-ha! Tu as toujours su me faire rire, Marjorie.*

Grace reconnut qu'elle allait être complètement perdue sans sa sœur. « Je sais que j'ai toujours critiqué ta façon de vivre et que j'ai toujours pensé que tu devrais être davantage comme Marjorie. » *Tu m'étonnes, les banquiers se serrent les coudes!* « J'avais tort. Je pense que tu as tout fait bien, sauf mourir. Je pourrais t'assassiner pour ça. » *Moi aussi je t'aime, Grace.*

Mabel déposa un baiser sur sa joue. « Ne le dis pas à Grace, mais tu es ma préférée de vous deux, et ne t'en fais pas pour Juliet. On gère. » *Merci, Mabel. J'aurais aimé qu'on passe plus de temps ensemble.*

« À plus, tatie Rabbit. » *À plus, Stephen.*

« Bisous, tatie Rabbit. » *Bisous, Bernard.*

Ryan chuchota : « Juliet va devenir géniale, tatie Rabbit. Elle va avoir une vie fantastique. » *Merci, Ryan.*

« Jeffery, ne sois pas timide, viens dire au revoir, dit Grace.

– J'ai peur, maman.

– C'est pas grave, mon fils. Elle savait que tu l'aimais. »

Bye, Jeffery.
Lenny se pencha pour l'embrasser à son tour. «Je sais bien que tu as toujours cherché des prétextes pour qu'on t'embrasse, mais là tu y vas un peu fort. Pardon, c'était une blague débile.» *Ha-ha-ha-ha.* «Il faut que je ramène les garçons à la maison, mais Grace va rester, et aussi tes parents, Davey, Juliet et Mabel. Merci d'avoir été sympa avec moi quand j'ai commencé à tourner autour de ta sœur. Merci de m'avoir accueilli dans la famille. Au revoir, Rabbit.» *Merci d'aimer ma sœur. Salut, Lenny.*

Lorsqu'ils furent partis, tout le monde parla plus bas. Juliet s'était endormie. Ils discutèrent pour savoir que faire d'elle cette nuit-là : valait-il mieux qu'elle reste, ou qu'elle rentre ? Ils décidèrent que Mabel la reconduirait chez elle. *Au revoir, ma chérie.*

Davey l'accompagna à la voiture. Grace sortit pour téléphoner à Lenny et Molly alla aux toilettes.

«On est tous les deux, Rabbit.» *Ah, te voilà, papa.* «Prends ton temps, chérie. On n'est pas pressés. Fais comme tu le sens. Comme tu l'as toujours fait.» *Oui, c'est parce que tu étais là pour me montrer comment.*

Johnny

Les trois mois en Amérique étaient devenus deux ans. L'occasion s'était présentée de s'inscrire à un cursus de journalisme dans une fac américaine, et donc, avec le soutien de ses parents et parce que Johnny refusait de répondre à ses lettres, elle s'était lancée. Elle pensait que ce serait plus facile de s'installer dans un nouveau pays, et elle avait presque raison. Elle obtint son diplôme, et il fut temps de rentrer chez elle.

À ce moment-là, Johnny était hospitalisé à plein temps. Ses intestins étaient bloqués ; il était aveugle, paralysé des pieds à la taille, et seulement capable d'articuler un mot de temps en temps. Il avait voulu qu'elle ne le voie jamais ainsi, mais elle n'avait pas pu renoncer. Elle était à la porte, pétrifiée : son état était pire que tout ce qu'elle aurait pu imaginer. Jay, assis à son chevet, était plongé dans un magazine de musique. « Meilleur groupe du monde : les Stones ou les Beatles ?

– Les B-B-B… bégaya Johnny.

– J'emmerde les Beatles. Les Stones, sans hésitation.

– Les Bea…

– Pas de Bea avec moi, mon pote. »

C'était Francie qui l'avait amenée en voiture ; Davey, à ce moment-là, vivait aux États-Unis et travaillait dans le bar de l'oncle de Marjorie. « Tu es sûre ? » avait-il murmuré.

Elle entra dans la chambre et s'assit. « Salut, Johnny, dit-elle.

– Rabb-Rabb-Rabbit… c'est toi ?

– Eh oui, c'est moi. »

Des larmes roulèrent sur les joues de Johnny.

« Des larmes de joie ou d'autre chose ?

– D-de joie.

– Pour moi aussi.

– Bra… vo.

– Oui, j'ai assuré.

– Fier.

– Merci.

– Je… t'aime.

– Moi aussi.

– Ce que vous pouvez être cucul ! commenta Francie, brisant le sérieux de la scène.

– Je t-t'… mmerde, dit Johnny.

– Il dit des gros mots, maintenant, annonça Jay à Rabbit.

– Il aura juste fallu qu'il perde la vue, qu'il soit paralysé, qu'il chie dans un sac et qu'il bégaie, mais on y est arrivés », dit Francie.

Johnny rit un petit peu, puis suffoqua un petit peu, puis rit encore.

Elle n'était pas là, le jour de sa mort. Elle reçut un coup de fil de Molly. « Il nous a quittés, chérie.

– Oh.

– J'arrive, je pars tout de suite, du moins si ton père veut bien se sortir les doigts du fion. » Molly avait crié la fin pour qu'il l'entende. Rabbit entendit, dans le fond, son père grommeler quelque chose à propos de clés introuvables et de femmes impatientes.

Davey revint des États-Unis par le premier avion et, ce soir-là, Kev, Jay, Francie, Louis, Davey, Rabbit et Marjorie allèrent boire au pub du coin. Ils se remémorèrent les vieilles histoires, se moquèrent les uns des autres, rirent, pleurèrent, et trinquèrent à la santé de Johnny Faye.

Le jour où ils le mirent en terre, Molly demanda à sa fille si elle avait lâché prise.

« Pas encore.

– En temps voulu, Rabbit, ça viendra en temps voulu, chérie. »

Blog de Rabbit Hayes

13 MAI 2011
DEUX OU TROIS CHOSES QUE JE SAIS

C'était trop beau pour être vrai. Je me sentais très bien, et puis j'ai passé le check-up et me voilà de retour à la case départ. Je vais finalement perdre celui de droite, mais vraiment, dire au revoir à mon sein droit est le dernier de mes soucis. Et si j'ai des métastases ? Je ne l'avais même pas envisagé la première fois. Il faut être bête, hein ? Cela ne paraissait tout simplement pas possible… mais à présent tout est possible ; je n'ai plus qu'à espérer et à me préparer au pire.

Je redoute de l'annoncer à ma mère, à Grace, à mon père et à Davey, et, très franchement, je ne supporte pas l'idée de le dire à Juliet. Elle a été très courageuse la dernière fois, mais ce tremblement dans sa lèvre quand elle fait de son mieux pour sourire malgré sa peine, c'est comme un coup de poignard pour moi. Et, oh, Marjorie, tu m'as fait promettre de vivre à jamais, ou du moins de m'éteindre tranquillement à quatre-vingts ans, quand tu seras trop vieille pour en avoir quelque chose à foutre et qu'aller à un enterrement sera l'occasion d'une balade agréable. Je suis dégoûtée. Je vous ai tous trahis.

Mon opération est prévue pour dans deux jours, donc je leur dirai demain. Il me reste une journée de normalité avec ma famille avant que notre vie redevienne un enfer. Ça me fend le cœur. J'ai du mal à encaisser la douleur que je vais provoquer. Je suis absolument désolée. J'ai fait de mon mieux. Je l'avais fait enlever. C'était terminé… et maintenant ça revient, et je suis sonnée. Je sais ce qui m'attend. Cette fois, j'y vais les yeux grands ouverts. Je n'ai plus peur, je suis juste en colère.

Mais vous savez quoi? Une Hayes en colère, qui s'y frotte s'y pique, alors ding-dong, deuxième round… Si je dois partir, ce sera à ma manière.

Peut-être que je ne pourrai pas faire tout ce que j'avais prévu. Je ne serai pas la mère de la mariée; devenir une vieille dame qui fait sauter ses petits-enfants sur ses genoux, ce ne sera pas pour moi. Peut-être que ça ne serait pas arrivé de toute manière, mais ça n'a plus d'importance, parce que maintenant j'ai un nouveau plan. Je vais simplement vivre. Je serai une fille, une sœur, une amie et, par-dessus tout, une mère. Je vais travailler et payer mon loyer. Je prendrai des vacances et j'écrirai des cartes postales. Je vais cuisiner, lire et passer du temps avec les gens que j'aime. Je m'autoriserai à être seule et à m'ennuyer, parfois. Je ne vais pas tirer un sonnet de tous les arbres que je verrai, et une averse ne me donnera pas forcément envie de courir, gambader ou sauter dans les flaques. Non, je vais me plaindre de la météo, comme tout le monde, parce que je suis irlandaise et que c'est ce que nous faisons. Je vais profiter de ma mère parce qu'elle est unique et que cela aura été un privilège de faire partie de sa vie. Je me pendrai plus souvent au cou de mon père parce que je suis sa Rabbit et qu'il est mon petit papa. Je vais passer plus de temps avec mes neveux et leur rappeler qu'il y a autre chose à faire dans ce monde qu'arrêter l'école et entrer à la banque. (En fait, la récession l'a peut-être déjà fait pour moi – et allez savoir? Peut-être que d'ici à ma mort, les banques ne seront plus qu'un mauvais souvenir. Ce serait chouette.) Je vais dire à Grace et à Davey que je les aime, et je les serrerai dans mes bras le plus souvent possible, même si ça les gêne et qu'ils m'envoient bouler.

Quoi qu'il arrive, je vais vivre comme si je n'étais pas mourante, parce que aujourd'hui je ne le suis pas. Aujourd'hui, je suis là, et la maison a besoin d'un coup d'aspirateur, le linge a besoin d'être trié et ma petite fille a besoin que je surveille ses devoirs. Aujourd'hui je suis en vie, présente, et en ce moment c'est mon boulot d'emplir son monde d'amour, de bonheur et de sécurité. Elle n'a pas besoin de Disneyland, elle a juste besoin de moi, et je vais faire mon possible pour qu'elle ait la tête pleine de souvenirs et le cœur plein d'amour quand je ne serai plus là.

Alors j'en aurai terminé, mais, avec l'aide de ma famille souvent chaotique, parfois exaspérante et toujours très aimante, je sais que ma fille grandira, rira, aimera et continuera à vivre.

NEUVIÈME JOUR

17

Rabbit

Dehors, les oiseaux chantaient, et Rabbit sentit la lumière chaude qui entrait par la fenêtre se déplacer de ses genoux vers son ventre, puis vers son visage. Son père ronflait et elle entendait Davey et Grace respirer régulièrement dans leur sommeil. Sa mère était la seule éveillée et lui tenait la main. Elle sentait que son cœur ralentissait. Elle arrivait à la fin. *Je fais les choses à ma manière, papa.* Tandis que son corps s'arrêtait lentement, elle se concentra sur la route qui se déployait devant elle. C'était son ancienne rue, celle où elle avait grandi, et une jeune Rabbit en pleine santé était assise sur le muret, devant la maison. Elle chercha Johnny des yeux et le vit monter à l'arrière de la camionnette de l'oncle Terry; il était parfait, un grand sourire aux lèvres, fredonnant tout bas. Elle le regarda disparaître dans le véhicule. Puis il réapparut : « Alors, tu viens, ou quoi ?

– Ne tape pas sur la paroi », l'avertit-elle en s'approchant lentement.

Le sourire s'élargit encore. « Tu ferais bien de te dépêcher, alors.

– Je ne vais pas te courir après.

– Je ne pourrai pas revenir te chercher, cette fois-ci, Rabbit.
– Ne tape pas sur la paroi. »
Il tapa sur la paroi.
« Enfoiré ! »
La camionnette démarra lentement. Elle marchait derrière. Le véhicule commença à accélérer et elle se mit à trottiner. Les portières se mirent à battre et Johnny tendit la main à l'extérieur.
« C'est maintenant ou jamais, Rabbit. »
Dans la chambre, la main de Rabbit se serra sur celle de sa mère, la faisant sursauter.
« Rabbit ?
– Faut que je rattrape la camionnette, maman.
– Fais un bon voyage, ma Rabbit », dit Molly.
Johnny se pencha en avant, le bras tendu, et Rabbit courut plus vite, tendant la main le plus possible. Il la hissa dans l'obscurité pendant qu'elle exhalait son dernier souffle, fermement accrochée à l'homme qu'elle n'avait jamais lâché.

Les papiers utilisés dans cet ouvrage
sont issus de forêts responsablement gérées.

Mis en pages par Soft Office – Eybens (38)
Imprimé en Espagne par Cayfosa
Dépôt légal : février 2016
N° d'édition : 000 – N° d'impression : 0000
ISBN 978-2-7491-4173-2